HEYNE BÜCHER

DANIEL CARNEY

DIE WILDGÄNSE KOMMEN

Roman

Deutsche Erstveröffentlichung

WILHELM HEYNE VERLAG
MÜNCHEN

HEYNE-BUCH Nr. 5488
im Wilhelm Heyne Verlag, München

Titel der amerikanischen Originalausgabe
THE WILD GEESE
Deutsche Übersetzung von Leni Sobez

3. Auflage

Printed in Germany 1979
Umschlagfoto: Elite Film AG, Zürich
Umschlaggestaltung: Atelier Heinrichs, München
Gesamtherstellung: Ebner, Ulm

ISBN 3-453-00917-7

1

Mai 1968

Die Swissair-DC-8 wisperte durch den nächtlichen Himmel, zwei Stunden von Zürich entfernt und unterwegs nach Tel Aviv. Die gedrängt volle Kabine war dunkel, nur die Kopflichter der Fluggäste glühten schwach.

Vom Flugdeck her betrat eine Stewardeß die Kabine. Sie hatte in der einen Hand ein Tablett mit leeren Kaffeebechern, mit der anderen schloß sie leise die Tür. Langsam ging sie den Mittelgang entlang und sah nach den auf ihren Sitzen schlafenden Fluggästen.

Hier und da ging sie durch den helleren Lichtschein einer Leselampe. Ein Geschäftsmann brütete über seinen Papieren, eine Mutter las einen Roman und drückte dabei schützend ihre schlafenden Kinder an sich. Alle waren sich nur schwach der Vibrationen des Flugzeuges und des Murmelns der Maschinen bewußt.

Etwa in der Gangmitte blieb die Stewardeß neben einem schlafenden Mann stehen. Der Sitz war so weit wie möglich zurückgekippt, und seine Hände lagen entspannt auf den Armstützen. Er war groß und breit und wohlproportioniert wie ein Kampfsportler, etwa fünfunddreißig Jahre alt, mit sonnenbraunem Gesicht und weißblondem Haar. Sie beobachtete ihn einen Moment lang. Sogar im Schlaf war sein Körper von katzenhafter Anmut. Sein Gesicht war hart und exakt gemeißelt, mit Fältchen um Mund und Augenwinkel. Zum drittenmal in dieser Nacht sagte sich die Stewardeß, daß dies einer der anziehendsten, begehrenswertesten Männer war, die sie je gesehen hatte. Leicht berührte sie seine Schulter. Seine Augen öffneten sich sofort, dann entspannte sich sein Mund zu einem spöttelnden Lächeln. Die Stewardeß spürte, wie sie rot wurde.

»Es ist Zeit. Sie baten mich, Sie zu wecken«, flüsterte sie ärgerlich.

Der Mann nickte. Sie drehte sich auf dem Absatz um und ging schnell weiter den Mittelgang entlang. Der blonde Mann schaute auf seine Uhr, dann stieß er seinen Nachbarn an, um ihn zu wekken. Er war ein Afrikaner mittleren Alters, auch mittlerer Größe und etwas übergewichtig. Seine ungewöhnlich dunkle Haut wirkte ungesund grau. Er hatte ein rundes Gesicht mit großen braunen, verschleierten Augen. Damals, als er den Journalisten noch etwas bedeutet hatte, pflegten sie zu sagen, in ihnen lägen Elend, Schmerz und Angst seines allmählich erwachenden Erdteils.

Der Afrikaner kramte in seiner Westentasche nach einem kleinen Schächtelchen, dem er zwei Pillen entnahm. Um das Handgelenk trug er eine Silberkette mit medizinischen Warndaten auf einer kleinen eingearbeiteten Platte. Die Stewardeß kam mit einem Tablett zurück, auf dem Becher mit heißem Kaffee und ein Glas Wasser standen. Das Glas reichte sie dem Afrikaner. Der blonde Mann lächelte anerkennend und streifte ihr mit seinem Blick die Kleider vom Leib. Der Afrikaner schluckte die Pillen und gab das Glas mit einem gemurmelten Dank zurück. Die Stewardeß ging weiter zum Flugdeck.

»Geschlafen?« fragte der blonde Mann. Er sprach englisch mit einem schwedisch-amerikanischen Akzent.

»Nicht sehr viel«, antwortete der Afrikaner.

»Fehlt Ihnen bestimmt nichts?« erkundigte sich der Blonde wieder sanft. Er war ein kalter, egoistischer Mann, aber der Afrikaner hatte die Fähigkeit, die Ergebenheit jener Leute zu gewinnen, die für ihn arbeiteten.

»Mir geht es ganz gut«, antwortete der Afrikaner leise. »Wie lange noch?«

Der Blonde lehnte sich zurück und schloß die Augen. »Ungefähr zwei Stunden vierzig Minuten«, erwiderte er schläfrig. Der Afrikaner nickte und wandte sich dem Fenster zu. Er war sehr krank, und Zeit war für ihn wichtig.

Mit der freien Hand klopfte die Stewardeß an die Tür zum Flugdeck. Sie öffnete sie einen Spalt. Ein Mann mit einem Revolver in der Hand stand leise hinter ihr auf und folgte ihr. Ein zweiter Mann, der ziemlich weit hinten saß, stand ebenfalls auf und ging den Mittelgang entlang. Auch er hatte einen Revolver in der Hand. Plötzlich wurden die Kopfleuchten voll angedreht, und dann erwachte der hohle Tannoyton.

Der Blonde war tief in seinen Sessel gerutscht, die Augen hatte er noch geschlossen. Sein Körper aber spannte sich schon, als überprüfe er jeden Muskel. Dann warf er sich in einer fließenden Bewegung vorwärts, stand auf und trat in den Mittelgang. Die rechte Hand griff in den linken Unterarm seiner Jacke. Doch ehe er den Mittelgang noch ganz erreicht hatte, knickten ihm die Knie ein, als habe er plötzlich das Gleichgewicht verloren. In seinen Augen standen Schock und Schmerz, und sein Mund war zu einem wortlosen Schrei geöffnet.

Die Augen des Afrikaners gingen zu dem leeren Sitz nebenan. Ein gut zehn Zentimeter langes Stück eines unglaublich dünnen Dolches hatte sich in die obere Hälfte seiner Lehne gebohrt und glänzte in dem nun hellen Licht. Schweiß trat dem Afrikaner auf Stirn und Oberlippe. Vage nahm er die starke, beruhigende Stimme des Kapitäns wahr, der die Fluggäste von einem Überfall unterrichtete und versicherte, keinem werde etwas geschehen.

Der Revolver des Blonden fiel zu Boden. Langsam bewegte er sich den Mittelgang entlang. Von tief innen kam ein Laut, der Anfang eines gequälten Schreies. Sein Arm verdrehte sich grotesk, als er die Wunde hoch oben in seinem Rücken, über dem Herzen, zu erreichen versuchte. Der Ton wurde lauter, er begann zu zukken, als er die Wunde betastete. Ein paar Schritte kam er vorwärts, dann knickten ihm die Knie wieder ein. Er klammerte sich haltsuchend an eine Rückenlehne. Langsam, sehr langsam ging er in die Knie. Mühsam hob er den Kopf, und seine Augen hingen nun an dem Sitz neben ihm. Es war die Frau mit den Kindern, ihr Roman lag auf dem Boden.

Der Blonde hustete. Blut zeigte sich an seinen Mundwinkeln. Er griff nach der Frau; er hatte Angst vor dem Schmerz, vor dem einsamen Tod.

»Helfen Sie mir«, bat er. »Ich bin schwer verletzt.« Die Frau rührte sich nicht. »O Gott«, flüsterte er. »Bitte, helfen Sie mir doch. Helfen Sie mir.« Er versuchte sie zu berühren. Die Frau wurde ganz plötzlich lebendig. Sie nahm das Kind, das ihr am nächsten war und warf sich gegen das Fenster. Sie atmete geräuschvoll ein, und dann tat sie einen durchdringenden Schrei und schrie weiter, bis der blonde Mann ein paar Minuten später zu ihren Füßen im Mittelgang starb.

Der Dolch war herausgezogen worden. Ein gutgekleideter, etwa vierzigjähriger Mann glitt auf den Sitz neben dem Afrikaner.

»Julius Limbani?« fragte er liebenswürdig mit französischem Akzent.

Der Afrikaner nickte langsam. Er zitterte und wischte sich me chanisch mit einem Taschentuch aus cremefarbener Seide den Schweiß von der Stirn. Der Franzose machte eine sprechende Geste, als wolle er den ganzen Schrecken der vorhergehenden Minuten auslöschen.

»Natürlich bedauern wir diese Unbequemlichkeit, aber da ist ein alter Freund von Ihnen, der Sie sehr gern wiedersehen würde.«

Ein quälendes Mißtrauen formte sich im Geist des Afrikaners. Hatte Faulkner ihn betrogen? Sein Mund war trocken, die Kehle erschien ihm wie zugeschnürt. »Wer?« fragte er heiser.

Der Franzose lächelte geringschätzig. »General Ndofa, mein Freund. Sie erinnern sich seiner. Wer sonst könnte Sie so dringend sehen wollen?«

Der Afrikaner brauchte Zeit, um klar zu denken, doch er konnte nicht. Er hörte nur die Angst, die aus dem Dunkel seines Geistes auf ihn einschrie. »Wieviel?« flüsterte er schließlich. »Wieviel, damit ich freigesetzt werde? Ich kann Sie bezahlen.«

»Ich bin schon gut bezahlt«, erwiderte der Franzose leise. »Ein Versuch wäre überflüssig. Verzeihen Sie, aber ich muß Sie durchsuchen.«

Sie schleppten den Blonden weg. Der tote Körper bumperte den Mittelgang entlang. Keiner der Fluggäste bewegte sich. Irgendwo schrie ein Kind, und die Mutter hielt ihm den Mund zu. Der Afrikaner wandte sich zum Fenster um. Er spürte, wie die Hände des Franzosen geschickt seinen Körper abtasteten. »Fast hätte ich es geschafft«, flüsterte er vor sich hin. »O Gott, fast. Faulkner! Wo ist Faulkner? Wie konnte er mir das geschehen lassen? Wenn er frei ist, gibt es noch eine Chance – oder haben sie ihn vielleicht auch gekriegt?«

Der Schmerz verknotete die Brust des Afrikaners, als sein überanstrengtes Herz auf die Adrenalinwelle reagierte, die durch seinen Körper raste. »Meine Pillen«, flüsterte er. »Meine Pillen. Ich bin herzkrank. Ich brauche meine Pillen.«

Der Franzose studierte besorgt den Inhalt des Schächtelchens und besah sich dann die Silberplatte an der Kette am Handgelenk des Afrikaners. »Natürlich«, meinte er und lächelte beruhigend. »Aber ich werde die Schachtel für Sie aufheben. Kommen Sie, Monsieur Limbani. Reißen Sie sich zusammen. Vielleicht versuchen Sie sogar etwas zu schlafen. Die Reise ist ziemlich lang.«

»Wohin?« fragte der Afrikaner.

»Algerien.« Der Franzose zuckte resigniert die Schultern und nahm die nächste Frage vorweg. »Aber das ist nicht meine Angelegenheit. Für Faulkner gibt es keine Chance. Verstehen Sie?«

Der Afrikaner wandte sich ab. Also hatten sie Faulkner. Jetzt gab es keine Hoffnung mehr. Die grenzenlose Verzweiflung betäubte seinen Geist. So weit hätte es nie kommen sollen. Die Aussichten waren zu schlecht, und er fühlte sich zu schwach. Und doch – fast hätte er sein Land zurückgewonnen. Er konnte es nicht verhindern, daß sich seine Augen mit Tränen füllten. Er schaute zum Fenster hinaus, um sie zu verstecken. Draußen war es finster. Die Nacht war mondlos, und die Sterne hingen kalt am wolkenlosen Himmel.

2

Flugplatz Heathrow, London, Ende November 1970

Der Nebel schloß sich über den Start- und Landebahnen. Der Wind klatschte den eisigen Regen an die Glaswände der Transithallen. Innen warteten ein paar gelangweilte, frierende Fluggäste in der aufkommenden Dunkelheit des Winternachmittags.

Ein Mann Ende Zwanzig stieß eine Tür auf; sie trug die Aufschrift EINWANDERUNG. Er betrat die Halle. Er hatte ein ernstes, tüchtiges Gesicht, das für hundert andere Männer ebenso gepaßt hätte. Kleidung und Benehmen waren ebenso unauffällig. Er blieb einen Augenblick stehen und musterte die Fluggäste, dann ging er rasch weiter zu einer kleinen Gestalt, die in einem unbequemen futuristischen Sessel kauerte.

Dieser Mann verschwand fast in einem riesigen Mantel. Er reichte von seinen Knöcheln bis dorthin, wo ein großer Pelzkragen seinen Hut berührte. Unter der breiten Hutkrempe war nur das Kinn zu erkennen. Auf dem Tisch vor ihm stand eine halbleere Whiskyflasche und daneben ein leeres Glas.

»Colonel Faulkner?« fragte der unbekannte Mann leise.

Ein Handschuh schob den Hut zurück. Faulkner stand langsam auf und schien, während er das tat, zu wachsen. Der Mantel war typisch für ihn; er haßte die Kälte. Er war Anfang Fünfzig, an den Schläfen schon leicht ergraut, aber er hatte ein mageres, scharf geprägtes Gesicht mit hohen Wangenknochen und einer gebrochenen Nase. Es war ein zerschlagenes, aber angenehmes Gesicht, das vom Leben etwas wußte. Die Augen waren es, die Aufmerksamkeit auf sich zogen, große, dunkle, kalte Augen. Und sie schienen glatt durch einen hindurch und weit darüber hinaus zu sehen.

»Sie kommen spät«, sagte Faulkner endlich. Seine Stimme erinnerte an Whisky, die Worte waren leise und irgendwie drohend.

»Ich weiß, und es tut mir leid«, beeilte sich der Unbekannte zu sagen. Die dunklen Augen brannten sich in ihn hinein, und ein Schauder lief ihm den Rücken entlang.

»Wir hielten es für klüger, wenn Ihr Besuch in diesem Land nicht bekannt wird. Deshalb brachten wir Sie hierher. Die Einwanderungsbehörde macht sowieso eine Menge Theater. Das ist ihr kleines Königreich, und Eindringlinge mögen sie nicht. Ich mußte die Zentrale einschalten, damit etwas Druck ausgeübt wurde, um Sie hereinzuschleusen. Sind Sie sauber?« fragte er besorgt. »Ich meine, Sie tragen doch keine Waffe bei sich, oder?«

Faulkner schüttelte den Kopf und stieß seine Fäuste in den Manteltaschen vorwärts, als wolle er den anderen zu einer Untersuchung auffordern. Verlegen übersah der andere diese unausgesprochene Einladung.

»Wenn Sie mir jetzt folgen wollen«, sagte er, »denn ich glaube, jetzt gibt es keine Schwierigkeiten.« Er drehte sich um und ging schnell zur Tür mit der Aufschrift EINWANDERUNG. Faulkner schlenderte hinter ihm drein. Die Leuchtstoffröhren an der Decke gingen flackernd an. Eine müde Stimme am Lautsprecher entschuldigte sich für die Verspätungen bei Ankunft und Abflug verschiedener Maschinen.

Faulkner tat einen Satz über die Einwandererabsperrung und lief in die Hauptabfertigungshalle hinaus. Feindliche Blicke folgten ihm, er beachtete sie nicht. Der Kurier nickte einem uniformierten Chauffeur zu, der an einem der Ausgänge stand.

»Noch ein paar Minuten«, sagte er fröhlich. »Muß den Wagen holen.« Er besah sich die kommenden und gehenden Leute. »Ich mag Flughäfen, da rührt sich immer was.« Er war ein kleiner, grauer Mann und bemühte sich, liebenswürdig zu sein. »Hab' einen Freund, der ist Pilot bei einer Fluglinie. Der erzählt gute Geschichten. An solchen Nebeltagen wie heute können die Flugzeuge nicht landen, und deshalb läßt man sie weit vor der Küste im Warteraum.«

»Wer ist Balfour?« unterbrach ihn Faulkner.

»Weiß ich nicht«, antwortete der Kurier kalt. »Ich habe nur die Aufgabe, Sie abzuliefern.«

Faulkner begrub sein Kinn in seinem Kragen und lief stampfend auf und ab. Hätte er nur den Whisky mitgenommen! Nach der warmen Sonne Südafrikas fror ihn hier sogar in diesem riesigen, dicken Mantel. Und mehr noch – er war müde. Bis in die Seele hinein müde. Balfour – wer, zum Teufel, war dieser Balfour? Er brachte den Namen nicht unter, der unten auf dem Telegramm stand, mit dem er kurz zu kommen gebeten wurde. Zusammen mit dem Telegramm waren ein Flugticket und ein hoher, nicht unterschriebener Scheck geschickt worden.

Der lange nächtliche Flug über ganz Afrika hatte ihm Gelegenheit zum Nachdenken gegeben. Von allen Seiten her war er das Problem angegangen, und er hatte den Namen Balfour unterzubringen versucht. Faulkner war ein Mann mit vielen Feinden. Er mußte wissen, wen er treffen sollte. Normalerweise wäre er gar nicht gekommen, wäre nicht die vage Hoffnung auf einen Kontrakt gewesen. Nach Limbanis Tod würde ihn ja doch keiner mehr einsetzen. Sie mußten seine Lage genau gekannt haben, mußten wissen, wie verzweifelt er nach einer Arbeit hungerte. Nicht nur des Geldes wegen, sondern um wieder einmal Männer anzuführen. Der Kurier, der Wink mit den Formalitäten für Einwanderer – also jemand, der gute Verbindungen zur Regierung hatte? Faulkner schüttelte den Kopf, um klarer denken zu können. Wer, zum Teufel, war dieser Balfour?

Ein schwarzer 3-Liter-Rover fuhr draußen heran. »Das wär's. Ihr Gepäck ist schon drinnen.«

Faulkner straffte die Schultern, ging durch die Türen des Flughafengebäudes und eilte die Stufen hinab. Der Kurier setzte sich zu ihm in den Wagen.

»Was ist eigentlich die Zentrale?« fragte Faulkner, als der Wagen vom Randstein wegzog. »Militärischer Geheimdienst?« Denen war er früher einmal in die Quere gekommen, und noch immer fürchtete er insgeheim, ein britisches Gefängnis könne auf ihn warten.

Der Kurier zuckte die Achseln. »Ich würde auch gerne einmal nach Südafrika gehen«, antwortete er und wich der Frage aus. »Wie ist es denn dort? Ich meine, abgesehen von der Politik.«

Faulkner knurrte ärgerlich. Er hatte den Kurier bereits als Leichtgewicht eingeordnet. Er konnte ihm nichts nützen. »Kalt«, murmelte er in sich hinein, kauerte sich in eine Ecke und zog den Hut über die Augen. »Verdammt kalt.« Ein paar Sekunden später schlief er.

Der Kurier wurde rot, dann schaute er zum Fenster hinaus. Sichtweite noch etwa zwanzig Yards. Die Lichter des Gegenverkehrs waren im strömenden Regen nur noch verwischte gelbe Flecke.

Gegen halb sieben Uhr hatten sie London hinter sich und befanden sich auf der Autostraße nach Brighton. Der Wagen wurde etwas langsamer, dann bog er nach links in eine kaum erkennbare schmale Straße ein, die sich wenig später zu einem Fußweg verengte. Plötzlich waren sie auf einem gewundenen Sträßchen in einem kleinen Dorf. Die geduckten Häuser waren dunkel, die Vorhänge vor der Unfreundlichkeit des Winterabends zugezogen.

Es war, als habe sich das Dorf vor zweihundert Jahren aus dem Zivilisationsrennen zurückgezogen. Jetzt lag es ruhig da und hatte Angst vor dem Tag, an dem die Dorfkneipe eine Musikbox plärren ließ und Bulldozer den Dorfrand aufrissen, um den Grund als Bauparzellen aufzubereiten. Um das Dorf herum lagen die schönen waldreichen Grundstücke der Bankleute und Verlegerfamilien.

Drei Meilen weiter hielt der Wagen vor riesigen schmiedeeisernen Türen. Eine sieben Fuß hohe rote Ziegelmauer verlor sich zu beiden Seiten im Nebel. Der Fahrer beugte sich nach vorn und drückte auf einen Knopf am Armaturenbrett. Das Tor schwang auf. Der Wagen fuhr weiter, und die Torflügel schlossen sich hinter ihm wieder.

Sie folgten ein paar hundert Yards einer gekiesten, von Bäumen eingefaßten Zufahrt, dann hielten sie an den Stufen eines weitläufigen Herrenhauses. Faulkner eilte die breite Steintreppe hoch. Als er vor der Tür stand, ging sie auf. Ein Butler, makellos in Frack und gestreiften Hosen, nahm ihm den Mantel ab.

Leise bat der Butler Faulkner, ihm zu folgen. Obwohl er schon ein älterer Mann war, hielt er sich sehr aufrecht in der stolzen, autoritativen Art eines lange zur Familie gehörenden Hausverwalters. Ihre Schritte klangen laut auf dem mit Steinplatten belegten Boden. Eine Treppe aus polierter Eiche schwang sich zum ersten Stock empor. Hier waren fünf Türen, die in verschiedene Teile des Hauses führten. Der Butler wählte die erste Tür links und klopfte leise. Eine Stimme antwortete, und er öffnete sie.

»Colonel Faulkner, Sir«, meldete er.

Faulkner betrat den Raum. Es war ein schönes Arbeitszimmer mit Wandverkleidung, ziemlich groß, mit warmer Beleuchtung und mit Reihen geschmackvoll gebundener Bücher an allen Wänden; die polierten Rücken schimmerten im Licht des Kaminfeuers. Es roch nach Leder und guten Zigarren. Zwei Männer saßen in hochlehnigen Stühlen vor dem Feuer. Sie erhoben sich, als Faulkner eintrat. Beide trugen Abendkleidung. Der eine war etwa Anfang Vierzig, schmal, mit etwas schütterem sandfarbenem Haar und besorgtem Gesichtsausdruck. Er kam ihm mit ausgestreckter Hand entgegen.

»Danke, daß Sie so schnell gekommen sind. Ich heiße Balfour, Thomas Balfour. Sie werden sich erinnern, der Name stand auf dem Telegramm«, fügte er hinzu, besorgt darum, daß es kein Mißverständnis gab. Seine Stimme klang eine Spur schottisch. Faulkner nickte. Balfour wandte sich um. »Darf ich Sie mit Sir Edward Matherson bekannt machen.«

Matherson war ein Siebziger, sehr groß und mager und hielt sich erstaunlich gerade. Sein graues Haar war kurz geschnitten, sein Schnurrbart sah militärisch aus und verschwand fast unter der langen Hakennase. Sein Gesicht wirkte nach vielen Jahren an der Sonne wie verknittertes Pergament. Die klaren blaßblauen Augen hatten Faulkner sehr intensiv gemustert, während Balfour gesprochen hatte, und sein Kopf glich in der Haltung dem eines Habichts. Faulkner bemerkte auch, daß er, genau wie ein Habicht, nicht blinzelte.

Matherson schüttelte kurz Faulkners Hand. Sein Händedruck war hart, die Hand schien nur aus Knochen zu bestehen. Dann nahm er sein Brandyglas vom Tisch und setzte sich gemütlich in seinen Sessel. Faulkner stand vor dem Feuer und streckte die Hände aus. »Matherson von Merchant Banking?« fragte er. Matherson nickte. Er ließ den Brandy in seinem Glas kreisen und sah durch ihn hindurch ins Feuer. Unvermittelt schaute er auf.

»Faulkner, ziehen Sie sich einen Stuhl heran«, befahl er leise.

»Ich glaube, Sie trinken Whisky«, sagte Balfour hinter ihm. »Nehmen Sie Soda oder Wasser?« Faulkner drehte den Kopf nicht um. »Groß und pur«, antwortete er, dann erst wandte er sich um, weil er sich den Rücken wärmen wollte. Balfour reichte Faulkner den Whisky. Er zog einen dritten Stuhl vor das Feuer. »Es war gut von Ihnen, so kurzfristig zu kommen. Wenn Sie unseren Kontrakt annehmen – wir haben wenig Zeit.«

Faulkner lächelte plötzlich. Dieses Lächeln erhellte sein Gesicht, seine Augen erwärmten sich und zeigten die zwei Seiten des Mannes. Eine warm, wild und magnetisch, die andere kalt, berechnend und unbarmherzig. »Ein Flugticket und ein hoher, unsignierter Scheck verstehen es, zu überreden«, sagte er. »Außerdem mußten Sie ja wissen, daß ich bei meiner letzten Flasche angekommen bin.« Er setzte sich in den Sessel, trank die Hälfte vom Whisky, lehnte sich zurück und atmete langsam aus. Dann streckte er die Beine weit aus, dem Feuer entgegen, und seufzte zufrieden. »Hier ist es mir zum erstenmal warm, seit ich in diesem verdammten Land bin.«

Matherson schaute das jetzt leere Glas in Faulkners Hand an. »Bitte, bedienen Sie sich mit meinem Whisky«, sagte er trocken. Halb in Gedanken verloren fuhr er fort: »Mir scheint, je respektabler die zivilisierte Welt wird, um so mehr tendiert sie dazu, sich für etwas widerliche Aufgaben der Söldner zu bedienen.«

Faulkner nickte. »Das ist das neue Zeitalter. Die Großmächte haben eine Scheißangst vor der Atombombe.« Er lachte breit. »Wir werden sogar allmählich respektabel.«

»Die meisten Ihrer Kollegen sind, glaube ich, im Moment doch sehr beschäftigt, nicht wahr?«

Faulkner lehnte sich zurück. »Ja«, gab er zu und hakte sie im Geist ab. »Peter d'Enis hat den Kontrakt mit den Ölscheichtümern bekommen, vor ein paar Monaten schon. Er hat für die nationale Verteidigung eine kleine Armee zu liefern und auszustatten. Jean Pierre hat den Jemen bekommen. Wie ich höre, geht es ihm gut. Claus, der Deutsche, bekam den Sudan, aber er hat's schwer. Steckt nicht genug Geld dahinter. Und natürlich hat Tiny Martin den Angola-Kontrakt an Land gezogen, als der Portugiese sich zurückzog. Er ist, wissen Sie, an einen so verdammt guten Verwalter geraten, daß er sich vielleicht noch zu Tode säuft, ehe sie abziehen.«

»Es scheint, diese Kontrakte, die Sie da aufzählen, sind nur von Regierungen geschlossen worden.«

»Es sind ja auch die einzigen, die sich uns leisten können«, meinte Faulkner dazu.

»Ich vertrete ein Syndikat, das sich Ihre Dienste leisten kann, falls ich entscheide, daß Sie der richtige *Mann* sind«, sagte Sir Edward leise.

»Ich bin der beste, den es gibt.«

»Und doch haben Sie seit einiger Zeit nicht gearbeitet, soviel ich weiß.«

»Nein.«

»Ihr letzter Kontrakt endete mit einem Desaster.«

»Er hat überhaupt nicht begonnen«, erwiderte Faulkner zornig. »Sie wissen das. Jemand hat meinen Auftraggeber entführt.«

»In manchen Kreisen war man der Meinung, daß ein Mann, der seinen Chef nicht beschützen kann, kaum einen Kontrakt zufriedenstellend durchziehen kann. Man sagt sogar, Sie werden allmählich zu alt. Und zuviel Whisky.«

»Wenn ich arbeite, bin ich trocken. Und verglichen mit Ihnen bin ich noch ein Junge.«

»Mein Beruf erfordert eher Gehirn als Muskeln.«

Faulkner öffnete den Mund zu einer Erwiderung, doch er überlegte es sich. Diesen Kontrakt hatte er bitter nötig. »Limbani war auf dem Weg, den Kontrakt zu unterzeichnen, als die CIA ihn kaperte. Zu dieser Zeit stand ich nicht in seinem Dienst.«

»Sie haben aber vorher schon für ihn gearbeitet. Mir wurde berichtet, Sie seien sein Freund gewesen, und doch hätten Sie nicht versucht, ihn zurückzuholen.«

Faulkner stellte sein Whiskyglas ab. »Da war nichts drin für mich. Ich habe gelernt, nur des Profits wegen zu arbeiten.« Er schwieg einen Augenblick. »Außerdem riefen sie mich ein paar Stunden nach seiner Entführung in meinem Hotel in Tel Aviv an und warnten mich, er würde sterben, bevor ich ankäme. Jeden meiner Schritte haben sie überwacht, bis er tot war. Er war ein guter Mann«, sagte Faulkner leise. Es war ein Nachruf, oder eine Grabinschrift. »Ein verdammt guter Mann.«

Matherson reichte Balfour sein Glas und forderte Faulkner auf, es auch zu tun, doch der lehnte ab. »Ich glaube, der Kontrakt ging dahin, daß General Ndofa abgesetzt und Limbani wieder zum Oberhaupt der Regierung gemacht werden sollte, nicht wahr?«

Faulkner schaute ins Feuer. »Das Volk im Kongo hielt zu uns. Die Armee zählte kaum. Wir hätten die Garde des Präsidenten zum Schweigen bringen müssen; auch die paramilitärischen Polizeieinheiten, die sie aufgestellt hatten. Das hätten wir auch tun können.« Faulkner sah auf. »Aber was soll es? Er ist tot.«

»Nein«, entgegnete Matherson leise. »Er lebt. Er ist sehr krank, und sie wollen ihn bald fertigmachen. Aber tot ist er noch nicht.«

Matherson hob die Hand, um Faulkners Unterbrechung abzuwehren. »Ich werde ganz von vorne anfangen«, versprach er, »damit Sie unser Interesse an der Sache begreifen.

Handelsbanken gibt es fast seit der Zeit, da man mit Geld zu handeln begann. Sie wuchsen zu einer allgemeinen Bruderschaft zusammen, die keine Grenzen kannte. Wir haben unverändert jedes bekannte Desaster überlebt. Von Kriegen über Epidemien bis zu Hungersnöten. Wir haben gelernt, auf den Wechselwogen der Regierungen zu reiten. Tatsache ist, daß wir in alten Zeiten Regierungen finanzierten, und wir tun es bis zu einem gewissen Grad noch heute.

Es war eine der ersten Taten der Banken, einen richtigen Geheimdienst aufzubauen. Die Banken wuchsen. Viele von ihnen sammelten Informationen und fanden, sie bräuchten auch Spezialwissen über das, was in anderen Weltstädten vorging. So begannen sie mit ihrem sehr leistungsfähigen Kurierdienst. Die fortschrittlicheren Regierungen verließen sich lange auf diese Dienste.

Ich sage Ihnen das nur, um darzulegen, daß unsere Geheimdienste noch immer zu den besten der Welt gehören. Deshalb ist uns auch bekannt, daß Limbani lebt. Und wir wissen auch, wo er ist.

Unsere Bank arbeitet normalerweise unabhängig. Bietet sich uns aber ein Projekt an, das wirklich große Finanzmittel erfordert, dann verbinden wir uns mit unseren Schwesterbanken zu einem Syndikat. Im Moment sind unsere Investitionen gefährdet. Deshalb spreche ich mit Ihnen im Namen eines Syndikats.

Wollen Sie wirklich nicht noch einen Drink?«

»Ich will trocken warten, bis ich weiß, was Sie anbieten.«

Matherson hatte Faulkner beobachtet, während er sprach, um die Stärken und Schwächen dieses Mannes abzuschätzen. Jetzt lehnte er sich zurück. »Na, schön«, sagte er und legte die Fingerspitzen über seinem Glas zusammen.

»Sie sind sich vielleicht dessen nicht bewußt«, fuhr er fort, »daß Großbritannien im Kongo beträchtliche Interessen hat. Das zweitgrößte Konsortium nach der Union Minière du Haut Katanga war in britischem Besitz, zusammen mit einem Monopol auf dem kongolesischen Diamantenmarkt. Am wichtigsten war jedoch die Benguela-Bahn. Die einzige Transportmöglichkeit für Kupfer und Kobalt aus Katanga an die See befand sich in britischen Händen.

Vor einigen Jahren, als das Land noch unter Kolonialverwaltung stand, stieg unser Syndikat groß in die Finanzierung des Abbaues der Kupferminen ein. Es war, alles in allem, eine gute Geldanlage. Die Minen erwiesen sich als eine der reichsten der ganzen Welt. Sie überlebten den Übergang zur schwarzen Herrschaft und den folgenden Bürgerkrieg. Deshalb waren wir nicht übermäßig besorgt, als General Ndofa den Schlag gegen seinen alten Freund Limbani führte.

Natürlich wußten wir von dem bevorstehenden Schlag. Wir konnten ihn zwar nicht verhindern, doch es war uns möglich, für Limbanis sichere Ausreise aus dem Land zu sorgen. Wir kauften etliche seiner Anteile an den Kupferminen auf, stellten ihm in der Schweiz dieses Kapital zur Verfügung und brachten ihn dort unter, um ihn für schlechte Zeiten bei der Hand zu haben.

Natürlich machten wir dann Limbanis Anteile General Ndofa zu einem sehr vernünftigen Preis zugänglich, damit er persönliches Interesse an den Minen hatte und deshalb unsere Interessen schützte. Mit Politik versuchten wir uns nicht zu belasten«, sagte Matherson nachdenklich. »Was wir brauchen, ist das Element persönlicher Habgier – und eine stabile Regierung.

Für eine Weile ging alles ganz gut, aber leider verfiel General Ndofa dem Nkrumah-Komplex. Er mißtraute der Intelligenz des Landes und liquidierte sie zum großen Teil. Ihre Plätze in der Regierung nahmen ungebildete Leute ein, die sozusagen nur bei der Musik mitfahren.

Nach dem Blutvergießen der sechziger Jahre verließen die Leute die Dörfer und kamen scharenweise in die Städte. Die Lebenshaltungskosten waren in die Höhe geschnellt. Die Hilfe des Auslands ergoß sich in den letzten zehn Jahren in das Land als Strom von vierhundertachtzig Millionen Dollar. Aber eine Diktatur braucht ja auch riesige Summen, um sich Loyalität zu kaufen. General Ndofas persönliches Scheckbuch auf die Banque Nationale machte die ganzen Budgetschätzungen zur Farce. Korruption und Habsucht wurden unerträglich. Das Land ist finanziell ausgeblutet.

Ndofa hat dieses Spiel um Hilfe nun jahrelang gespielt. Erst lehnte er sich an die Russen, dann an die Amerikaner. Beide Seiten haben ihn gründlich satt. England kann sich dieses Spiel nicht leisten, und die Chinesen sind mit Tansania und Sambia vollauf beschäftigt. Seine letzte Möglichkeit, wenigstens eine annähernde Solvenz in die Wirtschaft seines Landes zu bringen, sind die Kupherminen. Vor drei Jahren wurden einundfünfzig Prozent davon verstaatlicht. Entschädigungen dafür gab es in festen Schuldverschreibungen, die wir aber noch nicht verkaufen konnten. Seither ist der Ertrag der Minen auf die Hälfte gesunken.

Unsere Informationen gehen nun dahin, daß Ndofa die Absicht hat, die Minen ganz und entschädigungslos zu verstaatlichen. Weiter denkt er daran, unsere festen Schuldverschreibungen zu konfiszieren. Nach der ersten Verstaatlichungswelle war er nicht in der Lage, anderen Banken Vertrauen einzuflößen, so daß ihm also der Zugang zum internationalen Geldmarkt versperrt blieb.

Wir glauben, daß er nun daran denkt, uns unsere Rechte wieder anzubieten im Austausch für eine sehr großzügige Finanzierung. So sollen wir also zu immer größeren Investitionen im Land erpreßt werden. Ein Teil dieses Geldes soll, glaube ich, für den Bau eines speziellen Dorfes für die Organisation afrikanischer Gipfeltreffen verwendet werden.«

Matherson stand auf und tat ein paar schnelle Schritte hin und her. Niemand sprach. Einen Augenblick lang schaute er ins Feuer und nahm dann seinen Gedankenfaden wieder auf.

»Unser Problem ist«, fuhr er fort, »daß wir im Moment nichts zum Handeln haben. Wenigstens ...« Er schaute Faulkner an. »Und da kommen Sie herein.

Limbani war des Volkes Hoffnung auf die Vereinigung des Landes, aber die Amerikaner hielten ihn nicht für stark genug. So stärkten sie Ndofa den Rücken gegen ihn. Limbani konnte nicht beide aufhalten, und so versuchte er, die Briten zu Hilfe zu holen. Damals hatte die britische Regierung jedoch selbst genug Probleme in Afrika, und man ließ ihn fallen. Gegen unseren Rat, möchte ich hinzufügen.

Die einzige Person, die Ndofa immer gefürchtet hat, ist Limbani. Er kennt die Macht, die dieser Mann über das Volk hat, besonders, da ja sein eigener Stamm ein Drittel des Landes bewohnt. Allmählich wurde diese Angst in den letzten Jahren zur Manie. Zweimal versuchte er Limbani zu eliminieren, als er in der Schweiz war. Damals hatten wir aber hier eine neue Regierung, und wir konnten A.I.6 dazu überreden, ihn zu beschützen. Dann bekam Ndofa Wind von Ihrem bevorstehenden Schlag und drängte die CIA, seine Entführung zu arrangieren.

Den Rest wissen Sie natürlich selbst. Limbani wurde nach Algerien gebracht. Dieses Land hat sich auf solche Dinge spezialisiert.

Dort sollte er festgehalten werden, bis sich die Aufregung wieder gelegt hatte, um dann in seinem eigenen Land öffentlich exekutiert zu werden. Nur wenigen Leuten ist bekannt, daß die Algerier, als sie Limbani hatten, Ndofa weitgehend unter Kontrolle bekamen. Trotz Ndofas Protesten hielten sie also Limbani weiter fest. Ndofa fand, es sei leichter, sich Algeriens Forderungen zu unterwerfen als zu riskieren, daß sie Limbani freisetzten und damit einen Bürgerkrieg auslösten, in dem er sehr wohl unterliegen und den er sich auf keinen Fall leisten konnte.

Die Weltmeinung erhob sich gegen Limbanis Einkerkerung und wurde zunehmend unbequem, auch den Algeriern gegenüber. Man wußte von Limbanis Herzkrankheit. Die Algerier schafften ihn in das Landesinnere und meldeten seinen Tod. Natürlich schwieg seine Familie, um damit sein Überleben zu sichern. Ndofa hatte dem Volk Limbanis Tod verkündet und sah sich nun der schreckenerregenden Möglichkeit gegenüber, einen wiederer-standenen Limbani unter seinem Volk wandeln zu sehen. Ein Mann, der sehr wohl beanspruchen konnte, von den Stammesgeistern seines Landes zurückgesandt worden zu sein, um das Land von Ndofas Unterdrückerregime zu befreien.

Die Lage hat sich seither noch erheblich verschlechtert. Die Algerier haben keine Verwendung mehr für Limbani, also geben sie ihn insgeheim im Austausch gegen bestimmte Verträge und Rücksichten an Ndofa zurück, und dazu gehört ein wesentlicher Anteil an unseren Kupferminen.«

Matherson beugte sich nach vorn. »Wir haben heute den 20. November. Unsere Informationen gehen dahin, daß am oder um den 5. Januar Limbani von der tansanischen Grenze her über den See gebracht und in den Armeekasernen von Albertville eingesperrt wird. Am selben Tag wird Ndofa Leopoldville verlassen, da er Limbani persönlich sehen will, ehe dieser hingerichtet und seine Asche verstreut wird.

Wir haben nun den Wunsch, mit Ihnen einen Kontrakt zu schließen, Limbani aus Albertville herauszuholen und ihn nach England zu bringen. Lebend natürlich. Wir werden Ihnen jede Information zur Verfügung stellen, die Sie wünschen. Wir können auch alle persönlichen Unterlagen über jeden bekannten Mann im Kongo beschaffen, mit dem Sie es etwa zu tun haben könnten.«

Matherson machte eine Pause und streckte seinen Kopf Faulkner entgegen. »Haben Sie im Augenblick noch Fragen?« erkundigte er sich.

Faulkner überlegte einen Moment, dann schüttelte er den Kopf.

»Die können warten«, meinte er.

»Geld für Ihre Spesen wird auf einem Nummernkonto bei der Zentralbank von Zürich zur Verfügung stehen. Das Konto läuft weiter auf Limbanis Namen. Abhebungen werden jedoch honoriert nach Vorlage von Dokumenten, die Ihre und Balfours Unterschrift tragen. Weder das Konto, noch die Bank, die von Beauftragten kontrolliert wird, lassen sich zu uns zurückverfolgen. Dieses Zusammentreffen ist die einzige Ausnahme, denn sonst werden wir in keiner Beziehung mit Ihnen zu tun haben, und wir leisten auch keine weitere Hilfe. Balfours Verbindung mit uns ist auch nicht nachweisbar. Er wird die Verbindung zu Ihnen unterhalten, soweit es sich um Informationen und Finanzen dreht. Balfour hat auch bei D.I.6 Verbindungen, die zu einer begrenzten Hilfeleistung bereit sind.«

Matherson lehnte sich zurück und reichte Balfour sein leeres Glas. Das Kaminfeuer wärmte sein Gesicht und spiegelte sich in seinen halbgeschlossenen Augen. »Und nun Ihre Fragen«, sagte er leise.

Faulkner schwieg noch eine ganze Weile, um seine wirbelnden Gedanken zu ordnen. Vor allem mußte er die freudige Erregung, die ihn zu überfluten drohte, unter Kontrolle bringen.

»Erstens«, antwortete er kurz, »wird es ein paar Tage dauern, bis ich weiß, ob sich das Projekt überhaupt durchführen läßt. Zweitens, wenn ja, dann brauche ich einen ganz einwandfreien Kontrakt.«

Matherson nickte. »Wir können sogar als zweiten Unterzeichner ein Mitglied der Familie Limbani bekommen.«

»Drittens, wann spätestens können Sie den genauen Tag von Limbanis Ankunft in Albertville bestätigen?«

»Das können Sie innerhalb von sieben Tagen erfahren«, bemerkte Balfour.

»Viertens, können Sie Ndofa in Leopoldville zurückhalten, während die Kaperung erfolgt? Ich glaube, daß er niemals ohne seine Präsidentengarde reist, und je weniger Männer es sind, mit denen wir zu rechnen haben, desto besser.«

»Das läßt sich arrangieren«, antwortete Matherson.

»Gut. Im Moment wäre das alles.«

»Ich hätte gedacht, Sie würden vielleicht über Ihr Honorar und die Spesen sprechen wollen.«

Faulkner grinste. »Ich schicke Ihnen eine Rechnung, sobald ich weiß, was es kostet.«

»Ich weiß, Faulkner, daß Sie in ihrem Beruf dafür bezahlt werden, daß Sie Ihr Leben riskieren«, bemerkte Matherson trocken, »aber ich gehe davon aus, daß Sie Ihre Haut nicht für übermäßig wertvoll halten.«

Es klopfte an der Tür hinter ihnen. Matherson drehte sich um, als der Butler eintrat. »Ihr Supper, Sir«, erinnerte er vorwurfsvoll.

»Danke, Wilson. Sagen Sie der Köchin, ich werde sofort kommen.«

Matherson stand auf und führte Faulkner zur Tür. »Gut, das wäre also alles.« Er schüttelte Faulkners Hand. »Wenn Sie den Kontrakt annehmen, wünsche ich Ihnen Glück und eine sichere Reise. Balfour wird mit Ihnen nach London zurückfahren. Gute Nacht.« Er wandte sich abrupt um und durchquerte die Halle. Der Butler öffnete ihm die Tür. Ehe sie sich schloß, sah Faulkner einen polierten Tisch mit brennenden Kerzen und Silber, der für zwei Personen gedeckt war.

Sie hatten schon den halben Weg nach London hinter sich, als Faulkner sprach. »Dieser Bastard«, sagte er zornig aus der Dunkelheit heraus.

»Warum?« fragte Balfour besorgt.

»Ich bin halb verhungert. Glaubt er denn, er sei etwas zu Besonderes, als daß er mir ein Dinner anbieten könnte? Oder bin ich ein schmutziges Wort in seinem Vokabular? Hat er Angst, daß seine Frau mich mißbilligen könnte? Wir Kolonialleute haben es gelernt, mit Messer und Gabel umzugehen, wissen Sie.«

»Seine Frau ist tot.«

»Ich habe zwei Gedecke gesehen.« Plötzlich lächelte Faulkner. »Aha. Er hat also eine Frau an der Seite. Dann ist er schließlich doch wenigstens ein halber Mensch.«

»Ah, das«, meinte Balfour. »Nein, seine Frau ist vor sechs Jahren gestorben. Aber sie hatten eine Abmachung. Egal, was er auch tut, das Dinner hat er immer mit ihr. Da sprach er mit ihr über seine Probleme, um sie zu ordnen. Und das tut er jetzt auch noch, obgleich sie tot ist.«

»Wollen Sie damit sagen, daß er nur so dasitzt und mit einem leeren Teller redet?«

Balfour zuckte die Achseln. »Das ist sehr schwer zu erklären – ihr wird ja kein Essen oder sonst etwas serviert. Aber der alte Knabe liebte sie so sehr, daß Sie, falls Sie einige Zeit in diesem Haus lebten, das Gefühl hätten, sie lebe noch. Es ist natürlich Unsinn, aber Sie haben eben dieses Gefühl, wenn Sie wissen, was ich meine.«

»Das muß aber schon eine Frau gewesen sein, um zu diesem kalten Bastard durchzukommen.«

»Sie war halb Weißrussin, halb Chinesin. Kurz vor dem Krieg lernte er sie in Schanghai kennen. Sie arbeitete an der Long Bar. Nachdem er so lange Junggeselle gewesen war, entschloß er sich sehr schnell, sie zu heiraten.«

Faulkner pfiff leise. »Soll das heißen, daß er ein Callgirl geheiratet hat?«

»Das, Colonel Faulkner, weiß ich nicht«, erwiderte Balfour kurz. »Aber ich weiß, daß in diese winzige Frau mehr Feuer, Großzügigkeit und Mitgefühl gepackt waren als in jedes Frauentrio, das ich kenne.«

»Wie sahen die Kinder aus?«

»Jetzt weiß ich, warum ich die Südafrikaner nicht mag«, antwortete Balfour zornig. »Es war nur eines da, ein Sohn. Er bekam irgendeine Knochenkrankheit und starb. Langsam. Der alte Mann ist fast mit ihm gestorben.«

»Beurteilen Sie nicht alle Südafrikaner nach mir. Ich bin eine ganz bestimmte Sorte Bastard. Aber wissen Sie, Mut brauchte er dazu schon«, überlegte Faulkner. »Besonders in dieser gehobenen Gesellschaft. Sie war ja noch starrer als Singapur. Und ich kannte Singapur vor dem Krieg.«

»Dann möchte ich Ihnen etwas über Sir Edward erzählen«, sagte Balfour. »Er kam aus der armen Linie der großen Familie der Handelsbanken. Und das hieß, daß er noch weiter vom Geld entfernt war als eine Hure vom Altar einer Mormonenkirche. Oh, er ging natürlich auf die richtigen Schulen und dann, weil er ein Wildling war und alles tat, um dem Familiennamen Schande zu bereiten, sofort zur Armee.

Er bekam, damit er auch dort blieb, ein kleines Taschengeld. Und jedesmal, wenn sein Name in einer Skandalgeschichte erschien, kürzten sie es. Aber er war ein verdammt guter Soldat.

Mein Vater diente unter ihm als Sergeant Major. Als er im Krieg starb, kümmerte sich Matherson um unsere Familie. Er kümmerte sich sogar um jeden einzelnen Mann, der unter ihm gedient hatte. Er ist – außer Ihnen – der einzige Mann, den ich kenne, der über Nacht eine Privatarmee aus dem Boden stampfen könnte. Jetzt sind sie zwar lauter alte Knacker, aber für ihn würden sie bis zum Tod kämpfen. Allerdings ruinierte die Tatsache, daß er eine Eurasierin geheiratet hatte, seine Chancen bei der Armee – bis der Krieg ausbrach. Dann wurde er im Eiltempo befördert.

Er wurde Generalmajor für die britische Garnison im Libanon. Als er glaubte, die Franzosen wollten umschwenken, während sie noch unsere Verbündeten waren, entwaffnete er sie und steckte sie in Kriegsgefangenenlager. Dann legte er Minen unter die größten Handelsinstitutionen und die Häuser der wichtigsten Scheichs. Er versprach ihnen allen Ernstes, daß er sie alle in die Luft blasen würde, wenn sie zu den Deutschen überlaufen wollten. Sie waren von unerschütterlicher Loyalität ihm gegenüber.

Die Franzosen verziehen ihm das nie, und nach dem Krieg forderten sie seinen Abschied. Damals war die britische Regierung ganz und gar für die *Entente cordiale,* und deshalb erzwang sie seinen Abschied. Die Familie nahm ihn auf, da er mit Medaillen bedeckt war, sie selbst hatten im Krieg kaum etwas getan. Sie gaben ihm ein paar kleine Direktorenposten, aber im großen und ganzen benützten sie ihn als Bevollmächtigten und Namensgeber, denn sie schienen davon auszugehen, daß ein Soldat keinen Geschäftsverstand habe.

Ungefähr fünf Jahre lang lebte er auch danach. Eines Tages wachte er auf und entdeckte, daß er vom Geschäft viel mehr verstand als die anderen, und da steckte er alle in die Tasche. Keiner von ihnen war stark genug, sich ihm zu stellen, und so arbeiten heute alle für ihn.«

»Und wie ist Ihr Anteil daran?« wollte Faulkner wissen.

Balfour lachte leise. »Ich erledige seine mehr privaten Geschäfte, so wie dieses hier.«

Der Wagen drängte sich nun durch den dichten Verkehr am Marble Arch. »Halten Sie hier«, befahl Faulkner dem Chauffeur. »Ich bleibe im Cumberland.«

Der Fahrer sah Balfour an, ob ihm das recht sei, und Balfour schüttelte den Kopf. »Diesmal nicht. Sie sind zu bekannt«, sagte er. »Das ist ein privater Besuch.«

Faulkner wurde vor einem schäbigen Hotel in der Gloucester Road abgesetzt. Er stieg aus und stellte den Kragen gegen die Kälte auf. Angewidert musterte er das Hotel. Dann wandte er sich wieder zum Wagen um. »Wann unterschreiben Sie den Scheck?« fragte er.

»Sobald Sie den Kontrakt unterschreiben«, erwiderte Balfour aus der Wärme des Wagens. »Haben Sie meine Nummer?« Faulkner tippte auf seine Tasche. »Brauchen Sie sonst noch etwas?«

»Ja. Können Sie für mich sehr schnell einen Mann finden?«

»Möglich. Wen?«

»Janders. Rafer Janders. Er hat schon öfter mit mir gearbeitet. Ich habe seine Spur verloren, aber er müßte hier sein, irgendwo in London.«

»Ist er etwa Amerikaner? Grauhaarig? Hemingway-Bart?« fragte Balfour.

»Ja, das ist er. Woher kennen Sie ihn?«

»Über ihn habe ich auch Unterlagen, jedenfalls seit ein paar Tagen. Keine Sorge, ich finde ihn schon. Gute Nacht.«

Der Wagen fädelte sich wieder in den Verkehr ein. Faulkner sah, wie sich der blaue Auspuffrauch im eisigen Nachtwind kräuselte. Er ging die Hotelstufen hinauf.

3

Rafer Janders parkte seinen verbeulten alten Morris im Hof eines ziemlich alten, aber recht anmutigen Wohnblocks über der Themse in der Nähe des Hurlingham Clubs. Er schaltete die Lichter aus und lehnte sich in den Sitz zurück, um dem Regen zu lauschen, der leise auf das Segeltuchdach schlug.

Er war ein großer Mann, Anfang Fünfzig, aber noch hart. Sein starkes, bärtiges Gesicht war ausnehmend anziehend für den Charakter, den es zeigte. Seine rauchgrauen Augen waren traurig, als hätten sie schon zuviel gesehen, und der Schmerz sei in seine Seele gesickert. Keine Drogen, hatte er ihnen gesagt, als sie den Kontrakt machten. Mister, ich bin unten. Ich brauche das Geld. Ich besorge alles, nur keine Drogen. Sie hatten nicht auf ihn gehört, und jetzt sollten sie dafür bezahlen.

Janders stieg langsam aus dem Wagen und schaute zum obersten Stockwerk hinauf, wo eine Reihe von Lichtern und Lärm annehmen ließ, daß die Party in vollem Gang war. Aus der Tasche seines Regenmantels holte er ein in Papier gewickeltes Päckchen und warf es von einer Hand in die andere. Der kalte Regen näßte sein Haar und lief ihm über die Falten seines gequälten Gesichtes und in seinen Bart hinein.

Er betrat das Gebäude und folgte einem langen, teppichbelegten Gang zu einem alten Lift neben der Treppe. Seine Füße tappten lautlos über den Boden. Er schloß das schmiedeeiserne Gitter, drückte einen Knopf, und der Lift surrte und ächzte, als er zum fünften Stock hochfuhr. Im schwachen Deckenlicht holte er eine Tokarew-7.62-Millimeter-Automatik russischer Herkunft aus der Tasche, prüfte sie durch, legte einen Streifen mit acht Patronen ein und steckte sie weg. Die Automatik war eine Erinnerung aus dem Kongo der sechziger Jahre, die er für solche Gelegenheiten wie jetzt aufgehoben hatte.

Rumpelnd kam der Lift zum Stehen. Janders ging zum Ende eines kurzen Ganges und klopfte an die Tür. Er mußte noch zweimal klopfen, ehe man ihn über dem Lärm der Party hörte. Endlich hob sich der Deckel über dem Spion, und ein Auge spähte heraus. Dann öffnete sich die von einer Kette gesicherte Tür.

»Was tun Sie hier?« In der Stimme des Mannes mit dem südlichen Akzent lag eine Drohung. »Ich habe Sie doch gewarnt, jemals hierherzukommen.«

Hinter ihm überschrie ein übermütiger junger Mann die Musik. »Baby«, plärrte er, »mein Daddy war der Teufel, und meine Mama seine Geliebte. Und ich wurde wild geboren. Wild, Baby, unheimlich wild.«

Janders stellte keine Bedrohung dar, denn er sah wie ein einsamer, gebrochener alter Mann aus. Seine Schultern in dem schmuddeligen, nassen Regenmantel waren leicht gebeugt. Er holte das Päckchen aus seiner Tasche. »Ärger«, murmelte er zur Entschuldigung.

»Jemand hinter Ihnen her?« fragte der große Mann. Janders schüttelte den Kopf. Der Mann nahm die Sperrkette ab. »Na, schön«, sagte er. »Dann reden Sie mal besser mit dem Boß. Kommen Sie rein. Aber schnell.«

Janders wurde durch eine kleine Diele in ein großes leeres Wohnzimmer geführt. Es war dunkel bis auf die kleinen Punktlichter über den Stichen in den Nischen der schwarz verhängten

Wände. Der Boden war mit dicken weißen Teppichen bedeckt. In einer Ecke stand eine Bar mit halbleeren Flaschen und gebrauchten Gläsern.

Aus dem Schlafzimmer kam ein junger Mann. Er war nackt und wurde von ebenfalls nackten Mädchen geführt. Alle drei waren betrunken oder high. »Was ich jetzt brauche«, schrie er, als er durch die Tür kam, »ist eine Kiste Whisky, ein Armvoll Mädchen, und dann bring' ich mich um.«

Er blieb stehen und starrte Janders verständnislos an. »Was tun Sie hier?« fragte er, als seine Augen die Richtung halten konnten.

»Ärger, sagt er«, erklärte der Mann neben Janders. »Wär' besser, du schickst die Mädchen fort.«

»Klar.« Der junge Mann drehte sich um und schob sie in das Schlafzimmer. Einen Augenblick später kam er wieder heraus mit einem Handtuch um die Mitte. Er schloß die Tür hinter sich. »Was gibt's?« fragte er nervös.

»Sie hätten mir wirklich sagen sollen, daß ich Heroin bei mir hatte«, sagte Janders leise, sah sich um und vergewisserte sich, daß außer ihnen niemand da war. »Ich warnte Sie doch: keine Drogen.«

»Na, und?« Der junge Mann zuckte die Achseln. Er war groß, mager und sah gut aus, doch sein Gesicht war von Ausschweifungen gezeichnet. »Leute wie Sie kaufe und verkaufe ich, mein Freund, ich brauche Ihnen gar nichts zu sagen. Und jetzt – wissen Sie was?« Er kicherte, und eine sadistische Erregung packte ihn bei der Ausssicht auf eine neue Ablenkung. Er warf sein langes blondes Haar mit einer Kopfbewegung aus dem Gesicht und ging auf Janders zu. »Sie hätten das tun sollen, was ich Ihnen beim erstenmal gesagt hab'. Weil nämlich Randy hier dir jetzt in die Eier tritt. Was, Randy?«

»Das hätten Sie mir sagen sollen«, wiederholte Janders leise, wandte sich zu Randy um und nahm die Automatik aus seiner Tasche.

»Mach vorwärts, Randy!« rief der junge Mann erregt. »Tritt dem alten Schuft in die Eier. Aber richtig, damit er's auch spürt.«

Randy tat nichts. Er war ein großer, harter Mann, dunkel und mit blasser Haut. Er begann zu schwitzen.

»He, du kleine Flasche, warum stellst du dich nicht neben Randy?« fragte Janders höflich. Seine Stimme war sehr ruhig, doch seine grauen Augen waren eisig kalt. »Und, du kleiner Drecksack«, fuhr er fort und machte den Akzent des jungen Mannes nach, »du machst mir jetzt keinen Ärger. Denn wenn du das tust, dann nehm' ich dir erst mal dein Handtuch weg, laß dich eine Weile zum Fenster raushängen, damit jeder deine glorreiche Männlichkeit bewundern kann, und dann laß ich dich fallen.«

Der junge Mann blieb erst mit offenem Mund stehen, dann lief er zu Randy und hielt sein Handtuch fest.

»Und jetzt, lieber Randy-Boy«, sagte Janders lächelnd, »dir brauche ich nicht zu drohen. Ich meine, du wirst ja wissen, daß ich ein paar Stücke aus dir rausschieße, wenn du mich betrügst. Nimm mal deinen Gürtel ab und laß deine Hosen fallen. Und wenn du ein Schießeisen hast, tust du dir selbst einen Gefallen, mein Freund, wenn du's auch fallen läßt, weil ich persönlich nachschauen werde.«

»Pack ihn, Randy«, drängte der junge Mann. »Mach schon, das bringst du leicht fertig. Ist ja nur ein alter Mann.«

Randy schaute Janders in die Augen. Ein Ausdruck verblüfften Staunens huschte über sein Gesicht. Seine Hände griffen an den Gürtel.

»Na, mach schon und pack ihn, du Affe«, schrie ihn der junge Mann zornig an. »Dafür bist du doch da.«

»Willst du endlich die Klappe halten?« sagte Randy müde. »Du hast ja gar keine Ahnung, in welcher Klemme wir stecken.« Seine Hosen rutschten zu den Knöcheln hinab, und unter dem Hemd wurden kurze, blaugestreifte Unterhosen sichtbar.

»Und jetzt stoß mal deine Hosen schön weit weg«, empfahl ihm Janders. »Dann auch dein Hemd.« Der Mann tat, was ihm gesagt wurde. Janders deutete auf ein freies Stück Teppich. »Setz dich da hinüber an die Wand.« Er sah beiden aufmerksam zu, als sie sich bewegten.

»Ich ...«, begann der junge Mann. Seine Stimme war vor Angst viel zu hoch, und deshalb kippte sie um. Er begann noch einmal. »Dafür kriegen wir dich schon noch.« Er deutete auf Randy. »He, was meinst du?«

»Halt endlich deine Klappe«, sagte Randy wieder. »Schauen Sie mal, Mister«, wandte er sich an Janders. »Ich weiß, daß er ein elender Drecksack ist, aber er ist ja noch ein Kind. Sein alter Herr ist drüben in den Staaten was Besseres bei der Mafia. »Warum verschwinden Sie nicht einfach? Dann tut Ihnen keiner was. Wir lassen's so und tragen nichts nach. Ich meine, Sie mögen's also nicht, wenn Sie Stoff liefern. Schön, Sie haben Ihre Meinung gesagt, Mister. Dabei lassen wir's. Okay. Okay?«

Janders nahm das Päckchen aus seiner Tasche und warf es dem jungen Mann zu. »Aufmachen«, befahl er. Der junge Mann tat es. Vor ihm lag ein weißes Heroinhäufchen.

»Das war mein erster Job für dich«, sagte Janders ruhig. »Und vielleicht hast du jetzt noch Glück gehabt. Nur, als ich den Kontakt herstellte, lag ein Mädchen im Sterben. Meine Freunde, ihr verkauft elendes Dreckzeug. Aber mehr noch. Als ich zuschauen mußte, wie das Mädchen starb, fiel mir meine erste Frau ein. So ähnlich ist sie vor langer Zeit gestorben. Ich habe diese Frau sehr geliebt«, flüsterte er. »Also freßt das Zeug!«

»Was?« schrie der junge Mann, und seine Stimme kippte wieder. »Fressen«, erklärte Janders kalt. »Beide. Jeder die Hälfte.«

»Nein!« brüllte Randy und setzte sich in Bewegung. Janders schoß ihn aus unmittelbarer Nähe in die Stirn. Randy blieb noch einen Moment aufrecht stehen. Dann kippte er um. Sein Hinterkopf schlug an die Wand. Er sah übel aus. Janders durchquerte mit ein paar Schritten den Raum und sperrte die Schlafzimmertür ab. »Essen.« Er deutete mit der Automatik. »Ich sag's nicht noch mal.« Der junge Mann aß das Häufchen.

»Ich kann schon allein gehen«, sagte Janders leise. »Hat keinen Sinn, um eine Magenpumpe zu beten, mein Freund. Da ist nämlich Strychnin drin. Ich dachte, es wär' ganz gut, du lerntest ein bißchen Schmerz kennen, bevor du stirbst. Bald spürst du's in den Muskeln. Dann krümmst du den Rücken, bis du meinst, er bricht dir ab.

In ungefähr zehn Minuten bist du tot. Das Mädchen brauchte sehr viel länger. Und ich sag' jetzt Lebwohl.« Er schloß die Tür. Der junge Mann begann zu schreien.

Janders verließ ohne Hast das Haus. Er blieb im Hof stehen und schlug den Mantelkragen gegen den Regen hoch. Er hatte von des jungen Mannes Familie gewußt, und er wußte auch, daß man ihn jetzt jagen würde, bis kein Versteck mehr tief genug für ihn war. Aber wenn ein einst stolzer Mann wie Janders Heroin liefern mußte, um Geld zu verdienen, dann war dies das absolute Ende. Da verlor das Leben seinen Sinn; das Leben und das Morgen.

Zum letztenmal schaute er zum obersten Stockwerk hoch. Er ließ seinen Wagen stehen, drehte sich um und verschwand in der Nacht.

Für Faulkner verging die Nacht sehr langsam. Unter den Decken eines schmalen, unbequemen Bettes lag er auf dem Rücken. Orangefarbenes Licht von den Straßenlaternen filterte durch ausgeblichene Netzvorhänge und erzeugte zusammen mit dem Gasfeuer ein gespenstisches Halblicht.

Es war ein kleines, nacktes Zimmer mit einem Waschtisch in einer Ecke, und darüber hing ein halbblinder Spiegel. In der Schublade neben dem Bett war eine halbvolle Flasche Whisky. Faulkner war entschlossen, sie auch dort zu lassen. Schon sehr oft hatte er versucht, sich in den Schlaf zu trinken, doch es war ihm noch nie gelungen. Bei solchen Gelegenheiten wie jetzt ruhte zwar sein Körper, doch sein Geist weigerte sich, es auch zu tun. Im halben Licht des Bewußtseins wanderte er unkontrolliert zu Erinnerungen zurück, die er besser vergessen hätte, und da überkam Faulkner Traurigkeit.

Ihm fiel das Hotelzimmer in Tel Aviv ein, wo er fiebrig auf Limbanis Ankunft wartete, um den Kontrakt zu unterschreiben. Die Männer standen bereit, alles konnte anlaufen. Das sollte sein Comeback sein, sein letzter großer Kontrakt, wenn auch alle sagten, die Zeit hätte er hinter sich, er sei zu alt und zu sehr der Flasche verfallen. Und jetzt waren Männer wie Tiny Martin, der einst unter ihm diente, ausgebrochen und führten ihre eigenen Söldnerheere.

Als ihn die Nachricht erreichte, daß Limbani entführt worden war, zerbrach er fast. Er verließ seine Männer, ließ sie gestrandet zurück und betrank sich. Es war eine blinde, wilde, kämpferische Trunkenheit. Eines Morgens wachte er in einem israelischen Gefängnis aus seinem alkoholischen Stupor auf, war ganz allein, und nichts war ihm mehr geblieben. Er war am Ende, als Söldnerführer erledigt. Lieber Gott, so tief unten war er noch nie gewesen.

Das Telefon läutete. Faulkners Geist klärte sich so weit, daß er den Hörer abnahm.

»Wissen Sie, daß es jetzt drei Uhr morgens ist?« fragte der Nachtportier verärgert.

Faulkner sah auf seine Uhr. »Ja.«

»Um Mitternacht schließt die Zentrale gewöhnlich. Haben Sie denn die Vorschriften nicht gelesen? Jedenfalls ist da ein Anruf für Sie«, brummte der Portier und stellte das Gespräch durch.

»Hallo, hallo, Faulkner.« Es war Balfour. Faulkner warf sich auf die Seite und zog die Decken um seine Schultern. »Ja«, sagte er.

»Hören Sie«, fuhr Balfour fort, und sein schottischer Akzent trat jetzt deutlich hervor. »Dieser Mann, den ich finden sollte, dieser Amerikaner, Janders. Ich dachte, ich würde ein paar Anrufe machen, ehe ich zu Bett gehe, um Zeit zu sparen. Nun, die Antwort ist eben durchgekommen. Der Mann steckt ganz schön in der Klemme. Vielleicht ist er inzwischen schon tot.«

Faulkner zog die Decken noch ein wenig enger um die Schultern. »Was ist denn passiert?«

»Er hat ein paar Männer von einer Familie beseitigt«, sagte Balfour vorsichtig. »Einer von ihnen war ein naher Verwandter. Und jetzt ist er auf der Flucht.«

»Ist er noch in der Stadt?«

»Muß wohl. Die ganze Stadt ist abgeriegelt. Er hat sie sehr... gekränkt. Sie haben ihm den größten Kontrakt gegeben, der je in diesem Land gemacht wurde.«

Faulkner schwieg einen Augenblick. Er konnte sich genau vorstellen, wie Janders alleine in der Nacht durch die endlosen Straßen Londons wanderte, während sich das Netz langsam um ihn zusammenzog. »Sind Sie jetzt zu Hause?« fragte er.

»Ja.«

»In dreißig Minuten bin ich dort. Sehen Sie zu, daß Sie ihn finden. Bedienen Sie sich aller Kontakte, die Sie haben.«

»Habe ich schon versucht«, begann Balfour, doch Faulkner hatte schon aufgelegt.

»Wo ist der nächste Nachttaxistand?« schrie Faulkner den dösenden Nachtportier an, als er am Empfang vorbeiging. Erstaunt sprang der Mann auf.

»Drunten, die Cromwell Road entlang.« Er deutete hinaus.

Ein dünner, kalter Regen fiel. Faulkner lehnte sich verdrossen im Taxi zurück. Jetzt war es Sonntag früh, drei Uhr zwanzig. Die Straßen waren verlassen, das nasse Pflaster schimmerte im orangefarbenen Licht der Straßenlampen. Es war für einen nicht leicht, so einfach unterzutauchen. Wenn die Parties zu Ende waren und die Klubs im Westend schlossen, wurde ein einzelner Mann auf den Straßen immer verdächtiger. Nein, sagte sich Faulkner, Janders ist jetzt nicht auf der Straße. Dafür war der alte Fuchs viel zu gerissen. Er hatte sich irgendwo verkrochen, gut und tief.

Das Taxi bog hinter Kensington High Street in die Mews ein und hielt vor einem anmutigen, weißgestrichenen Haus. Die Lichter brannten schon. Kaum hatte Faulkner auf den Summer gedrückt, als sich die Tür elektronisch öffnete. Er kletterte eine enge Treppe hoch. Balfour wartete am Treppenabsatz auf ihn.

»Na?« fragte Faulkner barsch, um seine Sorge zu verbergen.

Balfours Miene war noch immer sehr besorgt. »Im Moment kann ihn die Mafia nicht finden, und wir können's auch nicht.« Er ging voran in ein gemütliches, freundlich dekoriertes Wohnzimmer. »Meine Frau ist übers Wochenende zu einem Verwandtenbesuch weg, also machen Sie sich's bequem.« Faulkner sah das Foto einer hübschen, blonden Frau mit lachenden, sommersprossigen Zwillingen.

»Die beiden sind im Internat«, erklärte Balfour stolz, doch dann sah er wieder besorgt drein. »Was mit Janders jetzt geschieht, geht uns nichts an. Je weniger wir uns einmischen, desto besser. Aber wenn Sie schon da sind, lassen Sie mich einen Drink für Sie holen.« Er ging zum Barschrank.

»Balfour«, sagte Faulkner leise, und dieser drehte sich um. »Ich gehe nicht ohne Janders.«

»Colonel Faulkner, wir kennen Ihre Situation. Sie sind kaum in der Lage, Bedingungen zu stellen.«

»Balfour, Sie brauchen Limbani dringend. Ich kenne den Kongo. Ich kenne Limbani. Und ich kann ihn für Sie rausholen. Außerdem bin ich der einzige Mann, den Sie rechtzeitig kriegen konnten, und viel Zeit bleibt nicht mehr. Also sorgen Sie dafür, daß Janders aus diesem Kontrakt rauskommt.«

Balfour überlegte einen Augenblick. Er reichte Faulkner einen Whisky. »Soll das heißen, daß Sie unseren Kontrakt annehmen, wenn der von Janders gestrichen wird, ohne Rücksicht auf das Risiko und von heute an?«

»Vorausgesetzt, daß die finanzielle Seite in Ordnung ist.«

»Sie werden merken, daß wir großzügig sind. Sagen Sie, warum machen Sie sich solche Gedanken um Janders? Ich dachte doch, Sie arbeiten nur des Profits wegen.«

»Ich brauche Janders aber. Er ist der beste Planer, den ich kenne. Ich kann die Männer führen, aber jemand muß uns dort hinein- und wieder herausbringen. Und außerdem«, fügte Faulkner brummig hinzu, »sind mir nicht mehr so viele Freunde geblieben, daß ich mir's leisten könnte, jetzt einen zu verlieren.«

Balfour hatte geschrieben, während Faulkner sprach. Er stand auf und reichte Faulkner ein Stück Papier. »Ich bin von Natur aus ein vorsichtiger Mann«, erklärte er. »Ich habe hier einen kurzen Entwurf unserer heutigen Abmachung notiert. Ist er zufriedenstellend, dann unterschreiben Sie bitte und behalten Sie eine Kopie. Das könnte zur Vermeidung späterer Mißverständnisse nützlich sein.«

Faulkner las den Text durch und unterschrieb beide Ausfertigungen des Dokuments. Als er aufschaute, drückten seine Augen einen neuen Respekt vor dem kleinen ängstlichen Mann aus. »Ich wußte nicht«, sagte er, »daß die Mafia in so großem Stil nach England gekommen ist.«

Balfour drehte sein Glas in den Händen und setzte sich. »Ich weiß ein wenig mehr als sonst irgend jemand«, gab er zu. »Aber mir scheint, in den letzten fünf Jahren haben sie immer mehr Leute hereingeschleust. Die meisten durch ihre respektablen Auslagefenster. Als die Polizei vor ein paar Jahren die größten Londoner Banden knackte, blieb für sie ein Loch, und dessen bedienten sie sich. Sie haben die organisierten Drogenringe übernommen, und jetzt gehen sie ins Geschäft mit den Prostituierten. Seit Jahren hämmert die Polizei an die Tür des Innenministers, aber man muß wohl Kriegsrecht und Todesstrafe anwenden, um sie zu zerbrechen. Und keiner der Politiker macht sich jetzt dafür stark, weil diese Banden an der Oberfläche respektabel bleiben und wie jeder andere Steuern bezahlen.«

»Was ist mit Janders geschehen?«

»Es scheint, einer der ungebärdigen jungen Söhne eines Mafioso wurde zum Auskühlen herübergeschickt und um das Geschäft zu lernen. Er dachte, der Platz sei weit offen, und so stellte er seine eigene Organisation auf die Beine. Ich glaube, das hatte mit der Familie nichts zu tun, damit verdiente er sich nur sein Taschengeld. Jedenfalls hat er diesen Janders als Kurier benützt. Janders brauchte nur einen Trip zu machen, dann wußte er, was er transportierte. Als er das herausfand, lief er Amok, schoß den Leibwächter nieder und zwang den Knaben, das Zeug zu essen. Und da war Strychnin drin. Natürlich sind seine Innereien wie eine Fackel verbrannt. Sein Tod war ziemlich schrecklich.«

»Na, und?« fragte Faulkner kalt.

»Deshalb, Colonel Faulkner, wird es nicht leicht sein, ihn aus diesem Kontrakt herauszuholen«, erwiderte Balfour. »Wir brauchen allerdings im Moment Limbani sehr dringend. Wir werden tun, was wir können.«

»Sucht ihn die Polizei jetzt schon?«

Balfour schüttelte den Kopf. »Jedenfalls nicht offiziell. Die Mafia vermeidet gern Aufsehen.« Er stand auf. »Im Moment können wir nicht mehr tun. Ich schlage vor, Sie kehren in Ihr Hotel zurück und schlafen etwas. Sir Edward ist schon unterrichtet. Am Morgen bin ich bei ihm zum Frühstück. Und ich halte Sie über die Entwicklung auf dem laufenden.

Oh, und übrigens, Colonel Faulkner«, rief er Faulkner nach, als dieser die Treppe hinabstieg, »bitte suchen Sie selbst nicht nach Janders. Das ist nicht Ihr Territorium. Falls Sie nämlich verletzt werden sollten, wäre dieser Kontrakt sofort hinfällig.«

Faulkner kehrte in sein Hotel zurück und begann an zwei Listen zu arbeiten. Die erste enthielt jeden Freund und Bekannten von Rafer Janders, an den er sich erinnern konnte. Es war eine kurze Liste, doch er brauchte lange dazu, sie aufzustellen, denn Rafer war seinem ganzen Wesen nach ein Einzelgänger. Die zweite Liste war länger und enthielt die Orte, die er kannte, an denen sich Rafer aufhalten konnte.

Gegen sieben Uhr morgens war Faulkner fertig. Jetzt erst war ihm klar, wie wenig er über einen alten Freund wußte. Er nahm in einem Café ein leichtes Frühstück, studierte die Listen und versuchte, die Leute mit den Orten zusammenzubringen. Dann begann er durch die Straßen Londons zu gehen.

Es war ein kalter, unfreundlicher Sonntag. Manchmal folgten ihm seine eigenen Schritte. Manchmal war er nur einer von vielen. Je weiter der Tag fortschritt, desto verzweifelter wurde er. Die Plätze waren geblieben, die Leute aber gegangen. Er folgte dem Schatten eines einsamen, herumschweifenden Mannes, der überall lange genug blieb für einen Drink, um die Leute zu beobachten, und dann weiterging und keine Freunde zurückließ, die sich seiner erinnerten.

In den guten Zeiten nach dem Kongo hatte Janders eine große Wohnung in der Mount Street gehabt. Er lebte zufrieden zwischen seinen Malereien, seinen Büchern und seiner Musik. Einmal erzählte er Faulkner, daß er das Alter willkommen hieße: eine Chance, ohne die Leidenschaften des Lebens zu denken, in seinen Geist hineinzugreifen und seinen Gott zu suchen und dann Frieden mit sich selbst zu schließen.

Faulkner suchte diese Wohnung auf. Janders war vor einiger Zeit ausgezogen. Er bekam eine Adresse in der Nähe der King's Road und entdeckte, daß Janders auch dort ausgezogen war. Er klapperte drei weitere Adressen ab, und jede war schäbiger als die vorhergehende, bis er ein heruntergekommenes Mietshaus in Bayswater fand, das Janders' letzte bekannte Adresse war.

Die Mafia war vor ihm dort gewesen. Zwei Männer warteten in einem am Straßenrand geparkten Wagen. Faulkner war überzeugt, daß zwei weitere im Inneren des Hauses waren. Langsam ging er daran vorbei. Wenigstens war ihnen Janders noch voraus, aber für wie lange? Es ging auf den Abend zu, und es begann wieder fein und kalt zu regnen. Unter einer Straßenlaterne blieb er stehen und sah auf seine Liste.

5

Sonntag, 29. November, 11.30 Uhr

Das Wetter hatte sich so weit aufgehellt, daß Matherson im ummauerten Garten hinter dem Haupthaus spazierengehen konnte. Er war von seiner Frau angelegt worden und so, daß er dem chinesischen Stil möglichst nahe kam. Das war sein Lieblingsplatz, obwohl er im Winter kahl war. Über die Bäche schwangen sich anmutige Holzbrücken. Die nackten Zweige der Weiden raschelten im Wind. An Sommerabenden waren sie hier spazierengegangen. Und während er so herumwanderte, fühlte er sie neben sich, und das gab ihm Trost.

Balfour brachte einen Fremden. »Darf ich Ihnen Mr. Martin vorstellen« begann er. Martin ging an Balfour vorbei auf Matherson zu. Er war groß und schwerknochig, ein Mann Anfang Fünfzig mit ausdruckslosem Gesicht und kalten dunklen Augen. Aus Mangel an Bewegung waren seine Muskeln längst mit Fett bepackt, aber sein Händedruck war fest, und seine ruhige Stimme verriet Autorität.

»Wir sind einander schon begegnet, Sir Edward. Vielleicht erinnern Sie sich. Vor vielen Jahren in Boston.«

»Ah, ja, Mr. Martin, ich erinnere mich«, antwortete Matherson. »War damals Ihr Name nicht ein wenig länger?«

Martin zuckte die Achseln. Er war makellos im konservativ-englischen Stil gekleidet, doch seine Stimme verriet noch immer eine Spur italienischen Bostonakzents. »Ist man in England, so ist es wichtig, sich der Umgebung anzupassen«, erklärte er.

»Auch wenn sie ekelhaft ist?« fragte Matherson.

»Ganz im Gegenteil, Sir Edward. Ich finde Ihr Land einfach köstlich. Ich werde älter, und die Gangart hier gefällt mir. Ich denke sogar ganz ernsthaft daran, es zu meiner neuen Heimat zu machen.«

»Treffen Sie keine übereilten Entscheidungen«, warnte Matherson trocken.

Das Lächeln verschwand von Martins Gesicht so schnell, wie es erschienen war. »Ich reserviere den Sonntag meistens für meine Familie«, erwiderte er kalt. »Als ich Ihre Einladung erhielt, nahm ich natürlich an, es sei wichtig.«

»Das ist es, das ist es«, erklärte Matherson und nahm seinen Arm. Dann blieb er stehen. »Sie bleiben doch zum Lunch?« Martin lehnte ab. »Sagen Sie der Köchin, daß nur zwei zum Lunch da sind.« Balfour begriff den Hinweis und ging.

»Ein schöner Garten, meinen Sie nicht auch?« fragte Matherson, während sie weitergingen. Martin besah sich die nackte, kalte Landschaft und antwortete nichts. »Ich finde daran großes Vergnügen«, fuhr Matherson fort, blieb für einen Augenblick an der Brücke stehen und sammelte seine Gedanken. Martin überlegte, welche Stimmung er wohl als nächste andrehen würde, und verdammte insgeheim sämtliche Engländer.

»Mr. Martin«, sagte Matherson schließlich, »ich hätte gerne, daß Sie diesen Kontrakt mit Janders streichen.«

Martin war verblüfft. »Keine Aussicht«, erwiderte er bestimmt und ging weiter. Er sah auf die Uhr. »Wenn das alles ist, tut es mir leid, daß ich Sie jetzt verlassen muß, Sir Edward. Meine Zeit ist knapp.«

Matherson wandte sich langsam von der Brücke ab. »Sie und ich, Mr. Martin, haben wenig Gemeinsames«, sagte er ruhig, »nur das eine, daß wir beide sehr erbarmungslose Männer sind. Und jetzt verstehen Sie mich wohl. Ich hätte es sehr gerne, daß Sie diesen Kontrakt mit Janders annullieren.«

Martin schaute auf, dann lachte er ungläubig. »Sie drohen mir?« fragte er.

»Sagen wir lieber, ich ziehe es vor, mit Ihnen vernünftig zu reden.«

Martin schaute in dieses harte Gesicht, in die kalten Augen, die nicht blinzelten. Der Mann meinte es ernst. »Schauen Sie«, sagte er, »ich würde Ihnen ja gerne helfen, aber da führt kein Weg hin. Den Leibwächter könnte ich vergessen. Er hätte es ja wissen müssen. Aber den Sohn meines eigenen Bruders...«

»Er hat nichts getaugt.«

»Sein Vater trauert um ihn.«

»Er hat nichts getaugt. Sein Vater ist ohne ihn besser dran.«

»Wollen Sie das seinem Vater selbst sagen?« fragte Martin ärgerlich. »Übrigens, er stand unter meinem Schutz.«

»Er hat Sie betrogen.«

»Das hätten wir schon abstellen können. Wenn wir jetzt nicht nach Janders suchen, dann verliere ich einen Bruder, und jeder billige Gauner in London wird denken, er kann sich mit Mitgliedern der Familie anlegen.«

»Was ist mit Janders' Freunden?«

»Er hat keine Freunde.«

»Und die Söldner, mit denen er kämpfte?«

»Was ist mit denen?« fragte Martin ärgerlich. »Billige Amateure, die nur dazu taugen, die Eingeborenen aufzuhetzen.«

»Mein Freund«, sagte Matherson leise, »die Welt verändert sich. Während Sie versuchen, respektabel zu werden, erhebt sich eine neue Armee. Diese Männer arbeiten an einer internationalen Front. Sie sind stark genug, um reiche Regierungen zu schützen und schwache zu stürzen.«

»Na, und?« sagte Martin.

»Janders hat einen Freund, der innerhalb eines Monats eine kleine Armee aufstellen, ausrüsten und mit ihr kämpfen kann. Es würde mir gar nicht passen, alles fallenzulassen und mich auf Sie zu konzentrieren.«

»Wir können auf uns selbst aufpassen.«

»Daran zweifle ich nicht im geringsten«, bemerkte Matherson trocken. »Aber die anderen haben nichts zu verlieren, während Sie eine Menge zu beschützen haben. Und das kann Sie eine Menge Blut kosten.«

»Wo stehen Sie in der Sache?«

»Oh, ich werde Sie finanziell schädigen müssen, so gut ich das kann. Ich glaube, ich kann schon jetzt auf einige der größten Investitionen Ihrer Familie einwirken. Und dann kontrolliert natürlich das Syndikat, das ich vertrete, indirekt einige unserer Zeitungen.

Ich denke, ich kann Ihnen versprechen, daß nach Janders' Tod Sie und Ihre engsten Helfer unter den meistfotografierten und den am häufigsten erwähnten Leuten in England sind. Ein kleiner Krieg zwischen der Mafia und Söldnern müßte den Umlauf noch beschleunigen. Nun frage ich Sie: Wollen Sie vernünftig sein? Ist Ihnen ein Junge dieses Kalibers soviel Ärger wert?«

»Wie kommen Sie auf die Idee, Sir Edward, daß wir nicht an Sie herankönnen?« fragte Martin leise.

Matherson blieb stehen. »Daran dachte ich schon«, gab er zu. »Und ich glaube, daß ich die nötigen Vorbereitungen getroffen habe. Sollte ich oder jemand, der mir nahesteht, irgendwie verletzt werden, dann werden Sie und jene, die Ihnen am nächsten stehen, völlig zerbrochen.«

Martin musterte den einsamen alten Finanzmann. Dann dachte er an seine Frau, an die Kinder und Enkelkinder, die auf ihn und seine Rückkehr zum Lunch warteten, und nickte. »Der Familie würde das gar nicht passen«, sagte er. »Aber wenn wir Ihnen Janders geben – was können Sie dann für uns tun?«

»Was wollen Sie?«

Martin überlegte einen Moment. »Wir steigen ganz groß ins Immobiliengeschäft ein. Das Geld ist im Moment knapp. Wir brauchen mittel- und langfristiges Hypothekengeld.«

»Ja, ich glaube, da können wir Ihnen helfen. Sagen wir drei Prozent über der gegenwärtigen Bankrate? Die Einzelheiten können wir später ausarbeiten.«

»Und die Bankrate?«

Matherson schüttelte den Kopf.

»Ein Prozent?«

Matherson lächelte, aber ohne jede Wärme. »Wollen wir uns nicht lieber auf eineinhalb Prozent einigen?«

»Angenommen«, bestätigte Martin und fühlte sich unbehaglich.

»Dann werden Sie also sofort den Kontrakt aufheben.« Sie gingen nun quer über den Rasen zum Haupthaus.

Martin schüttelte den Kopf. »Ich muß erst den Rat einberufen. Und meinen Bruder anrufen und sein Einverständnis bekommen.« Er schaute auf. »Dieses Geld zu eineinhalb Prozent – ist das sicher?«

Matherson schüttelte den Kopf. »Ich muß mit dem Syndikat reden.«

»Ich gebe Ihnen bis zum Abend Bescheid«, versprach Martin.

»Ich müßte um diese Zeit dann auch die Antwort für Sie haben«, antwortete Matherson liebenswürdig.

Martin stieg in seinen Wagen und nickte dem Chauffeur zu.

Matherson lehnte sich nach vorn. »Wieviel Zeit hat Janders?«

Martin zuckte die Achseln. »Nicht viel. Wir schließen auf. Was bedeutet Ihnen dieser Mann überhaupt?«

»Ich habe Verwendung für ihn, und deshalb wäre es klug von Ihnen, sich meine früheren Bemerkungen ganz ernsthaft zu überlegen.« Ein kaltes Lächeln überflog Mathersons Gesicht. »Ich hoffe, daß wir zu einer freundschaftlichen Vereinbarung kommen«, sagte er.

Martin drehte sich um, als der Wagen die Zufahrt entlangfuhr, und sah den hageren alten Mann an den Stufen seines Hauses stehen. Kurz überdachte er die Unterhaltung in dem ummauerten Garten. Dann nahm er ein sauberes Seidentaschentuch aus seiner Tasche, hob den Hut und wischte sich einen dünnen Schweißfilm von der Stirn.

6

Sonntag, 6 Uhr abends

Das Telefon läutete, als Balfour sein Haus betrat. Er hob ab.

»Wo waren Sie denn?« wollte Faulkners zornige Stimme wissen. »Seit zwei Stunden versuche ich, Sie zu erreichen.«

»Bei Sir Edward«, erwiderte Balfour. »Der Kontrakt könnte annulliert werden. Wir warten auf den entsprechenden Bescheid.«

»Wann werden Sie es erfahren?«

»Kurz vor Mitternacht.«

»Dann ist es verdammt zu spät.«

»Im Moment können wir kaum etwas unternehmen. Wir können nur warten.«

»Sie sagten, Sie hätten Unterlagen über Janders. Wo?«

»In meinem Stadtbüro.«

»Die möchte ich sehen. Ich bin alles durchgegangen, was ich über Janders weiß. Etwas fehlt.«

»Ich habe Sie doch gebeten, sich nicht einzumischen.«

»Bis Mitternacht hält er aber nicht durch«, erklärte Faulkner ungehalten. »Den ganzen Tag über pralle ich gegen die Männer der Familie. Sie kommen so nahe, daß man sie schon bellen hören kann. Ich brauche diese Unterlagen.«

»Na, schön, schön«, erwiderte Balfour. »In dreißig Minuten bin ich im Büro.« Er gab Faulkner eine Adresse in der Nähe der Chancery Lane.

Eine Stunde später fand Faulkner im kahlen, sauberen Büro von Balfour, Whipple and White, Vereidigte Sachverständige, das, wonach er gesucht hatte. »Ich habe jeden verdammten Platz, an dem er gewohnt hat, durchgefilzt, jede Kneipe und jeden Klub, wo er mal ein Glas getrunken hat. Aber ich habe mir nie die Mühe gemacht, den Ort herauszufinden, wo er gearbeitet hat. Er sagte immer, eines Tages würde er mal in einer Galerie arbeiten.«

»Seine Galerie muß sich auf Kunstformen spezialisiert haben, die niemand sonst zu würdigen wußte«, meinte Balfour. »Sie sehen ja, daß sie vom Tag seiner Übernahme aus immer sicherer in die Pleite rutschte.«

»Er hätte Sie zu seinem Finanzberater machen sollen.«

»Dann hätte ich ihm geraten, nicht in ein solches Spezialunternehmen einzusteigen«, erklärte Balfour trocken. »Sie werden sehen, daß dieses abenteuerliche Geschäft vor sechs Monaten zahlungsunfähig wurde. Die Bestände wurden für eine recht kleine Summe versteigert.«

»Wissen Sie, wer die Räumlichkeiten übernommen hat?«

»Nein. Wir verloren das Interesse, als Janders weiterzog.«

7.45 Uhr

Ein Taxi setzte Faulkner in der Fulham Road ab, etwa eine halbe Meile vor dem Fulham Broadway. Er ging den Gehsteig entlang und musterte die Hausnummern über den Türen. Als er überzeugt sein konnte, daß niemand ihn beobachtete, überquerte er die Straße zu einer bunt dekorierten Modeboutique namens Ginger Tom in einem kleinen Eckladen an einer Nebenstraße.

Die Ladenlichter brannten. Er klopfte, doch niemand meldete sich. Er hämmerte weiter an die Tür, bis sie endlich doch aufgerissen wurde. Ein kleiner, dicklicher Mann stand vor ihm. Er trug einen engen, bis oben zugeknöpften dunklen Samtanzug, und seine Hosenbeine waren in hohe schwarze Lederstiefel gestopft. Sein Gesicht war rund und weich, trotz des Winters gebräunt, hatte eine Nase mit geblähten Nasenlöchern und feuchte Augen, die von braunlockigen buschigen Brauen überschattet wurden.

»Ja?« fragte er und stemmte die Hände theatralisch auf die Hüften. »Sehen Sie denn nicht, daß wir geschlossen haben? Nein, wirklich«, knurrte er, »manche Leute nehmen überhaupt keine Rücksicht.« Er musterte Faulkner berechnend. »Übrigens, wir haben hier nichts, das für Sie passen würde. Sie sind nicht unsere Sorte.«

»Ich möchte mit Ihnen reden«, entgegnete Faulkner. Er hob den kleinen Mann an den Ellbogen an, setzte ihn hinter der Tür ab und betrat den Laden. Innen hingen von der Decke oder an den Wänden Kleider in Tanzposen. Sie bestanden vorwiegend aus drei Sorten Material, aus Samt, Leder oder Kettenpanzer. Der kleine Mann folgte ihm kochend vor Wut.

»Appy!« kreischte er. »Appy!«

Ein großer kahlköpfiger Mann erschien auf der Treppe. Er trug eine Lederweste, die zwei mächtige tätowierte Arme mit genagelten Armbändern freigab. Er sah fast aus wie ein Henker aus der Zeit von Heinrich VIII.

»Appy«, befahl der kleine Dicke. »Wirf diesen Barbaren hinaus.«

Faulkner spannte sich für den Angriff. Er kam nicht. Appy blieb nähend auf der Treppe stehen.

»Appy!« rief der Kleine. »Ruf die Polizei an!«

Appy untersuchte den Saum des Kleidungsstückes, an dem er arbeitete. »Kann nicht«, antwortete er. »Du weißt, daß das Telefon abgeschaltet ist.«

Der kleine Mann ließ verzweifelt die Hände sinken. »Appy ist wirklich eine sehr schöne Seele«, sagte er im Ton einer Entschuldigung. »Er haßt Gewalttaten, aber wenn Sie mir was antun wollen, bringt Appy Sie um. Das tust du doch, Appy, was?«

»Ja«, bestätigte Appy seelenruhig. Und Faulkner, der die Menschen kannte, glaubte es ihm.

»Wie heißen Sie?«

»Robert.«

»Ich heiße Faulkner. Ich brauche Ihre Hilfe.« Jetzt sah Robert interessiert drein. Faulkner fuhr also leise fort. »Ich lebe in einem kleinen Dorf in Südafrika. Am Kap. Ich bin fremd hier in der Stadt. Und ich habe einen weiten Weg zurückgelegt, um einen Freund zu finden. Er hatte hier eine Kunstgalerie.« Er sah, wie sich Roberts

Gesicht verhärtete. »Schauen Sie, Robert, er heißt Rafer Janders. Wenn Sie wissen, wo er ist, müssen Sie mir das sagen. Er ist in großen Schwierigkeiten.«

»Von dem hab' ich gehört«, sagte Robert. »Hast du auch von ihm gehört, Appy?« Appy schüttelte langsam den Kopf.

»Robert, Sie müssen wissen, wenn ich ihn nicht vor den anderen finde, bringen die ihn um.«

»Ich weiß immer noch nicht, wovon Sie reden.«

Faulkner war jedoch überzeugt, daß er es wußte. Einen Augenblick lang spielte er mit dem Gedanken, das Wissen aus ihm herauszuprügeln, aber er kannte die Roberts und Appys dieser Welt. So leicht waren die nicht aufzubrechen.

»Robert«, sagte Faulkner leise, »Rafer ist so ungefähr der einzige Freund, den ich noch habe. Und ich brauche ihn ganz dringend. Wenn Sie wissen, wo er ist, dann sagen Sie ihm, Allen Faulkner sei hier. Wo ist die nächste Kneipe?«

»Links an der Straße.«

»Dann warte ich dort, bis sie zumacht. Danach ist es wahrscheinlich schon zu spät.«

Faulkner saß mit einer Flasche Whisky in der Ecke einer überfüllten Kneipe und wartete, daß die Zeit verging. Mehr konnte er nicht tun. Er hatte eben beschlossen, sich in den paar Minuten vor Sperrzeit noch ordentlich zu betrinken, als Robert durch die Tür schlüpfte. Er drängte sich zu Faulkner durch.

»Kommen Sie mit«, flüsterte er. Er trug praktisch Umhang und Dolch. Minuten später eilte Faulkner durch die engen Seitengäßchen zur Kings Road.

»Es war nur Ihres häßlichen Gesichtes wegen«, erklärte ihm Robert und trottete glücklich neben ihm her. »Ich meine, ich sagte zu Appy, mit einem solchen Gesicht kann einer nur ehrlich sein. Das mit dem Telefon war ein schrecklicher Fehler, was? Beinahe wär' ich gestorben. Im Moment geht nämlich unser Geschäft nicht besonders gut. Appy macht die Entwürfe und schneidet zu, ich helfe beim Nähen und beim Verkauf. Im Augenblick hat er's richtig mit den Kettenpanzern. Die machen wir aus Vorhangringen. Ich glaube, das ist sehr sexy. Was meinen Sie?«

»Wie weit ist es noch?« erkundigte sich Faulkner.

»Nächste Straße«, antwortete Robert. Er atmete schon ziemlich schwer. »Ich verliere meine Figur«, bemerkte er. »Ich muß wieder zur Tanzschule zurück. Da ist nämlich ein feiner Lehrer. Sieht aus wie Nurejew. Wissen Sie, mit blitzenden Augen, hungrigem Blick und sehr mager. Er sagt, wenn ich nicht so faul wäre, könnte er aus mir einen sehr guten Tänzer machen.«

Robert blieb unter einer Haustür stehen. Auf einer kleinen Tafel stand FOUR FEATHERS CLUB, und ein Kupido mit Pfeil zeigte die Richtung an. Einen Lift gab es nicht. Sie kletterten wackelige Treppen hoch. An jedem Treppenabsatz hing hoch oben eine schwache nackte Birne.

Im zweiten Stock hielten sie an einer Tür an. Sie war aus schwerer Eiche, eisenbeschlagen und oben bogenförmig. In Kopfhöhe war ein schmiedeeisernes Gitter ins Holz gesetzt. Robert klopfte. Nach einer kurzen Pause öffnete sich die Klappe hinter dem Gitter, und ein Gesicht spähte heraus.

»Bin nur ich mit einem Freund«, sagte Robert. »Mach auf.«Als die Riegel zurückgeschoben wurden, erklärte er stolz: »Das ist nämlich ein neuer Klub, ungeheuer exklusiv. Er ist noch nicht fertig. Die Eröffnung findet erst nächste Woche statt.«

Ein großer, magerer Mann musterte Faulkner skeptisch, als er eintrat. Er hatte schulterlanges Haar, das weißblond gebleicht war. Zu alten vergammelten Jeans trug er ein altes T-shirt. »Wiegenräuber«, sagte er zu Faulkner mit hoher, kräftiger Stimme.

»Sei doch still, Liebling«, befahl Robert, als er sich an ihm vorbeischob. »Er ist doch keiner von uns. Er ist in Ordnung.«

Zu Faulkner sagte er: »Das ist Maxi, ein sehr guter Innendekorateur, aber schrecklich gefährlich. Verstehen Sie...« Robert deutete durch den fahlroten Lichtnebel. »Er verwendet nämlich unsere Kettenpanzer, und deshalb ist er auch schrecklich gescheit.«

»Liebling, jemand muß das Zeug doch verwenden«, sagte Maxi anzüglich. »Ich meine, wenn du's trägst, so wie du bist, rostet es ja doch nur. Und wo bleiben dann wir?«

»Darling, tu das, was du kannst«, erwiderte Robert hochmütig, »ich habe zu tun.«

Er führte Faulkner über dicke Teppiche an einer langen, geschwungenen Bar vorbei in den hinteren Teil des Klubs. Zwei Stufen führten dort in eine schmutzige Küche. Dahinter lag wieder eine kurze Treppe, die an einer Diele zum Dachboden endete. Robert klopfte leise an die Tür.

»Rafer, ich bin's nur. Ich hab' dir einen Freund mitgebracht.«

»Faulkner!« rief Janders durch die Tür.

»Ja«, antwortete Faulkner. Ihm fiel nichts anderes ein.

»Alles in Ordnung mit dir, Robert?« fragte Janders.

»Mit mir? Aber natürlich. Warum?«

»Gut«, sagte Janders. »Durchsuch ihn. Schau nach, ob er ein Schießeisen hat.«

»Wer?« fragte Robert.

»Faulkner natürlich. Wer denn sonst?«

Robert sah Faulkner an und wandte sich wieder zur Tür um. »Nein«, sagte er. »Das kann ich nicht. Wir haben uns doch erst kennengelernt.«

»Tu's!« rief Janders.

Robert drehte sich wieder zu Faulkner um. »Entschuldigen Sie«, kicherte er nervös. Flüchtig tastete er Faulkners Kleider ab. »Nichts!« rief er. »Wirklich, du solltest dich was schämen.«

»Die Tür ist offen, Allen«, rief Janders. »Komm nur langsam rein und bleib im Licht stehen. Laß die Hände offen und halt sie von den Seiten ab.«

Faulkner blieb sehr still unter der Tür stehen. Erst war er ganz blind. Dann gewöhnten sich seine Augen an die Dunkelheit, und er konnte Janders auf einem schmalen Feldbett in der Ecke des kleinen, nackten, sehr kalten Raumes direkt unter den Dachsparren und Pfannen erkennen. Janders lehnte, in Decken gewickelt, an der Wand. Über seinen Knien lag ein Revolver. Der Lauf zielte auf Faulkners Magen.

»Du kommst wegen des Kontraktes, alter Freund?« fragte Janders leise.

Faulker schüttelte den Kopf. »Ich habe andere Pläne für dich.«

»Welche?«

Faulkner antwortete nicht.

»Okay«, sagte Janders müde. »Ist doch egal, ob du's bist oder ein anderer. Über dir ist ein Licht.«

Faulkner warf einen Blick zu dem kleinen Giebelfenster.

»Das ist blockiert«, erklärte Janders.

Faulkner griff nach oben und zog die Schnur. Eine schwache, nackte Birne glühte auf, pendelte und ließ Schatten durch den Raum tanzen. Janders fror. Sein Gesicht war eingefallen, seine Augen waren vor Schlafmangel rot.

Faulkner schloß die Tür und ließ Robert draußen stehen. Er ging zu Janders und setzte sich neben ihn auf das Feldbett. »Du alter Bastard«, sagte er voll Zuneigung. »Du bist immer noch so gerissen. Wer würde dich überhaupt in einem Schwulenklub suchen?«

»Oh, das werden sie«, antwortete Janders. Er zitterte; er roch nach altem Schweiß und Angst. »Diese Knaben hängen ziemlich am Stoff. Die Mafia hat vergangene Nacht alle Lieferungen zurückgezogen. Es ist nur eine Zeitfrage, bis einer aufbricht.« Er schaute Faulkner ins Gesicht. »Pack sie nicht zu hart an. Es sind gute Freunde, wenn sie können.«

»Dann hole ich dich aber besser hier raus.«

»Ich kann nicht runtergehen. Sie holen sonst meinen Sohn.«

»Wir brauchen nur ein bißchen Zeit. Wir können ein paar Männer zusammenholen. Und dann sollen sie einen Krieg haben, der sie Blut schreien läßt. Komm. Wenn du nicht laufen kannst, trag' ich dich.«

»Vergiß es. Wir sind hockende Enten auf der Straße. Bleib nur eine Stunde bei mir. Laß mich die Augen zumachen. Dann weck mich auf und geh wieder. Das ist mein Krieg, nicht der deine.«

»Rafer, was ist mit dir geschehen? Du kannst dich nicht einfach zusammenringeln und in einem solchen Loch sterben. Komm hier raus.«

»Die Angst frißt sich in deine Seele, wenn sie lange genug anhält. Ich bin jedesmal, wenn ich vor dieser Tür ein Geräusch hörte, ein Stück gestorben. Zum Rennen bin ich zu alt. Und ich habe nichts, wohin ich noch rennen könnte.« Er schloß die Augen. »Weck mich nur auf, wenn du gehst. Und wenn ich gehe, möchte ich nur allzugern ein paar von denen mitnehmen.«

Faulkner öffnete die Tür. Robert, der draußen wartete, schaute mißtrauisch zu Janders herein. »Er schläft jetzt«, sagte Faulkner. Robert schien zufrieden zu sein. Vielleicht hatte er an der Tür gelauscht. »Bald wird es Ärger geben. Schaffen Sie Ihre Freunde von hier weg.«

»Wir werden helfen«, versprach Robert.

Faulkner schüttelte den Kopf. »Dazu müßtet ihr ein paar Maschinengewehre haben. Und jetzt raus hier. Warten Sie einen Moment«, bat Faulkner, als Robert sich zum Gehen wandte. Er griff in seine Tasche und hielt ihm ein paar Geldscheine hin. »Gehen Sie für ein paar Tage nach Brighton. Nemen Sie Appy mit.«

Robert sah das Geld an. »Nein, vielen Dank. Und übrigens hasse ich Brighton. Appy auch.«

»Na schön. Dann gehen Sie, wohin Sie wollen, aber verlassen Sie auf jeden Fall London für ein paar Tage.«

Faulkner öffnete die Tür. Ehe er wieder hineinging, drehte er sich noch einmal zu Robert um. »Vielen Dank. Eines Tages tun wir für Sie das gleiche.«

»Gerne geschehen. Rafer ist ein Freund von uns«, erklärte er. »Mit dem Laden war er sehr gut zu uns... Wollen Sie wirklich nicht, daß ich die Polizei hole?«

»Nein«, erklärte Faulkner.

»Gut. Aber dann seien Sie vorsichtig.«

Janders schlief tief. Faulkner nahm den Revolver aus seiner Hand und sah sich um. Das Fenster war mit Zeitungspapier verkleidet. Außer dem Feldbett gab es kein Möbelstück.

Er wartete ein paar Minuten, dann ging er die Treppe hinab, durch die Küche und in den jetzt leeren dunklen Klub. Er prüfte die Tür nach und schob die inneren Riegel vor. Dann kehrte er durch den Klub zurück, versperrte jede Tür und verbarrikadierte sie mit Möbeln. Einem massierten Angriff konnten diese Barrikaden natürlich nicht standhalten, aber sie würden die Angreifer doch aufhalten, und jede Minute war kostbar. Außerdem rissen sich wahrscheinlich nicht viele Leute darum, eine Tür im Sturm zu nehmen, wenn auf der anderen Seite ein Mann mit Revolver wartete.

Faulkner versuchte, die großen Pfosten der Dachbodentreppe zu lockern, doch sie waren zu stark. Er stieg die Treppe hinauf, kniete etwa auf halber Höhe nieder und lockerte die nächste Stufe mit einem Küchenmesser. Als er damit fertig war, konnte kein Mann mehr diese Stufe betreten; er würde durchbrechen.

Dann kehrte er in die Dachkammer zurück. Die feuchte Kälte fraß sich in seine Knochen. Janders warf sich herum und murmelte im Schlaf. Immer wieder tastete seine Hand wie in einem Alptraum nach dem Revolver. Faulkner hob ihn vorsichtig vom Feldbett und setzte ihn an die gegenüberliegende Wand. Die Decken zog er enger um ihn. Wenn es ernst wurde, brauchte er das Feldbett zum Blockieren der Tür.

Der Raum und die Kälte bedrückten ihn. Er überprüfte den Revolver. Die Tokarew war eine gute, solide, einfache Waffe, zwischen fünfundzwanzig und dreißig Yards treffgenau und reagierte auf einen leichten Druck. Faulkner versuchte es. Sie arbeitete glatt. Er schaute auf die Uhr. Viertel vor elf. Er ging zu Janders und suchte in seinen Taschen nach Munition.

Janders wachte auf. Seine Hände klammerten sich sofort an Faulkners Hals. »Nur ruhig«, flüsterte Faulkner und löste seine Hände ab. »Geht es jetzt besser?«

Janders setzte sich auf und schüttelte den Kopf, um seine Gedanken zu klären. »In einer Minute bin ich okay.«

»Hast du etwas Benzedrin?« fragte Faulkner.

»Etwas. Das habe ich mir gespart.«

»Dann nimm es. Könnte sein, daß ich dich brauche.«

»Verschwinde hier, solange du noch kannst.«

»Ich hänge jetzt schon drin.«

»Freund, du mußt mich sehr dringend brauchen.«

Faulkner antwortete nicht.

Janders sah alt und erschöpft aus. »Wirst du mir durch die Nacht helfen?« fragte er.

»Die nächste Stunde, wenn wir Glück haben. Wir haben einen, der versucht, den Kontrakt zu annullieren.«

»Keine Chance«, erklärte Janders bestimmt. »Du hast doch gehört, was ich getan habe?«

Faulkner nickte. Er griff nach oben und löschte das Licht. Sie warteten im Dunkeln. »Ich habe keine weitere Munition gefunden.«

»Ist auch keine da.«

»Und du bist der beste Planer im Geschäft.«

»Mensch, ich habe doch gar nichts geplant. Als ich entdeckte, daß ich Stoff bei mir hatte, lief ich Amok.«

Schweigend saßen sie eine Weile da. »Wie spät ist es?« fragte Janders.

Faulkner schaute auf das Leuchtzifferblatt. »Kurz nach elf.«

»Himmel, wie langsam doch die Zeit vergeht, wenn man wartet«, sagte Janders und lehnte sich an die Wand. »Wie geht es Jenny?« fragte er.

»Sie ist tot«, erwiderte Faulkner. »Seit zwei Jahren.«

»Und die Kinder?«

»Erwachsen. Ich sehe kaum mehr etwas von ihnen.«

»Diese Frau war zu gut für dich.«

»Sie fehlt mir jetzt sehr.«

»Bißchen spät. Und früher warst du immer woanders, wenn sie auftauchte.«

»Halt doch die Klappe«, sagte Faulkner leise aus der Dunkelheit heraus.

»Will dich doch nur wachhalten. Und wie ging es dir sonst?«

»Ungefähr so wie dir.«

»Du meinst, du bist pleite?«

»Ja.«

»Bei mir war es die Malerei. Mensch, ich hab' die Bilder viel zu sehr geliebt. Zu teuer eingekauft, zu billig verkauft. Aber ich habe einige sehr gute Sachen gehabt. Und die werden immer noch gut sein, wenn ich schon lange tot bin. Wie spät ist es?«

»Fast Viertel nach elf.«

»Ich wollte, sie kämen. Das ist besser als die Warterei.«

»Du hast früher auch warten müssen.«

»Da war ich noch jünger und dümmer.«

»Du hast wieder geheiratet.«

»Woher weißt du das?«

»Ich habe Unterlagen über dich eingesehen.«

»Von den Leuten, die den Kontrakt zu annullieren versuchen?«

»Ja.«

»Das hätte ich mir denken können.«

»Was ist mit ihr geschehen?« fragte Faulkner. »Ich dachte, du seist für die erste ein wandelnder Schrein gewesen.«

»Für dich gibt es immer eine Menge Frauen. Für mich waren es nur diese zwei.«

»Also, was ist passiert?«

»Sie verließ mich, als es mit der Galerie zu Ende war«, antwortete Janders ohne jede Bosheit. Er lehnte sich an die Wand zurück. »Sie war Französin und arbeitete als Au-pair-Mädchen. Aber was für ein Mädchen! Mensch, war die hübsch! Und wie sehr sie das Leben liebte. Allein durch ihre Gegenwart fühlte ich mich jung. Vielleicht war ich nur zu alt für sie. Oder vielleicht habe ich auch meine erste Frau zu sehr geliebt. Ich weiß es nicht. Aber sie hinterließ mir einen Sohn. Das war das Beste, was sie für mich tun konnte. Er heißt Emile. Er sieht wie seine Mutter aus. Erinnert mich auch jedesmal an sie, wenn er lacht. Himmel, wie sehr ich das Kind liebe!«

»Wo ist er jetzt?«

»Schweiz. Ich habe für ihn etwas Geld auf die Seite gelegt. Sperrkonto. Er geht dort in eine richtig gute Schule. Wie eine Familie ist es. Zu den Feiertagen besuche ich ihn. Weißt du, er fährt besser Ski als ich. He, wenn du mal das Licht andrehst, zeig' ich dir ein Foto von ihm.«

»Wenn ich jetzt das Licht andrehe, hat er keinen Papa mehr.«

»Ja, so nennt er mich. Papa.«

Faulkner gab keine Antwort. Er ging quer durch den Raum, tat einen Satz über das Treppengeländer und ging durch die Küche. Er hörte das schrille Surren eines Elektrobohrers. Die Vordertür gab nach. Dann kam der Ton gemurmelter Flüche, als sie gegen die Möbel prallten.

Janders kroch auf den Treppenabsatz hinaus. »Sie sind unten auf der Straße«, sagte er. »Himmel, wenn ich jetzt nur eine Flinte hätte.«

Faulkner wartete an der Küchentür. Er hörte sie durch die Bar stolpern, wo sie sich in den von der Decke hängenden Kettenpanzern verhedderten. Jemand versuchte, die Lichter anzuknipsen, doch Faulkner hatte die Sicherungen herausgedreht. Er schätzte sie auf zwei oder drei Männer. Hoffnungsvoll versuchten sie es mit der Klinke der Küchentür. Sie bewegte sich nicht. Jemand, ungeduldiger als die anderen, probierte es mit der Schulter. Sie hätte auch sicher nachgegeben, wäre sie nicht mit den Möbeln verbarrikadiert gewesen.

Faulkner huschte zur Tür. Er wußte aus Erfahrung, daß der beste Weg, einen bewaffneten Mann aus einem Raum herauszuholen, eine Granate war, und ohne sie war die einzige Möglichkeit des Durchbruchs eine sehr schnelle Bewegung. Er hörte den Mann hinter der Tür zurückgehen, um Anlauf zu nehmen. Faulkner zählte die Schritte. Einen Moment war Stille, dann begann der Mann zu rennen.

Ruhig zählte Faulkner die Schritte, als sie schwer auf den Holzboden stampften. Einen Schritt bevor der Mann die Tür erreichen mußte, schoß Faulkner zweimal.

Er hörte einen unmenschlichen Schrei, dann den Krach eines stürzenden Körpers.

Faulkner warf sich platt auf den Boden und wartete auf eine Salve von Antwortschüssen. Sie kam nicht. Er hörte, wie der Körper weggeschleift wurde. Dann sah er auf die Uhr. Es war elf Uhr und fünfunddreißig Minuten. Noch immer Stille. Vorsichtig huschte er zu Janders auf dem Treppenabsatz zurück.

»Das nächstemal schieße ich«, sagte Janders. »Ich werd' ja verrückt, wenn ich hier sitzen muß. Warum hast du dir selbst keine Waffe mitgebracht?«

»Du weißt, daß ich nie eine bei mir habe, wenn ich nicht im Einsatz bin. Hätte ich geahnt, daß ich in meiner zweiten Nacht hier in einer Dachkammer belagert werde und daß die halbe Mafia hinter mir her ist, hätte ich eine ganze verdammte Armee mitgenommen.«

11.40 Uhr

Matherson wurde zum Telefon gerufen. »Martin hier«, sagte eine ferne Stimme. »Gilt der Handel noch?«

»Eineinhalb Prozent über der Bankrate«, bestätigte Matherson.

»Okay. Sie können Janders haben. Das Wort ist rausgegangen. Der Kontrakt ist annulliert.«

»Sehr verbunden«, antwortete Matherson und legte den Hörer auf.

11.55 Uhr

»Ich bin schon zu lange heraus«, sagte Janders in der Dunkelheit. »Jetzt kann ich dir nichts nützen. Du weißt das. Sieben Jahre, vielleicht noch länger, seit wir uns getrennt haben.«

»Du bist noch immer der beste Planer in unserem Geschäft«, erwiderte Faulkner. »Und ich brauche dich. Wärest du in Tel Aviv bei mir gewesen, hätte ich nie wie ein Fisch auf dem Trockenen gezappelt. Aber die da draußen sind auffallend ruhig. Wissen möchte ich, was sie jetzt vorhaben.«

»Was sie auch tun, sie müssen schnell voranmachen. Viel Lärm können sie nicht mehr riskieren.«

»Vielleicht ist der Kontrakt annulliert.«

»Keine Aussicht.«

Plötzlich kam eine Salve Schnellfeuer aus einer Flinte großen Kalibers. Vier Kugeln schlugen durch das Dachfenster, splitterten das Glas auf und rissen das Zeitungspapier weg.

»Na, was hab' ich dir gesagt?« murmelte Janders.

»Muß im Haus an der Straße gegenüber sein«, bemerkte Faulkner aus der Sicherheit des Fußbodens. »Klingt wie eine F.2.N. Sehen können sie nichts, also nützt es ihnen auch nicht viel.«

»Oder sie haben so was wie einen Granatwerfer«, sagte Janders.

Ein paar Augenblicke lang schwiegen sie. Dann standen sie wie ein Mann vom Boden auf, packten die Matratze vom Feldbett und warfen sich gegen das Fenster.

Faulkner hörte einen Lärm aus der Küche. Er ließ Janders die

Matratze hinaufstemmen und lief quer durch den Raum. Jemand schrie etwas unten auf der Straße. Als er auf den Treppenabsatz hinauskam, krachte die Küchentür zum zweitenmal. Er duckte sich unter das Geländer. Seine Waffe suchte ein Ziel. Die Tür hielt noch immer. Dann sah er, daß sie unten am Boden durchbohrt worden war. Das Loch war zu klein; ein Mann konnte nicht durchkriechen, doch es war groß genug für eine Granate.

Faulkner hörte Schritte. Er drehte sich um. Janders stand hinter ihm und lehnte sich gegen die Tür.

»Jetzt haben sie uns«, sagte Faulkner leise. »Ich hätte aufpassen sollen.«

»Dein Mann ist durchgekommen«, sagte Janders müde. »Der Kontrakt ist aus. Ich hörte, wie der Mann auf der Straße seine Männer zurückrief.«

Eine Stimme vor der Tür rief nach Janders.

Janders hob den Kopf. »Ja?«

»Bis zum nächstenmal!« versprach eine Stimme. Dann hörten sie, wie sich die Männer zurückzogen.

»Das war aber verdammt knapp«, bemerkte Faulkner nach einer Weile. »So nahe dran war ich schon lange nicht mehr. Jetzt bist du mir was schuldig.«

Janders rutschte am Türstock entlang, bis er am Boden saß. Zitternd lehnte er sich an. »Mensch«, sagte er. Seine Stimme klang sehr heiser. »Ich hab' mich so an den Gedanken des Sterbens gewöhnt, daß ich jetzt beinahe Angst habe, wieder weiterleben zu müssen.«

In der Ferne jaulte eine Polizeisirene. Faulkner wandte sich um und ging die Treppe hinab. Janders ließ ihn ein paar Schritte gehen, dann stand er brummend auf und folgte ihm.

7

Montag, 30. November

Janders wachte auf, weil ihn jemand schüttelte. Er war allein in einem Doppelbett. Das Zimmer war dunkel. Dann sah er Faulkner über sich stehen.

»Wie spät ist es?« fragte er.

»Zehn Uhr«, antwortete Faulkner.

Janders stöhnte und rollte sich wieder in das Kissen zurück.

»Du bist im Bett eines Mannes namens Balfour«, sagte Faulkner. »Und er ist nicht sehr glücklich darüber. Er mußte seiner Frau sagen, sie solle auf dem Land bleiben. Und sie macht ihm die Hölle heiß.« Faulkner kicherte. »Vielleicht meint sie, er hat hier eine Frau installiert.« Wieder schaute er auf die Uhr. »Steh auf. Um elf müssen wir bei Balfour im Büro sein.«

Ein sehr besorgter Balfour erwartete sie. Er steckte einige sehr umfangreiche Aktenordner in eine Aktentasche und reichte sie Faulkner. »Meine Frau kommt mit dem Mittagszug«, erklärte er, als er nach seinem Hut griff.

»Wir brauchen einen Stützpunkt, von dem aus wir arbeiten können«, sagte Faulkner. »Eine nicht allzu kleine Wohnung genügt. Vorzugsweise in einem großen Block, so daß die Leute kommen und gehen können, ohne daß sie auffallen.«

»Daran dachte ich schon«, erwiderte Balfour, als er die Tür öffnete. »Ich habe eine am Dolphin Square gemietet. Meine Sekretärin hat die Schlüssel. Sie sagten, Sie bräuchten achtundvierzig Stunden.«

»Ja.«

»Gut. Ich sehe Sie dann. Falls Sie etwas benötigen, haben Sie ja meine Nummer. Freut mich sehr, Mr. Janders, daß es Ihnen gutgeht. Wissen Sie, Sie haben uns nämlich eine ganze Menge Mühe gemacht«, bemerkte er vorwurfsvoll. Er schloß die Tür hinter sich, ehe Janders noch antworten konnte. Dann machte er sie noch einmal auf und schob den Kopf durch den Türspalt. »Oh, und wenn Sie mich anrufen müssen, dann möglichst nicht zu Hause«, bat er. »Wissen Sie, meine Frau.«

»Jetzt weiß ich, warum ich die Gesellschaft von Schwulen vorziehe«, meinte Janders boshaft.

»Unterschätze ihn nur nicht«, warnte ihn Faulkner.

Die Wohnung am Dolphin Square war im Hood House, vierter Stock. »Nicht schlecht«, meinte Janders, als er durch die Zimmer ging. Der Kühlschrank war vollgestopft mit Lebensmitteln, der Barschrank war gefüllt, vorwiegend mit Whisky. Im zweiten Schlafzimmer fand er seine Kleider sauber ausgelegt mit einer daranhängenden Notiz. Balfour hatte Janders' rückständige Miete bezahlt und seine Sachen aus dem Zimmer in Bayswater geholt. Eine gewissenhafte Nachschrift besagte, daß diese Beträge von dem zu bezahlenden Endbetrag abgezogen werden würden.

Faulkner fand etwa das gleiche in seinem Zimmer, nur daß auf dem Ankleidetisch der Scheck für die Spesen war, den er aus Südafrika mitgebracht hatte. Er war unterschrieben. Janders kam zu ihm und sah den Scheck.

»Wieso konnten sie so sicher sein, daß du den Kontrakt annehmen würdest?« fragte er.

»Er war Teil des Handels, den ich deinetwegen gemacht habe.«

»Woher diese Sicherheit, daß ich mitkomme?«

»Du schuldest mir etwas, vergiß das nicht.« Faulkner nahm die Aktentasche mit in das Wohnzimmer und breitete die Papiere in Häufchen auf dem Boden aus. Er hockte sich auf die Fersen. »Limbani lebt. Am oder um den 5. Januar soll er in den Kasernen von Albertville hingerichtet werden. Der Kontrakt geht dahin, daß wir ihn herausholen.« Er schaute zu Janders hoch und sah den Unglauben in dessen Augen. »Er lebt. Das wissen sie«, fügte er leise hinzu. »Sie sind keine kleine unbedeutende Organisation. Sie haben ja auch deinen Kontrakt annulliert, oder nicht?«

Janders konnte nicht anders, er besah sich die strategische Karte der Kasernen von Albertville und deren unmittelbare Umgebung. Dann wandte er sich ab. »Himmel«, sagte er, »ich hätte sterben können in diesem Loch.«

»Da hätten sie aber auch nicht haltgemacht«, sagte Faulkner ruhig. »Sie hätten sich auch deinen Sohn geholt.«

»Nein. Sie wären mit mir zufrieden gewesen.«

»Jetzt lebst du jedenfalls.«

Janders ging zum Fenster. »Schau uns doch nur an, Allen«, wandte er ein. »Wir sind zwei alte Männer. Unsere Schwierigkeit ist die, daß wir nie erwachsen wurden. Vor zehn Jahren waren wir auch schon zu alt, aber da konnten wir uns noch darüber wegtäuschen. Das geht jetzt nicht mehr. In unserem Beruf gibt es sehr viele jüngere Männer. Wenn Limbani wirklich noch lebt, warum tun es die nicht? Warum ziehen wir uns nicht mit Anstand zurück, solange wir's noch können?«

»Das haben wir schon einmal versucht«, entgegenete Faulkner. »Du hast dich in eine Dachkammer zurückgezogen, und ich hab' mich an die Flasche gehalten.«

»Zweimal bin ich dir jetzt gefolgt«, sagte Janders. »Mit Männern, die mit allem auf mich geschossen haben, vom Mörser angefangen, bis zum Giftpfeil. Diesmal bist du der Schuft.«

»Diesmal hat man auf mich geschossen.«

»Du wolltest es ja nicht anders.«

»Aber ich hab's getan.«

Janders lief auf und ab. Er drehte sich zu Faulkner um. »Na schön«, sagte er. »Schön. Ich helfe dir beim Planen. Aber ich gehe nicht mit. Ich bin zu alt zum Rennen und Springen.«

»Du meinst, wir müssen mit dem Fallschirm hinein?« fragte Faulkner.

Janders ging neben ihm in die Knie und breitete die Karte aus. »Natürlich. Du willst doch nur einen herausholen und keinen Krieg anfangen. Und wie ich es sehe ...«

Faulkner lehnte sich an die Wand. Gegen zwei Uhr früh steckte Janders ganz und gar drin.

Dienstag, 1. Dezember, 10 Uhr

Faulkner öffnete die Wohnungstür, Balfour trat ein. Bei ihm waren zwei Männer. Er stellte sie vor. »Major Rushton und Major Simmonds. Sie sind dem Department zugeteilt. Unter Freunden Tom und Jerry.«

Diese Namen paßten für sie, denn Rushton war ein kleiner, mausgrauer Mann Anfang Dreißig. Sein Haar war schon ein wenig schütter, seine kleinen Augen blickten etwas hinterhältig. Simmonds stand ungefähr im gleichen Alter, war aber groß und schlaksig, langsam in seinen Bewegungen, mit langen Armen und großen Händen, die fast seine Knie zu berühren schienen.

»Das Department hat mir freundlicherweise diese Gentlemen geliehen, um zu prüfen, ob Ihr Plan durchgeführt werden kann oder nicht.« Balfour warf einen Blick in Faulkners Gesicht. »Sie sind absolut vertrauenswürdig«, fügte er leise hinzu. »Natürlich hielt ich es für ratsam, mich davon zu überzeugen, daß Ihr Plan eine vernünftige Erfolgschance hat, ehe wir sehr viel Kapital investieren.«

Faulkner nickte Janders zu. »Sag's ihnen.«

Janders ging zur großen Karte hinüber, die an der Wand hing. Sie umfaßte Zentral- und Südafrika. »Welche Erfahrungen haben Sie?« fragte er barsch.

»Ein bißchen da und ein bißchen dort«, erwiderte Rushton. Er schien sich selbst zum Sprecher der beiden ernannt zu haben. »Nicht so viel wie Sie, natürlich, aber Sie sind ja auch seit einiger Zeit aus dem Geschäft.«

Janders zuckte zusammen und drehte sich zur Karte um. »Sie wissen ungefähr, was wir zu tun versuchen?«

Rushton nickte. »Wir sind nur daran interessiert, wie Sie's schaffen wollen.«

»So, wie wir es sehen, müssen wir sehr schnell hinein und wieder heraus. Wir denken daran, nicht länger als maximal drei Stunden an diesem Ort zu sein.« Janders überlegte. »Ich denke, die beste Möglichkeit ist, Ihnen zu sagen, wie wir es geplant haben. Es gibt noch eine Menge Löcher, aber die füllen wir schon aus, wenn wir uns dem fraglichen Tag nähern.

Erstens, wir werden in London rekrutieren. Hier herum gibt es noch ein paar vom alten Kommando, und wir haben keine Zeit, anderswo zu suchen. Wir schätzen, daß wir etwa fünfzig Mann brauchen, die wir in fünf Gruppen zu je zehn aufteilen, und jede Gruppe wird von einem Offizier angeführt und hat einen Unteroffizier zur Unterstützung. Faulkners Gruppe bekommt einen Hauptfeldwebel, der für Disziplin und Ausbildung sorgt.« Janders sah die beiden Männer an. »Ich weiß, das ist ein wenig kopflastig, aber wir haben herausgefunden, daß es sich so besser arbeiten läßt.

In Mozambique gruppieren wir uns, möglicherweise in Lourenço Marques, dann bedienen wir uns eines Sprungbrettes im Norden, etwa Port Amelio oder Lumbo vor Mozambique-Insel. Irgendwo in einem Radius von tausend Meilen von Albertville entfernt, weil wir eine Lockheed Hercules C-130 benützen wollen. Reichweite und Nutzlast machen die Maschine zum idealen Flugzeug für unsere Zwecke, besonders deshalb, weil sie ja ein bißchen warten muß, bevor sie uns zurückbringt.«

»Können Sie die Portugiesen veranlassen, uns Mozambique benützen zu lassen?« erkundigte sich Faulkner bei Balfour. »Wir dachten erst an Angola, aber da würden wir zu lange über den Kongo fliegen müssen. Und im Norden Mozambiques ist dieser Terroristenkrieg. Da könnten wir uns unter den Soldaten verlieren.«

»So können wir über Malawi kommen«, fuhr Janders fort und zog die Route auf der Karte nach. »Dann entlang der Grenze Tansania – Sambia, über den Tanganjikasee entlang der Grenze zwischen Kongo und Tansania, bis kurz vor Albertville. Das Flugzeug ist auf einem Charterflug von Beira nach Ruanda und hat als Fracht dringend benötigte medizinische Lieferungen. Es kann hundertfünfunddreißigtausend Pfund insgesamt mitnehmen, also ist Platz genug. Nachdem wir abgesetzt sind, fliegt es weiter nach Ruanda, lädt die Lieferungen ab, tankt auf und kehrt zurück, um uns abzuholen. Da natürlich damit zu rechnen ist, daß es in Albertville gesehen wird, werden wir die Markierung auf ein Kennzeichen der Transportflotte der libyschen Luftwaffe abändern.

Okay bis jetzt? Gut. Zwischen den Bergen sieben Meilen von Albertville entfernt ist ein Plateau. Dort springen wir mit Fallschirmen ab, teilen uns in zwei Gruppen auf, und das Flugzeug fliegt weiter nach Ruanda. Die erste Gruppe wird die Kasernen nehmen. Wir beabsichtigen, uns an den gleichen Plan zu halten, dem die IRA bei britischen Kasernen folgte, als sie ein Waffenarsenal ausräumte, nur daß wir die Wachen zum Schweigen zu bringen beabsichtigen und bei den Bewohnern Gas anwenden wollen. Die zweite Gruppe wird den Flugplatz halten, der in der Luftlinie zweieinhalb Meilen von den Kasernen entfernt ist, vier Meilen auf der Straße, wenn wir uns die Militärtransportmittel borgen können.«

Janders hängte eine andere Karte auf. »Ich habe eine großformatige Zeichnung des unmittelbaren Operationsgebietes gemacht. Wenn Sie näher kommen, können Sie's sehen.« Sie gruppierten sich um ihn.

»Die Absprungzone ist hier in diesen Bergen«, fuhr er fort. »Das ist natürlich gefährlich, aber wenn wir bei achthundert Fuß aus allen drei Türen der Lockheed C-130 abspringen, müßten wir's schaffen. Diese Hügel werden auch den Lärm der Maschine verschlucken und uns während des Absprunges Deckung geben.«

»Fünfzig Mann auf einmal in der Luft«, meinte Rushton zweifelnd. »Da geht es ja ganz schön zu.«

»Das ist ein Risiko, das wir eingehen müssen«, antwortete Janders. »Wir kommen in einer Zone herunter, die nur dreihundert Yards lang und fünfzig Yards breit ist. Wir hoffen auf eine mondlose Nacht, und wir können es uns nicht erlauben, daß sich die Männer in den Bergen verlieren.

Die neuen Kasernen sind vier Meilen außerhalb von Albertville, parallel zum Flughafen. Für die erste Gruppe rechnen wir eine Stunde, um die drei Meilen zu den Kasernen zurückzulegen und in Position zu kommen. Das gleiche trifft für die zweite Gruppe am Flugplatz zu. Sie müssen ein bißchen weiter gehen, aber das Gelände ist leichter. Die zweite Gruppe bleibt in Position, bis sie von uns hört.

Nach unserer Information müßte der Flugplatz für die Nacht geschlossen sein. Nur eine leichte Polizeibewachung macht Dienst. Mit ein bißchen Glück trinken sie eher in der Bar, als daß sie am Zaun Patrouille gehen. Wenigstens haben sie das immer getan.«

»Und das tun sie auch heute noch«, sagte Rushton.

»Okay. Die Gruppe zwei nimmt auf das Signal hin den Tower und stellt den Radiokontakt mit dem zurückkehrenden Flug her und auch mit der Gruppe eins bei den Kasernen. Sie bedienen auch die Landelichter und dirigieren das Flugzeug herunter. Um diese Zeit hat die Gruppe eins schon die Posten genommen und ist in den Kasernen. Normalerweise sind dort achthundert Mann untergebracht, aber wenn die Information stimmt und genau ist...«

»Das ist sie«, warf Rushton ein. »Wir haben das nachgeprüft.«

»Gut. Dann können wir also über die Weihnachtszeit eine Stärke von dreihundert bis dreihundertfünfzig Mann erwarten. Nicht mehr als vierhundert.« Janders wandte sich an Rushton. »Da Sie diese Information überprüft haben – sind auch Spezialposten mit eingerechnet, wenn Limbani ankommt?«

»Er wird fünfzehn Mann von der Leibgarde des Präsidenten als spezielle Eskorte haben. Dem General liegt sehr viel daran, daß Limbani geräuschlos erledigt wird. Er will nicht alte Wunden aufreißen, besonders deshalb nicht, weil Limbanis Stamm bis nach Albertville reicht. Die Garnison besteht aus Männern von Stämmen, die nicht aus diesem Distrikt stammen. Es entspricht der Gepflogenheit des Generals, daß alle Feiertagsurlaub haben mit Ausnahme der Truppen, die aus des Generals eigenem Stamm sind.«

»Okay. In den Schlafsälen der Kasernen schlafen jeweils hundert Mann. Wir haben die Absicht, mit Gasmasken und Cyanidgas hineinzugehen. Ein Mann je an einem Ende und zwei Mann in der Mitte mit Schalldämpfern auf den Gewehren, falls jemand aufwachen sollte. Das Gas kommt aus Kanistern an jedem Ende und in der Mitte. Mit einigem Glück erfahren sie nie, was über sie hereingebrochen ist. Wir haben fünfundvierzig Minuten gerechnet, um die Kasernen zu nehmen und alle schlafen zu schicken. Fünfunddreißig Minuten, um von den Kasernen zum Flugplatz zu kommen, und um diese Zeit wird das Flugzeug schon warten. Zehn Minuten zum Einladen, und dann nichts wie weg.«

»Limbani wird mit an Sicherheit grenzender Wahrscheinlichkeit in den Zellen unter dem Wachraum festgehalten werden. Das ist der einzige logische Platz«, sagte Balfour. »Müssen Sie denn die ganze Garnison angreifen? Ich meine, Sie schädigen dabei die Leute ziemlich wahllos.«

»Wenn wir nur den Wachraum besetzen und jemand alamiert die Kasernen, dann könnte es ein hartes Stück Arbeit werden, wieder in dieses Flugzeug zu gelangen«, erklärte Janders leise.

»Guter Gott. Sie wollen doch nicht sagen, daß Sie die Absicht haben, alle zu töten?« fragte Balfour entgeistert. Keiner antwortete ihm. »Könnten Sie denn nicht eine Art Nervengas benützen, von dem die Leute nur für eine Weile einschlafen? Dann könnten Sie sämtliche Transportmittel untauglich machen, so daß niemand Ihnen folgen kann, wenn sie aufwachen. Natürlich, ich bin nicht vom Militär«, schränkte er ein und schrumpfte unter ihren feindseligen Blicken sichtlich zusammen.

»Woher sollen wir modernes Nervengas bekommen?« fragte Janders. »Es ist verdammt sicher, daß keine Regierung bereit ist, es uns zu geben. Cyanid ist billig, und man kriegt es auch überall. In einer großen, luftigen Kaserne würde sich auch Narkosegas viel zu rasch verflüchtigen. Geben wir ihnen davon zuviel, sind sie auch tot. Geben wir ihnen zuwenig, sind sie hinter uns her, bevor wir noch die Kaserne hinter uns haben. So, wie die Dinge liegen, wird die Sache schon haarig genug. Vergessen Sie nicht, wenn wir es nicht zu diesem Flugzeug schaffen, haben wir keine Chance mehr. Wir sind mehr als dreihundert Meilen von der nächsten freundlich gesinnten Grenze entfernt, wenn man Malawi dazu zählt, und Sie können sich vorstellen, wie freundlich Doktor Banda zu einer Gruppe fliehender Söldner sein wird. Das herauszufinden, bin ich gar nicht neugierig.«

»Die Vereinten Nationen werden wahnsinnig«, murmelte Balfour.

»Nicht, wenn wir Limbani herausbringen. Ndofa wird so viel erklären müssen, daß er jedes Theater möglichst vermeidet. Was ist mit den alten Kasernen in der Stadt?« wandte sich Janders an Rushton. »Ihre Information besagt, daß sie jetzt als politisches Gefängnis benützt werden. Ich nehme an, man hält Limbani dort fest.«

Rushton hob seine schmalen Schultern. »Nein, das glauben wir nicht. Dort sind zu viele von Limbanis alten Freunden. Jemand könnte ihn sehen. Außerdem müßten sie ihn ja durch die Stadt bringen.«

»Das wissen wir aber sicher, ehe Sie hinkommen«, sagte Balfour. »Für alle Fälle wäre es besser, Sie würden beide Möglichkeiten durchdenken.«

»Gut.« Janders wandte sich an die beiden Offiziere. »Was meinen Sie dazu?«

Simmonds lehnte sich in seinem Stuhl zurück und streckte seine langen Beine aus.

»Und ich dachte, Sie schlafen«, bemerkte Faulkner.

Der große Mann lächelte und schüttelte den Kopf. »Mein Freund hier redet, während ich denke. Arbeitsteilung. Das ist eine lange, erprobte Beziehung. Wie wollen Sie sich eine Lockheed C-130 beschaffen?« fragte er plötzlich.

»Davon gibt es jetzt einige in Afrika«, antwortete Janders. »Die südafrikanische Luftwaffe fliegt sie. Die Amerikaner haben sie 1965 im Kongo benützt. Ein Ire namens Mad Malloy hat in Swaziland eine Charterfirma. Er hat einige gechartert und damit Kupfer aus Sambia ausgeflogen, als Rhodesien ihnen vor ein paar Jahren die Eisenbahn sperrte. Jetzt fliegt er Fleisch und Mais und was er sonst bekommen kann ein, meistens von Beira. Er fliegt auch uns – für einen gewissen Preis natürlich.«

»Die Chinesen haben MIGs an der Tan-Zam-Autostraße. Was läßt Sie gar so sicher sein, daß Sie nicht von denen heruntergeholt werden?«

»Erstens hoffen wir, daß wir, wenn sie anfangen, sich zusammenzureißen, über Malawi sind und zwar auf einem ganz normalen Flug, und zweitens rechnen wir damit, daß die Chinesen noch gar nicht soweit sind, die MIGs in Afrika einzusetzen. Und besonders nicht im Kongo.«

»Die Hauptradioantennen sind innerhalb der Flugplatzgrenzen. Um die könnten Sie sich kümmern, wenn Sie schon dabei sind«, schlug Simmonds vor.

»Woher wissen Sie das?«

Simmonds lachte breit. »Ich bin der Militärattaché bei unserer dortigen Botschaft.« Nun wurde er wieder ernst. »Woher wollen Sie Ihre Waffen bekommen, und wie werden Sie diese so kurzfristig transportieren?«

»Es gibt einen ägyptischen Kaufmann, der sich um solche Sachen kümmert. Wir kennen ihn.«

»Gemel Hassim?« fragte Rushton. Janders nickte.

»Was wollen Sie sonst noch wissen?« fragte Faulkner.

Rushton sah Simmonds an. »Ich denke, wir haben im Moment genug Informationen.«

»Vielleicht können wir Ihnen ein paar Fragen beantworten«, bot Simmonds an.

»Wie sind denn die Soldaten in der Garnison?« fragte Janders.

»Vor sieben Jahren müssen sie, glaube ich, ungefähr die besten Soldaten der schwarzen Armeen Afrikas gewesen sein«, erwiderte Simmonds nachdenklich. »Nachdem Ndofa sich ihrer bediente, um an die Macht zu kommen, machte er es verdammt klar, daß kein anderer Offizier der Armee mit politischem Ehrgeiz ihm folgen konnte. Er reinigte zu diesem Zweck ständig das Offiziers- und Unteroffizierskorps. Jetzt ist es möglicherweise die schwächste und am schlechtesten geführte Armee in Afrika.

Kurz nach seiner Machtübernahme stellte Ndofa eine neue Truppe auf. Er nannte sie die Simbas. Er machte sie zu einer Art Geheimpolizei nach dem Modell Ton Ton Macoute. Er hat ihnen auch die alten Hexengeschichten aufgeschwatzt. Das ganze Land hat Angst vor ihnen.

Das Land hat folgende Truppen: Die Luftwaffe können Sie abschreiben, die funktioniert nicht. Die Zivilpolizei und die Armee sind entmachtet. Die Simbas sind die uniformierte paramilitärische Polizei, die dazu noch viel besser ausgerüstet ist als die Armee. Und die Geheimpolizei, deren leitende Männer eine Art Standardzivil-Uniform tragen, dunkle Anzüge und dunkle Brillen. Jede zweite Person im Land ist für sie Informant. Die unteren Ränge der Armee sind mit ihnen durchsetzt. Sie können sich vorstellen, daß die Disziplin beim Teufel ist. Das ganze Land ist doch in der Tat herabgesunken zu einer afrikanischen Version von Papa Doc's Haiti.«

Simmonds stand auf. »Ich denke, das ist alles, was ich im Moment sagen kann. Oh, natürlich werden die politischen Gefangenen in den Kasernen von den Simbas bewacht. Wahrscheinlich ist das der Grund dafür, daß sie wie Fliegen wegsterben.«

»Sind Sie der Mann, der Balfour wissen läßt, wann Limbani kommt und wo er festgehalten wird?« fragte Faulkner.

Simmonds lächelte. »Vielleicht«, antwortete er, »aber Balfour hat andere Informationsquellen, die vielleicht sogar besser sind als die meinen.«

Rushton drehte sich an der Tür um. »Ich denke, der Plan ist so gut, wie er unter den gegebenen Umständen überhaupt sein kann. Aber wir denken darüber nach und lassen Balfour unsere Meinung wissen. Oh, übrigens, Sie werden Gemel Hassim ja bald sehen. Wenn, dann wäre ich Ihnen dankbar, wenn Sie ihm von mir sagen wollten, er soll seine dreckigen Finger aus Nordirland herauslassen. Er wird schon verstehen.«

Balfour blieb noch einen Moment. »Es tut mir leid«, sagte er, »aber ihr Department wacht über alle Bewegungen von Söldnerkräften und Waffen. Wir können ohne ihren Segen nichts tun.«

»Wie sind die Chancen?« wollte Faulkner wissen.

»Ich denke, sie sind gut«, erwiderte Balfour. »Sie wollen fast ebensosehr wie wir, daß Ndofa gestürzt wird.«

»Welche Aussichten haben wir, von Mozambique aus operieren zu können?«

»Ich denke, da haben Sie gute Aussichten. Unser Syndikat steckt sehr tief in den Plänen für den Cabora-Bassa-Staudamm, und die Portugiesen haben für den Kongo nichts übrig. Viele der Terroristen um Tete wurden dort ausgebildet. In ein paar Tagen kann ich Ihnen sicheren Bescheid geben.«

»Nun?« fragte Janders müde, als sie gegangen waren.

»Du warst großartig«, antwortete Faulkner. »Ich habe fast, als du sprachst, das brennende Kordit gerochen. Komm, ich lade dich zu einem exquisiten Lunch ein. Dann gehen wir noch einmal die Pläne durch.«

Janders griff nach seinem Hut. Mit traurigen grauen Augen musterte er Faulkner. »Du gibst nie auf, mein Freund, was? Eines Tages bringst du's so weit, daß wir beide über die Klinge springen.«

»Bis dahin werden wir im Savoy feiern. Jetzt sag mir mal ehrlich, wann hast du zuletzt im Savoy gegessen? Gut essen, angenehm leben. Darum geht es doch. Jeder kann arm sterben.«

»Du feierst. Ich esse und bete, daß die beiden den Plan verwerfen. Wenn sie klug sind, tun sie's auch.«

»Keine Aussicht. Jeder von ihnen braucht Limbani viel zu sehr. Siehst du, wenn Matherson ihn bekommt, ist Ndofa gezwungen, vernünftig zu sein, sonst hat er einen Bürgerkrieg unter der Nase. Und außerdem riskieren sie ja nur unser Leben.«

Faulkner ging neben Janders her. In seinem Schritt war neue Elastizität, und seine Augen lebten. »Und übrigens«, erinnerte er Janders, »es ist die einzige Arbeit, bei der wir was taugen.«

8

Donnerstag, 3. Dezember, 8 Uhr

Faulkner stand an einem Fenster der Wohnung und sah die graue Dämmerung über London hereinbrechen. Er wartete auf das Läuten des Telefons. Endlich durchbrach das schrille Klingeln die Stille, und er riß den Hörer von der Gabel. Janders tappte in das Zimmer, hatte eine Decke um die Schultern und wärmte seine Hände an einer Tasse Kaffee.

Faulkner legte den Hörer zurück und sah auf. »Es läuft«, sagte er, und seine Augen strahlten. »Sie haben zugestimmt. Sie schikken uns die letzten bekannten Adressen von allen alten Kommandos zusammen mit ein paar von Männern, mit denen wir uns in Verbindung setzen können. Der fünfte Januar«, sagte er, doch er dachte nur laut. »Ich wünschte mir nur, sie hätten sich früher mit uns in Verbindung gesetzt.«

»Weißt du, warum sie's so spät getan haben?« fragte Janders kalt. »Weil sie's sonst überall versucht haben. Wir waren die verdammten Letzten, die einzige Chance, die sie noch hatten. Mein Gott, sie mußten verzweifelt gewesen sein. Allen, nimm diesen Kontrakt nicht an«, warnte Janders. »Zieh dich zurück, solange du noch eine Möglichkeit hast. Ich habe das Gefühl, daß wir da draußen sterben. Es ist zu wenig Planung. Die Zeit reicht einfach nicht.«

»Ich habe ihn schon angenommen«, erwiderte Faulkner. »Das weißt du doch. Rafer«, fuhr er leise fort, »ich brauche diesen Kontrakt. Ich brauche ihn dringender als ich jemals etwas im Leben gebraucht habe. Keine Angst, wir kommen zurück. Vielleicht sind wir schon alt, aber wir sind immer noch die Besten, die's gibt.«

»Glaubst du, du kannst Ndofa nehmen? Er ist gut.«

»Ihn nehmen?« schnaubte Faulkner. »Natürlich kann ich das. Ich habe es ihm ja beigebracht.«

Janders konnte nicht das kalte Gefühl abschütteln, das sich in ihm breitmachte. Trotzdem lächelte er. Das war der alte Faulkner, der da redete, und er mochte ihn ganz einfach. »Na, schön«, sagte er, »ich tu' jedenfalls bei dir mit.«

Faulkner rief Gemel Hassim an. Sie wurden für den Abend zum Dinner in sein Haus eingeladen. Den Rest des Tages verbrachten sie damit, die Unterlagen auszusortieren, die Major Rushton ihnen gebracht hatte. Sie stellten fest, wo sich die einzelnen Männer aufhielten, die früher schon mit ihnen gearbeitet hatten, und schickten ihnen Telegramme.

Kurz nach sieben setzte sie ein Wagen von Gemel Hassim an den Stufen eines hübschen Hauses in der Nähe des Eaton Place ab. Ein Araber in weißem Burnus nahm sie an der Tür in Empfang und führte sie unter zahllosen Verbeugungen durch eine dick mit Teppichen ausgelegte Halle. Das Wohnzimmer war weich beleuchtet und im Regency-Stil eingerichtet. Nur die Bilder an den Wänden waren modern. Sie fügten sich wunderbar ein, und doch unterstrichen sie den Reichtum ihrer Umgebung.

Von hinter ihnen kam ein leises, gut geöltes Klicken. Beide Männer schwangen herum. Ein Bücherschrank in der gegenüberliegenden Wand drehte sich, und Gemel Hassim betrat den Raum.

Er war ein kleiner Mann, Anfang Sechzig. Durch seinen Kummerbund ließ sich ein Bauchansatz erkennen. Er hatte kurzes schwarzes Haar und ein glattrasiertes Gesicht mit leicht olivfarbener Haut. Sein Dinnerjackett war aus Babymohair, sein Hemd aus schwerer Seide.

Faulkner wurde sich seines altmodischen, schon etwas fadenscheinigen Anzugs bewußt. »Verzeihen Sie unsere Kleidung«, bat er nach der Vorstellung. »Wir reisen mit leichtem Gepäck.«

Gemel Hassim lächelte. »Mein Haus ist das Ihre«, antwortete er liebenswürdig. »Sie wären mir auch in Lumpen willkommen.« Er klatschte in die Hände. Ein Diener erschien. »Was wollen Sie trinken?«

Beide wünschten Whisky. »Es ist meine Gewohnheit, frühzeitig zu dinieren. Wir können nach dem Dinner unsere Geschäfte besprechen.«

Janders ging langsam im Raum herum und besah sich genau jedes einzelne Bild. Gemel Hassim trat zu ihm. »Ich glaube, Mr. Janders, Sie waren eine Weile im Galeriegeschäft«, meinte er ruhig. »Hätte ich Sie früher kennengelernt, hätte ich wohl über Sie gekauft. Wollen wir zu Tisch gehen?« Er bewegte sich mit fast weiblicher Grazie. Er war ein Mann, der sich jede Woche die Haare schneiden und täglich die Hände maniküren ließ und sein Hemd wechselte, wenn es auch nur das winzigste Fältchen aufwies. Er sprach leise, doch unter der polierten Oberfläche lag eine drohende Heftigkeit.

Gemel Hassim begann mit dem Waffenhandel, nachdem sein

Vater den überwiegenden Teil des Familienvermögens verloren hatte. Im Lauf der Jahre weitete sich sein Unternehmen aus, und einmal belieferte er sogar sowohl die Israelis wie auch die palästinensischen Guerillas. Aber die Israelis wurden Selbstversorger, und die Palästinenser versuchten ihn zu ermorden. Jetzt begnügte er sich damit, die Franzosen und die kommunistischen Regierungen zu beliefern, die Entwicklungsländer und kleinere Guerillaorganisationen mit Waffen versorgten. Die Konkurrenz werde immer größer, erklärte ihnen Gemel Hassim traurig. Wenn der Rest der Welt Lebensmittel und Geld für hungernde Völker schickte, sandten Frankreich und die Tschechoslowakei Waffen. Eine traurige Welt, in der jede Guerillaorganisation Waffen direkt von legitimen Regierungen kaufen konnte.

Bei Tisch wurde Brandy serviert, und er wechselte das Thema.

»Ich glaube, Sie hatten eine kleine Schwierigkeit mit der Mafia«, sagte er zu Janders. »Ich muß mich vielleicht mit ihnen abstimmen, bevor ich an Sie verkaufen kann.«

»Wir sind klar«, versicherte ihm Faulkner. »Haben Sie mit den Leuten zu tun?«

»Nein, aber ich finde es ratsam, mit ihnen Frieden zu halten. Sie werden hier sehr schnell stärker.«

»Eines Tages wird jemand etwas gegen sie unternehmen müssen«, warf Faulkner ein. Er sprach leise, doch seine Augen waren zornig.

»Überlegen Sie sich da schon etwas, Colonel Faulkner?«

»Falls sie mich ärgern.« Faulkner schaute auf. »Und das glauben Sie mir besser.«

»Sie kommen, soweit ich weiß, aus Südafrika.«

»Ja.«

»Dort liegen die Dinge etwas anders.«

Gemel Hassim lehnte sich zurück. »Und jetzt, Gentlemen, müssen Sie doch schon ungeduldig werden, mir zu sagen, was Sie brauchen. Im Moment kann ich Ihnen jede Menge Material aus dem Zweiten Weltkrieg anbieten, wie etwa Thompson und die Schmissers. Vielleicht sind Sie auch an der französischen Matt 9-Millimeter 1948 ex Algerien interessiert. Es hängt natürlich davon ab, was Sie suchen.«

»Wir werden in fünf Abschnitte aufgeteilt sein«, erklärte Janders. »Zehn Mann pro Abschnitt. Wir müssen sie bewaffnen und ausrüsten für eine Zeit bis zu sieben Tagen im Feld vom Fallschirmabsprung aus. Wir stellen uns jeden Abschnitt aufgeteilt vor in zwei leichte Maschinengewehre, sieben Gewehre und eine Überfallwaffe, Selbstladepistolen und Granaten.«

»Wir bräuchten Waffen russischen Ursprungs, wie etwa die A.K.-7.62«, sagte Faulkner. »Munition austauschbar, wo immer das möglich ist.«

»Dann wollen Sie also innerhalb der russischen Einflußsphäre operieren. Die Mafia wird zweifellos sehr erleichtert sein, das zu hören«, bemerkte Gemel Hassim trocken. Er stand auf. »Wenn Sie mir folgen wollen, Gentlemen.« Er führte sie in das Wohnzimmer, drückte leicht auf die Holzverkleidung der Wand, und die Geheimtür schwang auf. Er drückte einen zweiten Schalter, und ein schweres Eisengitter hob sich elektronisch.

Sie folgten ihm über eine steile Treppe in den Keller.

In einem kleinen Vorraum standen an den Wänden Ständer mit vielen alten Waffen. »Ich bin natürlich eingetragener Waffensammler«, erklärte Gemel Hassim. Ein Stück der gegenüberliegenden Wand schob sich auf. Er führte sie in eine größere Kammer, die ein schalldichter Miniaturschießstand war. Sein Diener wartete dort auf sie.

»Lassen Sie mich mal sehen... Das A.K.-7.62-Sturmgewehr und das R.P.D. leichte Maschinengewehr wären eine gute Kombination. Natürlich ist die Munition austauschbar. Eine gewisse Menge dieser Waffen wird aus Vietnam erwartet.« Er nickte seinem Diener zu, der ihm eine A.K. brachte. Liebevoll hielt er die bananenförmige Waffe in der Hand. »Natürlich wird sie heute nicht mehr hergestellt, aber sie ist noch eine der feinsten Waffen dieses Typs.«

Faulkner griff nach dem Gewehr. Er spannte den Hahn, drehte sich plötzlich herum und schoß eine Salve auf das Ziel. Der Lärm der Explosionen war betäubend, und der herbe, säuerliche Geruch von Waffenöl und verbranntem Kordit füllten den engen Raum.

Der Diener fuhr das Ziel heran. Eine Reihe Löcher mit gleichmäßigem Abstand lief quer über das Auge. »Nicht schlecht«, bemerkte Janders, als Faulkner ihn ansah. Er stellte fest, daß Faulkners Hand trotz des harten Lebens ruhig wie ein Fels geblieben war.

Gemel Hassim nahm das Gewehr. »Meine Waffen sind in ausgezeichnetem Zustand«, sagte er nervös.

Eine Stunde später kehrten sie in das Wohnzimmer zurück. »Wieviel Munition werden Sie brauchen?« fragte Gemel Hassim.

Faulkner sah auf einer Liste nach. »Jeder Mann mit einer A.K. hat sechs Magazine und eine Reserve von zweihundert Patronen im Patronengurt. Die R.P.D.-Maschinen-Gewehre, vier Behälter mit je hundert Patronen, und drei andere Männer pro Abschnitt tragen Ersatzpatronengürtel. Die R.P.G.-2-Raketenwerfer, ein Pack mit drei Raketen plus ein weiterer Mann pro Abschnitt weitere drei. Dann muß jeder Mann vier Granaten mitnehmen.«

»Was brauchen Sie sonst noch?«

»Achtundvierzig-Stunden-Rationen. Keine Büchsen, nur Tuben und Päckchen. Britische Armeetarnung, deutsche Stiefel und amerikanische Helme. Oh, natürlich, und amerikanische T.-10-Fallschirme plus Behälter. Können Sie liefern?«

»Natürlich. Wann und wo?«

»Wir brauchen die gesamte Ausrüstung in Mozambique. Übrigens, und das bekommen Sie noch bestätigt, nicht später als bis zum 14. dieses Monats.«

»Tut mir leid. Ich hätte Ihnen gerne geholfen, aber das ist völlig ausgeschlossen. Ich habe mit mindestens zwei Monaten Spielraum gerechnet. Innerhalb dieser Zeit müßte ich alles mit Luftfracht liefern.«

»Die Lieferung wird von den portugiesischen Behörden freigegeben. Da gibt es also keine Probleme. Wir können mit der Royal Air Charter von Swaziland vereinbaren, mit Ihnen Hand in Hand zu arbeiten.«

»Mad Malloy?« fragte Gemel Hassim amüsiert.

»Kennen Sie ihn etwa?«

»Natürlich. Wir haben in Biafra zusammengearbeitet. Er chartert von mir zwei Lockheed C-130.«

»Eine davon brauchen wir«, sagte Janders.

»Das dachte ich mir. Ich werde Mr. Malloy Ihre Anforderung melden und vereinbare für Sie einen Besuch bei ihm, aber ich fürchte, soweit es um die Waffen geht, kann ich Ihr Zeitlimit nicht einhalten. Erst habe ich noch eine andere Lieferung auszuführen. Vielleicht könnten Sie Ihre Expedition hinausschieben.«

»Das ist ausgeschlossen«, erklärte Faulkner. »Übrigens, ich habe eine Nachricht für Sie, die vielleicht auf die andere Lieferung Einfluß hat. Wir haben heute einen Major Rushton getroffen.«

»Ich hoffe, daß Sie meinen Namen nicht nannten.«

»Er hat es selbst getan. Er bat mich, Ihnen etwas zu bestellen, sobald ich Sie sähe.«

»Ja?« fragte Gemel Hassim kalt.

»Er hat vorgeschlagen, Sie sollten Ihre dreckigen Finger aus Nordirland herauslassen.«

»Weiß Major Rushton, daß Sie heute zu mir kommen wollten?«

»Ja.«

Gemel Hassim war zornig. »Colonel Faulkner«, sagte er leise, »ich habe das Gefühl, Sie haben meine Gastfreundschaft mißbraucht, als Sie ihm das sagten.«

»Ich habe es ihm nicht gesagt. Er wußte es.«

Gemel Hassim lief tief in Gedanken versunken auf und ab. »Wenn ich die Waffen nicht liefere, sind meine Auftraggeber zu Recht enttäuscht. Sie können drastische Maßnahmen gegen mich ergreifen. Liefere ich aber trotz Major Rushtons Warnung, werden die Briten dafür sorgen, daß ich nicht mehr liefern kann. Colonel Faulkner, Sie bringen mich da in eine unmögliche Lage. In den Kreisen, in denen ich mich bewege, wird weithin angenommen, daß der britische Geheimdienst in einem Jahr mehr Leute liquidiert als die Mehrzahl der westlichen Länder zusammengenommen.«

Er überlegte noch schweigend einen Augenblick, dann hob er seine Hände in einer Geste der Ergebung in sein Schicksal. »Da der britische Geheimdienst sicher noch sehr viel länger arbeiten wird als die IRA, meine ich, Ihnen versichern zu können, daß Ihre Waffen rechtzeitig geliefert werden.

Mein Wagen und der Chauffeur stehen zu Ihrer Verfügung.« Gemel Hassim brachte sie zur Tür.

Die Nacht war klar und kalt. Der Mond stand als schmale Sichel am Himmel, und die Sterne waren groß und klar. Faulkner war gehobener Stimmung. »Ich denke, ich werde ein Stück laufen«, sagte er. »Und du?«

»Ich nicht«, erwiderte Janders. Er war das kalte Gefühl noch immer nicht losgeworden, und er mochte die Schatten nicht. Er griff nach Faulkners Arm. »Komm in den Wagen«, sagte er. »Wir laufen an einem sonnigen Tag.«

9

Freitag, 4. Dezember

Janders saß auf dem Fußboden in der Wohnung am Dolphin Square und war von Papieren umgeben. Pläne, Landkarten und Listen mit Ausrüstungen waren um ihn herum an den Wänden aufgehängt. »Wir brauchen fünf Offiziere, fünf Unteroffiziere und vierzig Mann. Fangen wir mit den Offizieren an. Bis jetzt sind es wir beide, du und ich. Wir brauchen noch drei.«

»Wo ist Jimmy Ashton jetzt?« fragte Faulkner.

Janders nahm eine Akte und warf sie ihm zu. »Da hast du Pech. Er ist mit Peter im Mittleren Osten.«

»Patrick Sillito?«

»Ist im Jemen.«

»Mein Gott«, sagte Faulkner leise, »die Wildgänse haben sich zerstreut.«

»Du hast sie beim letztenmal ja schlingern lassen, vergiß das nicht.«

»Wo ist Jeremy Chandos?«

»In London, aber er hat das Geschäft aufgegeben und ist zu seiner ersten Liebe zurückgekehrt, zum Spiel. Ich höre, es geht ihm gut.«

»Ist er noch immer enterbt?«

»Ja.«

»Dann ist es nur eine Zeitfrage, bis er wieder pleite ist. Was hältst du von ihm?«

»Jung, wild, ihm ist alles verdammt egal. Gut, wenn es hart hergeht.«

»Einen solchen Mann können wir brauchen. Wer ist sonst noch da?«

»Ich denke da an einen … an einen, der uns über diese Todesbahn von hundert Yards bringen kann, die um die Kaserne liegt.«

»An wen denkst du?«

»Peter Coetzee. Du kennst ihn nicht. Er ist aus Rhodesien. Hat bei der Operation Noah vom Wild Department mitgearbeitet. Da haben sie die Kariba aufgefüllt. Danach ist er zu einer dieser großartigen Polizei-Antiterroristeneinheiten gegangen. Da ging was schief, und so kam er schließlich nach London. Vor einiger Zeit bin ich direkt in ihn geknallt. Geht ihm nicht gut. Zappelt in der Stadt herum wie ein Fisch auf dem Trockenen.«

»Und wie soll er uns helfen?«

»Erstens weiß er mehr über den Busch als du und ich zusammen, und zweitens hat er mit dem Wild-Department gearbeitet, als die Pfeilbüchse entwickelt wurde. Die kann einen verdammt großen Elefanten schlafen legen, und ich sehe nicht ein, weshalb sie das nicht auch bei einem Wachtposten tun sollte.«

»Schön. Die Unteroffiziere und Männer können warten, bis die Telegramme hereinkommen. Du siehst zu, daß du diesen Rhodesier findest. Ich sehe mich nach Jeremy um.«

Janders schlenderte in eine schäbige Kneipe an der East India Dod Road. Die lange Theke der Kneipe hieß Fo'c'sle. Sie war dunkel und schmutzig. Von den Deckenbalken hingen zerbeulte Lampen, und der Stumpf eines Segelmastes überragte die Theke.

Ein riesiger Mann mit einem breiten, häßlichen Gesicht und langen rotbraunen Lockenhaaren stand ganz allein am Ende der Theke. Zu ihm drängte sich Janders durch.

»Willst du ein Bier?« fragte er leise.

Der Mann schien ihn nicht gehört zu haben. Er war ganz in seine Gedanken verloren. Janders, dessen Kopf kaum bis an die Schultern des Mannes reichte, stieß ihn leicht an. Der Große drehte sich um. »Ah, du bist's. Rafer Janders, nicht wahr?«

Janders nickte. Er war froh, daß er sich erinnert hatte. »Willst du ein Bier?« wiederholte er.

»Mensch«, sagte Peter Coetzee. Er hatte einen afrikanischen Akzent und, was bei wirklich großen Männern oft vorkommt, eine leise, sanfte Stimme. »Ah, gerne. Aber du weißt doch sicher, daß ich mir's nicht leisten kann, mit dir zu trinken. Was tust du hier übrigens?«

»Dich suchen. Man hat mir gesagt, ich würde dich vermutlich hier finden.«

»Ich versuche ein Schiff aufzutreiben, Mr. Janders«, sagte Peter sehr ernst, »ich hätte nie gedacht, daß das so schwer ist. Erstens will ich gar kein Seemann sein. Ich hasse die See. Ich will nur meine Passage nach Südafrika abarbeiten und dann weiter nach Rhodesien. Aber sie sagen, ich muß eine Rundpassage abarbeiten. Wenn ich gehe, ende ich dann doch wieder hier. Ich denke so für mich, okay, dann gehe ich, komme hierher zurück, und dann hab' ich genug Geld, um vom Schiff runterzukommen. Deshalb sag' ich, okay, ich bin euer Mann. Was soll ich tun? Nichts, sagen sie, wir haben im Moment viel mehr Seeleute, als wir überhaupt je brauchen. Und so sag' ich ihnen, daß ich mehr schaffe als jeder Seemann, den sie haben, und sie sagen, na, schön, dann geh mal erst zur Gewerkschaft, dann vielleicht. Ich geh' also zur Gewerkschaft, und dort sehen sie meinen rhodesischen Paß. Geh zum Teufel, sagen sie, wir wollen keinen Rhodesier in unserer Gewerkschaft.«

Peter hob das Bier, das Janders ihm gekauft hatte, und der Krug war fünf Sekunden später leer. Janders nickte dem Mädchen hinter der Theke zu.

»Mensch«, sagte Peter. »Ich bin allmählich so verzweifelt, daß ich sogar zurückschwimmen würde. Du wirst dir gar nicht drüber klar, daß dies ja eine Insel ist – bis du davon wegkommen willst.«

Das Mädchen brachte das Bier. Peters Gesicht brach in einem breiten Lachen auf. Er hob ihr seinen Krug entgegen, um ihr zu danken. Peters große, warme Häßlichkeit hatte etwas an sich, das Frauen anzog. Janders nahm Peter fest am Arm und führte ihn zu einem Tisch in einer dunklen Ecke.

»Da wäre ein Job zu haben«, sagte Janders, als sie saßen. »Wenn er fertig ist, bekommst du ein Ticket nach Rhodesien und dazu noch viel Geld. Aber er ist höllisch riskant. Bist du interessiert?«

»Was hab' ich zu tun?« fragte Peter.

Janders sagte es ihm, ließ aber viele Einzelheiten aus.

»Mensch, nein.« Peter schüttelte langsam seinen großen Kopf. »Nein. Ich glaub' nicht, daß das was für mich ist. Gott weiß, ich mag die Kaffern nicht, aber ich mag sie auch nicht für Geld umbringen.«

»Wie war's, als du Terroristen gejagt hast? Ich hörte, da warst du ziemlich gut.«

»Das war was anderes. Es war mein Land.«

Peter war ein Bär von einem Mann. Zweihundertdreißig Pfund solider Muskeln, Sehnen und Knochen, ausgebildet von einer der besten Antiguerillatruppen der Welt. Und Janders hatte das Gefühl, daß Faulkner ihn brauchte.

»Was genau hast du da draußen getan?« fragte er. »Hast du jemals Männer angeführt?«

»Manchmal, aber meistens war ich allein. Ich bin ja im Busch aufgewachsen und bekam Spezialjobs, die Bewachung von Wasserlöchern im Sambesital. Mensch, dieses Tal ist eine der wirklich großen letzten Wildnisse von Afrika. Ein herbes, heißes und trokkenes Land und so mit Tsetsefliegen angefüllt, daß kein Mensch dort leben kann. Nur die Tiere. Die Terroristen mußten auf dem Weg nach Rhodesien durch dieses Tal. Und wenn sie dann zu den Wasserlöchern gingen, mußte ich ihre Spur aufnehmen und einen nach dem anderen jagen...

Achtzehn Monate lang hab' ich meistens in Höhlen gehaust, und da wurde ich noch schlimmer als ein Tier, Mister. Nie ging ich im Sonnenlicht raus, immer nur kroch ich im Schatten herum. Und ich hab' getötet und getötet. Meistens aus solcher Nähe, daß ich sie genau sehen und ihre Angst riechen konnte. Und nachts ging ich in die Höhle zurück und starrte die Wände an.

Das war eine grauenhafte Zeit. Fast wurde ich damals verrückt. Weißt du, ich hab' doch als Wildschützer angefangen. Ich hab' mich immer nur als Beschützer gesehen, nicht als Zerstörer. Und ich hab' das Gefühl, wenn ich jetzt noch mal töte, dann kann ich nichts anderes mehr tun, und das Blut kann ich auch nie mehr von meinen Händen waschen. Und das, Mister, ist der Grund, warum ich nicht mit dir gehen will. Deshalb bin ich ja auch hierhergekommen.

Aber, um dir die Wahrheit zu sagen, Mr. Janders, hier leben könnt' ich auch nicht. Hier ertrinke ich. Ich bin so heimwehkrank nach Afrika, und ich muß unter allen Umständen zurück. Aber nicht so.«

Janders wußte, daß er jetzt nicht drängen durfte. Er nahm eine Karte heraus und kritzelte etwas darauf. »In den nächsten zweiundsiebzig Stunden bin ich unter dieser Adresse zu erreichen«, sagte er und reichte Peter das Kärtchen. »Wenn du anderer Ansicht wirst, laß mich's wissen.«

Janders stand auf. »Hast du je von Limbani gehört?« fragte er.

Peter nickte. »Er ist vor einiger Zeit gestorben.«

»Er lebt noch«, versicherte ihm Janders. »Der Kontrakt geht dahin, daß wir ihn rausholen. Du weißt, was das heißt. Ich kenne den Mann. Er ist es wert, daß man ihn rausholt. Er ist der einzige afrikanische Führer, der vielleicht die Kluft zwischen Schwarz und Weiß überbrücken und die Kämpfe zum Stillstand bringen kann. Limbani könnte deinem Land helfen. Der Kontrakt ist es wert, ihn in diesem Licht zu sehen.«

Peter schüttelte den Kopf. »In Afrika sterben ständig Menschen, und keiner kümmert sich drum, wenn sie nicht von Weißen umgebracht werden. Und die schwarzen Führer kommen an die Macht, indem sie ihre sämtlichen Freunde umbringen, aber sie halten sich nicht lange. Mister, ich kämpfe nicht mehr für Regierungen. Nur noch für mich selbst. Danke für das Bier.«

Janders sah Peter an und fühlte dessen Trauer. »Ich bin auch ganz unten gewesen«, sagte er leise. »Kann ich dir etwas Geld leihen?«

Peter schüttelte den Kopf und lächelte, und die große Wärme in ihm kehrte in sein Gesicht zurück. »Nein, danke. Ich schaff' es schon.«

Später am selben Abend schwankte Jeremy Chandos unsicher um ein schmiedeeisernes Geländer, dann eine Treppe hinab zum Keller eines einst sehr anmutigen Hauses in Bayswater. Laut hämmerte er an eine blutrote Tür, die zu einem Spielklub namens Johnnie's Place führte. Nach wenigen Augenblicken ging die Tür auf. Der große Portier erkannte ihn. »Warten Sie mal hier«, brummte er und rief nach dem Besitzer.

Jeremy war neunundzwanzig, sah aber jünger aus. Groß, mager, blond, mit einem offenen Jungengesicht und völlig skrupellos. Der Besitzer kam heran. »Es ist der junge Chandos, Sir«, sagte der Portier. »Schon wieder betrunken. Sollen wir ihn hinauswerfen?«

Johnnie, der Grieche, wurde zwischen seiner natürlichen Habgier und der Sorge um den Ruf seines schäbigen Klubs hin- und hergerissen. Es siegte, wie immer, die Habgier. Denn Jeremy spielte an dem Tisch mit hohem Einsatz, und der Klub verdiente an diesem Tisch, egal ob Gewinn oder Verlust, mehr als an den anderen vier Tischen zusammen. »Laß ihn rein«, befahl er.

Der Portier zog Jeremy also aus der Kälte ins Haus, lehnte ihn fest an die Wand und zog ihm den Mantel aus. Er führte ihn noch durch einen nackten Gang. »Ich hoffe, heut' haben Sie Glück, Sir«, sagte er und ließ ihn los.

Jeremy teilte den Perlvorhang, der den Eingang zum Spielsaal bedeckte, und lehnte unter der Tür, damit sich seine Augen an das fahle Licht und seine Lungen an den Rauch gewöhnten, der wie ein Nebel in der Luft trieb. Dann riß er sich zusammen und schwankte zu dem Tisch mit den hohen Einsätzen, der auf einer Estrade am anderen Raumende stand.

Der Rest der Männer saß bereits an den Stammplätzen. Sie begrüßten Jeremy herzlich, als er sich auf seinen Platz fallen ließ. Ein paar Griechen waren darunter, ein Libanese, der behauptete, Mitglied der Al Fatah zu sein, also ein wirklich gefährlicher Mann, und zwei Perser, die kaum ein Wort redeten. Einer der Griechen öffnete einen Pack Karten und schob sie über den Tisch vor Jeremy zum Abheben. Keiner der anderen Spieler machte auch nur eine Andeutung über Jeremys Zustand, aber sie warteten gierig darauf, daß er anfing.

Jeremy spielte nun seit einem Monat in diesem Klub, dreimal wöchentlich. Nach anfänglichen Gewinnen hatte er ständig verloren, einmal über fünfhundert Pfund. Man wußte am Tisch, daß Jeremys Familie eine ganze Reihe von Rennställen besaß, und sie glaubten, daher komme auch sein Geld.

Wenn auch die Ställe bei den größten Rennen durchaus Gewinner stellen konnten, so sah doch Jeremy von diesem Geld nie etwas. Sein Vater, ein strenger Ire und fanatischer Katholik, zog die Pferde seinen Kindern vor und hatte es zur Regel gemacht, daß in seiner Familie oder bei seinen Direktoren nicht gespielt werden dürfe. Diese Regel wurde erzwungen.

Jeremys ältere Brüder stiegen in die Fußstapfen ihres Vaters. Aber als Jeremy zwölf war, wurde er ein leidenschaftlicher Spieler. Das entdeckte man, als er fünfzehn war, und sein Vater ließ den unglücklichen Buchmacher sperren. Im Alter von achtzehn sah man widerstrebend ein, daß im Geschäft für ihn keine Zukunft lag. Jeremy liebte zwar Pferde, doch sein Vater hatte die ernstesten Zweifel, daß sein jüngster Sohn in einem Ausbruch von Begeisterung nicht vielleicht doch den Blutkreislauf eines bestimmten Tieres ein wenig anspornen würde. Deshalb schickte er Jeremy nach Sandhurst.

Als Jeremy dringend gebeten wurde, diese Institution deshalb zu verlassen, weil seine Führung als für einen Offizier und Gentleman unpassend angesehen wurde, enterbte ihn sein Vater. Aber Jeremy hatte Talent zum Soldaten, und das setzte er im Kongo ein. Einer aus seiner Truppe, ein Mann namens von Brandis, brachte ihm das Safeknacken bei. Als wohlhabender Mann kehrte er aus dem Kongo zurück.

Für eine Weile ging für Jeremy alles ganz gut. Er hatte Partnerschaft gemacht mit einem von seines Vaters Trainern, aber das fand der Vater bald heraus. Der Trainer wurde gefeuert, und die Gewinnsträhne endete. Und jetzt war Jeremy bei der Hälfte aller

Buchmacher von Nordengland verschuldet. Seiner Gesundheit zuliebe ging er wieder nach London. Das Geld auf dem Tisch vor ihm war das letzte, das er hatte.

Die anderen Spieler glaubten, jetzt müsse er aufbrechen. Sie waren übereingekommen, die Einsätze zu erhöhen, und so sagten sie die Spielgrenzen auf. Dann schlossen sie auf, um ihn schnell zu erledigen. Jede Ansage Jeremys spielten sie aus. Er schien so betrunken zu sein, daß es ihm nichts ausmachte, und er drehte kaum seine Karten um. Aber meistens gewann er. Trotzdem setzten sie ihm erbarmungslos zu, weil sie überzeugt waren, es sei nur eine Zeitfrage.

Irgendwie blieb er aber bei Bewußtsein, und irgendwie verloren sie auch weiterhin. Nach drei Stunden bekamen sie Angst und ließen ihm einen Bluff hingehen. Nach fünf Stunden war der Tisch trocken. Jeremy stand auf, kassierte sechstausendsiebenhundertundsiebenundzwanzig Pfund und dankte ihnen höflich. Sie sahen ihm nach, wie er stocknüchtern den Raum verließ. Er lehnte Johnnies Angebot ab, das Geld in seinem Safe aufzubewahren, ging nur kurz in den Waschraum und stieg zur Straße hinauf, um ein Taxi zu finden.

In einem Seitengäßchen warteten zwei Männer auf ihn. Sie ließen ihn vorbeigehen, dann kamen sie heraus. Einer von ihnen nahm Jeremy am Hals in die Zange und drückte ihm eine Messerspitze an die Kehle. Der andere durchsuchte ihn in aller Ruhe, ohne sich von dem ganzen nächtlichen Londoner Verkehr stören zu lassen. Alle Proteste Jeremys nützten nichts. Sie leerten seine Taschen, rissen ihm die Schuhe und Socken ab. Das meiste Geld hatte er nämlich in den Socken. Beide Männer rannten in die Nacht und hatten seine Schuhe und Socken bei sich. Jeremy stand barfuß und sprachlos vor Wut auf dem Pflaster und klammerte sich an die Karte eines Buchmachers.

Da erschien Faulkner neben ihm. »Hast du sie gesehen?« schrie Jeremy, der Faulkner erkannte, und dieser nickte. »Das heißt, du bist die ganze Zeit hier gewesen und hast zugesehen, wie sie mich ausgeplündert haben. Sie hätten mir die Kehle durchschneiden können.«

Faulkner schüttelte den Kopf. »Du warst in guten Händen«, sagte er. »Wir haben uns vor ein paar Stunden draußen vor dem Klub getroffen, während du deinen Coup machtest. Nun, beide Seiten waren interessiert. Sie scheinen für ein Syndikat von

Buchmachern zu werben. Sie verpflichteten sich, dir nichts zu tun, und ich verpflichtete mich, nicht einzugreifen.« Langsam ging Faulkner die Straße entlang.

Jeremy tappte hinter ihm drein. »Du Bastard!« schrie er. »Du verdammt kaltblütiger Bastard! Du stehst da und siehst zu, wie sie mich ausrauben – nach allem, was ich für dich getan habe!«

»Im Moment bist du mir arm lieber«, erwiderte Faulkner. »Paß auf, die Zigarettenstummel«, warnte er, doch es war zu spät. Jeremy tat einen schrillen Schrei, hoppelte hinter ihm drein und hielt sich den Fuß. Faulkner blieb stehen, damit der andere ihn einholen konnte. »Möchtest du schnell viel Geld verdienen?« fragte er.

Jeremy setzte vorsichtig seinen verletzten Fuß auf das Pflaster. »Was ist zu tun?« fragte er mißtrauisch. »Du bist mir noch für den letzten Job was schuldig, den du verpatzt hast.«

Faulkner hielt ein vorbeifahrendes Taxi auf. »Das sag ich dir unterwegs.« Faulkner stieg ein, Jeremy blieb auf dem Pflaster stehen. »Na, komm schon«, drängte Faulkner ungeduldig. »In London kannst du nicht barfuß herumlaufen.«

»Sechstausendsiebenhundertundsiebenundzwanzig Pfund«, sagte Jeremy drohend. Langsam fädelte sich das Taxi in den Verkehr ein.

»Ich ging bei deiner Wohnung vorbei«, rief Faulkner. »Du bist hinausgeworfen worden. Ein paar verdammt große Westinder warten dort auf dich, weil du keine Miete bezahlt hast.«

»Halt!« schrie Jeremy und hoppelte dem anfahrenden Taxi nach. »Halt! Laß mich mit!«

Die halbe Nacht hindurch lief Peter Coetzee durch die Londoner Straßen. Bei Einbruch der Dämmerung kehrte er in sein Wohnschlafzimmer im Keller von Earls Court zurück. Das Licht knipste er erst gar nicht an, sondern zündete nur das Gasfeuer an und hielt die Hände darüber. Die Kälte des englischen Winters fraß die Kraft aus seinen Knochen. Und sein ganzer Körper sehnte sich unendlich danach, wieder die heiße, helle Sonne Afrikas zu spüren.

Er starrte an die Wände und versuchte zu denken. Sein Gesicht sah eingefallen aus, seine Augen wurden immer trauriger. Er war ein einsamer Mann und auf der Suche nach Menschen in diese Stadt gekommen, in der er ein neues Leben für sich selbst aufbauen wollte. Aber hier war er noch einsamer als je vorher im

Busch. Hier nützten ihm seine riesige Kraft und seine Unabhängigkeit nichts. Er war so sehr aus seinem Element gerissen wie ein wildes Tier im Zoo.

Die Wände des vollgestopften Zimmers erinnerten Peter viel zu sehr an diese Höhle. Er stand auf und brühte zwei Tassen Kaffee auf. Im Zimmer neben dem seinen wohnte ein magerer, schüchterner junger Mann. Sie waren Freunde geworden, und wenn sie so miteinander durch London gingen, waren sie ein merkwürdiges Paar. Der eine war schwach, zynisch und des Mißerfolges sicher, vor dem er sich fürchtete, der andere riesig und sanft mit einer verzweifelten Sehnsucht nach Hoffnung.

Der junge Mann war völlig am Boden. In letzter Zeit hatte er sich immer mehr in sich selbst zurückgezogen, und Peter brachte ihm den Kaffee, um ihn ein wenig aufzuheitern. Er ging den dunklen, muffigen Korridor entlang. An der Tür hing ein sauber mit Bleistift beschriebener Zettel: *Gas, bitte Vorsicht.*

Peter klopfte. Niemand antwortete. Er klopfte noch einmal. Jemand weiter unten am Korridor schrie ihm zu, er solle ruhig sein. Da kam ihm ein schrecklicher Gedanke, und er drückte auf die Klinke. Die Tür war abgesperrt. Er schrie. Niemand antwortete. Dann rammte Peter die Tür auf, Holz splitterte.

Der Raum war mit Gas gefüllt. Der Luftzug von der offenen Tür her versetzte eine blaue Birne in Schwingungen. Das kalte, trübe Licht pendelte über einer Gestalt, die auf dem ungemachten Bett lag.

Mit ein paar Schritten durchquerte Peter den Raum. Er riß die Vorhänge auf und zerschlug eine Fensterscheibe. In tiefen Atemzügen sog er die frische Luft ein und setzte sich neben den jungen Mann, dessen Gesicht durch die Qual des Sterbens grauenhaft anzusehen war. Der Mund stand weit offen, und die Augen starrten blind aus tief eingesunkenen Höhlen. Peter hatte oft genug den Tod gesehen, aber jetzt fühlte er einen bitteren Zorn. Die Verschwendung von Leben tat ihm in tiefster Seele weh. Der junge Mann hatte keinen Abschiedsbrief hinterlassen. Er hatte sich nur zusammengeringelt und war ganz allein gestorben. Peters Herz schrie wegen der Nutzlosigkeit all dessen.

Er nahm den kleinen Mann in die Arme und trug ihn auf die Straße hinaus. Miteinander saßen sie in der Kälte der winterlichen Sonne auf den Stufen. Wie ein Kind lag der Tote in Peters Armen. Graue, gesichtslose Menschen eilten vorbei. Es ist eure Schuld, hätte Peter ihnen am liebsten zugeschrien, ihr habt ihm das angetan. Aber niemand kannte ihn, niemand kümmerte sich um ihn. Sie rannten nur vorbei, das Leiden ging sie nichts an.

Der Hausherr kam heraus. Er versuchte Peter zu überreden, die Leiche wieder hineinzutragen, doch Peter bewegte sich nicht. Er hätte gerne erklärt, es sei nicht recht, wenn ein Mensch allein in einem kleinen, dunklen Raum sterben müsse. Ein Mann müsse mit der Sonne auf seinem Gesicht sterben dürfen. Aber er fand die Worte nicht.

Die Polizei kam, und die übliche Menschenmenge fand sich ein. Peter sah hilflos zu, als die Leiche seines Freundes weggebracht wurde. »Er hätte ja gar nicht allein zu sterben brauchen«, flüsterte er zu sich selbst. »Ich wäre doch bei ihm geblieben. Mensch, wie mich die Städte ängstigen. Ich muß hier raus. Ich gehöre nicht hierher ...«

10

Samstag, 5. Dezember

Janders hatte die ganze Nacht hindurch an den Papieren gearbeitet.»Wo ist Jeremy?« fragte Faulkner, als er das Zimmer betrat.

»Schläft noch«, antwortete Janders müde. »Du hast doch den Joker aufgeklaubt. Warum hast du ihn nicht in dein Zimmer gebracht?«

»Er ist mit mir nicht besonders zufrieden«, erklärte Faulkner. »Hast du deinen Rhodesier gefunden?«

»Ja.«

»Wie ist er?«

»Gut. Wir brauchen ihn.«

»Wird er kommen?«

»Das weiß ich noch nicht. Er hat eben erst angerufen. Abends kommt er.«

Faulkner schaute auf seine Uhr und nahm seine Aktentasche. »Ich muß mich mit Balfour treffen. Wenn er die Rechnung akzeptiert, unterschreibe ich den Kontrakt. Übrigens, ich habe darüber nachgedacht, was du sagtest; wir seien die letzten auf der Liste gewesen.« Faulkners Augen wurden kalt. »Und ich sage dir was, alter Freund. Limbani kostet diese Bastarde einiges. Mein Gott, er kostet sie was.«

Jeremy betrat den Raum, als er Faulkner weggehen hörte. »Hat er dir erzählt, was mir der elende Bastard vergangene Nacht angetan hat?« fragte er gekränkt.

»Ja«, antwortete Janders. »Du hast es mir ja mehrmals erzählt.«

»Was bringt der Kontrakt ein? Das hat er mir nicht verraten.«

»Das wirst du hören, wenn er zurückkommt. Hör mal, wir brauchen noch einen Mann. Jemand, der seinen Weg um ein paar Flugzeuge findet. Hast du da irgendeine Ahnung?«

Jeremy überlegte einen Augenblick. »Einen kenne ich. Er wäre ideal, aber ich weiß nicht, ob er da mittut.«

»Warum nicht?«

»Er ist mit Mad Malloy nach Biafra geflogen und hat ein kleines Vermögen zusammengekratzt. Er braucht das Geld nicht. Und wenn du glaubst, er kommt aus Lust am Abenteuer, kannst du's gleich vergessen«, warnte ihn Jeremy. »Er ist nicht von der Sorte. Er heißt Shaun Fynn. Total verrückt, aber er kann alles fliegen, was Schwingen hat.«

»Den möchte ich kennenlernen«, sagte Janders. »Wo ist er?«

»Er kann jetzt in jedem Bett von London liegen. Ein Mädchen namens Cynthia gibt heute abend eine Party. Dort können wir ihn finden. He«, sagte er und folgte Janders in die Küche, »kannst du mir Geld leihen, wenn ich schon zu euch stoße? Meine ganzen Sachen sind doch beim Teufel.«

»Wieviel brauchst du?«

»Dreihundert müßten reichen.«

»Ich geb' dir hundert auf Rechnung.«

»Und der Rest?« fragte Jeremy gekränkt. »Glaubst du vielleicht, ich hau damit ab?«

»Es ist mir flüchtig eingefallen«, erklärte Janders trocken.

Jeremy zog sich um. »He, kannst du mir ein Paar Schuhe leihen?« rief er aus dem Nebenzimmer.

»Welche Größe?«

»Neun.«

»Dann versuch mal die von Faulkner.«

Faulkner kam kurz vor Mittag zurück. Er hatte den Hut über die Augen gezogen und strahlte.

»Was hast du uns mitgebracht?« fragte Janders mißtrauisch.

»Hunderttausend Pfund für mich, fünfzigtausend für dich, zwanzigtausend für jeden Offizier, fünfzehntausend für Sergeants, zehntausend je für Unteroffiziere und fünftausend pro Mann.«

»Das ist ja ein verteufelter Gehaltsscheck.«

»Und ein kurzer, scharfer Kontrakt, keine Aussicht auf Beute und die beste, dabei ins Gras zu beißen. Übrigens, sie können sich's leisten. Sind schon Antworten auf die Telegramme eingegangen?«

»Bis jetzt über hundert. Das Telegrafenamt denkt daran, einen Spezialboten für uns einzusetzen. Gott sei Dank sind wir soweit in Sicherheit.«

»Ich habe ein paar Typen draußen in einem Wagen gesehen. Fotografieren.«

»Wir müssen bald umziehen, bevor die Presse uns kriegt.«

»Dann rekrutieren wir am Montag.«

»Ich habe eine besondere Liste von denen gemacht, die wir kennen. Die meisten haben ein bißchen lange Zähne gekriegt. Wir sollten, glaube ich, auf einer Altersgrenze bestehen. Sogar Sandy Young hat sich gemeldet.«

»Ja, dem habe ich persönlich gekabelt.«

»Herrje, aber der ist doch schon sechzig«, antwortete Janders bestützt. »War er denn nicht Unteroffizier bei den Paras in Arnhem?«

»Ich brauche ihn als Sergeant. Ist er in schlechter Verfassung, braucht er nicht mit uns zu gehen, aber er kann eine Truppe schneller drillen als sonst jemand, den ich kenne. Und für den Rest sehen wir eine Altersgrenze von vierzig vor. Ich würde ja lieber mit älteren Männern gehen, die wissen, um was sich's dreht, als mit jungen, die sich für weiß Gott wie hart halten und beim ersten Einsatz durchdrehen.«

Janders stöhnte. »Eine Armee mittleren Alters, geführt von alten Männern. Ich sag' dir, Allen, wir werden allmählich pathetisch.«

»Ich nehme an, du hast dir schon ausgerechnet, daß du pro Feldstunde so gegen fünfundzwanzigtausend Pfund verdienst«, antwortete Faulkner ruhig. »Das ist für ein paar alte Männer gar nicht so schlecht.«

Faulkner, Janders und Jeremy warteten im Wohnzimmer, als Peter am Abend ankam.

»Na, schön«, sagte Peter, »ich komme mit.« Er war sehr niedergeschlagen und seiner selbst unsicher.

»Gut. Ich heiße Faulkner. Setz dich. Mach dir's bequem. Du bist ein guter Soldat, nach allem, was mir Rafer erzählt.«

»Mensch, mit Rindern kann ich besser umgehen«, antwortete Peter unbehaglich.

»Du wirst Leutnant mit einem Unteroffizier und einem Trupp von acht Männern unter dir. Du wirst etwa zwanzigtausend Pfund nach erfolgreichem Abschluß der Mission bekommen, nach einem Mißerfolg ein Drittel. Das Geld liegt für dich in der Schweiz und wird in einem Land deiner Wahl ausbezahlt. Im Todesfall wird das Geld deinen nächsten Verwandten oder benannten Erben übergeben.«

Peter ließ sich verwundert zurückfallen. »Damit kann ich mir ja eine Ranch kaufen«, sagte er.

»Das hat mich auch aufgeheitert, als ich es hörte«, gab Jeremy zu.

Faulkner ging hinüber zu einer Karte großen Maßstabs von den Kasernen, und Peter folgte ihm.

»Eine der Schwierigkeiten, auf die wir bisher gestoßen sind, ist die, wie wir diese Zone hier überqueren«, erklärte er und bezeichnete die tödliche Kampfzone, »und wie wir die Posten kriegen. Und da hoffen wir, daß du uns helfen kannst.«

»Wir haben daran gedacht, daß wir vielleicht diese Pfeilbüchsen verwenden könnten«, warf Janders ein. »Wäre die Entfernung damit zu schaffen?«

Peter schüttelte den Kopf. »Die amerikanische Polizei hat ihren Einsatz erprobt, aber der Erfolg war nicht gut. Im Wild-Department benützten wir eine .303, um eine .22er Platzpatrone mit einer Patrone von zwei Grain abzuschießen. Der Pfeil war ein Aluminium-Zylinder wie eine Injektionsspritze mit Schwungfedern.«

»Welche Reichweite hat das?« wollte Faulkner wissen.

»Ungefähr fünfundzwanzig Yards. Setzt man mehr Energie ein, geht das Ding kaputt.«

»Welche Drogen werden dazu benützt?«

»Das hängt davon ab, was man will. Normalerweise Beruhigungsmittel. Eines, das sie jetzt einsetzen, heißt Etorphin. Es ist so ungefähr das beste Zeug, das es gibt. Es beruhigt das Zentralnervensystem und legt alles schlafen.«

»Wie lange dauert es, bis es wirkt?«

»Ungefähr sieben Minuten.«

»So lange? Ich dachte, die fallen nur so um.«

»Keine Aussicht«, antwortete Peter. »Außer man hat Glück und trifft eine Arterie. Aber Posten kann man damit nicht schlafen legen. Das haben wir in Rhodesien ausprobiert. Dauert zu lange.«

»Gibt es nicht noch andere Drogen?«

»Eine tödliche Droge namens Succinyl Chloin. Es wird benützt zur Wildauslese, aber da muß man auch eine Ader oder Arterie finden, damit es sofort tötet. Sonst braucht es ungefähr fünf Minuten.«

»Was würde geschehen, wenn ein Mann etwa die gleiche Dosis bekäme wie ein Elefant?«

»Menschen sind im großen und ganzen weniger anfällig für diese Droge als Tiere. Man hat herausgefunden, daß die Dosis, die einen Menschen töten würde, einen Büffel tötet, der seine achtzehnhundert Pfund wiegt.«

»Wie sind die Chancen, eine Ader zu erwischen?«

»Es ist schon schwer genug, eine zu finden, wenn ein Mann ruhig daliegt. Und auf jede Entfernung ist es fast ausgeschlossen. Und bei hundert Yards ist es schon verdammt schwierig, überhaupt das Ziel zu treffen. Und ich kann dir sagen, der Posten brüllt laut genug, um Tote aufzuwecken, wenn ihn die Nadel trifft.«

»Gut. Das wär's also«, sagte Janders resigniert. »Da müssen wir uns eben was anderes ausdenken.«

»Könnten wir nicht vielleicht einen finden, der wie Limbani aussieht? Den könnten wir auf Limbani trimmen und von den Algarve oder so retten«, schlug Jeremy vor.

»Ich habe vielleicht eine Idee, die klappen könnte«, meinte Peter nachdenklich. »Wenn wir nicht über diese Todesstrecke kommen können, wäre es vielleicht möglich, mit Pfeil und Bogen an die Posten heranzukommen. Nein, lacht lieber nicht«, wandte sich Peter an Jeremy. »Ich habe damit gejagt. Sie sind sehr oft viel wirkungsvoller als die meisten Büchsen.« Peter schwieg unsicher.

»Sprich nur weiter«, drängte Faulkner.

»Bist du sicher, daß im Busch vor den Kasernen keine Wachen sind?«

»Unserer Information nach nicht.«

»Haben sie Wachhunde?«
»Nein.«
»Dann sind also nur drei Wachtürme entlang jeder Seite?«
»Ja.«
»Gut. Wenn ihr mir Pfeil und Bogen verschafft«, sagte er leise, »dann sorge ich für die.«
»Hast du schon«, antwortete Faulkner. »Zeig uns, was du willst.«
Peter zog ein Blatt Papier heran und begann zu zeichnen. »Der Stock ist aus Aluminium und hat, wie eine Flinte, unten einen Trigger. Der Bogen selbst ist aus Stahl, fünf Sechzehntel Zoll dick, eineinhalb Zoll an der breitesten Stelle, auslaufend auf fünf Achtel Zoll an beiden Enden.
Die ganze Pfeillänge ist vierundzwanzig Zoll. Der Bogenstrang besteht aus Zweiundsiebziger Dacronzwirn, gedreht. Belastungsgrenze etwa zweitausendfünfhundert Pfund, also hohe Reißfestigkeit. Der Pfeil tötet auf fünfhundert Yards. Wir brauchen Pfeilköpfe mit Vierkantspitzen von neun Zoll Länge, befiedert wie ein Pfeil an einem Schaft von fünf Sechzehntel Zoll.
Aus einer Entfernung von hundertzwanzig Yards geht die Pfeilspitze glatt durch einen Mann. Was wir brauchen, ist ein Schock, und deshalb halte ich es für besser, wir nehmen einen Hartholz-Pfeilkopf, spalten ihn am Ende und sättigen ihn mit einem schnellwirkenden Gift wie Cyanid. Der Pfeilkopf bricht dann in dem Mann auf. Tötet ihn der Schock nicht, dann gibt es so viel Blut, daß das Cyanid in einer Sekunde wirkt. Ende des Postens«, fügte Peter leise hinzu. »Aber, Mensch, das ist eine höllische Todesart.«
»Ich kauf' dir ein feines Abendessen«, versprach ihm Faulkner begeistert. »Hol dein Bündel und zieh hier ein. Wir sind diesen Abend allein und können reden. Die beiden anderen gehen aus und suchen einen Piloten.«

Jeremy musterte Janders. »Du hättest ja wenigstens versuchen können, ein bißchen weniger amerikanisch auszusehen«, meinte er vorwurfsvoll. »Nimm doch wenigstens diesen lächerlichen Hut ab.« Janders tat widerstrebend, was ihm gesagt wurde. Jeremy läutete die kleine Schiffsglocke oben an der Gangway des Hausbootes. Die Tür wurde aufgerissen, und ein als Indianersquaw verkleidetes Mädchen erschien auf Deck.

»Jeremy, Liebling!« quiekte sie und entriß ihm die Whiskyflasche. »Du solltest doch im Kostüm kommen. Eigentlich dürfte ich dich gar nicht reinlassen. Du hättest einen wunderbaren Helden abgegeben.«

»Ich hab' was viel Besseres. Ich habe einen richtigen, lebenden Amerikaner mitgebracht«, tröstete Jeremy das Mädchen.

Nun musterte sie Janders, der noch auf der Gangway stand, und bemerkte seine grauen Augen und sein gefurchtes Gesicht. An diesem älteren Mann war sie sofort interessiert. Sie griff nach oben, zupfte an seinem Bart und küßte ihn. »Du mußt neu sein in London«, bemerkte sie.

»Nein, Ma'am. Ich lebe schon lange hier«, erklärte er und ließ sich mitziehen.

»Ist Shaun schon da?« fragte Jeremy.

»Ja. Der Bastard verführt gerade eine von meinen Freundinnen«, berichtete ihm Cynthia aufgebracht.

»Dann führ uns zu ihm.«

Sie fanden Shaun in einer Ecke. Er hatte einen großen Drink in der einen Hand, mit der anderen hielt er ein sehr hübsches Mädchen fest, auf das er nachdrücklich einredete. Er war ein gut, wild und rücksichtslos aussehender Mann, etwa Mitte Dreißig, groß und kräftig, ohne viel Fleisch auf den Knochen. Seine Augen waren blau und blutunterlaufen, und das schien zu ihm zu gehören.

Jeremy tippte ihm auf die Schulter. Shaun schwang herum, und sein Gesicht leuchtete auf, als er Jeremy sah. Er zog das Mädchen mit sich und legte besitzergreifend den Arm um ihre Taille.

»Schau mal, was ich gefunden habe. Ist sie nicht großartig?« rief er. »Sie heißt Mandy. Ich hab' sie eben erst kennengelernt und bin schon mächtig in sie verliebt.«

»Das ist Rafer Janders«, sagte Jeremy. »Wir möchten mit dir reden.«

»Natürlich. Schieß los«, forderte ihn Shaun leichtherzig auf.

»Wie wär's draußen? Hier drin ist zuviel Krach.«

Mandy lehnte ihren Kopf an Shauns Brust und klammerte sich an ihn. Shaun lachte. Sein ganzer Körper strahlte Energie und Liebe zum Leben aus. Wenn er lachte, lachte sein ganzer Körper mit. »Mensch, aber doch nicht jetzt. Ich wohne am Priscilla Place. Also morgen dort.«

Die Musik begann mit einem wilden, düsteren Blues. Der Lärm

aus den von der Decke hängenden Lautsprechern war betäubend.

»Es ist aber wichtig«, schrie ihm Janders zu, doch Shaun tanzte schon. Sein Körper bewegte sich so, als seien alle Gliedmaßen unabhängig voneinander aufgehängt und von einer in seinem Bauch sitzenden Energiequelle angetrieben. Mandy wurde von einer scheuen, engelhaften Blondine zu einem Wirbelwind, der ganz Beirut in Atem halten könnte.

»Geht nicht«, meinte Jeremy und zuckte die Achseln. Sehnsüchtig schaute er dem Mädchen nach. »Der wird ja doch heute nicht mehr vernünftig«, murmelte er. »Er konzentriert sich immer nur auf eine Sache. Versuchen wir's morgen. Was willst du jetzt tun?«

»Ich gehe nach Hause«, erwiderte Janders.

Jeremy sah sich um. »Ich glaube, ich bleib' ein bißchen da.«

Janders drängte sich durch eine schiebende Menge zu den Stufen. Es war eine klare, kalte, sternenhelle Nacht. Unter ihm kam die Flut herein. Das Flußwasser leckte leise an den Rumpf des Bootes. In der Ferne hörte er, über dem Lärm von der Party, den des Londoner Straßenverkehrs.

Er dachte an seine tote Frau, dann an seinen Sohn. Er fühlte sich an diesem Abend ausgewaschen, einsam und alt und wünschte, sie könnten jetzt bei ihm sein. Er ging über die Gangway zur Straße. Dort wartete ein Mädchen.

»Ich kann kein Taxi finden«, sagte sie. »Könnte ich ein Stück mit Ihnen gehen, bis eines kommt?«

»Sind Sie von der Party?« fragte er.

Sie nickte

»Warum rufen Sie nicht von drinnen aus an?«

Sie schaute zum Boot zurück. »Ich kann nicht mehr hineingehen.« In ihren Augen standen Tränen. »Bitte. Kann ich denn nicht ein Stück neben Ihnen hergehen? Bis ich ein Taxi finde?«

Sie wollte nicht allein sein. Und das verstand Janders in seiner eigenen Einsamkeit recht gut. Eine Welle der Wärme überspülte ihn und ertränkte seinen eigenen Schmerz. Und er war ihr dankbar. Er bot ihr in altmodischer Höflichkeit seinen Arm an. Sie nahm ihn bereitwillig.

»Hat's dort Ärger gegeben?« fragte er, als sie vom Enbankment zur King's Road gingen.

Sie nickte. »Ich kam mit Shaun. Er traf eine andere und ließ mich fallen«, sagte sie einfach. Ein paar Schritte gingen sie schweigend weiter. »O Gott«, flüsterte das Mädchen und begann zu weinen.

Janders ließ sie eine Weile an seiner Schulter weinen. Er nahm sein Taschentuch heraus und trocknete ihr die Tränen von den nassen Wangen. »He, he«, sagte er leise. »Na, hör schon auf. Du ruinierst dir doch das Gesicht. Es passiert nicht jeden Tag, daß ein alter Knabe wie ich mit einem hübschen Mädchen gehen kann.«

Sie hob den Kopf. »Wenn Sie mir Ihre Adresse geben, wasche ich das Taschentuch und schicke es Ihnen wieder.« Sie griff nach seinem Arm, und so gingen sie weiter. »Es tut mir leid«, sagte sie nach einer Weile. »Sie müssen mich für sehr töricht halten.«

»Nein. Wie alt sind Sie übrigens?«

»Zwanzig.«

Janders nickte. »Als ich so alt war wie Sie, hielt ich mich für so hart, daß ich vergessen hatte, wie man weint. Es hat mir gar nicht gutgetan.«

»Aber es ist so dumm. Sehen Sie, Shaun ist so, und ich weiß, daß er so ist, und ich bin trotzdem drauf reingefallen. Wenn man ihn kennenlernt, glaubt man die von ihm ausgehende Kraft zu spüren. Er hat etwas Animalisches und sehr Aufregendes an sich. Er macht einen lebendig, als sei man die vitalste Person in seinem Leben. Kennen Sie ihn?« fragte sie.

»Ja«, antwortete Janders kurz.

»Dann wissen Sie, was ich meine. Jedenfalls warnt einen jeder vor ihm, man spielt kühl, aber nach ein paar Wochen hat er einen doch. Immer ist er neben einem, oder er ruft an. Es ist so, als könne er nicht ohne einen leben. Er redet immer davon, daß er so unendlich einsam sei, und das ist er auch. Und daß er eine Frau sucht, weil er sich seßhaft machen will. Das sagt er einem so, daß man ihm glaubt. Und dann fängt man an, die ideale und perfekte Frau für ihn sein zu wollen. Und jetzt verändert er sich. Früher, wenn man Rührei kochte, hielt er das für das Delikateste, das er je gegessen hat, und jetzt stellt man ihm ein Dinner mit vier Gängen auf den Tisch, und da haßt er jeden einzelnen Gang. Allmählich bringt er einem bei, daß man alles falsch macht, und jeden Tag büßt man ein Stückchen mehr von seinem Stolz ein. Man weiß nicht, weshalb alles so verkehrt läuft, und man versucht es noch nachdrücklicher als vorher. Vor den Freunden steht man dumm da, und es macht einem auch nichts aus. Man will nur noch, daß er einen so liebt wie früher.

Eines Tages läßt er einen dann fallen. Und da steht man nun. Es ist einem nichts mehr geblieben.« Das Mädchen begann wieder zu weinen, diesmal leise, aber die Tränen liefen ihr über die Wangen. »Aber er wird sie niemals finden«, fügte sie hinzu und schnaubte sich die Nase.

»Wen?« fragte Janders.

»Die perfekte Frau. Es gibt sie ja gar nicht. Er wird als einsamer alter Mann enden. Er tut mir irgendwie leid.«

»Wie heißen Sie?«

»Jill. Jill Darby. Und Sie?«

»Rafer Janders.«

»Ein merkwürdiger Name.«

»Ich habe einige gehabt. Den habe ich mir selbst ausgesucht.« Sie näherten sich der King's Road. Sie schaute ihm ins Gesicht. »Sie haben ein weises Gesicht«, sagte sie.

An der King's Road hielt Janders ein vorüberfahrendes Taxi auf.

»Wollen Sie nicht mit mir nach Hause kommen?« fragte das Mädchen. »Viel gibt es ja nicht, aber...«

Janders schüttelte den Kopf. »Wenn ich zwanzig Jahre jünger wäre«, meinte er traurig. »Aber jetzt tauge ich nichts für Sie.«

»Könnte ich Sie nicht einmal wiedersehen?«

Janders schloß die Taxitür. »Wenn ich mein Taschentuch zurückhaben will, finde ich Sie schon«, antwortete er leise. »Viel Glück. Und bleiben Sie gesund, meine kleine Freundin.«

»Vielen Dank!« rief ihm das Mädchen nach, als das Taxi wegfuhr. »Ich freue mich, Sie kennengelernt zu haben.«

Sonntag, 6. Dezember, 10 Uhr

Jeremy Chandos und Janders fanden Shaun in einem kleinen Haus der Drayson Mews. Er stand oben an der Treppe, hatte ein Handtuch um die Hüften und einen beleidigten Ausdruck im Gesicht, weil man ihn so früh am Morgen störte. Innerhalb weniger Minuten war er aber wieder der alte, fröhliche Bursche. Er holte irgendwo eine Flasche Whisky und drei Gläser und führte sie in ein gemütliches Wohnzimmer.

Mandy kam durch auf ihrem Weg ins Badezimmer. Sie war nur in ein blaues Tuch gewickelt, das sich rippelte, als sie ging. Die Männer folgten ihr schweigend mit den Blicken.

»Wie ist sie denn?« fragte Jeremy, als sich die Tür hinter ihr geschlossen hatte. »Ich meine außer dem, was man sieht. Woher kommt sie?«

»Das weiß ich nicht«, antwortete Shaun und schüttelte den Kopf. »Jedesmal, wenn ich mit ihr reden will, gibt's in meinem Kopf einen Kurzschluß.« Er hockte im Schneidersitz auf dem Boden, sah Jeremy an und begann zu lachen. Und er lachte, bis sich sein ganzer Körper schüttelte. Es war ein so warmes, ansteckendes Lachen, daß jeder mitlachen wollte.

Er goß die drei Gläser ein. »Priscilla ist in der Schweiz«, beantwortete er Jeremys unausgesprochene Frage. »Kommt erst nächste Woche zurück.«

»Weiß sie, was zwischen ihren Laken vorgeht?«

»Teufel, es würde ihr gar nichts ausmachen. Du kennst doch Priscilla und mich. Da geht nichts mehr. Ich kümmere mich nur als Freund um ihr Haus. Übrigens gehört der Whisky mir, also könnt ihr austrinken. Fein, euch mal wiederzusehen. Du bist mir noch einen Fünfziger schuldig.«

»Na, schön«, meinte Jeremy. »Janders hat dir einen guten Vorschlag zu machen. Könnte eine Menge Geld wert sein.«

»Gefährlich?«

»Ja.«

»Dann vergiß es«, sagte Shaun.

»Du könntest ihn wenigstens anhören.«

»Zeig mir deine Hände«, befahl Janders.

Das tat Shaun. Seine Finger waren nikotinbraun und zitterten.

»Ich hörte, du warst früher ein guter Pilot. Was ist los mit dir? Hast du die Nerven verloren?«

»So ungefähr«, gab Shaun zu und schaute auf. »Du hättest es mal versuchen sollen, Waffen für Mad Malloy nach Biafra zu fliegen. Ich hab' gute siebzig Flüge gemacht, bin bei Nacht auf Bahnen im Dschungel gelandet und war nie sicher, ob da noch unsere Freunde oder schon unsere Feinde waren. Und dort habe ich auch eine Menge guter Freunde verloren. Mit einem der letzten Flugzeuge bin ich aus Uli rausgekommen. Als ich abhob, entdeckte ich, daß ich ein halbes Schiff flog, der Rest war voller Löcher. Und da hab' ich mir versprochen, zum Teufel mit dem Geld, das tu' ich nie wieder. Ich hab' zuviel Fantasie. Ich stellte mir immer vor, was sie mit mir tun würden, wenn sie mich lebend kriegten.«

»Und das Geld, das du dabei verdient hast?«

»Alles verloren. An Leuten wie mir bleibt kein Geld kleben. Ich habe alles in US-Dollar umgewechselt, und da dacht' ich für mich selbst, Mensch, jetzt kannst du an Ausschweifung sterben. Und dann ging ich auf die größte Sauftour, die ihr je erlebt habt.« Shaun zuckte die Achseln, dann lachte er. »Schlimm war nur, daß mir das Geld ausging, bevor ich an Ausschweifung starb.«

»Malloy hat dich von der südafrikanischen Luftwaffe rekrutiert. Welchen Rang hattest du dort?«

»Leutnant.«

»Dann kannst du also Menschen behandeln?«

»Ich hab' die Akademie durchlaufen.«

»In diesem Zustand bist du mir nicht von Nutzen«, sagte Janders. »Kannst du nicht für einen Monat das Rauchen und die Flasche aufgeben?«

»Kann ich schon, wenn ich muß. Aber ich muß ja gar nicht. Mir paßt's so, wie es ist. Ich wohne hier mietfrei, und ein Mädchen gibt's immer, das für Essen und Trinken sorgt.«

»Dieser Job erfordert ungefähr einen Monat von deiner Zeit. In Gefahr wirst du nur maximal ein paar Stunden sein. Es sind bare zwanzigtausend Pfund drin, nach Abschluß. Geht alles gut, dann brauchst du nicht zu fliegen, sondern nur für ungefähr eine Stunde den sehr primitiven Kontroll-Tower zu versorgen. Kannst du das tun?«

»Könnte ich, aber ich werd' es nicht tun. Nur mit Stoff kann man so viel verdienen, und so tief bin ich noch nicht drunten.«

»Kein Stoff«, antwortete Janders. »Es ist ein Söldnerkontrakt.«

»Kannst du mir mehr drüber erzählen?«

Janders schüttelte den Kopf.

»Kann ich jetzt rauskommen?« Ein blonder Kopf spähte durch den Spalt der Badezimmertür.

Janders stand auf. »Klar. Wir gehen sowieso.« Er schrieb eine Adresse auf die Rückseite einer Karte. »Wenn du dir's anders überlegst, kannst du mich hier finden. Vielleicht können wir dich brauchen – aber zu meinen Bedingungen.«

Sie gingen die Treppe hinab. »Wir haben unsere Zeit verschwendet«, bemerkte Janders. »Er ist fertig.«

»Aber der Mann ist kein Narr, wenn er auch verrückt daherredet«, antwortete Jeremy. »Wenn ich für eine eklige Sache einen Piloten brauche, und ich kann mir einen auswählen, dann nehme ich ihn, den nervösen, halb betrunkenen, halb runtergekommenen Burschen. Er ist der beste, den's gibt. Schade ist nur, daß er niemals erwachsen wurde. Er ist der älteste Teenager der ganzen Stadt.«

11

Montag, 7. Dezember, 8.30 Uhr

»Richtig, Gentlemen, macht es euch nur gemütlich«, sagte Faulkner und rief die Männer in dem Raum am Dolphin Square zur Ordnung. »Raucht, wenn ihr wollt. Ihr alle kennt R.S.M. Young.«

Young stand steif in Habt-acht-Stellung da. Er war ein sehr kleiner Mann von nicht einmal Mittelgröße, sehr sportlich und fast ebenso breit wie hoch, so daß er den Eindruck enormer körperlicher Kraft vermittelte. Sein Haar war sehr dicht und ganz kurz geschoren, so daß sein Schädel wie eine Kanonenkugel aussah. Seine Augen waren braun, jedoch ohne die Wärme dieser Farbe, und wenn er zornig wurde, waren sie lohfarben. In dem harten, zerklüfteten, lederigen Gesicht saß ein Mund mit schmalen Lippen, oder eher eine breite Spalte, die niemals lächelte. Oder fast niemals.

Wie Faulkner war er Berufssoldat gewesen. Einer der geborenen Kämpfer, deren wilde Talente in Kriegszeiten hoch geschätzt sind, im Frieden aber eher Verlegenheit hervorrufen. Beide schieden nach einem gewissen Vorfall in Malaya aus der Armee aus. Trotz schriftlich erteilter Befehle wurde nämlich ein als Terroristennest bekanntes Dorf ausradiert, das knapp jenseits der Staatsgrenze lag. Seit dieser Zeit war Young mit Faulkner bei jedem von dessen Einsätzen und Feldzügen gewesen. Er war ein Mann mit wenig Liebe in sich, und das bißchen hatte er für Faulkner reserviert.

»Wir haben im Moment einen Offizier zuwenig, R.S.M. Du wirst also dessen Stelle einnehmen müssen, bis wir Ersatz haben. Jeremy, hast du denn keine Pilotenlizenz?«

»Doch, Sir.«

»Dann weißt du doch auch etwas über die Arbeit im Tower. Landen und Starten, nicht wahr?«

»Das Minimum, Sir.«

»Okay. Dann bist du für den Tower verantwortlich. Kompliziert ist das nicht. Rafer hat die Einzelheiten. Präg dir das ein, bis du den Plan vor- und rückwärts auswendig weißt. Du mußt mit verbundenen Augen jeden Schalter finden können.«

»Jawohl, Sir.«

»Wenn nötig, müssen wir ohne Piloten gehen. Wir haben nicht genug Zeit zum Rekrutieren, und unbekannte Gefahren will ich nicht auf mich nehmen.

Gut. Wir bedienen uns also dieses Platzes als Unterrichtungs- und Unterredungszentrale. Er paßt zwar nicht ganz, aber wir müssen ihn eben passend machen. Das Wohnzimmer wird der Warteraum. Rafer und ich reden mit den Leuten in meinem Zimmer. Diejenigen, die wir auswählen, reichen wir an dich weiter. Jeremy, du und Peter, ihr füllt die Ausrüstungsformulare aus.

Die Kommandos werden die Nummern eins bis fünf bekommen, und zur weiteren Identifizierung hat jedes Kommando ein farbiges Ärmelabzeichen. Weiß für Nummer eins, dann rot, grün, gold und blau. Jeder Mann hat eine Erkennungsmarke von uns mit Rang und Kommando. Hat er sein Formular ausgefüllt, muß er einen Kontrakt unterschreiben. Dann läßt er seinen Paß bei dir. Du prüfst nach, ob alles in Ordnung ist.

Hier ist eine Liste von Hotels und Pensionen, wo wir für alle, die außerhalb der Stadt wohnen, Zimmer reserviert haben. Die Männer haben vierundzwanzig Stunden Zeit, ihre persönlichen Angelegenheiten zu erledigen. Dann haben sie sich in einem der ausgewählten Zimmer zu melden und auf weitere Instruktionen zu warten.

Unter gar keinen Umständen ist den Leuten zu sagen, wo sie operieren. Ihr seht alle, daß die Zimmer reserviert sind im Namen der Sun Oil Exploration Company, die im übrigen gerade in den Gewässern von Mozambique arbeitet. Die Männer werden als Bohrer, Monteure und so weiter geführt und reisen unter dieser Bezeichnung. Jeder von ihnen bekommt einen entsprechenden Vertrag, um dies zu beweisen.

Oh, und versucht die Männer entsprechend ihren Kommandos in die Pensionen einzuweisen. Ihr Unteroffizier hat dafür zu sorgen, daß sie nicht in Schwierigkeiten geraten. Sie haben die Möglichkeit, einander kennenzulernen und zu einer Einheit zusammenzuwachsen. Noch irgendwelche Fragen?«

Keiner sagte etwas.

»Okay. Der erste Schwung ist um neun Uhr zu erwarten, also müssen wir sehr schnell arbeiten.«

Janders und der Sergeant traten zu Faulkner. Die Betten hatte man an der Wand aufgestellt. Sie saßen hinter zwei kleinen Tischen in einem schon jetzt sehr beengten Raum. Vor den Tischen stand kein Stuhl.

»Jeder von euch schreibt auf einen Zettel seine Empfehlung und gibt sie an mich weiter. Meine Entscheidung ist endgültig. Meine Anforderungen gehen dahin, daß jeder Mann eine militärische Ausbildung haben muß, und daß er saubere Unterlagen hat. Ich will keine Wilden und keine mit Vorstrafen, weil wir wissen, daß die normalerweise schlechte Soldaten sind. Und vor allem keine Drogensüchtigen und Alkoholiker. Ich will gutes, solides Soldatenmaterial.«

»Und Schwule?«

Faulkner überlegte einen Moment. »Wir nehmen solche, die sich vorher schon einmal bei uns bewährt haben. Der Rest fällt durch. Alle kommen des Geldes wegen, aber wir müssen die auswählen, die gerne kämpfen.«

Es läutete an der Wohnungstür.

»Okay, Sergeant. Du kannst sie anrollen lassen.«

»Ich habe sie in Gruppen zu je zehn organisiert, Sir. Zwanzig Minuten für jeden Mann. Drei Stunden zwischen den einzelnen Gruppen, um Überschneidungen zu vermeiden. Ehemalige und mögliche Unteroffiziere sind in der ersten Gruppe.«

»Wie viele Männer haben wir jetzt vorzunehmen?« fragte Janders.

»Bis jetzt sind es hundertdreiundvierzig, Sir.«

»Also, jetzt rein mit ihnen«, sagte Faulkner. »Dann wissen wir recht bald, ob sie uns über ihre früheren militärischen Erfahrungen Bären aufbinden oder nicht.«

»Links, rechts, links, rechts, halt. Kehrt. Sagen Sie klar und deutlich Ihren Namen, Ihr Alter, Ihre früheren militärischen Erfahrungen, Ihren Rang, falls vorhanden. Rührt euch.«

»Donaldson, Sir. Geboren 1924. Zwei Jahre aktiver Dienst bei den Kommandos. Ausgeschieden 1947. Gefreiter, Sir. 1965 zwei Touren mit Ihnen, Sir, Sergeant unter Tiny Martin, Sir.«

»Na, willkommen, Tosh«, sagte Faulkner. »Wie ist es dir denn ergangen?«

»Nicht allzu gut, Sir. Ich hab' mit meinem Schwager einen Job als Klempner. Ist nicht mein Geschäft, Sir. Ich tu's nur der Frau zuliebe.«

»Weiß sie, daß du hergekommen bist?«

»Herrje, nein, Sir. Die hätt' mir was gesagt, wenn sie's wüßte. Wenn Sie mich nehmen, Sir, laß ich ihr nur einen Brief zurück. Sie wird es schon verstehen.«

»Du mußt jetzt achtundvierzig sein«, sagte Janders.

»Das stimmt, Sir. Aber ich bin in einem prima Zustand. Bin so gut wie einer mit zwanzig. Nein, viel besser.«

»Aber du hast ein Heim, eine Frau und Kinder. Weshalb willst du mit uns kommen?« fragte Janders.

»Sir, das ist der Job, den ich am besten tun kann«, erklärte Tosh einfach. »Zu Haus' werd' ich zu schnell alt. Sie werden es nicht bedauern, Sir, wenn Sie mich nehmen. Das verspreche ich Ihnen.«

»Links, rechts, links, rechts, halt. Kehrt.«

»O'Leary, Patrick. Siebenundzwanzig. Sechs Jahre bei den Paras. Vor sechs Monaten dort ausgeschieden. Rang: Sergeant.«

»Warum sind Sie ausgeschieden?«

»Das irische Problem, Sir.«

»Sind Sie aus Südirland?«

»Ja, Sir. Aber darum ging's nicht.«

»Reden Sie.«

»Sir, als Katholik bin ich so gut wie jeder andere, aber zuerst war ich ein Para. Wir hätten sie sofort alle auf den Boden gelegt, aber sie haben uns nicht gelassen. Nach dem Blutigen Sonntag sind sie an meine Familie im Süden herangekommen. Ich dachte damals, es sei besser, zu gehen.«

»Warum wollen Sie zu uns kommen?«

»Ich bin Berufssoldat, Sir. Das ist alles, was ich gelernt habe.«

»Der nächste.«

»Warum wollen Sie zu uns?«

»Verdammt blöde Frage. Das Geld natürlich.«

»Der nächste.«

»Ich weiß nicht. Ich weiß wirklich nicht. Ich dachte mir, es sei eine gute Idee. Wissen Sie, ein bißchen Geld verdienen, ein bißchen Spaß haben.«

Sie arbeiteten bis in die späte Nacht hinein, dann auch noch den folgenden Tag. Die Männer hörten, daß Faulkner zurück war. Sie vergaßen ihren alten Groll und strömten ihm zu.

»Links, rechts, links ... Halt. Halt! Wie alt sind Sie?«

»Achtzehn, Sergeant.«

»Sir für Sie. Sonny, geh heim. Das ist kein Platz für dich.«

»Wie geht's?« fragte Janders.

»Im Moment nehmen wir einen von dreien.«

»Dann könnten wir's schaffen, wenn wir das Faß ein bißchen auskratzen.«

»Wir haben aber noch fünf extra mitzunehmen, für den Fall, daß es während der Ausbildung einen Unfall gibt. Sag's Jeremy, ja?«

»Der nächste.«

»Links, rechts, links, rechts. Halt. Kehrt.«

»Shaun Fynn. Habt ihr den Job für einen Piloten noch offen? Eure Konditionen.« Er war weiß wie ein Laken.

»Was ist mit deinem Kopf passiert?« erkundigte sich Janders.

Shaun betastete verlegen den Verband. »Kannst du dich an Priscilla erinnern? An die, deren Haus ...«

Janders nickte.

»Na, ja. Sie kam unerwartet nach Hause. Erst war sie recht freundlich. Ich schwatzte ein bißchen mit ihr, während Mandy sich anzog, und da dachte ich, Mensch, das ist eine gute Frau, und da, paaah! knallte sie mir eine Whiskyflasche auf den Kopf. Ohne Warnung. Bei den Frauen kennt man sich halt nie aus.«

Faulkner schaute zu Janders hinüber, und der nickte. Der R.S.M. war offensichtlich nicht begeistert.

»Wie schwer bist du verletzt?« fragte Faulkner.

»Eigentlich gar nicht so wild. Sie hat mich erwischt, als ich grade meine Hosen anzog. Ist nur die Haut. Die Flasche war fast leer, Gott sei Dank. Hab' nur höllische Kopfschmerzen.«»Geh zu Jeremy ins nächste Zimmer«, sagte Faulkner. »Oh, und R.S.M., schau mal, ob du ein Pflaster hast, um diesen Verband zu ersetzen. Wir wollen doch nicht die Leute halb zu Tode erschrecken, ehe wir dort ankommen.«

»Der nächste ...«

Mittwoch, 9. Dezember, 6 Uhr

Fünf erschöpfte Männer warteten im Wohnzimmer auf Faulkner. Er trat ein und warf Hut und Mantel ab. Nie wurde er müde, und seine Begeisterung schien die anderen mit neuem Leben zu erfüllen.

»Bitte, setzen. R.S.M., sind die Männer untergebracht? Haben sie ihre Kontrakte unterzeichnet?«

»Jawohl, Sir«, antwortete Jeremy.

»Gemel Hassim hat die Anforderungsformulare?«

Janders nickte.

»Gut. Morgen fangen wir an mit dem Verlegen. Niemand verläßt also heute nacht die Wohnung, ausgenommen der R.S.M., der bei seiner Schwester wohnt.

Jeremy, Shaun, Peter. Ihr geht via Lissabon nach Lourenço Marques. Dort werdet ihr von einem Mitglied der P.I.D.E., der Geheimpolizei dort, in Empfang genommen. Beobachtet sie genau. Sie regieren das Land, und sie sind eine der härtesten Organisationen in diesem Geschäft. Wir übernehmen eine kleine Polizeikaserne am Stadtrand. Ihr habt weniger als vier Tage Zeit, sie so herzurichten, daß unsere Männer kommen können. Jeremy, du hast die Aufsicht. Ich versorge dich mit einem Akkreditiv auf die Bank von Lissabon. Peter brauchst du als zweite Unterschrift. Du mußt für jeden Penny, den du ausgibst, geradestehen. Also paß auf.

Rafer, du verläßt das Land. Ich will, daß du mit der BOAC nach Johannesburg fliegst. Von dort aus kannst du eine Verbindung nach Swaziland finden. Du verhandelst mit Mad Malloy. Der R.S.M. und ich hängen hier herum und bringen die Männer auf den Weg. Ich ziehe morgen aus dieser Wohnung aus, und ist dann etwas Dringendes, könnt ihr mich über Balfour erreichen.

Am Freitag, dem 11. Dezember, beginnen die Männer abzureisen. Der R.S.M. geht mit der ersten Gruppe. Ich werde die letzte begleiten, die am Sonntag, dem 13. abreist und am Montag, dem 14. ankommt. Das Training beginnt sofort nach der Ankunft des R.S.M. Ich möchte, daß die Männer sehr beschäftigt gehalten werden, so daß keiner überschüssige Energie hat, die ihn in Schwierigkeiten bringt. Die Offiziere werden ihre Männer nach den Anweisungen des R.S.M. drillen. Irgendwelche Fragen?«

Keiner sagte etwas.

»Gut, Gentlemen.« Faulkner lachte sie an. »Ein Drink. Und

dann schlage ich vor, frühzeitig zu Bett zu gehen. Wir sind schon unterwegs.«

»Kann ich mal einen Moment mit dir reden?« fragte Janders und zog Faulkner auf die Seite. »Ich möchte ganz kurz in der Schweiz meinen Sohn sehen. Okay?«

»Besuch ihn, wenn du zurückkommst.«

»Nein. Ich werde ja Weihnachten nicht mit ihm feiern können.«

»Kannst du ihm nicht ein verdammt großes Geschenk schicken? Du weißt doch, wie knapp die Zeit ist.«

»Das ist nicht dasselbe. Ich muß ihn sehen. Er ist alles, was ich habe. Und ich bin alles, was er hat.«

»Na, schön. Vierundzwanzig Stunden kannst du haben. Mehr nicht.«

»Danke.« Janders sah verlegen drein. »Ich möchte nämlich meine Angelegenheiten in Ordnung bringen. Kannst du mir einen Vorschuß geben?«

»Denkst du immer noch, wir schaffen's nicht zurück?«

Janders sagte nichts.

Faulkners Gesicht wurde weich. »Rafer, du alter Bastard«, sagte er leise. »Du und ich, wir sind die Besten, die's gibt. Wir schaffen es. Keine Sorge, alter Freund, ich bringe dich schon zurück. Dein Sohn bleibt nicht als Waise übrig.«

Zermatt, Freitag, 11. Dezember, 5.30 Uhr

Der erste Zug des Tages fuhr in die Station ein. Es war noch dunkel. Der Schneefall hatte aufgehört, der Wind auch. Das Dorf lag ruhig, fast totenstill da in der Morgenfrühe.

Janders' Schritte kamen als Echo zurück, als er den verlassenen Bahnsteig überquerte. Ein einzelnes Pferd und ein Schlitten warteten am Zug. Der Fahrer schlug mit den Armen um sich, denn die Luft war beißend kalt. Autos waren im Winter im Dorf verboten; die einzigen zugelassenen Transportmittel waren Schlitten.

Sie sprachen kurz miteinander, als der Fahrer die Decken um Janders feststeckte. Dann kletterte er auf den Bock, pfiff leise und schnalzte mit den Zügeln. Das Pferd ließ den Kopf sinken und zog an. Der Schlitten brach vom Eis frei und lief glatt weiter.

Oben am Himmel ging gerade ein Viertelmond unter. Die Sterne waren in der kurzen Vordämmerungszeit von besonderem Glanz. Zu beiden Seiten der Straße lehnten Dächer mit Schneekappen. Im schwindenden Mondlicht sahen sie spukhaft aus. Das leise Tingeln der Schlittenglocken und die gedämpften Hufschläge des Pferdes waren alles, was die Stille durchbrach.

Rafer bat den Schlittenführer, langsamer zu fahren, dann lehnte er sich in die Decken zurück. Er fürchtete, den Haushalt zu früh zu stören. Mehr als das: Er fühlte eine gewisse Scheu vor dem Wiedersehen mit seinem Sohn. Früher war es viel leichter gewesen, wenn sie zusammen sein konnten, aber jetzt waren sie getrennt, und der Junge wuchs heran. Jeder fühlte sich in der Gesellschaft des anderen ein wenig befangen, und jeder wollte dem anderen die Liebe geben, die er brauchte, und keiner wußte, wie sie anzubieten war. Die Worte kamen immer gehemmt und verlegen heraus.

Außerhalb des Dorfes hielt der Schlitten vor einem kleinen Holzchalet, das ein wenig abseits von den anderen stand. Janders bezahlte den Fahrer und klopfte an der Tür. Sie öffnete sich sofort. Eine rundliche Frau Ende Fünfzig stand in einem gesteppten Hausmantel vor ihm. Ihr Haar war grau, ihr Gesicht warm und freundlich.

»Kommen Sie herein«, bat sie in englischer Sprache. »Sie müssen ja halb erfroren sein.«

Das kleine Chalet war warm und gemütlich. Hier fühlte man sich sofort daheim. Es war alles sehr ordentlich, aber doch wohnlich. Bücher lagen herum. Fotos standen auf dem Kaminsims und hingen an den Wänden, die meisten von Kindern.

»Emile war furchtbar aufgeregt, als ich ihm sagte, daß Sie kommen würden«, sagte sie und eilte in die Küche. »Ständig lief er letzte Nacht zur Tür, wenn er jemanden vorbeikommen hörte.«

»Wo ist er jetzt?«

»Er schläft. Ich sagte ihm, auf die Art kämen Sie rascher. Er glaubte mir das schließlich sogar.«

»Papa, Papa!« Ein kleiner Junge rannte barfuß und im Schlafanzug in den Raum. »Papa, es muß Weihnachten sein!«

Janders fühlte sich innerlich ganz warm. Er griff nach seinem Sohn, um ihn hoch in die Luft zu schwingen. Diesmal schaffte er es. Diesmal würde er die Kluft zwischen ihnen überbrücken.

Dann stand der Kleine neben ihm. »Papa, ich heiße dich willkommen«, sagte er in gravitätischem Französisch. »Hast du mir ein Geschenk mitgebracht?«

»Er hat sich doch selbst gebracht. Was kannst du dir noch mehr wünschen?« fragte die Frau zärtlich.

»Ich habe dir ein Geschenk mitgebracht, Emile«, sagte Janders ein wenig gekränkt.

Einen Augenblick lang musterten sie einander.

»Geh und zieh deinen Schlafrock und Hausschuhe an«, mahnte ihn die Frau ernst. »Du erkältest dich sonst. Aber geh sofort.«

Der Junge sah seinen Vater an, riß sich los und hüpfte davon.

»Vielleicht hätte ich gar nicht kommen sollen«, sagte Janders und ließ sich auf einen Küchenstuhl fallen. »Vielleicht sollte ich ganz einfach aus seinem Leben verschwinden. Dieses Kind wird genug Schwierigkeiten mit einem solchen Landstreicher von Vater haben.«

»Ich glaube, daß ein solcher Landstreicher von Vater, wie Sie sagen, immer noch besser ist für ein Kind als gar kein Vater. Sind Sie weg, spricht er dauernd von Ihnen. Geht etwas schief für ihn, dann ist er überzeugt, Sie bringen es schon in Ordnung, wenn Sie kommen.«

»Glauben Sie das wirklich?« fragte Janders. Er klammerte sich an diesen Strohhalm. »Aber ich kann nicht zu ihm durchkommen. Manchmal fürchte ich, er kennt mich gar nicht mehr.«

»Mr. Janders, Sie mögen in mancher Beziehung sehr klug sein, aber in Ihren eigenen Angelegenheiten scheinen Sie mir oft blind zu sein. Ein einsames Kind schafft sich Traumeltern. Manchmal ist er ein wenig verblüfft, daß er einen richtigen Vater hat. Sie bezahlen mich gut dafür, daß ich nach Ihrem Kind schaue, und ich liebe den Jungen auch sehr, aber sein Vater kann ich nicht sein, und den will er auch in mir nicht sehen. Das ist etwas, das Sie selbst schaffen müssen.

Ich habe Ihnen einen Picknickkorb gepackt. Verbringen Sie den Tag mit ihm. Sprechen Sie mit ihm, Mr. Janders. Und hören Sie auf, ihn wie einen Fremden zu behandeln. Er wird auf Sie hören.«

»Ma'am, das habe ich doch versucht. Teufel, und wie ich es versucht habe! Aber wenn die Worte wichtig wären, fallen sie mir nicht ein.«

»Dann müssen Sie's noch nachdrücklicher versuchen, Mr. Janders. Die Worte kommen schon. Sie müssen gar nicht wichtig sein. Nur da sein müssen sie. Ich habe ein Zimmer für Sie vorbereitet. Wie lange bleiben Sie?«

»Ich muß abends weiter«, antwortete er verlegen und bekümmert. »Mit dem Zug um sechs Uhr.«

»Zu Weihnachten sind Sie aber wieder hier.«

»Nein. Werden Sie sich an meiner Stelle um ihn kümmern? Ich habe um die Zeit etwas zu tun.«

»Natürlich, Mr. Janders, kümmere ich mich um ihn, doch Ihren Platz kann ich nicht einnehmen.«

»Mary, Sie sind eine schrecklich patente Frau. Warum haben Sie nicht geheiratet?«

»Die Männer, die ich liebte, sind in den Kriegen gefallen. Jetzt bin ich allein glücklicher.«

»Sind Sie denn nie einsam?«

»Dazu habe ich zuviel zu tun. Aber Sie haben jetzt ja nicht viel Zeit. Ich würde vorschlagen, gehen Sie hinaus und genießen Sie den Tag.«

»Hören Sie. Auf dieser Reise soll ich viel Geld verdienen. So viel, daß ich mich zurückziehen und mich irgendwo niederlassen kann. Wenn, dann schaffe ich für Sie und Emile ein Heim. Werden Sie kommen? Ich hätte es sehr gerne. Ich weiß, ich bin nicht ganz nach Ihrem Geschmack, aber ich wäre gut zu Ihnen.«

Die Frau lächelte, und dieses Lächeln wärmte ihr Gesicht. »Danke. Darüber sprechen wir, wenn Sie zurückkommen«, sagte sie.

Sie gingen den Hügel am Kanal entlang, nachdem ein großes Frühstück sie innerlich gewärmt hatte. »Was willst du tun?« fragte Janders auf französisch.

»In der Schule lerne ich Deutsch.«

»Das ist großartig. Und wie geht es dir da?«

»Spreche ich deshalb Französisch, weil meine Mutter Französin war?«

»Ja. Du bist dort eine Weile aufgewachsen.«

»Ich erinnere mich. Wo ist meine Mutter jetzt?«

»Das ist eine lange Geschichte. Die erzähle ich dir, wenn du älter bist. Teufel, nein. Jetzt erzähle ich sie dir. Willst du meine Hand halten?«

»Warum?«

»Weil mir dann viel wohler ist.«

»Schön.« Der kleine Junge griff nach seiner Hand. Und plötzlich kamen die Worte.

»Schau mir zu, schau mir zu!« rief Emile vom Eis her. »Ich kann

Schlittschuh laufen. Wirklich, das kann ich. Schau zu!« Er hatte einen bunten Schal um den Hals und auf dem Kopf eine Wollmütze mit Bommel. Mit großen Augen schaute er in die Welt, manchmal zu alt für sein Alter, manchmal sehr jung und überaus verletzlich.

Er schlitterte auf das Eis hinaus und versuchte zu wenden. Da glitten die Beine unter ihm weg, und dann lag er auch schon auf dem Bauch. Janders beobachtete ihn besorgt. Ein wenig unsicher stand der Junge wieder auf und hielt einen schmerzenden Arm fest. Janders glaubte schon, jetzt würde er weinen und lief über das Eis, um ihn zu trösten. Der Junge beobachtete ihn, weinte jedoch nicht. Sein kleines Gesicht drückte eher verletzten Stolz aus, weil er vor seinem Vater gestürzt war, als den Schmerz des Sturzes selbst.

Janders fühlte Liebe und Wärme und Stolz für seinen Sohn, und er meinte, das Herz müsse ihm bersten. Er kniete neben ihm auf dem Eis. »Ich habe eine Idee«, sagte er. »Wir binden dir ein Kissen an den Po, dann kannst du einen Stuhl vor dir herschieben, und auf die Art kannst du den ganzen Tag Schlittschuh laufen.«

»Hast du es auch so gelernt?«

»Natürlich.«

»Ich kann Ski fahren besser als Schlittschuh laufen«, sagte der Junge ernsthaft. »Das hier lerne ich ja erst.«

»Junge, ich bin mächtig stolz auf dich. Du machst deine Sache gut. Du bist nur ausgerutscht, das ist alles. Jedem kann das passieren.«

»Papa, warum gehst du immer weg? Die anderen Jungen haben alle Eltern. Manchmal necken sie mich.«

»Nur noch diesmal gehe ich weg. Wenn ich zurückkomme, dann bleibe ich. Das verspreche ich dir, Emile, weil ich dich liebe.« Janders nahm den Jungen in die Arme und drückte ihn fest an sich. »Ich liebe dich wirklich«, sagte er. »Du bist alles, was ich habe.«

Das Ende des langen Tages war gekommen. Janders kniete neben seinem Sohn und half ihm die Stiefel ausziehen. »Emile, ich muß jetzt gehen«, sagte er leise.

»Schon, Papa?« Seine Augen umwölkten sich. »Wirst du morgen wiederkommen?«

»Nein, morgen kann ich nicht kommen.«

»Aber an Weihnachten kommst du. Das ist jetzt bald.«

»Emile, ich bin an Weihnachten nicht da, aber danach komme ich bald wieder. Vielleicht wohnen wir dann alle zusammen, du, Mary und ich. Das würde dir doch gefallen.«

»Aber du kommst doch immer zu Weihnachten«, sagte der Junge mit Tränen in den Augen. »Das tust du immer. Und du hast es mir versprochen, als ich herkam.«

»Emile, ich habe etwas zu tun. Das mußt du verstehen«, bat Janders verzweifelt.

»Aber du hast es mir doch versprochen«, wiederholte der Junge weinend.

Die Frau nahm ihn in die Arme. »Du und ich, wir beide feiern Weihnachten miteinander«, versprach sie. »Wir gehen nach England zu meiner Schwester. Dort wird es dir gefallen. Du hast so viele Weihnachtsfeste vor dir, da macht eines doch nichts aus. Außerdem bist du ja jetzt ein Mann. Du mußt bleiben und nach mir sehen.«

Der kleine Junge riß sich von der Frau los und trocknete mit dem Ärmel seine Tränen. Er musterte Janders ernsthaft. »Mir ist es egal, ob du zu Weihnachten kommst oder nicht«, sagte er. »Mir ist es egal, ob ich dich wieder einmal sehe. Ich kümmere mich um Mary.«

Janders ließ den Kopf sinken. Die Worte vertrockneten in ihm. Dazu konnte er nichts mehr sagen. Er drehte sich um und ging weg. Es wurde Nacht. Die schmale Straße fiel steil ab und machte eine Kehre.

Sein Sohn sah ihm schweigend nach, bis er verschwand. Dann riß er sich von Marys Hand los und rannte ihm nach. Er rannte so sehr, daß er keuchte.

»Papa, das habe ich nicht so gemeint, Papa! Komm zurück, Papa, Bitte, komm zurück...«

12

Lourenço Marques, Mozambique, Afrika. Dienstag, 15. Dezember, 5.30 Uhr

Die große gelbe Sonnenkugel stieg hinter den mit Grasbüscheln durchsetzten Sandbänken auf. Ihr blaßgelbes Licht wusch den Nebel des frühen Morgens von der See und wurde von den hochfliegenden Wolken aufgefangen. Der Tag würde heiß werden.

Die Söldner fielen auf dem Sandvelt Paradegrund ein. Ihre Unteroffiziere dirigierten sie, entsprechend ihren Kommandos, auf die Plätze. Befriedigt schaute der R.S.M. zu, als die Einheit militärische Formation annahm. Vom Fenster der Unterkunft aus konnte er das ganze Sandvelt überblicken. Er wandte sich an seine Offiziere.

»Der Colonel, Gentlemen, hat angeordnet, daß alle Offiziere mit ihren Männern trainieren, wie es sich für einen richtigen Offizier gehört. Da ich die ganze Ausbildung verantwortlich zu leiten habe, könnte es sein, daß ich mich persönlich an einen der Offiziere wenden muß. Ich spreche Sie daher mit Rücksicht auf Ihren Rang als Leutnant Chandos, Sir, an, Sie mich ebenfalls mit Sir. Ist das klar?«

Die Gruppe murmelte in der noch kühlen Dämmerung, sie habe verstanden.

»Der einzige Unterschied ist«, fügte der Sergeant Major hinzu, »daß Sie's auch so meinen, bis Sie sich selbst bewiesen haben. Und nun, Gentlemen, werden Sie sich blitzschnell zu Ihren Männern auf den Paradegrund begeben.«

Die ruhige und bestimmte Art, mit der dieser R.S.M. sprach, machte Eindruck. Shaun gab später vor Jeremy zu, daß er jedesmal wie ein aufgescheuchtes Reh rannte, wenn der Sergeant Major auch nur den Mund auftat.

Faulkner begrüßte die Männer und berichtete ihnen kurz, was sie vor sich hatten. Er hatte dabei eine höfliche, vertrauenerweckende Art, die jeden Mann persönlich ansprach. Er war der geborene Führer, dem alle vertrauten, dem sie gern folgten. Gleichzeitig kam aber kein Zweifel darüber auf, daß er erbarmungslos mit jedem abrechnen würde, der es wagte, seitlich auszubrechen.

Dann übernahm der Sergeant Major. Er schien leise zu sprechen, doch seine Stimme trug über das ganze Exerzierfeld. »Für den Anfang werden alle ihre Bärte, Schnurrbärte und den größten Teil der Haare abnehmen. Einige von Ihnen sind sicher der Meinung, wenn Sie hier auf dem Exerzierplatz stehen, seien sie harte Männer. Und wenn Sie die Augen aufmachen, sehen Sie einen kleinen Mann vor sich stehen, welcher der Vater von einigen unter Ihnen sein könnte.

Ein paar kennen mich bereits, andere dagegen nicht. Für jene, die mich noch nicht kennen, sage ich dies: Ein Mann ist so groß wie sein Gewehr. Legt sich einer mit mir an, dann bringe ich ihn um; er wird tot sein wie ein Stein. Glaube nur ja keiner, das könnte ich nicht. Ich würde mir deshalb keine Gedanken machen. Ich habe bessere Männer als Sie sterben sehen. Wenn ich also sage: springen, dann fragen Sie höchstens: wie hoch? Habe ich mich klar ausgedrückt? Gut.

Wir sehen uns erst einmal an, wie fit Sie sind. Gehen Sie zehn Schritte, dann trotten Sie zwanzig und rennen fünfzig. Dann lassen Sie sich platt aufs Gesicht fallen. Danach stehen Sie auf und wiederholen das Ganze. Und das machen Sie so lange, bis ich halt sage. Innerhalb der Kommandos ein wenig Abstand wahren. Gehen – laufen – rennen. Rennen, ihr Bastarde! Richtig. Alle runter. Gut. Aufstehen. Aufstehen, ihr Nieten! Ja, Sie auch, auf! Auf, oder Sie kriegen einen Tritt von mir. Hier draußen gibt es nämlich keine Anordnungen der Queen, verstehen Sie.«

So jagte er sie zehn Minuten lang herum. Als die ersten Männer schlappmachen wollten, bezogen sie einen Tritt. Sie standen auf und torkelten weiter.

Einer weigerte sich aufzustehen.

»Mein Herz hat zu schlagen aufgehört, ehrlich, Sergeant Major«, jammerte er. Da war ein Revolverknall zu hören, und eine Kugel grub sich neben seinem Kopf in den Sand. Der Freiwillige schoß in die Höhe wie ein erschrecktes Kaninchen und rannte mit seinen Adrenalinreserven weiter.

Die meisten Söldner krochen jetzt schon auf Händen und Knien. Einige von ihnen, zu ihnen gehörte Shaun, übergaben sich, während sie krochen. Nur Peter und ein paar andere liefen noch immer weiter und bewegten sich mit einer Leichtigkeit, als könnten sie ewig rennen.

Der R.S.M. gewährte eine Pause von fünf Minuten. Er sammelte die Männer um sich. »Wenn Sie glauben, das sei schlimm gewesen, dann warten Sie mal auf morgen«, warnte er sie. »Wenn ich mit Ihnen durch bin, bewegen Sie sich wie Maschinen. Und wenn ich der Meinung bin, daß sich einer drückt, dann verspreche ich Ihnen, daß ich wie der Teufel persönlich aus der Hölle schieße. Aber wenn es dann hart auf hart geht, werden Sie ein wenig länger leben.

Schön. Frühstückspause. In einer halben Stunde sammelt sich alles wieder auf dem Exerzierfeld. Das ist Punkt sechs Uhr dreißig. Angezogen und mit Ausrüstung für Fußdrill.«

Peter half Shaun in die Offiziersmesse, und Jeremy stolperte hinterher. »Das schaff' ich nie«, flüsterte Shaun. »Ich hab' so geschwitzt, daß ich gespürt hab', wie der Whisky aus allen Poren rauskam. Nach all diesen Jahren schafft meine Leber das nicht mehr.«

Der Fußdrill war das Sondervergnügen des R.S.M. Er mochte es gern, wenn ein sehr ordentlicher Trupp von Männern im Gleichschritt marschierte und wie ein Mann auf Kommando schwenkte oder kehrt machte. Er war noch einer der alten Schule und glaubte, zehn Minuten Fußdrill genügten, um einen wahren Soldaten zu erkennen.

Er schickte die einzelnen Kommandos in die verschiedenen Zonen des Exerzierplatzes und ließ sie abwechselnd unter dem Offizier und dem Unteroffizier marschieren. Die meisten Männer fielen sehr schnell in die alte Routine zurück. Sie waren wohl müde, doch wenn der Sergeant Major mit ihnen marschierte, wurde ihr Schritt merklich schneller und forscher.

Shaun hatte sich inzwischen wenigstens teilweise erholt, aber die Kommandoworte völlig vergessen. Er versuchte sich in der zweiten Reihe zu verlieren, doch der Sergeant Major marschierte neben Shaun, der nun ordentlich schwitzte.

»Leutnant Fynn, Sir«, sagte er höflich, doch mit unterschwelliger, unmißverständlicher Drohung, »wenn Sie Ihren rechten Arm nicht genau übereinstimmend mit Ihrem linken Bein schwingen, werde ich gezwungen sein, ihn abzuschneiden und Ihnen mit dem nassen Ende über den Kopf zu schlagen. Habe ich mich klar ausgedrückt?«

»Sir!« schrie Shaun heiser und marschierte hinkend weiter.

»Squad, squad, halt!« bellte der R.S.M. »Ihr seid ein ganz elender Haufen. Der schlechteste auf dem ganzen Exerzierfeld. Rennt mit den Gewehren über dem Kopf. Gewehr hochhalten.«

Als den Männern vor Anstrengung fast die Arme abbrachen, ließ der R.S.M. den Trupp halten. »Richtig, Leutnant Fynn, Sir. Wollen wir's noch mal versuchen?«

Einmal drillte er sie, dann ließ er sie mit dem Gewehr über dem Kopf rennen, bis sie mehr torkelten als rannten. Ihre Gewehre sanken immer tiefer, und ihre Arme gaben vor Anstrengung nach. Ihre Gesichter wurden Masken der Wut, Enttäuschung, Erschöpfung und des Schmerzes.

Er schätzte genau den Punkt vor dem Zusammenbruch ab, und unmittelbar davor ließ er sie anhalten. »Fünfzehn Minuten Pause, dann Waffendrill.« Die Männer ließen sich dort, wo sie standen, zu Boden fallen.

Die stärkeren krochen irgendwo in den Schatten, um der sengenden Sonne zu entgehen.

»O Gott«, stöhnte Shaun, als Jeremy ihn in den Schatten zog. »Wenn er so weitermacht, ist's nur Kopf oder Adler, ob mein Kommando erst ihn oder mich erledigt.«

»Ihn kriegen sie nicht«, versicherte ihm Jeremy. »Das haben schon viele versucht.«

Um zehn Uhr vormittags torkelten sie in die Messehalle, die auch als Unterrichtsraum diente. Der R.S.M. stand an einem Ende des Raumes vor einem Tisch und betrachtete sie. In den Händen hielt er ein Gewehr. Er wartete, bis alle saßen.

»Das Gewehr, mit dem Sie ausgerüstet sind, ist das Kalaschnikow-Sturmgewehr, bekannt als A.K.-7.62, allgemein auch Bananenkanone genannt wegen des gebogenen Magazins.

Aufpassen dort hinten«, schnitt seine Stimme wie ein Peitschenschlag durch den Raum. Einige der Männer, die auf ihren Tischen lümmelten, schossen kerzengerade in die Höhe. Zu denen ging er. »Sie werden dieses Gewehr im Dunkeln kennen, besser als Ihre eigene Frau«, sagte er leise, doch sein Gesicht war eine Maske kalter Wut. »Sie werden aufmerksam jedem meiner Worte lauschen. Gott sei Ihnen gnädig, wenn Sie's nicht tun, denn ich werde einen Weg finden, Ihnen so zuzusetzen, daß Sie Blut schwitzen.«

Der R.S.M. kehrte wieder hinter seinen Tisch zurück. »Und das hier ist eher eine Angriffswaffe als ein Gewehr. Kurze Reichweite, aber auf zweihundert Yards ungemein genau und mit sehr guter Sperrwirkung. Die Waffe kann eingestellt werden auf Einzelfeuer oder Automatik mit Dreißig-Patronen-Magazin. Feuergeschwindigkeit ist etwa sechshundert Schuß pro Minute. Wie schon der Name sagt, ist die Waffe besonders wirksam im Nahkampf oder als Verteidigungswaffe im dichten Busch.

Einen guten Rat habe ich für Sie. Die alten Soldaten werden ihn bereits kennen, die jüngeren nehmen ihn sich zu Herzen. In der Kaserne werden Sie die Waffe überall, wohin Sie auch gehen, mit sich herumtragen, ob Sie nun in die Messehalle oder in den Waschraum gehen. So lange, bis sie zu Ihrem dritten Arm wird und Sie nicht mehr ohne sie sein können. Zu gegebener Zeit nehmen Sie sie auseinander zum Reinigen und Pflegen. Wenn Sie im Einsatz sind, können Sie Ihr Kommando und Ihre Kameraden vergessen. Die Waffe ist dann das einzige, was zwischen Ihnen und dem Tod steht.

Und jetzt aufpassen. Das Zerlegen und der Zusammenbau der Waffe ist wie folgt...«

Am Mittag machten sie Essenspause. »Sie nicht, Leutnant Fynn, Sir«, sagte der R.S.M. »Ich schlage vor, wir finden eine schattige Stelle hinter meiner Schreibstube und bessern Ihren Fußdrill auf. Eine so beschämende Darbietung wie heute morgen wollen wir nicht noch mal erleben. Oder, Sir?«

Shaun stöhnte. »Ich bin Pilot. Blasen an den Füßen helfen mir nicht, wenn ich ein Flugzeug fliege.«

»Im Moment, Sir«, sagte der Sergeant Major leise, »sind Sie Infanterieoffizier, und Sie werden lernen, wie ein solcher zu marschieren.

Links um. Laufschritt...Links, rechts, links, rechts, halt. Kehrt. Leutnant Fynn, bei allem Respekt, Sir, aber halten Sie Ihr Gewehr gerade. Ellbogen anlegen. Kopf in die Höhe, Kinn anlegen. Brust heraus. Ziehen Sie Ihren scheußlichen Bauch ein. Ein so schlapper Kerl wie Sie kann doch keine Maschine fliegen.«

Der Schießstand lag an der Küste, die Zielscheiben standen vor den Sanddünen. Die Männer rannten den ganzen Weg.

»Sie werden Ihre Plätze an der Schußlinie in Zehnergruppen entsprechend Ihren Kommandos einnehmen. Jeder bekommt ein volles Magazin, und für jede Patrone ist Rechenschaft abzulegen. An der Schußlinie steht jeder Mann mit dem Gesicht nach vorne. Sehe ich einen, der sich mit dem geladenen Gewehr umdreht, betrachte ich das als Angriffshandlung und schieße. Ist das klar? Und wenn wir schon dabei sind – schützen Sie sich gegen die Sonne. Sonnenbrand wird als Selbstverstümmelung betrachtet und bestraft.«

»Was hab' ich dir gesagt?« flüsterte der Freiwillige Clark dem Freiwilligen Scouse Jones zu, »der Bastard wird nervös. Das kann er nicht so weitermachen, ohne daß ihn mal einer kriegt.«

»Wenn du meinst, Kamerad«, antwortete ihm Jones, »aber ich mach aus Angst vor ihm noch in die Hosen.«

Sie schossen aus Entfernungen von fünfzig, hundert, hundertfünfzig und zweihundert Yards, während die beiden Waffenmeister herumgingen, die Waffen überprüften und die Zielvorrichtung einstellten.

Um fünf Uhr nachmittags machte der R.S.M. Schluß. »Gut. Das reicht für heute. Reinigen Sie Ihre Waffen. Die mit irgendwelchen Fehlern gehen zu den Waffenmeistern. Der Rest kann schwimmen, unter der Voraussetzung, daß ein Kommando Haiwache hält.«

Shaun und Jeremy warfen sich auf ihre Betten. »Oh, Gott sei Dank«, murmelte Shaun erschöpft. Jeder Muskel tat ihm weh. »Das war der schlimmste Tag meines Lebens. Kumpel, noch einen solchen halt' ich nicht aus. Wo haben wir den Whisky versteckt? Na, komm schon.«

Peter kam dazu. »Der R.S.M. will jetzt alle Offiziere und Unteroffiziere drüben in der Messehalle sehen.«

»Wofür denn?« fragte Jeremy mißmutig.

»Er will noch mal vor dem Abendessen die A.K.-7.62 durchgehen. Scheint, wir haben heute vormittag nicht besonders gespurt.«

»Stopft ihn doch aus«, knurrte Shaun. »Mir reicht's. Ich rühr' mich nicht mehr vom Fleck. Das kannst du ihm von mir bestellen.«

Peter schaute zur Tür. »Das wirst du ihm gleich selbst sagen können. Ich glaube, er ist schon unterwegs hierher.«

Shaun schoß vom Bett in die Höhe, Jeremy ebenfalls. Sie stolperten zum Exerzierplatz hinaus.

»Na, wo ist er denn?« brummte Jeremy.

»Weil ihr schon auf seid«, sagte Peter grinsend, »könnt ihr auch schön ruhig mitkommen.«

»Sag mal, du verdammter Gorilla, wirst du denn nie müde?«

Die Männer stellten sich in der Messe zum Abendessen an. Ein riesiger Schotte, der Freiwillige Jock McTaggart, röhrte vor Wut, als er sein Essen probierte. Er knallte seinen Teller auf den Tisch und stampfte zur Theke. Er hatte helles, ingwerfarbenes Haar, ein vor Zorn flammendes Gesicht mit einer Spur Sonnenbrand und eine riesige Hakennase, die seine Kinnspitze nur um wenig verfehlte.

Mit einer riesigen haarigen Pranke griff er aus, packte den kleinen Koch an den Jackenaufschlägen, hob ihn hoch und schüttelte ihn. Er hatte eine unheimliche Kraft, und in der Wut wurde er durchgerüttelt wie ein Druckboiler, der kurz vor der Explosion stand.

»Seit drei Tagen vergiftest du mich jetzt. Was soll das sein, was wir essen?«

»Stew«, quiekte der kleine Mann. »Irish Stew. Ehrlich.«

»Dreck ist es!« röhrte McTaggart. »Probier's doch selbst mal.«

Er drückte dem Kleinen den Kopf in den heißen Essensbehälter. »Dreck ist es.«

Die anderen Männer in der Messehalle schrien Beifall. Jemand schlug mit dem Messer auf den Blechteller wie auf eine Trommel und stampfte dazu mit den Füßen. Die anderen fielen ein. Es war ein Höllenlärm.

»Ich kann auch nichts dafür«, jammerte der kleine Koch. Er zitterte heftig, und sein ganzes Gesicht war mit Eintopf beschmiert. »Ich hab' ihnen doch gesagt, mein letzter Job war Steward auf der P-&-O-Linie, und jetzt haben sie mich zum Koch gemacht. Ich tu doch, was ich kann.«

Der R.S.M. kam leise herein. Er hatte einen Revolver im Holster, zog ihn aber nicht. Ihm folgten zwei Unteroffiziere mit Gewehren. Die Männer steigerten sich immer mehr in eine lärmende Wut hinein. Er ging zur Theke und wandte sich zu den Leuten um. Peter, Jeremy und Shaun betraten die Messe und nahmen eine Stellung am entgegengesetzten Ende des Raumes ein. Sie waren ebenfalls bewaffnet.

Allmählich ließ der Lärm nach. Ein besonders mutiger Bursche versuchte die anderen noch einmal anzuheizen, aber die hatten die Lust verloren. Sein Messer klapperte auf den Teller. Der Sergeant Major ließ sich eine Portion Stew geben. Langsam aß er. Es war jetzt mäuschenstill. Die Männer beobachteten ihn.

»Damit ist alles in Ordnung«, stellte er fest. »Es ist ein nahrhaftes Essen.« Das Murmeln der Männer war wie eine anrollende Flut.

»Dreck ist es, Mensch!« brüllte McTaggart. Er war sehr streitsüchtig, weil er sich für die mühsamen Stunden in der heißen Sonne rächen wollte.

Der R.S.M. füllte einen frischen Teller und reichte ihn McTaggart. »Ich esse keinen Dreck«, sagte er ruhig, doch seine Augen waren drohend. »Essen«, befahl er.

»Verschling dich doch selbst«, schrie McTaggart, und seine Knöchel, die um den Rand der Theke lagen, wurden weiß.

»Du und ich, Jock«, sagte der Sergeant Major leise, »wir sind alte Freunde. Vom letztenmal schuldest du mir noch dein Leben.« Er hielt ihm den Teller entgegen. »Wenn du's nicht ißt, müssen wir's unter uns ausmachen. Einer von uns beiden wird dann aber ziemlich verletzt.«

Der Zorn verschwand aus McTaggarts Augen. Knurrend nahm er den Teller. »Ich war dir verpflichtet«, sagte er. »Jetzt sind wir quitt.«

Der R.S.M. schüttelte den Kopf. »Ich bin ein bißchen härter als du je warst, McTaggart«, sagte er. Seine Hand steckte in der Tasche seiner Tarnjacke. Er bewegte sich leicht. McTaggart sah die harten Umrisse einer Waffe, die auf seinen Magen gerichtet war. »Der einzige Grund, daß du noch am Leben bist, ist der, daß du ein zu guter Soldat bist, den man nicht gerne verliert. Und jetzt folgst du mir und dem Colonel – überallhin.«

»Verdammt noch mal«, flüsterte McTaggart. »Verdammt. Du kommst doch direkt aus der Hölle.«

Der R.S.M. ging zwischen den Männern herum. »Es ist euer gutes Recht, selbst zu entscheiden, ob ihr essen wollt oder nicht, aber für die, die's nicht wollen, können wir, um keine Zeit zu verschwenden, eine Drillstunde einlegen, bevor's dunkel wird.«

Die Männer begannen zu essen. Der R.S.M. verließ die Messe.

»Was ist mit ihm los?« fragte Shaun. »Will er sich unbedingt umlegen lassen?«

Jeremy lachte leise. »Er hat nicht viel Zeit, und deshalb muß er die Männer sehr schnell sehr kleinkriegen. In ein paar Tagen sind sie dort, wo er sie haben will. Dann schweißt er sie zu Kommandos zusammen. Mach dir um ihn keine Sorgen. Du siehst hier einen der allerletzten Profis an der Arbeit. Er und Faulkner, die zwei sind ein hervorragendes Team. Die Männer werden den einen lieben und den anderen fürchten. Das ist die einzige Möglichkeit, eine Söldnertruppe zu führen.«

»Ein Wort mit Ihnen, Sir.« Der R.S.M. trat aus der Dunkelheit zu Peter. Langsam gingen sie über das Exerzierfeld, das im Licht des aufgehenden Mondes silbern schimmerte. »Der Colonel ist im Moment nicht in der Kaserne, sonst hätte ich Sie nicht bemüht. Ich erwarte nämlich diese Nacht ein wenig Ärger. Und da käme mir Ihre Hilfe recht.«

»McTaggart?« fragte Peter.

»Nein. McTaggart gehört nicht zu denen, die in der Nacht kommen. Wenn er mich kaltmachen wollte, hätte er's vorhin getan. Nein, Sir. Ich habe ein paar von den anderen im Auge.«

Das ganze Lager erwachte von den gedämpften Schmerzensschreien eines Mannes. Die Männer taumelten aus ihren Baracken und rannten zum anderen Ende des Exerzierplatzes, von dem die Schreie kamen. Im schwindenden Licht des Mondes sahen sie, daß drei Männer sternförmig ausgestreckt auf dem Sand lagen. Sie waren mit Bajonetten durch Arme und Schenkel gekreuzigt worden. Sie mußten schon einige Zeit da liegen, denn das Blut war schon im Sand getrocknet. Die Gesichter der Männer waren mit Säcken bedeckt, und jeder hatte einen Knebel im Mund. Einem war es gelungen, sich des Knebels zu entledigen.

Die Söldner bildeten einen Halbkreis um die am Boden liegenden Männer. Keiner bewegte sich. Da drängte sich Peter durch die Menge. Nicht allzu sanft zog er die Bajonette heraus und schnitt die Säcke und Knebel ab. Dann befahl er, daß die Männer in das nahe Lazarett der portugiesischen Fallschirmtruppen zu bringen seien.

Der R.S.M. marschierte zum Exerzierfeld. Er war voll angezogen, rasiert und für den Tag bereit. Er warf einen Blick auf die verwundeten Männer. Der eine war ohnmächtig geworden, die anderen stöhnten vor Schmerzen. Alle drei bluteten frisch, wo die Wunden sich geöffnet hatten, als die Bajonette herausgezogen wurden.

»Wenn Männer bei den Kommandos fehlen, werden sie aus der Reserve ergänzt«, befahl der R.S.M. den sich versammelnden Unteroffizieren. »Diese Männer kommen nicht zurück.« Er schaute zum Himmel hinauf. Im Osten zeigten sich über der See die ersten Sonnenstrahlen. »Und da Sie, wie ich sehe, alle wach sind, können wir den Tag früh beginnen. Sie haben zehn Minuten Zeit, um auf den Exerzierplatz zurückzukommen.«

Schweigend wandten sich die Männer ab. Der Posten an dieser Seite behauptete, er habe keine Bewegung wahrgenommen. Der R.S.M. setzte ihn auf Strafdienst. Niemand sprach jemals wieder von diesem Vorfall, aber niemand näherte sich auch mehr der Hütte des R.S.M. während der Nacht, ohne vorher einen Warnruf loszulassen.

Faulkner holte Janders am Flughafen ab. Sie fuhren durch die aus Hütten bestehende Stadt, nur die Stierkampfarena war ein Betonbau.

»Alles gutgegangen?« fragte Faulkner.

»Ja«, antwortete Janders. Er war müde und kauerte in einer Wagenecke. »Ich habe Peters Bogen dabei. Der Rest der Ausrüstung, einschließlich Fallschirme und Behälter, kommt am Montag. Wie läuft die Sache hier?«

»Fein. Genau nach Zeitplan.«

»Sind die Waffen rechtzeitig angekommen?«

»Ja«, antwortete Faulkner.

»Zustand?«

»Ausgezeichnet. Gemel Hassim hat gut gearbeitet.«

»Ich hatte Schwierigkeiten mit Malloy.«

»Was ist passiert?«

»Keine Sorge, das Flugzeug haben wir. Es ist alt und abgenützt, aber es ist die einzige Hercules, die Malloy hat, und er wacht darüber wie eine Glucke über ihre Küken. Er sagte mir, ich sollte dir auf die Seele binden, daß die Operation glattgehen müsse. Gibt es Ärger, solange wir auf dem Boden sind, riskiert er sein Flugzeug nicht, um uns rauszuholen. Er sagte, das soll ich dir bestellen, damit du's auch genau weißt.«

Es war später Abend, der Tagesdrill war vorüber. Der R.S.M. stand in Faulkners Büro; Janders saß am Schreibtisch, Faulkner dahinter. Vor dem Fenster zirpten die Grillen, und zahllose Insekten schwirrten durch das Licht.

»Wie machen sich die Männer?« fragte Faulkner.

»Sie kommen schon an, Sir«, erwiderte der Sergeant Major. »Ich habe sie fertig, sobald sie gebraucht werden.«

»Und die Offiziere?«

»Die sind auch in Ordnung. Allerdings hätten wir Peter Coetzee schon vor langer Zeit gut brauchen können.«

»Du hast drei Männer verletzt weggeschickt und willst sie nicht zurück«, sagte Janders und schaute einen Bericht durch.

»Ich glaube, Sir, es wäre nicht gut, sie zurückzunehmen. Und außerdem machen sich die Ersatzleute recht gut.«

Faulkner streckte sich auf seinem Stuhl. Er war zufrieden mit sich selbst. »Wir können Mozambique-Insel haben«, sagte er. »Die Portugiesen haben dort ein altes Fort in ein Erholungslager für ihre Mannschaften umgewandelt. Zwischen Weihnachten und Neujahr werden alle Ablösungen nach Beira zurückgebracht. Während dieser Zeit leihen sie uns das Fort. Es ist noch keine Touristenattraktion geworden, und die Bevölkerung ist ziemlich isoliert. Ehe wir dort einziehen, bringen wir die Männer weg.«

Shaun streckte sich, gerade ehe die Lichter gelöscht wurden, auf seinem Bett aus. Jeder Muskel tat ihm weh, aber er fühlte sich sehr viel gesünder.

»Mensch«, sagte er, »wenn ich nicht in den nächsten paar Tagen was Weiches in die Hände krieg', dann verlobe ich mich noch mit dem Koch.«

»Ich hatte, als wir ankamen, einen kleinen Schwatz mit dem P.I.D.E.-Mann. Er hat mir die Nummer von einem Hostessendienst gegeben. Nach dem, was sie verlangen, klingt's allerdings mehr nach einem Callgirl-Ring. Was meinst du?«

Shaun setzte sich gekränkt auf. »Dafür hab' ich mein Leben lang noch nie was bezahlt.«

Jeremy zuckte die Achseln. »Wenn du glaubst, du kriegst ein hübsches junges Portugiesenmädchen in die Hand, kannst du's gleich wieder vergessen. Die werden von ihren Müttern viel besser bewacht als Fort Knox.«

Mitten in der Nacht weckte Shaun Jeremy auf. »Ruf mal morgen dort an und mach eine Verabredung für den Abend. Mensch, ich dreh sonst noch durch.«

13

Samstag, 19. Dezember

Der R.S.M. schliff seine Männer bis zur Mittagszeit, dann gab er ihnen für den Rest des Tages frei. Das Lager durften aber nur die Offiziere verlassen. Die Männer schwammen oder organisierten Fußballspiele. In der Messe gab es eine genau begrenzte Menge Bier.

»He, Peter. Willst du mitkommen?« rief Jeremy, als sie sich umzogen.

»Wohin?«

»Wir bezahlen für eine Verabredung mit ein paar hoffentlich schönen Vögeln. Wir könnten vielleicht noch einen für dich auftun.«

»Nein, danke.«

»Komm doch«, drängte Shaun. »Am Samstagabend kannst du doch nicht hierbleiben.«

»Ich hab' zu tun. Trotzdem vielen Dank«, antwortete Peter.

Shaun und Jeremy fuhren mit einem portugiesischen Armee-Jeep die Schönwetterstraße entlang in die Stadt. Shaun ließ sich den Wind durch die Haare wehen. Es war gut, eine Maschine unter sich zu spüren statt immer nur die überanstrengten Füße.

»Und wie entscheiden wir, wer welches Mädchen bekommt?«

»Warten wir erst mal ab, was passiert«, meinte Jeremy. »Wenn wir beide auf dieselbe stehen, werfen wir eine Münze.«

Der Jeep bog in die Zufahrt des Polana Hotels ein und hielt vor dem Eingang. Die beiden Männer betraten das Foyer.

»Eine Miß Mausilowski und eine Miß da Silva. Sie erwarten uns«, sagte Jeremy.

»Tatsächlich, Sirs, tatsächlich.« Der Inder am Empfangstisch strahlte. »Sie warten in diesem Augenblick auf Ihre Ankunft in der Besuchshalle. Wenn Sie mir folgen wollen, Sirs ...« Damit machte er klar, daß er auf ein großes Trinkgeld wartete.

Shaun und Jeremy folgten dem Inder durch die Halle des schönen Hotels im altkolonialen Stil, dann ein paar Terrazzostufen hinab in einen hohen, weiten Raum mit einer ganzen Fensterwand an einem Ende, von dem aus man den Garten überblickte.

»Wenn es die da drüben sind, dann weiß ich schon, welche ich will«, murmelte Jeremy, während sie zwischen den Tischen durchgingen.

»Da hast du keine Chance«, erwiderte Shaun heiser und schaute in die gleiche Richtung. »Vergiß nicht, ich hab' gesagt, daß ich was Weiches in der Hand spüren will.«

Der Inder rückte den Männern ihre Stühle zurecht, schnippte mit den Fingern nach einem vorübergehenden Kellner und steckte sein Trinkgeld ein. Dann entblößte er zu einem breiten Lächeln seine Goldzähne und ging.

Die beiden Hostessen waren genaue Gegensätze. Die eine war von mittlerer Größe mit einer atemberaubenden Figur. Sie hatte langes, schimmernd schwarzes Haar, das an der einen Seite ihr Gesicht einrahmte und dann über die Schulter fiel, eine gesunde, hell olivfarbene Haut und blitzende schwarze Augen. Ihr weit ausgeschnittenes Kleid schien nur von den großartigen Brüsten gehalten zu werden. Beide Männer beobachteten fasziniert ihre Atemzüge.

Die zweite Hosteß war schlank und sehr graziös, hatte jedoch nicht die unübersehbaren Dimensionen des anderen Mädchens. Ihr Haar war von naturbrauner Farbe, kurz geschnitten in Pagenform und umrahmte ein junges, ansprechendes Gesicht mit einem großzügigen Mund und riesigen, ausdrucksvollen braunen Augen.

»Das ist Maria, und ich bin Gabriella. Meine Freunde nennen mich Gabby«, sagte sie fröhlich. Sie wußte, daß sie im Schatten ihrer auffallenden Freundin stand und bemühte sich, diesen Nachteil auszugleichen. Sie hatte nämlich gelernt, die Enttäuschung im Gesicht eines Mannes zu erkennen, wenn er sie beide miteinander verglich.

Shaun und Jeremy nickten und bemerkten sie kaum. Jeremy hielt eine Münze in der Hand und legte sie auf den Tisch. Er schaute Shaun an und deckte die Münze ab. »Kopf«, murmelte Shaun. Jeremy hob die Hand. Es war Adler. Shaun war der arme Verlierer. Er wandte sich an Gabby.

»Du bist also mein Mädchen«, sagte er barsch. Ihre Gefühle waren ihm egal. »Komm, laß uns hier rausgehen.«

»Es tut mir leid«, schaltete sich da Maria bestimmt ein, »aber Gabby und ich bleiben zusammen. Das ist Vorschrift.«

»Na, gut«, antwortete Jeremy. Er freute sich schon auf den Abend, und seine Augen funkelten Maria übermütig an. »Wo möchtest du gerne essen?«

»Im Hotel ›Cardosa‹ «, sagte Maria. »Es ist nicht weit.« Sie zog eine Grimasse. »Die Leute in diesem Hotel sind zu alt. Im ›Cardosa‹ sind die Leute viel jünger, auch die Musik ist besser. Okay?«

Gabby bemühte sich sehr, ein wenig Konversation zu machen, solange sie vor ihren Drinks saßen, aber Shaun blieb einsilbig. Seine Gedanken waren irgendwo. Maria machte sich erst gar nicht die Mühe, zu reden. Sie hatte es auch gar nicht nötig. Sie wußte, daß sie sich nur zu bewegen brauchte, um beide Männer zu faszinieren.

»Wir nehmen ein Taxi«, bot Jeremy an, als sie in die Lobby kamen. Um Maria zu beeindrucken, vergaß er ganz seine sonstige Knausrigkeit.

»Womit seid ihr denn gekommen?« fragte Gabby.

»Mit einem Jeep.«

»Keine Sorge, dann nehmen wir den Jeep. Das ›Cardosa‹ ist so schon teuer genug.«

»Ein Taxi«, erklärte Maria bestimmt. »Gabby hat nur kurzes Haar und vergißt den Wind.«

Gabby verließ sie und ging hinüber zu Shaun. »Ich weiß, daß ich dich sehr teuer komme, ehe der Abend herum ist«, sagte sie ernsthaft. Sie spürte seinen wachsenden Ärger und seine Enttäuschung, und deshalb kam sie sich noch minderwertiger vor. »Es tut mir leid«, flüsterte sie. »Ich werde versuchen, dir gute Gesellschaft zu leisten.«

Shaun verstand in seinem Hochmut ihre Bemerkung falsch. »Ja, dann tu das nur«, sagte er barsch und ging weg.

Der Kommandantensaal lag im obersten Stockwerk des Hotels ›Cardosa‹. Er war dunkel, reich dekoriert und halbkreisförmig und bestand größtenteils aus Glas. Von hier aus hatte man eine prächtige Aussicht auf die Lourenço Marques-Bucht. Man kannte die Mädchen gut, so daß es ihnen gelang, einen Fenstertisch zu bekommen. Unter ihnen lag im Mondschein eine märchenhafte Szene: Schiffe, die im Hafen an ihren Vertäuungen schaukelten. Jeremy und Maria bestellten Fisch und Wein und gingen dann weiter zur Tanzfläche.

Shaun blieb am Tisch. Gabby war noch nicht so hart geworden wie Maria. In dem Mädchen waren noch Wärme und Lachen, Unschuld und Verletzlichkeit: Sie gab sich die allergrößte Mühe, den Abend für sie beide erträglich zu machen.

Shaun fand sie, auch wenn er es nicht wahrhaben wollte, attraktiv. Stand sie nicht in Marias Schatten, sondern in ihrem eigenen Licht, war Gabby sogar schön. Tief innen bewunderte Shaun ihren Mut und fühlte sich ein wenig nachgiebiger. Er begann mit dem lange erprobten Gerede, doch Gabby neckte ihn, und damit war die Szene sozusagen geschmissen. Sie tat das jedoch auf so nette Art, daß er sich nicht gekränkt fühlen konnte.

Allmählich vermutete Shaun, daß er in diesem Mädchen, wenn er geduldig vorginge, mehr finden könnte, als Maria je zu bieten hatte. Aber er hatte nicht soviel Zeit. Er wollte nichts als nur eine Frau für die Nacht. Er stand auf und schob den Tisch weg. Das Mädchen hatte gegessen, das Vorspiel war vorüber.

»Komm«, forderte er sie grob auf, »wir gehen hier raus.«

Gabby folgte ihm, doch als sie über die Tanzfläche gingen, legte sie ihm die Arme um den Hals, und ihr Körper wiegte sich im Rhythmus der Musik. Erst war Shaun ungeduldig und wollte unbedingt gehen, doch es lag soviel Wärme und Sanftheit in des Mädchens Körper, daß er friedlich die Arme um sie legte.

Gabbys Gesicht leuchtete auf, als er eng umschlungen mit ihr tanzte, und zum erstenmal seit Monaten fühlte sie sich glücklich. Sie fühlte sich wohl bei Shaun, und hätte seine gute Stimmung angehalten, hätte sie die ganze Nacht hindurch in seinen Armen gelegen. Aber die Band ging zu einer schnellen Popnummer über. Shaun tanzte nun offen und drehte sich im gewohnten Tempo. Er tanzte so, wie er lebte; er gab immer alles, was er hatte. Gabby fühlte sich von der männlichen Arroganz dieses Mannes angezogen und belustigt. Shaun sah auf. Gabby stand da, die Hände an den Seiten, und ihre Schultern zuckten, denn sie versuchte das Lachen zu unterdrücken.

»Was ist los?« fragte Shaun mißtrauisch.

»Du bist's«, erklärte Gabby lachend. »Als du so zu tanzen anfingst, sah es aus, als hätte sich jeder Knochen in deinem Körper selbständig gemacht.«

Zu jeder anderen Zeit hätte Shaun den Kopf zurückgeworfen und schallend gelacht, sie in die Arme genommen und herumgewirbelt. Jetzt aber war er zutiefst verwundet. »Und du«, sagte er kalt, als er zum Tisch zurückging, »bist so sexlos wie ein toter Fisch, wenn du tanzt.«

Gabby hörte zu lachen auf und folgte ihm.

»Es tut mir leid, daß du mich nicht attraktiv findest«, antwortete sie zornig, »und wenn du glaubst, du seist betrogen worden, dann geh doch zur Geschäftsleitung, damit du dein Geld zurückbekommst.«

»Weib«, entgegnete Shaun voll beißender Ironie, »ich verdiene mein Geld wenigstens ehrlich. Ich bin keine Hure.«

»Ich auch nicht«, erwiderte Gabby hitzig. »Ich kann keine Arbeitserlaubnis bekommen, und so muß ich eben leben, so gut ich kann.« Sie fiel in bedrücktes Schweigen und dachte an all die anderen Abende, die sie in diesem Nachtklub verbracht hatte. Diese langweiligen und lüsternen Männer, die sie da zu unterhalten hatte. Und dieser Mann hier war keine Spur anders.

Sie schaute sich um. Der Nachtklub war ihre Zelle geworden, seine Glasfenster das Gitter dazu. Verzweifelt überlegte sie sich, daß sier hier raus mußte, um ein ganz neues Leben zu beginnen. Sie wußte, daß dieses Versprechen mit der Zeit immer fadenscheiniger wurde. Aber am Morgen würde sie beim Konsulat Schlange stehen und darum bitten, man möge ihr doch einen Paß geben.

Maria tanzte mit Shaun. »Meine Freundin ist stolz«, erklärte sie.

»Aber wenn du sie der Geschäftsleitung meldest, verliert sie ihren Job. Ohne Arbeitserlaubnis findet sie nicht so leicht einen anderen. Sie ist Flüchtling aus Schwarzafrika, ihre Familie ist tot. Und ohne Heimatland und Reisepapiere hat sie nichts.«

Shaun tat Gabby leid. Als er zum Tisch zurückkehrte, sah er ihrem Gesicht an, wie gekränkt und einsam sie war, und er griff nach ihrer Hand.

»Komm«, sagte er freundlich und führte sie zur Tanzfläche. Aber das Gefühl, das Gabby für ihn gehabt hatte, war verschwunden. Innen war sie abgeschlossen und leer, und Shaun konnte sie nicht mehr erreichen.

Die Band spielte die Schlußnummer des Abends.

»Was meinst du damit, daß du nicht mit mir schlafen willst?« schrie Shaun ungeduldig und überschrie damit den Lärm der Musik. Er wußte, daß er sich selbst zum Narren machte, aber ihm war es egal, so wütend und betrunken war er. »Zum Teufel, das hat doch zur Abmachung gehört, oder?«

»Nein«, schrie Gabby zurück, und ihre Augen funkelten. »Das hast du falsch verstanden. Das Abkommen geht dahin, daß ich dir im Lauf des Abends Gesellschaft zu leisten habe. Damit hört es auf. Ich sagte dir ja, ich bin keine Hure. Du hättest mir glauben und mich da nach Hause schicken sollen.«

»Du hast doch schon andere Männer gehabt, was?«

»Wenn ich sie attraktiv genug fand.«

»Und was hast du an mir auszusetzen?«

Alle Demütigungen des Abends kochten nun in Gabby über. Sie warf den Kopf zurück. »Du bist ein verzogener, egoistischer kleiner Lausejunge, der nie erwachsen wurde. Du bist oberflächlich. Ich kann mir denken, daß du eine Menge Frauen hattest, aber du hast nicht genug Liebe in dir, eine Frau für ein ganzes Leben halten zu können.«

»Weib!« schrie Shaun, »Du kennst mich nicht. Du weißt gar nichts über mich.«

»Oh, ja«, erwiderte Gabby triumphierend, weil sie zurückschlagen konnte. »Du hast ein Gesicht, das ich schon oft gesehen habe. Du lehnst dich an anderer Leute Ideen an, du stiehlst ihnen die Zeilen ihres Auftrittes, und du lachst zu ihren Witzen. Mister, du hast selbst gar nichts. Du bist nur ein Schatten auf dieser Welt.«

»Hör mal, wenn ich eine Analyse will, geh ich zum Psychiater.

Von einer Berufsjungfrau, wie du's bist, brauch' ich keine Vorlesung.«

»Aufhören.« Jeremy trennte die beiden zornig. »Die Leute können nicht tanzen, und die Band wird ziemlich wütend.«

»Ich werde nicht weinen«, rief Gabby zornig und brach in Tränen aus.

Shaun hatte genug. »Ich will hier raus!« brüllte er. »Dieses Weib treibt mich noch zum Wahnsinn!«

Sie erkämpften sich ihren Weg zum Ausgang.

»Mary«, sagte Jeremy und nahm sie zur Seite, als sie in die Lobby kamen, denn er wollte den ruinierten Abend noch retten, »verstehst du, ich will nicht, daß der Abend so endet. Wir können Shaun loskriegen, Gabby in ein Taxi setzen und dann in deine Wohnung gehen.«

Maria lächelte und schüttelte den Kopf.

»Du bist eine warme und faszinierende Frau«, hielt er ihr verzweifelt vor. »Und du weißt, ich muß auf See gehen. Stell dir vor, nichts als hundert häßliche Männer auf einem Öltanker.«

»Jeremy, wenn du zurückkommst, wirst du mich viel besser zu schätzen wissen, dann vielleicht«, antwortete Maria sehr lieb. Sie küßte ihn. Ihre Zunge zog leicht seine Lippen nach, und ihre Brüste schmolzen in seine Brust, so daß Jeremy vor Enttäuschung brannte.

Ein Taxi fuhr heran. »Hundert Escudos müßten reichen«, sagte sie, als sie hinter Gabby einstieg.

Shaun hielt ein anderes Taxi auf. Jeremy überquerte die Straße. Er war weiß wie ein Laken und sank matt auf den Sitz. »Du verdammter Bastard«, sagte er mit einer Stimme, als sei ihm die Kehle zugeschnürt. »Wir sind ausgeplündert worden, und es ist nur deine Schuld. Weißt du, was der Abend uns kostet?«

Am folgenden Morgen schleppte sich Shaun hinüber zur Nissenhütte, die ein wenig abseits stand und als Offiziersmesse diente. Jeremy und Peter frühstückten, und er musterte sie mit trüben Augen.

»Ich weiß gar nicht, was mich letzte Nacht überkommen hat«, sagte er. »Ich war nicht ich selbst.«

»Setz dich. Und halt die Klappe«, fauchte ihn Jeremy an. »Wenn ich dich bloß sehe, kriege ich Magendrücken. Weißt du, was mir der Kerl vergangene Nacht angetan hat?« wandte er sich an Peter.

»Es waren ihre verdammt großen Augen«, verteidigte sich Shaun. »Sie hatte eine Art, mich anzuschauen, als wollte sie sagen, Shaun Fynn, du lügst schon wieder. Und das hab' ich auch getan.« Shaun schwieg eine Weile, dann schüttelte er nachdenklich den Kopf. »Ich muß immer an sie denken und kriege sie nicht aus dem Kopf. Hast du die Nummer, wo ich sie erreichen kann? Ich muß sie wiedersehen.«

»Nein. Nur die Agentur, und da ist jetzt niemand. Warte doch bis Montag.«

»Ich muß sie heute sehen. Es ist sehr wichtig für mich.«

»Dann versuch's doch über den P.I.D.E.-Mann«, riet ihm Jeremy. »Er wird wissen, wo er sie finden kann.«

Shaun stand auf. »Du deckst mich, ja?«

»Sieh zu, daß du bis Mittag zurück bist«, warnte ihn Peter. »Der R.S.M. nimmt die ganze Einheit auf einen Dschungelausflug.«

»Du lieber Gott«, stöhnte Shaun. »Kriegt der nie genug? Dieser Mensch macht aus mir noch den sportlichsten Alkoholiker der südlichem Hemisphäre.«

Der unrasierte Fahrer eines uralten Mercedes-Taxis raste, von Shaun angetrieben, durch die Stadt. An jeder Ecke kreischten die Bremsen, und seine Hupe scheuchte alle Sonntagsfahrer von der Straße. Sie erreichten die Kathedrale, als die Messe zu Ende war und die Türen aufgingen. Shaun stand unten an der Treppe und schaute allen Frauen, die vorüberkamen, ins Gesicht. Endlich sah er Gabby, nahm ihren Arm und führte sie von der Menge weg.

»Danke, daß du gekommen bist«, sagte er, als sie zur Küstenstraße gingen.

»Du brauchst mir nicht zu danken«, antwortete Gabby voll Bitterkeit. »Ich bin gekommen, weil ich mußte. Ich habe Papiere auf Zeit, und ich muß sie jeden Monat bei der Geheimpolizei erneuern lassen. Wenn du etwas mit diesen Leuten zu tun hast, können sie zurückgezogen werden.«

»Ich habe nichts mit P.I.D.E. zu tun«, versicherte ihr Shaun.

»Was willst du dann von mir? Es gibt viel attraktivere Mädchen, mit denen du schlafen kannst.«

»Nein, das ist es nicht. Jetzt nicht mehr.«

»Gibt es denn für einen Mann wie dich etwas anderes?« Sie beobachtete, wie sich Shaun wand. Dann lächelte sie plötzlich, und die Wärme kehrte in ihr Gesicht zurück. »Wenn du gekommen bist, dich für letzte Nacht zu entschuldigen, so nehme ich das an. Ein so eitler Mann wie du meint es ernst, sonst hätte er nicht den weiten Weg zurückgelegt.«

Shaun entspannte sich sichtlich. »Ich habe ein paar Stunden Zeit, bevor ich zurück muß«, sagte er. »Könnten wir einen Spaziergang machen oder schwimmen oder sonst etwas tun? Es ist ein wunderschöner Tag.« Er sah Gabbys Unentschlossenheit. »Ich werde dich nicht wieder kränken«, versprach er freundlich. »Ich möchte nur für eine Weile mit dir zusammen sein.«

Der R.S.M. nahm die Männer mit hinaus in einen sumpfigen Dschungel ungefähr vier Meilen von der Kaserne entfernt. Es war ein Gebiet mit ineinander verdrehten Baumwurzeln, öligem schwarzen Wasser und unzähligen Moskitos. Es war dunkel, gespenstisch und still, nur tropfte irgendwo immer Feuchtigkeit, ein Vogel schrie eine Warnung, irgendein Tier wirbelte Wasser auf, als es der Küste entgegenstrebte. Das gefiel den Männern ganz und gar nicht.

»Auf einem solchen Landstrich könntet ihr im Einsatz sein«, sagte der R.S.M. »Ihr denkt jetzt alle, ihr seid ja fit. Also wollen wir mal drei Reflexe überprüfen. Jeder Mann hat fünf Minuten Zeit, durch diesen Dschungelabschnitt zu gehen. Nicht vom Pfad heruntertreten, weil Sie sonst im Sumpf verschwinden. Zwischen den Bäumen versteckt sind mit Drähten versehene Ziele. Diese Ziele werden vor und neben Ihnen in unterschiedlichen Abständen und für jeweils zwei bis fünf Sekunden erscheinen.

Ich will keine wilde Schießerei. Sie haben Zeit genug, einen, vielleicht auch zwei Schüsse auf jedes Ziel abzugeben, und Sie treffen es besser. Gott sei Ihnen gnädig, wenn sie sich mitreißen und ein ganzes Magazin opfern. Und vergessen Sie nicht, daß Sie scharfe Munition verschießen und ich direkt hinter Ihnen hergehe. Sehen Sie ein Ziel, das hinter Ihnen liegt, vergessen Sie's. Jeden Mann, der sich mehr als neunzig Grad herumschwingt, habe ich. Also versucht es besser keiner.«

»Junge, Junge, ich sag dir, da drin ist eine ganze Menge lebender Kreaturen«, flüsterte Taffy Williams Tosh Donaldson zu. »Kobras, Puffottern und so Zeug. Der R.S.M. weiß genau, daß du nicht runterschauen kannst, wenn du einem Dschungelpfad folgst. Verstehst du, er wartet nur drauf, daß es einen erwischt.«

Die Dschungelübung war vorbei. Der R.S.M. ging vor seinen Männern her. »Was hab' ich Ihnen gesagt?« wütete er. »Ich wußte doch, daß Sie nichts taugen, aber die sichersten Dinger im Dschungel waren doch die Ziele. »Sie«, schrie er. »ja, Sie dreckiger elender Zwerg.« Freiwilliger Roberts, ohne Schuhe sechs Fuß und zwei Zoll hoch, wartete geduldig auf das Abflauen des Sturmes. »Sie haben am dritten Ziel das ganze restliche Magazin leergeschossen, nachdem es schon runtergegangen war. Ich hätte Sie doch glatt erschießen und den Kaffern die Mühe ersparen sollen.

Und Sie, Sergeant Donaldson, Sie sind wie ein verdammtes Schulmädchen durch den Busch gehüpft. Die halbe Zeit waren Sie höher als die Ziele. Wissen Sie, daß Sie einen Fünfminuten-Dschungelweg in einer Minute fünfzig Sekunden gemacht haben? Was hatten Sie vor? Wollten Sie einen Wettlauf mit einer Kugel machen?

Das Ganze also noch einmal«, brüllte der R.S.M. »und noch einmal und noch einmal, bis Sie was treffen. Ich bringe Sie nachts her und bei Flutlicht, wenn's sein muß. Roberts«, fuhr er tückisch fort, Sie gehen da hinein und treffen was, oder ich nehme Ihnen das Gewehr weg und verwende Sie in Zukunft als Packesel.«

Als die anderen an diesem Abend zu Bett ging, war Shaun ungewöhnlich still. Seine Gefühle für Gabby verwirrten ihn.

»Wie bist du mit ihr zurechtgekommen?« fragte Jeremy.

»Nicht allzugut«, erwiderte Shaun. »Sie will nicht sehr viel mit mir zu tun haben. Weiß Gott, sie hat auch Grund dazu. Hör mal. Um zwei Uhr morgens ist sie mit der Arbeit fertig. Ich verschwinde und treffe sie. Du deckst mich doch, ja?«

»Und die Posten?«

»Zwei sind von meinem Kommando. Die lassen mich durch.«

»Wenn der R.S.M. was merkt, schießt er ein Loch durch dich.«

»Ich weiß, aber das Risiko gehe ich ein.«

Mitten in der Nacht hörten sie, wie Shaun ging.

»Armer Hund«, sagte Jeremy leise. »Das Mädchen hat ihn ganz schön gepackt.«

In den folgenden Tagen ließ der R.S.M. nicht nach. Jedes Kommando hielt eisern zusammen, und die Männer stellten sich alle gegen ihn. Die Starken zogen die Schwachen mit, aber alle waren entschlossen, sich von ihm nicht zerbrechen zu lassen. Sie rannten und krochen und stolperten, aber sie hielten eisern zusammen. Sie fluchten auf ihn, wenn ihnen der Schweiß in die Augen lief, und sie versprachen ihm eine Kugel zwischen die Rippen, sobald sie im Einsatz waren.

Aber der R.S.M. schien sich an ihrem Haß zu weiden. Er sprang noch härter mit ihnen um, forderte noch mehr. Die Männer waren nun fast so weit, daß sie alles taten, um die unendlich langen Drilltage durchzustehen, daß sie gegen alles kämpften, nur nicht gegen den R.S.M., den sie wie den Teufel persönlich fürchteten.

Janders verließ kaum das Büro. Er arbeitete ganze Nächte durch, und wenn er nicht mehr konnte, döste er in einem Stuhl. In einer normalen Armee hätte es einer ganzen Schreibstubenmannschaft bedurft, um in dieser Zeit eine Gruppe kämpfender Männer zu bewaffnen, auszustatten und über Kontinente zu bewegen. Janders hatte das alles allein geschafft. Er hatte ein brillantes Gehirn, das die winzigste Kleinigkeit beachtete, wie es nötig war. Und bis sie dann zum Einsatz kamen, lag der Erfolg oder Mißerfolg der Operation fast ganz bei ihm. Faulkner wußte dies und schätzte Janders' Arbeit ganz besonders.

Abends klopfte es an der Tür.

»Komm rein, R.S.M.«, sagte Janders und schaute von seiner Arbeit auf. »Wenn du warten willst – der Colonel wird jeden Moment zurückkommen.«

Der Sergeant Major stand ruhig an der Wand. Er war ein wilder kleiner Mann mit blassen Killeraugen. Faulkner betrat den Raum, und der R.S.M. stand stramm.

»Sir, die Männer sind jetzt für Sie bereit«, berichtete er leise. »Die sind wie Lehm in Ihrer Hand.«

»Gut«, sagte Faulkner. »Ich übernehme sie morgen.«

Janders lehnte sich müde zurück. »Viel Zeit haben wir nicht mehr«, warnte er die beiden. »Ich bekam eben ein Signal von Balfour. Die Operation wurde vom 5. Januar vorverlegt. Limbani könnte jetzt jederzeit kommen, also müssen wir am Weihnachtstag hier raus.«

Er wandte sich zur Landkarte hinter sich um. »Auf dem Festland ist ein Landestreifen an einem Ort namens Lumbo, direkt vor Mozambique-Insel. Das wird unsere Ausgangsbasis sein. Er liegt in einem Radius von tausend Meilen vom Zielgebiet entfernt, und von dort aus gehen wir los.«

14

Nun änderten sich die Trainingsmethoden. Faulkner führte die Männer am längeren Zügel, und darauf reagierten sie. In den Sanddünen hatte man zwei Zonen abgesteckt. Die eine war eine Nachbildung des Flugplatzes, die andere die der Militärkasernen. Die Positionen der Straßen, der Gebäude, Zäune und anderer Hindernisse wurden entsprechend den Informationen markiert, die von Balfour hereinkamen, auch die zu erwartenden Positionen der Posten.

Shaun und Jeremeys Kommandos übten Angriffe auf den Flughafen, während die anderen die Kaserne überfielen. Am Abend testete Faulkner Shaun über das Layout des Kontrollturmes. Peter arbeitete mit Pfeil und Bogen. Fragte man ihn nach seinen Erfolgen, bot er an, einen Apfel auf Jeremys Kopf zu legen. Jeremy lehnte jedoch ab.

Shaun war Nacht für Nacht nach dem Lichtauslöschen aus dem Quartier verschwunden, um Gabby zu sehen. Die anderen schienen noch nichts bemerkt zu haben, aber seine Nerven waren nun zum Zerreißen gespannt. Je näher die Einsatzzeit rückte, um so größer wurde seine Angst. Er brauchte verzweifelt jemanden, an den er sich klammern konnte, und Gabby war seine Krücke geworden.

Zuerst wollte Gabby nichts mit ihm zu tun haben, doch seine Beharrlichkeit stimmte sie schließlich um. Er pflegte sie nach der Arbeit in den ersten Morgenstunden zu treffen und lief dann mit ihr durch die leeren Straßen. Zwei einsame Menschen gingen miteinander, redeten, machten Pläne, und so vertiefte sich allmählich die Beziehung unter dem Zwang seines baldigen Weggehens.

Shauns Gesicht war vor Anstrengung und Schlafmangel hager geworden. Er war auch fast immer gereizt. Jeremy und Peter hatten es satt, ihn ständig zu decken. »Das muß aufhören«, sagte Jeremy abends zu ihm. »Statt ständig nachts herumzulaufen – warum, zum Teufel, nimmst du sie nicht mit ins Bett, damit du's endlich hinter dir hast?«

Shaun hockte zusammengesunken auf seinem Stuhl. Er war ein Egoist, aber er brauchte Gabby so ungeheuer dringend, daß er zum erstenmal im Leben in einer Beziehung alles gab, was er war. Und dabei entdeckte er eine Tiefe des Gefühls, die er niemals für möglich gehalten hatte. »Ich habe ein paar hundert Frauen gehabt«, versuchte er zu erklären, »aber das waren nur Körper, die durch mein Bett gingen, und mir lag an jeder von ihnen verdammt wenig. Aber an diesem Mädchen liegt mir sehr viel. Jeder Mann, mit dem sie ausgeht, will mit ihr ins Bett gehen. Es ist die einzige Möglichkeit für mich, ihr zu zeigen, daß sie etwas Besonderes ist. Verstehst du das denn nicht? Jeremy, lach mich nicht aus«, sagte Shaun verzweifelt, denn er kannte seinen Ruf selbst sehr gut. »Ich liebe diese Frau. Ich brauche sie.«

Jeremy beobachtete verblüfft diese Veränderung in Shaun. »Mach dir darüber keine Sorgen«, riet er ihm leichtherzig. »Das sind Weihnachtsgefühle. Um diese Zeit sind alle Junggesellen damit beschäftigt. Du stellst dich selbst vor mit den Füßen vor einem warmen Feuer und einer guten Frau, die um dich herumtanzt. Um diese Zeit geh' ich meistens weg und hänge bis zum Neujahrstag herum«, gab er zu. »Vergiß sie. Das geht vorbei.«

Aber Shaun kroch nachts wieder unter dem Zaun durch, um auf der Strandstraße auf Gabby zu warten. Eifrig kam sie angelaufen, eine knabenhafte Gestalt im leichten Sommerkleid und mit langen braunen Beinen.

»Gabby«, sagte Shaun, »Ich habe mich jetzt entschlossen. Ich gehe nicht mit den anderen. Ich bleibe bei dir. Wir fangen miteinander ein ganz neues Leben an. Irgendwie. Ein sauberer Anfang.«

Er hob sie in seine Arme und hielt sie fest. »Jetzt kann ich dich nicht mehr verlassen«, sagte er. »Jetzt nicht. Du bist alles, was ich mir mein Leben lang gewünscht habe.«

Gabby sah ihn flehend mit ihren großen dunklen Augen an. »Shaun, meinst du das ernst? Bitte, necke mich nicht. Ich habe nur noch so wenig Kraft...« – sie maß mit den Fingern eine winzige Spanne –, »daß ich gar nichts mehr habe, wenn das auch noch zerbricht. Nichts mehr, hörst du? Also sprich nicht so mit mir, wenn du's nicht ernst meinst.«

»Du warst zu lange weg«, sagte Jeremy zu Shaun, als er zurückkam. »So lange konnte ich dich nicht decken. Janders will dich in seinem Zimmer sehen.«

»Komm rein«, sagte Janders. »Und mach die Tür zu.«

»Weiß es Faulkner?« fragte Shaun.

Janders schüttelte den Kopf. »Ich dachte, ich lasse dich erst mal bei mir darüber reden.«

Shauns Gesicht war blaß vor Überanstrengung, und seine Hände bewegten sich fahrig. »Ich hab ein Mädchen kennengelernt. Nicht nur so ein Mädchen. Ich liebe sie«, sagte er. »Ich gehe nicht mit euch. Ich steige aus.«

Janders schien gar nicht überrascht zu sein. »Ich dachte mir schon so was«, antwortete er, stand auf und ging zur Tür. »Willst du nicht ein Stück laufen? Es ist eine herrliche Nacht.«

Shaun erkannte den Befehlston in Janders' Stimme und folgte ihm. Sie gingen an den Posten vorbei zum Strand hinab.

»Ich weiß nicht, was über mich gekommen ist«, sagte Shaun. »Schau, vielleicht kommt es daher, daß wir bald zum Einsatz kommen und ich Angst habe, zu sterben. Und ich habe Angst, zu versagen. Ich habe vor so vielen Dingen Angst. Aber auf einmal liegt mir etwas an einem Menschen. Mit allem, was ich bin, hänge ich an diesem Mädchen.« Er wandte sich Janders zu. »Ich will sie heiraten«, platzte er heraus.

Janders setzte sich auf den Sand. Er zündete eine Zigarette an und reichte sie Shaun. Eine Weile schwiegen sie und lauschten der Brandung. Dann sagte er: »Du hast mich gewarnt, daß deine Nerven dünn sind, und ich hätte auf dich hören sollen. Diese Liebe, von der du redest, ist nichts Besonderes. Viele Männer klammern sich an einen Menschen, wenn sie Angst vor dem Sterben haben, denn sie wollen etwas zurücklassen, das um sie trauert. Wie kommst du auf die Idee, du seist anders als die anderen? Du bist genau der gleiche Egoist wie die meisten anderen.«

»Schau, du kennst sie ja gar nicht«, entgegnete Shaun. »Wenn ich sterbe, lasse ich sie mit gar nichts zurück. Sie hat keine Papiere, keine Familie. Alle sind im Kongo gestorben. Und wenn dieses Land hier schwarz wird, kannst du dir vorstellen, was ihr hier passiert. Es geht um mehr als darum, daß sie mir etwas gegeben hat, für das sich's zu leben lohnt. Ich bin jetzt für sie verantwortlich. Verstehst du das nicht? Wenn ich sie verlasse, könnte ich sie verlieren.«

»Shaun, dein Leben lang bist du immer davongelaufen, wenn es irgendwo brenzlig wurde«, sagte Janders leise. »Wenn du jetzt von uns wegläufst, wirst du's eines Tages auch bei ihr tun. Bedeutet sie dir wirklich so viel, dann pack deine ganze Angst weg und komm mit uns. Wenn du's dann zurück schaffst, dann hast du vielleicht aufgehört, immer davonzurennen. Und wenn sie noch auf dich wartet, dann könnt ihr beide von da an miteinander anfangen. Aber jetzt, Shaun, bist du ein Mann, der Angst hat. Und du weißt, du bist jetzt nicht gut für sie.«

Janders stand auf und klopfte sich den Sand ab. »Du hast doch keine Wahl«, sagte er leise, »aber du kannst noch drüber nachdenken. Ich sag den Posten, daß sie dich durchlassen.«

Faulkner traf Janders am Zaun. »Nun, wie ist's gegangen?« fragte er.

»Er kommt schon«, antwortete Janders.

Faulkners Augen wirkten kalt im halben Licht. »Besser wär's für ihn, er käme«, meinte er leise, »sonst wird ihm wohl ein Unfall zustoßen.«

»Laß ihn in Ruhe«, bat Janders. »Laß mich's auf meine Art machen.«

Faulkner erwiderte den Salut der Posten, als er durch das Tor ging. »Keiner bricht einen Kontrakt mit mir«, sagte er. »Vergeßt das nicht.«

»Nun?« fragte Gabby, aber in seinem Gesicht las sie schon die Antwort. Plötzlich hatte sie wieder Angst. Sie war verletzlich und allein. Die Jalousien gingen herunter, die Wärme floß aus ihr heraus.

»Ich gehe mit ihnen«, sagte Shaun. »Gabby, ich muß mit ihnen gehen. Es gibt da einige Gründe.«

»Ich weiß nicht, was ihr tun werdet, aber es ist doch gefährlich, nicht wahr?« Ihr Gesicht hatte eine Miene gezwungener Gleichgültigkeit angenommen.

Shaun nahm ihr Gesicht in die Hände. »Oh, Gabby«, stöhnte er verzweifelt und versuchte sie zu erreichen. »Ich verspreche dir, daß ich für dich zurückkomme, denn ich liebe dich.«

Sie schob ihn weg. »Es ist so leicht, ein Versprechen zu geben, wenn man weggeht.«

»Ich meine es ernst«, beschwor er sie. »Du mußt nur auf mich warten. Bitte, Gabby, warte auf mich.«

»Wir sind dumm«, erwiderte sie kalt. »Wie kleine Kinder. Zwischen uns ist es jetzt aus. Ich komme so, wie es jetzt ist, im Leben besser zurecht. Ich will nicht warten, und ich will niemals wieder hoffen. Wenn ich dich jetzt verlasse, vergesse ich dich. Verstehst du das? Ich warte nicht auf dich. Und es ist mir gleichgültig, ob du lebst oder stirbst. Du bist nur irgendein Mann, der einen Abend gekauft hat.«

»Ohne Gefühl durch das Leben gehen«, sagte Shaun. »Wir könnten dann ebensogut tot sein. Das hast du mich gelehrt. Es ist besser, zu hoffen, zu lieben, ein wenig zu leiden.«

»Du!« rief Gabby zornig. »Du sagst das, weil du nicht weißt, was leiden heißt. Du weißt nicht, was warten heißt. Es trocknet deine Seele aus, bis du innen ganz tot bist. Einmal habe ich so gelitten, daß ich darüber fast wahnsinnig wurde. Das will ich nicht noch mal erleben. Mit dir nicht. Mit keinem anderen.«

»Ich werde dich heiraten«, sagte Shaun. »Sofort. Wir werden einen Geistlichen finden. Du kannst meinen Namen haben, meine Papiere, alles.«

Halb zornig und halb deshalb, weil ihr fast das Herz brach, begann Gabby zu weinen. »Nein, das will ich nicht«, schluchzte sie. »Ich will jemanden, der mich liebt. Der mir ein Heim und Kinder gibt. Und Wärme.« Der Zorn verließ sie, doch der Schmerz blieb. »Das verstehst du nicht«, sagte sie leise. »Ich muß jetzt gehen. Ich habe am Abend zu arbeiten. Leb wohl.«

Shaun nahm ihre Hand. »Jetzt bist du's, die nicht versteht. Du brauchst doch nicht mehr zu arbeiten. Ich gebe dir Geld. Ich sorge dafür, daß du niemals mehr etwas wünschen und nicht haben kannst.«

»Ich will dein Geld nicht. Ich will mein eigenes Leben leben.«

»Bitte, triff dich morgen mit mir«, drängte Shaun verzweifelt. »Morgen ist Weihnachtsabend. Am nächsten Tag muß ich gehen. Bitte, triff mich morgen.«

»Ich muß am Weihnachtsabend arbeiten. Da sind dann viele einsame Männer in der Stadt, und sie brauchen meine Gesellschaft.«

Sie entriß ihm ihre Hand und lief zur Strandstraße.

»Und was ist mit mir?« schrie er ihr nach.

Sie drehte sich um. »Du hast doch deine Freunde! Geh zurück zu ihnen. Dorthin gehörst du!« schrie sie über den leeren Sand.

Donnerstag, 24. Dezember

Die Männer saßen in der Messe. Sie erhoben sich, als Faulkner eintrat.

»Rührt euch, Gentlemen. Morgen verlassen wir hier die Kaserne. Deshalb will ich, daß heute alles eingepackt wird, bis auf das Bettzeug. Sie wissen, es ist Weihnachtsabend, und für alle, bis auf die Posten, gibt es um achtzehn Uhr eine Transportmöglichkeit in die Stadt.«

Die Männer trampelten Beifall.

Faulkner lachte sie breit an. »Richtig, ihr habt die Nacht frei. Ihr könnt von Mr. Janders eine begrenzte Vorauszahlung bekommen, aber um zwei Uhr seid ihr alle wieder zu Hause in der Baracke. Und wir wollen nicht, daß wir einen von euch suchen müssen. Ist das klar? Noch irgendwelche Fragen?«

Einer der Unteroffiziere stand auf. »Ich und meine Männer, Sir« – er sah sich nach Unterstützung um – »nun ja, wir haben darüber nachgedacht, wann Sie uns sagen können, wohin es geht.«

»Das werdet ihr alle rechtzeitig erfahren«, erwiderte Faulkner. »Sehr gut. Weitermachen, R.S.M. Oh, und wenn ich alle vor morgen früh nicht sehe, dann fröhliche Weihnachten.«

»Moment, Moment!« bellte der R.S.M., als Faulkner den Raum verließ. »Ich hab' nicht gesagt, daß ihr gehen könnt.« Er ging von einem zum anderen und verteilte Formulare.

»Was ist das?« fragte einer.

»Das ist, Gentlemen, Ihr letzter Wille, also das Testament. Füllen Sie's sauber und genau aus. Möglichst einfach. Und machen Sie keine Tintenkleckse auf das Papier, sonst holen die Anwälte ein Vermögen heraus aus Ihren Witwen.«

»Wissen Sie, R.S.M., wohin wir gehen?«

»Junge, das weiß ich nicht. Ich nehme an, das erfahre ich um die gleiche Zeit, wie Sie alle.«

Kurz vor Mitternacht fand eine kleine Söldnergruppe ihren Weg in das Hafenviertel der Stadt. Sie kamen in eine enge Straße, die interessant aussah. Tosh Donaldson las mühsam die Tafel. Rua Majior Araujo. »Das ist es«, verkündete er den anderen. »Sündenstraße, wie der Taxifahrer gesagt hat. Da ist es. Alle Seeleute gehen daher zum Sündigen, wenn sie einen Abend Landgang haben.«

»Ich brauch noch einen Drink«, verkündete Taffy Williams und lehnte sich an einen Laternenpfahl. Dann begann er zu singen.

Tosh schwang ihn über die Schulter. »Zusammenbleiben!« warnte er die anderen, als sie die Straße überquerten. »Die schneiden einem hier die Kehle durch, wenn sie einen nur anschauen.«

Pflaster und Menschen wurden von den Neonlichtern beleuchtet. Klubs boten ihre Attraktionen mit reißerischen Postern und marktschreierischen Portiers an, die Betrunkene im Vorübergehen hineinzuziehen versuchten. Ein Poster machte das Versprechen einer Vergewaltigungsszene zwischen einem lebenden Gorilla und einer Blonden, die in einem stählernen Käfig eingesperrt war. Tosh vergaß sein natürliches Mißtrauen und wollte hineingehen, aber die anderen rissen ihn zurück. Sie wollten zuerst einen Drink, aber nicht zu Nachtklubpreisen.

Mit großen Augen gingen sie weiter die Straße entlang und kamen zum Crazy Horse Saloon. Er hatte Neonbeleuchtung und eine Musikbox in der Ecke. Tische oder Stühle gab es nicht, nur eine lange Reihe von Hockern entlang der halbrunden Theke. Es roch nach schalem Bier und Schweiß.

»Bier, Mush«, sagte Tosh zu einem als Cowboy verkleideten Afrikaner. »Für alle und viel. Jetzt gleich und für alle, Jungens. Es ist Weihnachten, vergeßt es nicht. ›Der gute König Wenzeslaus sah zu seinem Fenster raus ...‹ « Über ihnen hing ein Plakat, das im weihnachtlichen Stil mit einem Stechpalmenzweig aus Plastik geschmückt war. In drei Sprachen hieß es auf dem Plakat: DER MENSCH KOMMT HER ZUM TRINKEN UND VERGESSEN. DRUM WIRD BEZAHLT, EH MAN'S VERGISST.

The Caves war angeblich einer der besseren Nachtklubs in der Straße der Sünden. Faulkner ging voran.

»Wo ist Shaun hingeraten?« fragte Peter.

»Er sucht Gabby«, erklärte Jeremy. »Er hat ein verdammt großartiges Weihnachtsgeschenk für sie. Später sollen wir ihn treffen. Er wird versuchen, sie mitzubringen.«

Sie stiegen eine Treppe hinab und gelangten in einen riesigen Keller. Er war mit vorwiegend jungen Südafrikanern vollgepackt. Weiße und farbige Hostessen bewegten sich zwischen ihnen. Im Keller war es dunkel. Von der Mitte kam das Gleißen von Punktlichtern über der winzigen Tanzfläche. Der Lärm der Menge stieg und fiel wie der einer Brandung, und Zigarettenrauch hing als dikker Nebel unter der Decke.

Der Vertreter der Geheimpolizei hatte durch die Band einen

Tisch nahe an der Tanzfläche reservieren lassen. Er stand auf, um die anderen zu begrüßen. »Wo sind die beiden anderen? Kommen die auch noch?« schrie er ihnen über den Lärm entgegen.

»Nein!« brüllte Faulkner zurück. »Mr. Young läßt grüßen, aber er hat freiwillig den Dienst als Postenkommandant übernommen. Und Mr. Flynn ist nicht da.«

Der P.I.D.E.-Mann bot höflich die beiden freien Sitze einigen stehenden Touristen an.

Die Floor Show lief schon. Eine große, plantinblonde Stripperin von ungefähr vierzig Jahren kämpfte sich durch ihren Akt. Ihr Gesicht war unter Make-up verlorengegangen. Weiches Fleisch hing in Rollen von ihrem Körper. Sie bemühte sich verzweifelt um das Wohlwollen der Gäste, aber ihr Akt und ihr Körper waren grotesk. Die Zuschauer waren weit weg von zu Hause und in gräßlicher Laune. Ein Sturm von Miaus und Pfiffen erhob sich, und die Leute schrien, sie solle abziehen.

»Gebt uns doch eine Chance, ihr Lieben«, flehte sie. »Ist doch Weihnachten.« Doch die Band hörte zu spielen auf, und sie verließ eiligst die Bühne.

Die Trommeln machten sich über dem Lärm bemerkbar. Ein Punktlicht schnitt durch den Zigarettenrauch und folgte einer Afrikanerin auf die Bühne. Sie war groß und so mager, daß ihre Knochen durch die Haut schienen. Sie trug ihr Haar natürlich, also ohne Perücke. Gekleidet war sie in ein schulterfreies Kleid aus Goldlamé, das aussah, als sei es vor Jahren von einer viel größeren Person abgelegt worden.

Nervös stellte sie sich der größtenteils südafrikanischen Zuschauermenge. »Fröhliche Weihnachten«, sagte sie. Ungefähr vier Leute antworteten ihr. Sie begann mit einem lauten Popsong, der durch Cilla Black berühmt geworden war. Ihre Stimme war gut, doch der Song paßte nicht zu ihr.

Die Atmosphäre im Keller wurde kalt und machte Atmen unmöglich wie in der Stille vor dem Sturm. Jemand, der einen Aufruhr befürchtete, schickte nach dem Geschäftsführer. Zögernd beendete die Sängerin ihre Darbietung. Ein paar Portugiesen und Engländer klatschten, und dieser Lärm klang hohl durch den sonst stillen Keller.

Die Sängerin zitterte. Sie sah aus, als wolle sie zusammenbrechen oder davonrennen. Aber sie riß sich zusammen und begann *Tuli Tuli Baba* zu singen, ein leises, wehmütiges Lied, das die Zulufrauen vor Jahren ihren Kindern vorsangen. Die ersten paar Takte mißlangen ein wenig, doch dann wurde ihre Stimme stärker und sicher.

Allmählich veränderte sich die Stimmung im Keller. Ein Südafrikaner nach dem anderen fiel ein, und sie schwankten rhythmisch im langsamen Takt des Liedes mit. Die Stimmen schwollen an. Peter sang mit, und Tränen liefen ihm über das Gesicht. Er war Afrikaner, und er war weit von zu Hause entfernt.

Der Geschäftsführer kam angelaufen und tat, als wolle er die Sängerin von der Bühne ziehen. Die Zuhörer protestierten heftig. Peter sprang auf und lief zwischen den Tischen durch zum Geschäftsführer. Die Südafrikaner kamen heran und bildeten einen schützenden Kreis um sie. Der Geschäftsführer und seine Leute flohen.

Sie sang weiter. Man wollte sie nicht abtreten lassen. Sie wollten keine Stripperin und auch sonst nichts mehr sehen, und sie bedrohten die Band. Die wehmütigen Lieder, die sie sang, waren die afrikanischen Weihnachtslegenden, die für ihre Zuhörer viel wahrer und echter klangen als die europäischen Weihnachtslieder vom Schnee und von Stechpalme und Mistel. In dieser Stunde waren Weiße und Schwarze nur noch Afrikaner. Es war Weihnachten, alle waren weit weg von zu Hause, und sie liebten sie. Jetzt weinte sie, während sie sang, und ihre mageren, knochigen Schultern zitterten über dem Mikrophon. Und die Zuhörer teilten ihre Gefühle.

Jeremy stahl sich zu Peter. Lautlos, denn für den geringsten Lärm hätte man ihn auf der Stelle gelyncht. Verwundert sah er Peter, dem Riesen, in das tränenüberströmte Gesicht. »Ihr seid ja alle verdammt irre«, flüsterte er.

Plötzlich schämte sich Peter seiner Gefühle. »Ich denke mit meinem Herzen«, sagte er einfach. »Mensch, du verstehst uns nicht. Das kann keiner, der nicht hier geboren ist.«

Auf den Schultern trugen sie die Sängerin im Keller herum, und die Gäste schrien und trampelten vor Begeisterung. Widerstrebend ließen sie sie gehen, zwangen aber vorher dem Geschäftsführer das Versprechen ab, sich um sie zu kümmern.

Peter setzte sich wieder.

»Morgen«, sagte Jeremy zynisch, »sind sie wieder alle Kaffern und Apartheid.«

»Vielleicht«, antwortete Peter. »Aber einige von ihnen werden diesen Abend nicht vergessen. So wie ich. Sicher, wir machen viele Fehler, und oft sind wir einfach unbeschreiblich dumm. Aber wir sind das einzige Volk, das seine Probleme selbst zu lösen versucht. Vielleicht wird meine Generation damit anfangen. Aber ihr müßt uns dabei in Ruhe lassen«, warnte er. »Denn wenn ihr euch einmischt, halten wir uns wieder an unsere Väter.«

»Guter Gott, du verdammter Bure. Direkt wieder zurück ins Lager.«

»Wir reden besser nicht mehr darüber«, schlug Peter vor. »Denn, Mensch, ich werd' allmählich zornig.«

»Okay, okay, dann lassen wir's«, erwiderte Jeremy. Mit Peter verstand er wunderbar zu streiten, aber einmal waren ihm in der Hitze des Moments die Worte ausgegangen. Da wurde Peters Gesicht blank, so scharf überlegte er, wie er sich ausdrücken könnte. Dann schwang seine Faust mit Lichtgeschwindigkeit, nicht mit Bosheit, nur um einen Satz zu unterstreichen. Und Jeremy war am anderen Raumende gelandet.

Faulkner konnte nicht schlafen und ging unter den Baracken am Strand entlang. Er schien sich meilenweit zu erstrecken und war ganz verlassen. Nur ein paar Palmengruppen wiegten sich sanft im Wind.

Unten am Fuß einer Palme glühte eine Zigarette auf. »Willst du ein bißchen ausruhen?« fragte Janders leise aus der Finsternis heraus.

»Ich habe nach dir gesucht«, sagte Faulkner und setzte sich neben ihn. »Was nagt den ganzen Abend an dir?«

»Mein Junge«, antwortete Janders. »Wie feiert er Weihnachten? Er hat ein schönes Geschenk bekommen, doch ich hätte dort sein müssen, um es ihm selbst zu geben.«

»Es wird schon in Ordnung sein.«

»Vielleicht. Ich fühle mich ihm heute sehr nahe.«

»Irgendwie kann ich dich mir nicht vorstellen, wie du mit einem Socken herumschleichst.«

»Ich schon«, erwiderte Janders ernsthaft. »Er ist zu jung, als daß es ihm etwas ausmachen könnte, wer oder was ich bin. Er liebt mich nur, und das tut wohl.«

»Du wirst bald zurück sein. Dann kannst du ihn dafür entschädigen.«

»Darüber habe ich schon nachgedacht. Wenn ich zurückkehre,

werde ich mich bemühen, ihm ein guter Vater zu sein und ihm ein richtiges Heim zu geben, damit er mich respektiert, wenn er älter ist. Solange sie jung sind, ist es einfach, aber wenn sie älter werden, muß man sich schon Mühe geben.«

»Dann komme ich und besuche euch beide.«

»Ja, tu das. Komm zu Weihnachten.«

Faulkner lachte leise. »Ich sehe uns schon. Zwei alte Männer und ein kleiner Junge um einen Christbaum versammelt, und wir beide versuchen nüchtern zu bleiben.«

»Du wirst es genießen«, versprach ihm Janders. »Versuch's einmal.«

Faulkner wußte, was Janders dachte, und wurde schwach. »Wenn du lieber nicht mitkommen willst, verstehe ich's«, sagte er und ließ ihn damit vom Haken. »Du hast die ganze Planung gemacht. Du mußt mich nur bis zum Basislager bringen. Von dort aus übernehme ich. Und ich sehe zu, daß du dein ganzes Geld kriegst. Du hast es verdient.«

Es lag Wärme in Faulkners Worten. Das Verständnis, das er für seine Leute bewies, warf auch auf die anderen Seiten seines Charakters ein gutes Licht. Und gerade das verpflichtete Janders. »Ich bin so weit mitgekommen«, erwiderte er brummig, »daß ich weiter mitkomme. Aber ich weiß, wie es Shaun heute nacht geht. Hat man Angst und ist man einsam, dann klammert man sich an alles, was irgendwie wirklich ist, um nicht zu ertrinken. Bei mir ist's mein Sohn, bei ihm das Mädchen. Was willst du tun, um ihn zu holen?«

»Dafür ist schon gesorgt«, antwortete Faulkner leise. Er war froh, daß Janders sich nicht zurückgezogen hatte. Er brauchte ihn ja so dringend. Lange noch saßen sie nebeneinander am Strand, und die alte Freundschaft wärmte ihnen das Herz.

In den ersten Morgenstunden des Weihnachtstages kamen Peter und Jeremy ins Hotel Polana, um nach Shaun zu sehen.

»Haben Sie einen ziemlich großen und breiten Burschen mit blutunterlaufenen Augen gesehen?« fragte Peter naiv, denn das Hotel war voll trunkener Männer mit blutunterlaufenen Augen.

Der Nachtportier erkannte Jeremy. »Ist es vielleicht der Mann, mit dem Sie schon mal da waren, Sir?« fragte er.

»Ja«, erwiderte Jeremy.

»Er war früher hier und erkundigte sich nach einer jungen

Dame, Sir. Er nahm ein paar Drinks, dann ging er. Ich weiß aber nicht, wohin.«

»Wo seid ihr an diesem Abend sonst noch hingegangen?« fragte Peter, als sie draußen waren.

»Zum Cardosa-Hotel. Hör mal«, knurrte Jeremy, denn er hatte es satt, immer nach Shaun suchen zu müssen. »Wir gehen zurück. Er ist doch ein großer Junge. Also kann er auf sich selbst aufpassen. Und außerdem gibt's doch kaum mehr ein Taxi.«

»Na, gut. Wir gehen.«

»Wohin?«

»Ins Cardosa.«

»Du bist verrückt. Das sind Meilen.«

»Wir gehen«, befahl Peter.

Sie gingen die Avenue do Simas entlang und kamen zu einem kleinen Platz mit einem Denkmal in der Mitte. Links lag das Hotel Cardosa, und unter einer Straßenlaterne stand wartend ein Mann.

Shaun drehte sich um, als sie herankamen. »Verschwindet«, sagte er.

»Wo ist sie?« wollte Peter wissen, denn er war ein Mann weniger Worte.

»Da drin. Ißt mit einem fetten, öligen Bastard, der alt genug ist, ihr Vater zu sein.«

Peter bemerkte das mitgenommene Paket zu Shauns Füßen. »Warst du vielleicht die ganze Nacht hier?« fragte er mißtrauisch.

Shaun nickte. »Ich wollte sie eben sehen«, murmelte er.

»Du bist ja wirklich verrückt«, knurrte Jeremy. »Schau mal, das ist sie doch gar nicht wert. Sie ist doch nur eine bessere Hure.«

Shaun schwang sich herum, die Fäuste erhoben. Peter trat schnell zwischen die beiden. Shaun ließ sich an den Laternenpfahl zurückfallen. Er war am Ende. Erschüttert musterte ihn Jeremy.

»Ich weiß, was du denkst«, sagte Shaun matt. »Ich hab' ihr selbst alle Namen unter der Sonne gegeben, aber ich werd' verrückt mit der Warterei hier. Mein Stolz ist mir egal. Innen bin ich ganz tot. Ich wußte nicht, daß man so viel leiden kann.«

»Und was willst du dagegen unternehmen?« wollte Peter wissen.

»Weiß ich nicht. Ich kann nicht mehr gerade denken. Erst wollte ich hinein und den ganzen Platz zerlegen, aber das hätte ja auch nichts genützt. Ich hab' versucht, ihr das Geschenk zu geben, aber sie ist ja bei einem anderen Mann. Und ich will nicht, daß sie weiß, wie ich hier als Ersatzteil rumhänge.« Er sah von einem zum anderen, und sein Gesicht sah aus wie das eines abgewiesenen Teenagers.

»Armer Teufel«, sagte Jeremy. »Na, gut. Wir gehen wohl besser hinein und holen sie raus. Ich sag' dir, was wir tun. Wir rufen den Nachtklub an und sagen ihr, daß sie dringend beim Empfang gebraucht wird. Wenn sie dann rauskommt, packen wir sie.«

»Du hältst dich hier raus«, warnte ihn Shaun.

»Wir können dich nicht die ganze Nacht da unter der Laterne stehen lassen. Bei ihm hat's ausgehakt«, sagte Jeremy zu Peter. »Mußte ja eines Tages passieren.«

»Verschwindet endlich, ich brauch' euch nicht, keinen von euch beiden«, sagte Shaun.

Peter klopfte Shaun ermutigend auf die Schulter. »Mensch«, sagte er sanft, »wir bleiben bei dir. Keine Angst, uns fällt schon was ein. Jeremy, denk dir was aus.«

Schweigend warteten sie unter der Straßenlampe. Nach einer Weile kam Jeremy zurück. »Ich hab' sie«, sagte er. »In einer Minute kommen sie runter. Maria und ein anderer Bursche sind bei ihnen.«

Marias Begleiter war ein großer, magerer Amerikaner mittleren Alters. Sie verließen den Lift zuerst. Marias Gesicht registrierte Staunen, als Jeremy sie in die Arme nahm und küßte. Er bestand darauf, ihrem verblüfften Begleiter vorgestellt zu werden. »Fröhliche Weihnachten«, sagte er heiter und verrenkte dem Amerikaner freundschaftlich die Hand. »Weiß Ihre Frau davon?«

Der Amerikaner glaubte, man habe ihm eigens aufgelauert, um ihn zu erpressen, und ging zur Tür. Jeremy folgte ihm

»Wieviel hat sie bis jetzt gekostet?« fragte Jeremy.

»Das geht Sie wohl nichts an«, erwiderte der Amerikaner, der nun fast rannte.

»Wissen Sie«, bemerkte Jeremy boshaft, »schlafen werden Sie nämlich nicht mit ihr. Ich hab's versucht, ich weiß es.« Dafür bezog er von Maria einen Tritt in die Wade.

Der Amerikaner erreichte seinen Wagen, öffnete die Tür für Maria und sprang auf den Fahrersitz. Aber Jeremy war schon an seinem Fenster. »Dableiben«, sagte er, griff nach innen und nahm die Schlüssel an sich. »Sie kriegen noch einen Fahrgast.«

Als Gabby den Lift verließ, fand sie einen riesigen Mann vor sich stehen. Er röhrte begeistert, hob sie auf und drückte sie fest an sich. Dann setzte er sie ab und wandte sich an ihren sehr nervös wartenden Begleiter, der aussah wie die Karikatur eines Bankiers aus dem Mittelosten. Er hatte schwarzes öliges Haar und einen dünnen Schnurrbart. Peter hob den kleinen Mann auf und drückte ihn so fest an sich, daß dieser fürchtete, seine sämtlichen Rippen seien bis an sein Rückgrat durchgedrückt.

»Meine Schwester«, sagte Peter. »Sie waren sehr gut zu ihr?« Sein ganzes häßliches Gesicht grinste, aber seine Worte waren drohend. Der kleine Mann hatte Angst und nickte, wagte dabei aber kaum zu atmen. »Gut. Jetzt ist Weihnachten. Ich bringe sie zu ihrer Familie zurück. Vielen herzlichen Dank.«

»Ich wollte dich nur warnen«, sagte Jeremy vor dem Wagen. »Ich meine, weißt du, was sie mich kostet?« Jeremy wußte immer auf den Penny genau, was ihn ein Mädchen kostete.

»Ich habe ihn noch nie vorher gesehen«, erklärte Maria verzweifelt.

»Geben Sie mir die Schlüssel, oder ich hole die Polizei!« brüllte der verlegene Amerikaner.

Peter erschien, und der kleine Mann lief vor ihm her. Jeremy riß einladend die Tür auf, und der Kleine fiel direkt in den Wagen hinein. Jeremy warf dem Fahrer die Schlüssel zu. Peter schob seinen Kopf durch das Fenster, und der kleine Mann lehnte sich so weit wie möglich zurück. »Fröhliche Weihnachten!« röhrte er, und dann brauste der Wagen davon.

Peter erschien im Licht der Straßenlaterne und zog Gabby hinter sich her. Er griff aus und nahm Shauns Hand. Dann legte er Gabbys Hand in Shauns Pranke und schloß beide übereinander. Er grinste glücklich. »Fröhliche Weihnachten für euch zwei«, sagte er. »Gott schütze euch.« Dann verschwand er in der Dunkelheit.

»Wisch endlich dieses verdammte Grinsen aus deinem Gesicht«, forderte Jeremy gekränkt, als er wieder erschien. »Weißt du, wie weit wir jetzt zurücklaufen müssen?«

»Hör doch mit dem Jammern auf«, sagte Peter gutgelaunt. »Jetzt weiß ich, daß wirklich Weihnachten ist. Ich sag dir, was ich tun werde«, verriet er ihm voll Begeisterung. »Ich bringe dir ein paar von den Liedern dieser Sängerin bei. Höchste Zeit, daß du alter Wolf ein paar anständige Lieder lernst.« Er schaute zum Himmel hinauf. »Diese Nacht ist voller Sterne. Ich wüßte gern, welcher von denen die Weisen aus dem Morgenland geleitet hat. Vielleicht der da.« Er deutete zu einem besonders hellen Stern hinauf. »Denk doch mal. Um diese Zeit wurde vielleicht der kleine Jesus geboren. Und er hatte schon das Leid der ganzen Welt auf seinen Schultern.«

»Du bringst mich immer wieder zum Staunen«, erklärte Jeremy. »Glaubst du ehrlich an all das Zeug?«

»Klar«, sagte Peter bestimmt. »Und jetzt dieses Lied. Du mußt es ganz leise und mit viel Gefühl singen, denn es handelt von einem neugeborenen Kind.«

»Du sentimentaler Schuft.«

»Beklag dich nicht, sing lieber. Du hast zwölf Meilen zu marschieren.«

»Was, in aller Welt, glaubst du noch tun zu können?« fuhr Gabby zornig auf.

Shaun ließ ihre Hand los. Schüchtern griff er nach dem zerdrückten Paket und reichte es ihr.

Sie nahm es, schaute ihm aber ins Gesicht. »Wie lange hast du da gewartet?« wollte sie wissen.

Shaun sagte nichts.

»Also liegt dir doch etwas an mir«, sagte sie, und ihre Augen füllten sich mit Tränen. »Oh, du Narr«, flüsterte sie. »Du großer Narr. Du weißt doch, daß das nicht geht.«

»Es kann gehen«, erwiderte Shaun nachdrücklich. »Es kann. Du liebst mich auch. Das lese ich in deinem Gesicht.« Er griff aus, hob sie auf und schwang sie herum. Er lachte jetzt, alle Spannung fiel von ihm ab. Auch sie begann zu lachen.

»Stell mich runter«, protestierte sie. »Das ist lächerlich.«

»Ich liebe dich«, sagte Shaun. »Ich habe das schon zu vielen Leuten und auf verschiedene Arten gesagt. Aber ich will es nur noch zu dir sagen. Ich liebe dich. Ich liebe dich. Ich liebe dich. Immer wieder. Ich liebe dich.«

Sie liefen am Strand entlang mit den Schuhen in der Hand, rannten barfuß in die Brandung hinein, ihr Arm durch den seinen geschoben, ihr Kopf an seine Schulter gelegt. Zwei verzweifelt einsame Menschen, die einander brauchten, die zueinander getrieben worden waren, die wußten, daß die Stunden unwiederbringlich dahintickten.

Sie redeten sehr wenig. Was sagten Worte schon? Es gab nichts in der Vergangenheit, dessen sie sich erinnern wollten, und Gabby weigerte sich, von der Zukunft zu sprechen. Über ihnen schienen die Sterne klar wie Kristall am samtenen afrikanischen Himmel. Die Nacht war so unbeschreiblich schön, daß diese Schönheit in ihren Herzen schmerzte. Die See war sanft und warm an ihren Füßen, die dunklen Wellen murmelten und plätscherten leise, und das leise Rauschen füllte ihre Ohren und ihre Sinne.

Gierig lebten sie jeden Moment, den sie noch hatten. Sie versuchten ein ganzes Leben von Gefühlen in eine einzige Nacht zusammenzudrängen. Sie zogen ihre Kleider aus und schwammen in die See hinaus, sie jagten die Mondstrahlen, sie tauchten und platschten und lachten. Als sie zum Strand zurückkehrten, stand Gabby vor Shaun, zutiefst glücklich. Sie hob den Kopf, so daß er das Glück in ihren Augen sah, und bot ihm ihren Körper. Und dieses schmale, zerbrechliche Mädchen war für Shaun viel schöner als jede andere Frau, die er je gesehen hatte.

Sie schmeckten das Salz auf den Lippen des anderen, sie spürten die Sinnlichkeit des anderen Körpers. Sie liebten einander am Strand, langsam, sanft, beide mit einem Gebet im Herzen, daß diese Nacht niemals enden möge. So groß war ihre Liebe füreinander, die Not, einander zu brauchen, daß Körper und Geist ineinander verschmolzen und zu einem wurden. Zum erstenmal in seinem Leben griff Shaun aus und berührte die Flamme der Seele eines anderen Menschen. Es war mehr als eine körperliche Verzückung, es war ein geistig-seelisches Verschmelzen. Es erfüllte ihn mit so viel Macht und Gefühl, daß er wußte, niemals mehr würde er je wieder die ganze Tiefe dieses Gefühls ausloten können.

Danach lagen sie, die Arme um den anderen, im Sand, und Gabby brachte Shaun endlich den Frieden. Sie zog alle Trauer aus ihm heraus, sie nahm seine Angst auf ihre Schultern und machte ihn wieder stark.

In der Dämmerung erwachten sie, steif vom Sandbett. Die Luft war kühl, die See grau im Morgenlicht. Alles schien herb und wirklich zu sein nach dem Zauber der Nacht.

»Ich muß gehen«, sagte Shaun leise, »aber ehe ich gehe, muß ich erklären, warum.«

Der Schlaf verließ Gabbys Gesicht. Einsamkeit und Schmerz

wurden wieder wach in ihr. »Sag's mir nicht«, bat sie. »Ich will es nicht wissen. Du mußt nur zurückkommen.«

»Du willst auf mich warten?«

Sie zuckte die Achseln. »Ich habe ja keinen anderen Platz, zu dem ich gehen könnte.«

»Ich komme wieder.«

»Zwei Monate gebe ich dir. Bist du dann nicht zurück, werde ich irgendwie hier wegzukommen versuchen und ein anderes Land finden.«

Sie schickte ihn am Strand weg. Wenn sie die Straße erreichte, würden wieder Taxis fahren, und dann konnte sie mit einem zur Stadt zurückkehren. Sie weigerte sich, Geld von ihm zu nehmen, und sie weigerte sich auch, ihren Job aufzugeben. Ihr Haar war zerzaust, ihr Gesicht sehr schmal, ihr Kleid war voll Sand und klebte an ihrem Körper. Sie küßte ihn fest auf den Mund. Dann wandte sie sich ab, ohne Lebwohl zu sagen, und ging den Strand entlang.

Die afrikanischen Fischer in ihren Einbäumen paddelten herein. Möwen zogen ihre Kreise in der grauen Morgenluft und kreischten. Sie warteten auf den Fisch, der aus den Netzen geleert wurde, und ein hinkender Straßenköter suchte den Strand nach Futter ab.

Shaun sah der in der Ferne immer kleiner werdenden Gestalt nach. Bald würde sie sich zwischen den Fischern verlieren. Panische Angst packte ihn, und er legte die Hände um den Mund.

»Ich komme wieder!« schrie er. »Warte auf mich! Ich komme wieder!« Seine Stimme kam als Echo in der stillen Luft des Strandes zurück, sie schien ihn jedoch nicht zu hören, denn sie drehte sich nicht um. Sie ging nur weiter, immer weiter.

15

Weihnachtstag, Freitag, 25. Dezember

Der R.S.M. meldete sich bei Faulkner.

»Nun, sind schon alle Männer da?« fragte Faulkner.

»Ein paar sind noch bei den äußeren Polizeistationen, Sir, aber wir wissen, wo alle sind.«

»Was ist mit Kommando drei passiert? Donaldson erkennt man ja kaum mehr, so ist er mit Pflastern verklebt.«

»Ihm fehlt nicht viel. Wahrscheinlich wurde er in eine Keilerei verwickelt, und dabei ging er durch ein Schaufenster. Der Geschäftsführer vom Crazy-Horse-Saloon sagt, so was habe er noch nie gesehen. Dort wurde eine Menge zerschlagen.«

»Alle Schäden werden den Männern von ihrer Löhnung abgezogen«, ordnete Faulkner an und lehnte sich entspannt zurück. »Es hat ihnen aber gutgetan, Dampf abzulassen. Sie müssen wie ein Wirbelwind in der Stadt gehaust haben.«

»Ja, Sir«, pflichtete ihm der R.S.M. bei. »Jetzt sind sie zu allem bereit. Haben Sie irgendwelche Informationen darüber, wann wir zum Einsatz kommen?«

»In Mozambique-Insel müßten wir eigentlich eine Nachricht vorfinden. Um zwanzig Uhr möchte ich die Männer abmarschbereit angetreten sehen. Oh, bis dann sind alle in den Baracken, R.S.M., auch die Offiziere.«

Ein Geleitzug geschlossener portugiesischer Armeetrucks röhrte durch die Stadt. Da im Norden ja Terroristen kämpften, achtete niemand auf eine Truppenbewegung in der Weihnachtsnacht. Die Männer im Innern schwiegen. Sie schwankten leise mit jeder Autobewegung, und sie wußten, daß die Zeit des Einsatzes nahe war.

Sie durchfuhren einen hohen Zaun und erreichten einen Landestreifen. Am anderen Ende warteten zwei Dakotas mit leerlaufenden Maschinen. Die Männer stiegen schnell aus den Trucks. Gepäck und Ausrüstung wurden eingeladen. Nacheinander gingen die Männer an Bord und saßen sich auf Segeltuchsitzen gegenüber, die an beiden Rumpfseiten entlangliefen.

Die Maschinen röhrten auf. Der Lärm in der schwach erhellten und nicht drucksicher abgedichteten Kabine war betäubend. Die erste Dakota rollte an und legte Tempo zu. Sie hüpfte und holperte über die Grasnarbe, und der Rumpf ratterte und stöhnte, als wolle er auseinanderbrechen. Dann hob sich das Flugzeug in die Luft, beschrieb einen weiten Kreis und gewann Höhe, als es die Stadt überflog. Das andere Flugzeug folgte dichtauf.

Die Männer unterhielten sich, erzählten Witze oder dösten. Zum Schlafen war es zu ungemütlich. Shaun ging zum Flugdeck durch. Die Piloten verstanden Englisch, und eine Weile unterhielten sie sich übers Fliegen.

In Beira machten die Dakotas eine Zwischenlandung zum Auftanken. Beira ist die zweitgrößte Stadt von Mozambique. Sie rollten in die für das Militär reservierte Ecke, weg vom Terminal. Die Männer durften aussteigen und sich die Füße vertreten. Dann starteten sie wieder, überflogen den Strand und folgten in nördlicher Richtung der Küste. In der Dämmerung überquerten sie die riesige Sambesimündung, wo der Fluß die See mit dem Schmutz und dem Schlamm Rhodesiens färbte. Später, als die Sonne schon über dem Horizont stand, gingen die Flugzeuge tief über Mozambique-Insel herunter.

Von der Luft aus war die Insel sehr schön, knapp dreitausend Meter lang und sechshundert Meter breit und von einer klaren, jadegrünen See und Korallenriffen umgeben. Für einen Landestreifen war sie zu klein, deshalb landeten die Dakotas in Lumbo, einem Sandstreifen vor der Festlandsküste. Als sich die Türen öffneten, überfiel die erste Hitzewelle die Männer. Sofort standen Schweißperlen auf ihren Gesichtern. Ein paar Minuten später war das Metall der Flugzeuge so heiß, daß man es nicht mehr anfassen konnte. Heißer, mit Sand beladener Wind wehte über den Landestreifen.

Die Söldner stellten sich in ihre Kommandos auf, da die Ausrüstung zu überprüfen war. Munitionskisten und alle übrigen Packstücke lagen neben ihnen. Ein Mann von ungefähr vierzig in weißem Hemd und Shorts löste sich aus dem Schatten einiger Palmen und schlenderte über den Sand auf Faulkner zu.

»Willkommen«, sagte er in gutem Englisch. »Ich bin José Pereira. Ich soll Ihnen helfen, solange Sie hier sind.«

»Sind Sie vom P.I.D.E.?« fragte Faulkner.

Pereira zuckte die Achseln. »Ich habe mit den Leuten zu tun«, gab er zu, »aber hier auf der Insel werden Sie sehen, daß die Dinge ein wenig anders liegen. Früher einmal waren wir die Hauptstadt des ganzen Landes, jetzt sind wir vergessen. Und uns gefällt das.«

Er führte sie an einem winzigen Kontrollturm vorbei zu einigen wartenden Armeefahrzeugen. Die Männer stiegen ein, schwitzten und fluchten in der Hitze, die mit dem Höhersteigen der Sonne immer größer wurde. Pereira kletterte neben Faulkner in das Führungsfahrzeug und nickte dem Fahrer zu.

»Haben Sie ein Signal für mich erhalten?« fragte Faulkner.

»Ja. Limbani ist in Bewegung gesetzt. Unsere Information geht dahin, daß sie ihn morgen von Tansania her über den See bringen.

General Ndofa soll am folgenden Morgen hier ankommen, um seiner Hinrichtung beizuwohnen. Bis dahin wird Limbani in der Kaserne gefangengehalten. Balfour macht sich große Sorgen. Der Schlag muß nun zehn Tage vorgezogen werden. Sind Sie soweit?«

»Wir sind bereit«, erwiderte Faulkner ruhig. Er und Janders hatten so etwas mit eingerechnet.

»In diesem Fall sollen Sie hier auf das ›Los‹ warten. Malloy wird sein Flugzeug nach Lourenço Marques schicken und hält es dort bereit. Balfour erwartet in den nächsten paar Stunden eine Information, die bestätigt, wann Limbani in Albertville ankommen wird.«

Der Konvoi überquerte einen zwei Kilometer langen auf Stelzen über der See errichteten Damm und rumpelte auf die Insel. Sie donnerten eine schmale Pflasterstraße entlang. An den Haarnadelkurven blökten die Hupen, und die Reifen streiften das Bankett. Unter der Straße wuchs zu beiden Seiten ein Irrgarten von Hütten mit konischen Strohdächern. Die Straße fiel ab, und die Hütten wurden abgelöst von zweigeschossigen weißgestrichenen Häusern mit großen Holzläden und schweren Türen.

Pereira beobachtete Faulkner, der sich neugierig umsah. Am Nordende fuhren die Trucks unter einem massiven Fort vor. Pereira musterte es liebevoll. Er war stolz auf seine Insel. »Von hier aus müssen wir laufen«, sagte er. »Diese Festung wurde 1545 erbaut, und damals gab es ja noch keine Motorfahrzeuge.«

Zwei Posten zu beiden Seiten des offenen Tores standen stramm, als sie durchgingen in einen riesigen, sonnengebackenen Hof. Das Fort hatte die Form eines Schmetterlings mit ausgestreckten Flügeln und war auf drei Seiten von der See begrenzt. Die Kasernenräume lagen tief in den Steinmauern, und rostige Kanonen wachten oben auf den Brüstungen.

Die Männer bekamen zu essen, ihre Ausrüstung wurde verstaut, ein Funkgerät aufgestellt. Faulkner und Janders begannen zu senden und einkommende Nachrichten aus Lourenço Marques zu entschlüsseln. Der Tag ging weiter, die Sonne brannte. Kein Windhauch war zu spüren, und die Luft schimmerte in der Hitze so intensiv, daß jeder Atemzug die Lungen zu versengen schien und das Blut zu kochen drohte. Die Männer in ihren Kasernenräumen dösten oder schwitzten auf den schweißfleckigen Matratzen der Eisenbettstellen, die zum Ausruhen viel zu unbequem waren. Für jede Bewegung war es zu heiß. Immer wieder stolperten sie hinüber zu den Waschräumen und hingen unter den lauwarmen Salzwasserduschen. Sie wurden übellaunig und ungeduldig.

Am Spätnachmittag rief Faulkner den R.S.M. in sein Büro. »Ich denke, morgen nacht ist es soweit«, sagte er. »Sind die Männer bereit?«

Der R.S.M. stand stramm, sah makellos aus und hatte seine blassen, totenähnlichen Augen fest an Faulkners Gesicht hängen. Seine Perfektion und die Erbarmungslosigkeit, mit der er die Männer für den Einsatz gedrillt hatte, waren nur ein kleiner Beweis für die Liebe, die er für seinen Colonel fühlte.

»Ich hätte ja gerne noch ein paar Tage für sie gehabt, um die rauhen Ecken der Ausbildung abzuschleifen, Sir, aber sie sind soweit. Sir, ich sorge schon dafür, daß keiner Sie im Stich läßt. Jetzt wird es etwas kühler. Ich möchte vor Dunkelwerden noch ein wenig mit den Männern arbeiten. Das Warten geht ihnen auf die Nerven, und es ist besser, sie werden beschäftigt.«

»Sehr gut, R.S.M.«, sagte Faulkner. »Weitermachen.«

Er kletterte eine in die Wand gesetzte Treppe zu den Brüstungen hoch. Unter ihm drillte der R.S.M. seine Männer im Hof.

»Die meisten von euch erinnern sich an ihre Fallschirmausbildung«, schnitt die Stimme des R.S.M. durch den Hof. »Und die, die sich nicht erinnern, haben zwei Stunden Zeit, die Sache zu lernen. Vergessen Sie nicht, wenn Sie sich die Beine brechen, sobald Sie auf feindlichem Gebiet herunterkommen, gibt es keine wartenden Ambulanzen, keine Lazarette, kein Mitleid. Nur mich.« Seine blassen Augen glühten. »Und ich schicke eine Kugel in euch hinein, weil ihr mir, verdammt noch mal, mit einem gebrochenen Bein nichts nützt. Also aufpassen.

Sie kommen in drei Partien aus dem Flugzeug, also wie die drei Zacken einer Gabel. Sie werden nur ein paar Sekunden lang in der Luft sein, aber haltet euch, um Himmels willen, auseinander. Wenn ihr euch ineinander verheddert, ist's aus. Und vergessen Sie nicht, die Behälter werden abgeworfen, ehe Sie Grundberührung haben, aber nicht aus größerer Höhe als vierzig Fuß, sonst werfen Sie sie durch den Fallschirm eines anderen.

Sie«, pickte der R.S.M. einen Mann heraus. »Ja, Sie. Wie groß ist Ihr Reserveschirm?«

»Zweiundzwanzig Fuß, Sir.«

»Und wo ist der Ring für den Schnellauslöser?«
»Hier, Sir.«
»Gut. Wir gehen jetzt alles durch, was irgendwie schieflaufen könnte, und Sie sagen mir, wie man so etwas ausbügelt.«

Faulkner fand Janders, der über der Brüstung lehnte und über die See schaute. Er stellte sich neben ihn. Die Sonne ging unter und ließ den ganzen Horizont aufglühen.

»Der Sonnenuntergang hat etwas Trauriges an sich«, sagte Janders leise. »Man versucht immer, ihn aufzuhalten, die Farben einzufangen und die Stimmung festzuhalten, aber es gelingt einem nie.«

»Mir geht es genauso«, erwiderte Faulkner. Er verstand ihn. »Wenn ich vor einem Einsatz stehe, bemerke ich alles. Und alles bedeutet mir viel: das Rauschen der See, der Geruch der Luft. Plötzlich erscheint mir die Welt sehr schön, und ich verspreche mir, wenn ich je lebend herauskomme, werde ich nie mehr am Leben vorbeileben. Ich tu's trotzdem immer wieder. Bin ich nicht im Einsatz, fühle ich mich innerlich tot.

Ich habe nachgedacht«, fuhr er nach einer Pause fort. »Wenn dies vorüber ist, sollten wir uns vielleicht doch, wie du sagst, zur Ruhe setzen. Pereira sagt mir, seit die Häfen weiter oben an der Küste sind, stirbt diese Insel. Vielleicht sollten wir hierher zurückkommen. Wir könnten viel für die Insel tun. Sie hat alles. Sonne, die klarste See, die du je gesehen hast, in den Korallen kann man mit Speeren fischen, hinter dem Riff in der Tiefsee. Wir könnten dieses alte Fort in ein höllisch gutes Hotel umbauen, vielleicht sogar ein Kasino einrichten. Touristen würden dafür sorgen, daß die Insel lebendig wird.«

Janders kannte Faulkners alte Pläne, aber er brauchte etwas, woran er sich klammern konnte, und die Versuchung war groß. »Mein Junge könnte hier sehr gut aufwachsen«, gab er zu. »Aber den Gedanken an die Touristen finde ich nicht gut.«

»Nur die allerbesten«, versicherte ihm Faulkner. »Und wir könnten ein Boot kaufen und damit, wenn uns die Laune packt, die Küste entlangsegeln, oder hinaus zu den Vergessenen Inseln. Das ist ein herrlicher Fleck Erde zum Altwerden. Was meinst du? Und der R.S.M. würde gerne zu uns kommen.«

»Klingt gut«, brummte Janders. »Darüber reden wir weiter, wenn wir zurückkommen.«

Der Söldner im Funkraum brachte Faulkner eine Mitteilung. Er las sie im schwindenden Licht. »Die Operation läuft«, sagte Faulkner. »Abflug morgen abend einundzwanzig Uhr.«

Sonntag, 27. Dezember

Um achtzehn Uhr gab Faulkner seine letzten Anweisungen. Die Männer hatten sich im größten Kasernenraum versammelt. Die Spannung hing wie ein Summen in der Luft, und der R.S.M. gebot bellend Schweigen, als Faulkner eintrat.

»Wir gehen heute nacht in den Einsatz«, sagte Faulkner. »Ein Flugzeug nimmt uns in Lumbo auf. Abflug einundzwanzig Uhr.« Er drehte sich um und nahm die Abdeckung von den Karten an der Wand. »Nun kommt das, was Sie zu tun haben.«

»Crikey«, flüsterte ein Mann seinem Nachbarn zu, »ich dachte, wir greifen Rhodesien an.«

»Seid bloß verdammt froh, daß ihr das nicht zu tun braucht«, sagte Coetzee leise hinter ihnen.

Janders erklärte die Einzelheiten. Er stellte sich vor einer Karte großen Maßstabes von Albertville auf. »Wie Sie wissen, wurde der Einsatz vorverlegt. Limbani wird diesen Abend in die Militärkaserne eingeliefert, und von Ndofa nimmt man an, daß er morgen früh beim ersten Licht anfliegt. Um diese Zeit soll dann Limbani hingerichtet werden. Wir haben eben ein Signal erhalten, daß eine Gruppe Simbas in die Zone eingezogen ist. Sie wird auf zwei- bis dreihundert Mann geschätzt, und man hat sie in der Stadtmitte in Stellung gebracht. Hier ...« Er deutete auf die eine Seite der Karte. »Im alten Gefängnis. Ihre Anwesenheit ist nicht gerade unüblich, denn uns ist bekannt, daß Ndofa, wenn er in die Gegend kommt, gern zwischen der Armee und seiner paramilitärischen Polizei ein gewisses Gleichgewicht herstellt, um die Möglichkeit eines Putsches auszuschließen.

Für uns ist diese große Menschengruppe eine Gefahr. Aber wir haben dieses Problem studiert und unsere Pläne dementsprechend abgeändert.« Er wandte sich wieder zur Karte um und deutete mit einem Lineal. »Die Positionen von Flughafen, Militärkaserne und Gefängnis bilden ein Dreieck; die Spitze ist der Flughafen, Kaserne und Gefängnis sind die Grundlinie. Alle sind durch eine Straße miteinander verbunden, so daß wir jetzt vorhaben, die Waffenmeisterei und die Munitionslager in die Luft zu sprengen, wenn wir die Kaserne verlassen. Die Detonationen werden, so hoffen wir, die Simbas in panische Angst versetzen, so daß sie eiligst der Garnison zu Hilfe kommen. Das lenkt sie von uns ab und gibt uns den Weg zum Flughafen frei, so daß wir keinen Flankenangriff zu befürchten brauchen.

Der Erfolg dieser Operation hängt von Geschwindigkeit und Überraschung ab. Der Zeitplan ist überaus wichtig. Daran müssen Sie sich mit absoluter Genauigkeit halten. Jeder Positionswechsel muß auf die Minute klappen. Geht alles gut, sind wir weniger als drei Stunden dort im Gelände. Geht aber etwas schief, besteht wenig Aussicht für uns, lebend herauszukommen.«

Die letzte Besprechung war vorüber, und Faulkner stand vor seinen Männern. Es gelang ihm kaum, seine Erregung nicht zu zeigen. Die Tage der Vorbereitung hatten ein Band zwischen ihnen geschaffen, als wären sie schon lange Zeit zusammen. Er hatte sie gern. »Es ist ein guter Plan«, erklärte er. »Nichts wird schiefgehen. Viel Glück«, setzte er leise hinzu. »Die Trucks warten draußen.«

Der Konvoi rumpelte durch die engen Straßen. Die Insel schien verlassen, als habe man den Leuten gesagt, sie sollten in ihren Häusern bleiben. Sie fuhren über den Damm zum Landestreifen und hielten vor der riesigen Lockheed Hercules an, deren schattenhafter Umriß das winzige Rollfeld zu beherrschen schien. Das Flugzeug hatte Extratreibstoff geladen, und eine Bodenmannschaft pumpte die Tanks voll. Die Männer wurden aufgerufen und abgezählt, und noch einmal wurde die Ausrüstung nachgeprüft, als die Männer darauf warteten, an Bord zu gehen. Der R.S.M. war unermüdlich.

Pereira führte Faulkner zur Seite. »Ich habe eine Botschaft an Sie, die ich außerordentlich bedaure«, sagte er, und sein Gesicht war von Sorgenfalten durchzogen. »Geht alles gut, erwartet man von Ihnen, daß Sie unsere Grenzen nicht später als acht Uhr morgens, also morgen früh, wieder überschreiten. Sind Sie um diese Zeit noch nicht über der Grenze, fürchte ich, daß sie für Sie und Ihre Männer gesperrt wird. Es tut mir unendlich leid, Ihnen das sagen zu müssen, aber Sie verstehen, daß ich diese Mitteilung weiterzugeben hatte.«

»Was meinen Sie genau damit, wenn Sie sagen, daß die Grenzen geschlossen werden?« fragte Faulkner kalt.

»Das heißt, falls Sie versuchen, auf dem Luftweg nach dieser Zeit die Grenze zu überqueren, werden Sie abgeschossen. Versuchen Sie es zu Fuß, werden unsere Grenzpatrouillen alarmiert, um Sie aufzuhalten. Sie verstehen doch, wenn Sie keinen Erfolg haben, müssen wir vor den Augen der Welt makellos dastehen.«

Es war aufgetankt, und die Männer gingen an Bord.

»Wir werden vor acht Uhr zurück sein«, sagte Faulkner. Abrupt drehte er sich um und folgte seinen Männern.

»Viel Glück!« rief ihm Pereira nach. »Ich werde für Ihre sichere Rückkehr beten.«

Faulkner trat unter der Hecktür zu Janders. Ein paar vielversprechende Wölkchen schwammen wie kleine Wellen am Himmel. Und zwischen ihnen hing ein riesiger gelber Mond wie ein Schiff auf ruhiger See.

»Der Mond ist nicht gut für uns«, flüsterte Janders. »Man wird unseren Absprung beobachten können.«

»Dann bete um Wolken über dem Kongo. Für heute nacht wenigstens«, antwortete Faulkner.

Die Türen wurden geschlossen, und eine nach der anderen der vier riesigen Allison-Maschinen dröhnte hinaus. Die Kabine war sehr hell. Fenster gab es nicht, und der Rumpf war dick gepolstert. Die Männer waren bereit. Sie trugen dunkle Dschungeltarnanzüge mit geschwärzten Stoßkanten. Sie saßen einander gegenüber auf Segeltuchsitzen und umklammerten ihre Packs. Die Spannung war von ihren Gesichtern abzulesen. Das Flugzeug rollte bis zum Ende des Streifens.

»Jetzt haben wir's«, flüsterte Taffy Williams. »Der große drekkige Vogel kommt hier nie raus.«

»Willst du endlich die Klappe halten?« flüsterte Tosh Donaldson nervös zurück. »Ist doch auch gelandet, oder nicht?«

»Das war aber, bevor wir an Bord gingen, Junge.«

Die Maschinen jaulten ohrenbetäubend schrill. Die Hercules schaukelte vorwärts, als die Propeller in die Luft bissen. Plötzlich rannte sie, beschleunigte, jagte über den Sand. Die in der Kabine eingesperrten Männer warteten nervös und konzentrierten sich auf den Lärm der Räder, die über die Unebenheiten des Streifens bumperten. Das Flugzeug tat einen Satz, als sei es über einen dikken Hoppel gehüpft. Dann spürten sie, wie es sich in die Luft hob und in den Steigflug ging.

Ein junger Pilot in pelzgefütterter Fliegerjacke und einer verwegen auf den Kopf gestülpter Mütze ging die Kabine entlang.

»Faulkner?« fragte er. Der R.S.M. deutete weiter nach rückwärts.

»Colonel Faulkner?« fragte der Pilot, und Faulkner nickte. »Sie sind also Ihr eigener Sprungmeister«, bestätigte der Pilot.

»Ja«, antwortete Faulkner kurz. Er hatte andere Dinge im Kopf.

»Wir haben über den Türen Sprunglichter angebracht. Neben der Starbordtür gibt es eine Telefonverbindung zum Flugdeck. Das Licht wird aufleuchten, wenn der Skipper mit Ihnen sprechen will. Er wird Sie wissen lassen, wenn wir eine halbe Stunde vor der Absprungzone sind. Okay. Sonst noch etwas?«

»Ja. Liegen wir zeitlich richtig?«

»Es herrscht starker Gegenwind, aber wir liegen gut. Sind Ihre Männer bequem untergebracht? Ich fürchte, wir haben nichts für sie.«

»Das ist schon in Ordnung. Ich möchte gerne mit dem Kapitän sprechen.«

»Ich sage dem Skipper, er soll sich melden, wenn er frei ist. Sie brauchen nur Ihrer Nase zum Flugdeck zu folgen.« Der junge Pilot ging den Mittelgang entlang.

Neben Shaun blieb er stehen. »He, Shaun«, sagte er erfreut, »was tust du hier? Ich hörte zuletzt, du seist in London Gigolo.«

Shaun blickte auf. »Jerry«, erwiderte er bedrückt. »Ich wollte, ich wüßte es. Und was tust du in dieser Kluft?«

»Ich hab's mit einer Luftlinie versucht, aber das war ungefähr so wie wenn man eine Busroute fliegt. Außerdem mache ich Frachtflüge für Malloy. Du mußt unser Mann im Tower sein. Hast du das Layout vom Flugplatz studiert?«

Shaun nickte.

»Dann weißt du ja auch, daß es ein verdammt elender Platz zum Landen ist. Ich fliege sehr tief über dem See an. Vielleicht sind Wolken da, also mußt du auf meine Positionslichter aufpassen. Ich verlasse mich auf dich, daß du mich sicher runtersprichst. Um Himmels willen, flieg mich bloß nicht in einen von diesen Bergen hinein.«

»Ich bring dich schon runter«, sagte Shaun.

»Ja, das wirst du auch«, bestätigte Jerry. »Ich bin ja eure einzige Chance, daß ihr hier wieder rauskommt. Ich muß nur zuerst deinen Colonel durchkriegen, dann kommst du zum Flugdeck. Es gibt Kaffee. Hast du je einen solchen Job geflogen?«

»Nie. Sag mal, sind sie so gut, wie es heißt?«

»Besser. Trotz ihrer Größe sind sie leicht zu behandeln wie ein Mini, und mit ihren J.A.T.O.-Raketen ziehen sie ab wie noch was. Ich muß mit dem Skipper reden.«

»Kenne ich den?«

»Nein. Er war früher bei der Lufthansa. Guter Pilot. Dem macht es nichts aus. Hier oben haben wir Platz genug.« Jerry sah Shaun nachdenklich an. »Für einen Mann, der damals geschworen hat, nie wieder Kopf und Kragen zu riskieren, tust du die merkwürdigsten Dinge.« Er ging weiter zum Flugdeck.

Eine halbe Stunde vor Erreichen der Absprungzone wurden die Kabinenlichter heruntergeschaltet, um den Augen der Männer das Anpassen an die Dunkelheit zu erleichtern. Die Türen schwenkten einwärts und wurden in Position festgehalten. Die Kabine füllte sich mit dem Lärm der Maschinen und des Flugwindes. Die den Öffnungen am nächsten waren, schreckten vor der leeren Dunkelheit draußen zurück.

Jetzt waren alle Männer wach, und Spannung baute sich auf. Einige schwiegen. Ihre Ängste behielten sie für sich. Andere rissen Witze und lachten laut, ein wenig zu laut. Jeremy überlegte, wer ihn wohl vermissen würde. Er versuchte zu zählen und war von der ehrlichen Antwort erschüttert. Einige Männer beteten, und Janders war unter ihnen.

»O Gott«, flüsterte er in seinen Bart. »Vor dir sitzt ein Heuchler, denn du weißt, daß du nur dann von mir hörst, wenn ich in der Klemme stecke. Nun, Herr, heute habe ich mehr Angst als ich je in meinem Leben gehabt habe. Herr, vielleicht werde ich alt, aber jetzt brauche ich dich ganz dringend. Also bleib ein Weilchen bei mir.«

Shaun war übel. Er war noch nie vorher gesprungen. Es war schon schlimm genug bei Tageslicht, wenn man Himmel und Erde sehen konnte, aber sich in eine rauschende Dunkelheit fallen lassen – das war unnatürlich. Sein Geist wanderte zurück zum Strand, er sah Gabby weggehen. Einmal hätte sie sich doch wenigstens umdrehen können, ihm nachwinken. Sie hatte ihm nicht einmal gesagt, daß sie ihn liebte.

Peter starrte in den Raum. Sein Gesicht war unbeweglich. Ihn hatte eine große, einsame Traurigkeit gepackt. Er dachte an die Ranch in Rhodesien, die er mit dem Geld kaufen würde. Er sah sie nach der Regenzeit, wenn sich das hohe Gras im Wind wiegte und das Rindvieh zwischen den verkrüppelten Mopanibäumen weidete. Ihr Fell sah im Sonnenlicht fleckig aus. Er sah sich am Ende des Tages zum Farmhaus zurückkehren, aber leider war es leer. Er war ein Mann mit sehr viel Liebe in sich, und er brauchte jemanden, dem er sie schenken konnte.

Neben ihm saß Jock McTaggard mit dem roten Haar und der Hakennase. Er war Nummer zwei in Peters Kommando geworden. Der große, grobknochige Mann war ein Profi der alten Schule, ein früherer Unteroffizier der Black Watch. Während der Ausbildung hatten die beiden sehr gut zusammengearbeitet. Worte waren zwischen ihnen überflüssig, da sich eine schöne Freundschaft entwickelt hatte. Er fing Peters Blick auf und grinste. Sein heißes Blut brodelte bei der Aussicht auf den Einsatz.

Peter lächelte ihm zu, dann zog er sich wieder in sich selbst zurück. Einmal war da ein Mädchen gewesen, es war schon lange her, schien ihm. Peter wollte sie heiraten, aber sie hatte ihm einen Korb gegeben. Er holte sie aus der Dunkelheit seines Geistes heraus und schritt eine Weile neben ihr her.

Fünfzehn Minuten zur Absprungzone. Die Männer schmierten sich die Gesichter dunkel an. Faulkner stand auf und blieb im Mittelgang stehen.

»Fertig zum Einsatz!« schrie er.

Das Flugzeug ging schnell in den Sinkflug über. Die Männer befestigten ihre Behälter am unteren D-Gurt ihrer Fallschirmgurte, so daß sie sich um ihre Knie spannten.

Zehn Minuten vor der Absprungzone rief Faulkner: »Alles auf und aufschließen!«

Jeder Mann faßte den Abzug und hängte ihn an einem der drei Kabel ein, die von der Decke der Kabine herabhingen.

Faulkner gab das Kommando »Ausrüstung überprüfen«, und jeder Mann überzeugte sich vor ihm davon, daß sein Haken sicher eingehängt, sein Behälter ordentlich befestigt war, daß vor allem seine Fallschirmgurte makellos gesichert waren. Der R.S.M. ging schnell zwischen den Männern herum und überzeugte sich davon, daß sie ihren Abzug am richtigen Kabel eingehängt hatten. Er zog an den Haken der letzten beiden Männer jeder Reihe, musterte schnell die Ausrüstung und tippte dem einen auf den Rükken.

Sie zählten ab. »Fünfzig. Okay.« »Neunundvierzig. Okay.« »Achtundvierzig. Okay.« Alles in der Kabine schien zu rattern. Sie fielen durch Wolken, und für ein paar Augenblicke waren die Öffnungen weiß. Es war bitter kalt. Trotzdem schwitzten die Männer unter ihren Tarnanzügen. Rücken und Beine schmerzten von den Harnischen und dem Gewicht der Ausrüstung.

»Eins, okay«, schrie Janders und beendete damit das Abzählen. »Ausrüstung, okay.« Noch drei Minuten zum Punkt Null. »Auf Einsatzstation!« rief Faulkner. Die Männer taten einen schlurfenden Schritt vorwärts zur Öffnung; zuerst kamen die jungen Offiziere, ihnen folgten die Unteroffiziere; der R.S.M., Janders und Faulkner nahmen ihre Positionen an den Türen ein und beobachteten die Lichter. Niemand sprach. Der Lärm war betäubend. Das schnell sinkende Flugzeug ließ die Mägen hinter sich zurück.

Das Flugzeug ging in den Horizontalflug über. Die Maschinen wurden gedrosselt. Funkenwolken flogen im Luftstrom vorbei.

O mein Gott, dachte Shaun verzweifelt, mein Fallschirm fängt ja Feuer.

Das rote Licht blitzte auf. »An der Tür stehen«, schrie der Abfertiger. Shaun schaute flehend den R.S.M. an, der ihn gar nicht bemerkte. Er beobachtete die Lichter.

Jeremy hing in der Türöffnung; seine Hände klammerten sich an die Seiten, Kopf und Schultern waren draußen in der vorbeiströmenden Nacht, ein Schild schützte ihn vor dem direkten Luftstrom. Das Flugzeug schien in der Luft zu hängen.

Dann ging blinkend das grüne Licht an. Die Abfertiger gaben ihren Männern einen Schlag auf die Schulter. »Los!« Die Männer ließen sich in den Raum fallen. Shaun zauderte. Hier geh ich nicht raus, dachte er, als er in die Nacht hinausschaute. Eine Faust stieß ihn an. Er sprang in die Dunkelheit und versuchte die Funken zu vermeiden.

Die nächste Gruppe schob sich zur Öffnung vor und sprang in die Nacht. Es ging schnell. Die Abstände betrugen nur etwa eineinhalb Sekunden zwischen den einzelnen Männern. Die Abfertiger schrien »Los! Los! Los!« Der Pilot drosselte die Maschinen weiter, als das Flugzeug leichter wurde.

Der Luftstrom traf Peter wie ein Schlag. Er fühlte, wie er durch die Luft gewirbelt wurde, als seine Reißleine ablief. Eine Sekunde später kam der riesige Ruck quer über seinen Körper. Erleichtert schaute er auf und sah den dunklen Baldachin des sich öffnenden Fallschirms. Er zog den Ring, und der Behälter lief an einer Leine aus und hing nun fünfzehn Fuß unter ihm.

Shaun kam oben schlecht ab. Er ließ sich, Kopf voran, wie ein Stein fallen, als der Luftstrom ihn traf. Er begann sich zu drehen. Die Reißleine lief ab. Der Fallschirm öffnete sich, der Ruck zerrte an seinen Schultern. Plötzlich richtete er sich auf. Er fühlte, wie seine Beine unter ihn fielen. Er schaute in die Höhe. Er fiel zu schnell. Über ihm hatten sich die Fallschirmschnüre überkreuzt, der Fallschirm sah aus wie der Büstenhalter einer Frau, er fiel noch schneller.

Jemand ganz in der Nähe schrie ihm etwas zu. Er wagte nicht umzuschauen. Er öffnete den Mund, aber er brachte nur einen Angstschrei heraus. Er fiel so schnell, daß seine Stimme zurückblieb. »Schirm ziehen!« verstand er, doch sein Gehirn schien gelähmt zu sein. Er konnte nicht mehr denken, was das bedeutete. Der Boden unter ihm jagte ihm entgegen.

Plötzlich wußte er es. Seine Finger rissen an der Reißleine des Reserveschirms. O Gott, betete er, als er vor ihm zu einem Kissen wurde. »Bitte, laß ihn nicht mit dem anderen durcheinanderkommen, sonst sacke ich ab wie ein Stein.«

Dann kam wieder ein Ruck, der seinen Fall bremste, als der andere Fallschirm griff. Dankbar schaute er nach oben und betete. Der zweite Schirm hatte sich klar vom Hauptfallschirm geöffnet. Der Instinkt sagte ihm, daß er immer noch zu schnell fiel. Er ließ den Behälter fallen und hoffte, daß keiner unter ihm war. Sein Sturz verlangsamte sich.

Die letzten drei Männer sprangen. Die Kabine sah nun merkwürdig leer aus. Der junge Pilot stand am Telefon. Faulkner hakte seinen Abzug ein, prüfte ihn nach und grinste Janders und den R.S.M. an, die das gleiche taten wie er, dann sprang er.

Ein paar Sekunden später schwebte Faulkner leicht nach unten. Er hörte, wie der Flugzeuglärm zunahm, als es stieg und wegflog. Die Navigationslichter wurden eingeschaltet, und der Pilot dippte grüßend die Schwingen, ehe er in der Dunkelheit verschwand.

Faulkner fühlte sich wohl. Viel besser, als er sich seit langem gefühlt hatte. Er fühlte sich frei, trieb im Raum zwischen Himmel und Erde, weit weg und frei von den Banden der Gesellschaft, die ihn eingeschnürt und mit der Eintönigkeit des Alltagslebens gefesselt hatten. Er hörte den Wind in den Schnüren singen. Über ihm lugte der Mond durch die Wolken und tauchte ihre Ränder in schimmerndes Licht. Die Sterne waren hell und klar. Fast bedauerte er es, als er den Boden berührte.

16

Montag, 28. Dezember, 1 Uhr nachts

Peter sammelte sein Kommando um sich, dann dachte er an Shaun und fand ihn am Boden sitzen, den Kopf in den Händen.

»Ist das deiner?« fragte er ihn und warf ihm den Behälter zu. Shaun nickte, ohne aufzusehen. »Du Bastard«, flüsterte ihm Peter wütend zu. »Fast hättest du ihn mir an den Kopf geschmissen.«

Shaun schaute auf. Er zitterte noch immer. »Nichts wird mich je dazu bringen, das wieder zu tun«, erklärte er entschieden.

»Ich dachte, alle verdammten Piloten wüßten, wie sie abspringen müssen.«

»Wir wissen's besser. Du findest keinen von uns da oben ohne ein Paar Schwingen mit verdammt starken Maschinen dran.«

Jeremy kam zu Peter. »Laß ihn doch in Ruhe. Fast hätt' es ihn erwischt.«

Dunkle Umrisse kamen aus dem ganzen Landegebiet heran. Es war sehr ruhig, in den umliegenden Bergen brannten keine Lichter. Schnell packten die Männer ihre Behälter aus, prüften ihre Ausrüstung nach und stellten sich zu ihren Kommandos auf.

Ein Dreiviertelmond spielte mit Regimentern dunkler Wolken, die am Himmel aufgezogen waren, füllte die leeren Flecken aus und übergoß den Busch mit blaßgelbem Licht. Faulkner kam heran.

»Kommando Nummer eins alle da und in Ordnung, Sir«, berichtete der R.S.M. ruhig.

»Nummer zwei alle da und in Ordnung«, meldete Janders. Das war so seine Gewohnheit. Er nannte keinen ›Sir‹.

»Nummer drei alle da und in Ordnung, Sir«, sagte Jeremy.

Der Mond verschwand hinter einer Wolkenbank, und Dunkelheit fiel über sie. Erleichtert atmeten die Männer auf.

»Kommando Nummer vier alle da und in Ordnung, Sir«, sagte nun Peter.

»Kommando Nummer fünf alles da und in Ordnung, Sir«, meldete Shaun.

»Ich hörte, du bist ein wenig hart runtergekommen«, sagte Faulkner. »Jetzt alles in Ordnung?«

»Jawohl, Sir.« Noch nie hatte sich der Boden unter Shauns Füßen so gut angefühlt.

»Gut. Alle Offiziere zu mir. Der Rest macht eine Pause. Vergrabt eure Fallschirme und die Behälter. Ich will, daß der Job gut getan wird. Weitermachen, R.S.M.«

Die Offiziere versammelten sich um Faulkner.

»Wir sind zwölf Minuten hinter unserem Zeitplan zurück. Alle Uhren werden nach der meinen gestellt. Alles bereit? In zehn Sekunden ist es ein Uhr und zwölf Minuten. Sechs, fünf, vier...

Haben's alle? Gut. Wir lassen euch wissen, wenn wir Limbani haben. Viel Glück, Gentlemen. Ich möchte gerne denken, daß Gott mit uns war. Jedenfalls bin ich überzeugt, daß er nicht viel gegen uns hat.«

Die Kommandos von Shaun und Jeremy zogen zuerst ab. Fünf Minuten später folgten die anderen Kommandos. Je zwei Mann dieser Gruppen schleppten zwei Plastikzylinder Cyanidgas von siebzehn Pfund Gewicht auf dem Rücken mit. Die anderen Männer übernahmen dafür deren Gerät. Peter schlang sein Gewehr über den Rücken. Er hatte einen gefährlich aussehenden Bogen im Arm. Die Pfeile hingen in einem ledernen Köcher an seiner Seite.

Sie waren nun an der Nordseite von Albertville und kamen durch die Hügel, dem See entgegen. Hintereinander und wo immer es möglich war, auf dem Pfad, kamen sie rasch vorwärts. Als sie sich der Stadt näherten, mußten sie um abgeerntete Maisfelder herumgehen. In den dunklen Dörfern der Täler bellten Kaffernhunde.

Sie ließen sich nicht aufhalten. Es war ein Land, in dem nur wenige Leute nach Dunkelwerden das Haus verließen, da sie die betrunkenen Simbas fürchteten. Die Spur fiel steil ab, und sie folgten ihr zu einer schmalen Staubstraße. Faulkner hielt an, um auf seiner Karte nachzusehen. Schweigend gingen die Männer zu beiden Seiten in Deckung. Faulkner schaute auf die Uhr. Sie holten Zeit auf. Die schmale Straße war eine Seite des Dreiecks und führte zu den Militärkasernen. Die Spur auf der anderen Seite des Dreiecks ging zum Flughafen. Es war, als seien die Söldner direkt im Mittelpunkt des Dreiecks heruntergekommen. Die Grundlinie verband die Kaserne und den Flugplatz.

Vor der Unabhängigkeit war dies eine ziemlich gute Straße gewesen, doch in der Verwirrung danach hatte man sie vernachlässigt. Bei den in dieser Gegend üblichen Regenfällen wurde jede vernachlässigte Straße in Kürze eine mit Schlaglöchern übersäte Spur.

Die Söldner fächerten sich zu beiden Seiten der Straße auf. Nun war der Mond hinter den Wolken verschwunden, und da auch die Sterne verdeckt waren, wurde die Nacht dunkel. Üppige Vegetation hatte die Spur überwuchert und streifte die vorübergehenden Männer.

Für die Männer an der Ostspitze hatte es zu regnen begonnen. Erst ganz leicht, dann aber kam die Nässe in großen Tropfen herunter. Shaun blickte besorgt nach oben und schätzte die Sichtmöglichkeit. Eine Landung auf dem Flughafen von Albertville war schon an sich schwierig genug, um so mehr als vermutlich die Landebahnen auch nicht besser aussahen als die Straßen. Wenn das Wetter ganz zumachte...

Von der Spitze aus wurde eine Mitteilung zurückgegeben. Ehe sie Faulkner erreichte, hörte er in der Ferne das Geräusch eines Lasters, der durch die Schlaglöcher mahlte. Sie hatten gerade die Regenzone erreicht, und die Tropfen schlugen an ihre Helme. Der Boden unter ihnen wurde schlüpfrig. Wind folgte, der in den dunklen Bäumen sang wie ein Bach, der ihnen entgegenrauschte.

Die Lichter des Lasters glühten kurz vor den jagenden Wolken. Die Männer verschmolzen zu beiden Seiten der Straße mit der Nacht. Faulkner beobachtete den näherkommenden Laster. Die Lichter hüpften, als er sich seinen Weg durch die Schlaglöcher suchte.

Der Wind pfiff, der Regen drosch herab. Der Laster war nun fast auf ihrer Höhe und rutschte seitlich ab, als die Räder sich leer im Schlamm drehten. Im reflektierten Licht sah Faulkner an der Tarnbemalung, daß es ein Armeelaster war. Hoffentlich bleibt er nicht ausgerechnet hier stecken, flehte er in Gedanken. Der Fahrer schaltete einen Gang herunter und versuchte mit Beschleunigen aus dem Schlamm herauszukommen. Aber er verlor die Kontrolle über das Fahrzeug. Der Laster streifte die Böschung, versuchte sie zu nehmen, sackte zurück in den Graben und blieb im Schlamm hängen.

Die Söldner warteten, während der Fahrer freizukommen versuchte, aber die Räder sanken immer tiefer ein. Der R.S.M. entdeckte, daß seine Hände sich um ein imaginäres Lenkrad klammerten, um das Vehikel aus dem Schlamm herauszuholen.

Der Fahrer stieg aus, ging um den Laster herum, stolperte und fluchte auf den Regen und die Dunkelheit. Zornig trat er gegen einen Reifen. Faulkner schaute zum drittenmal auf die Uhr. Der Sturm zog vorüber, der Regen ließ nach. Der Mond lugte durch die dünner werdenden Wolken. Natürlich konnten sie versuchen, durch den Busch um den Laster herumzugehen, doch das würde höllischen Lärm machen, und in der Finsternis konnte leicht ein Mann verlorengehen.

Der Fahrer schrie einer Person im Führerhaus etwas zu. Ein kurzer Wortwechsel folgte. Der Fahrer stieg ein, kurbelte das Fenster hinauf und schaltete die Scheinwerfer aus.

Der R.S.M. robbte auf dem Bauch zu Faulkner. Er machte die Bewegung des Halsabschneidens. Faulkner schüttelte den Kopf und deutete an, daß er die Rückseite des Fahrzeuges untersuchen sollte.

Peter lag an Faulkners anderer Seite. Er griff hinüber und berührte die Schulter des R.S.M., um ihm zu bedeuten, er solle warten. Dann bewegte er sich, gefolgt von McTaggart, leise auf die Straße hinaus. Sie warteten und lauschten neben der mit einer Plane bedeckten Ladefläche des Lasters. Dann deckte McTaggart Peter, als dieser eine Planenklappe aufhob. Einen Moment später erschien Peter und bedeutete, daß dort alles klar sei. Die Fenster des Fahrerhauses waren dick beschlagen. Die Männer drinnen schienen sich's für die Nacht bequem gemacht zu haben. Die beiden Söldner bezogen Stellung an den Türen des Fahrerhauses. Eine unerwartete Bewegung der Männer drinnen hätte ihren sofortigen Tod zur Folge gehabt. Lautlos zogen die Söldner vorbei. Peter und McTaggart lösten sich vom Fahrzeug und folgten den anderen.

Der Regen hörte so plötzlich auf, wie er begonnen hatte. Donner rumpelte in der Ferne. Blitze rissen den Himmel auf und zuckten in die nahen Hügel. Janders war diese Straße in fast dem gleichen Wetter gegangen, aber vor vielen Jahren, als Limbani während der Kriege, die der Unabhängigkeit des Kongo folgten, um das Überleben seines Landes kämpfte. Damals war Ndofa der Oberbefehlshaber, der Limbanis Vertrauen hatte. Janders und Faulkner hatten deren Armee organisiert. Die Geister der seit langem toten Gefährten dieser Zeit gingen neben Janders her. Die Aussicht auf den Einsatz erregte ihn nicht sonderlich, denn er war tropfnaß, und seine Knochen schmerzten. Aber ohne die verschleiernde Gemütsbewegung der Erregung arbeitete sein Gehirn wie ein Computer.

Wieder schaute Faulkner auf seine Uhr und schirmte das Leuchtzifferblatt mit der Hand ab. Sie hinkten hinter ihrem Zeitplan drein. Die Männer drängten voran, so gut sie konnten, und sie schwitzten unter ihrer Ausrüstung. Die warme, feuchte Luft schlug ihnen ins Gesicht, ihre Füße rutschten über die nasse, schlammige Straße, und ein Mann, der in ein morastgefülltes knietiefes Schlagloch gestolpert war, fluchte erbittert. Die anderen lachten dazu leise. Die Unteroffiziere warnten die Männer, leise zu sein, und trieben sie an.

Faulkner schickte nach Peter. Er war so sicher auf den Füßen wie eine große Katze und tauchte lautlos aus der Nacht auf.

»Hast du eine Ahnung, was der Laster da gemacht hat?« fragte Faulkner.

»Nein, keine Ahnung. Die hatten Erdnüsse geladen. Ein paar gefällig?« Er hatte sich die Taschen gefüllt.

»Wahrscheinlich nur eine Spielerei, und sie benützen dazu Armeetransporter, Sir«, meinte der R.S.M.

Faulkner schaute wieder auf die Uhr. Jetzt mußte die Hercules in Burundi landen. Die Spitze bog um eine scharfe Ecke. Links und rechts erhoben sich steile Hügel. Die Straße war durch einen Einschnitt im Gelände geschlagen worden, und die unbefestigten Böschungen krümelten weg. Faulkner entdeckte einen Platz für einen Hinterhalt. Er konnte sich jedes Terrain einprägen und es wie eine Landkarte in seinem Gehirn aufbewahren. Ein paar tausend Fuß über ihnen brach ein scharfer Wind die Wolken auf. Zwischen ihnen kam und ging das Licht des Mondes und ließ in kurzen Blitzen die Umrisse der Männer erkennen.

Von der Spitze kam eine Meldung. Sie näherten sich jetzt den Kasernen. Faulkner ließ die Männer langsamer weitergehen. Links führte eine schmale Spur steil zu einem kleinen Plateau, auf dem in der kühleren Luft und mit Blick auf den See die kleinen, weißen, dunklen Häuser der älteren Offiziere standen, die nicht in den Kasernen wohnten.

Links davon wand sich ein schmaler, steiniger Fußweg hinab zu einem Irrgarten von Hütten und Blechbaracken, in denen die Soldatenfrauen und verschiedene Campleute wohnten. Hungrige Hunde bellten. Vorne gab es Unruhe und das Geräusch trommelnder Hufe. Die Meldung kam, zu beiden Seiten des Weges grase eine Ziegenherde. Die Hunde bellten lauter. Die Spitze versuchte an den Ziegen vorbeizukommen, aber die liefen vor ihnen her und blieben alle paar Schritte stehen, um neugierig umzuschauen. Sie genossen das Spiel offensichtlich.

»Wenn wir damit nicht alle aufwecken, dann verdienen sie's nicht besser als sie's bekommen«, murmelte Janders hilflos.

Faulkner ließ die Kolonne anhalten und schaute auf seiner Karte nach. Jetzt konnten sie nur noch ein paar hundert Yards von den Kasernen entfernt sein. Natürlich würden die Ziegen sie praktisch am Haupttor anmelden. Die Männer lagen an den Böschungen zu beiden Seiten der Straße.

»Wir haben die Telefonleitungen gefunden, Sir«, meldete ein Unteroffizier aus der Dunkelheit heraus.

»Durchschneiden«, befahl Faulkner. Er schickte eine Meldung an die beiden Spitzenmänner, sie sollten erkunden.

Aus den Blechbaracken unten ließ sich eine Männerstimme vernehmen. Die Worte wurden in die Länge gezogen, so daß sie weit trugen.

»Was sagt er?« fragte Faulkner.

Peter lauschte. »Da ist irgendwo hier oben ein Ziegenhirt. Vermutlich schläft er.«

»Nur ein Kongolese kann unter diesen Umständen schlafen«, murmelte Faulkner. »Such ihn.«

Die Stimme rief weiter. Peters Kommando fächerte sich auf und suchte den Ziegenhirten. Von weit vorne antwortete schließlich eine verschlafene Stimme. Faulkner rief Peter zurück.

»Laß es sein«, befahl er. »Die Spitze kriegt ihn schon. Was sagt er?«

»Alles okay«, übersetzte Peter.

Der Mann unten fluchte auf die Hunde. Für einen Augenblick war Faulkner versucht, ein Kommando zu den Offizierswohnungen zu schicken. Das wäre ein sauberes Aufräumen gewesen. Doch er ließ den Gedanken fallen. Ein paar Offiziere waren kaum eine Drohung für die Flanken, und er hatte es sich zur Regel gemacht, niemals vom Hauptplan abzuweichen, sobald dieser einmal angerollt war.

Die Spitze machte wieder Meldung. Das Ziel lag nun vierhundert Yards vor ihnen und war von einem freien Hundert-Yard-Gelände umgeben, auf dem jetzt die Ziegen grasten. Die Baracken selbst lagen in einer kleinen Senke auf sonst ebenem Grund. Die Todeszone erstreckte sich zu beiden Seiten der Senke bis zum dichten Busch. Dieses Gebiet wurde ständig abgegrast, und deshalb war das Gras zu kurz, als daß ein Mann ungesehen hätte durchrobben können. Die Spitze hatte Ziegensteige gefunden, die von der Straße durch den dichten Busch zur Todeszone führten. Der Ziegenhirte war tot.

Faulkner schaute auf die Uhr. Sie waren siebzehn Minuten hinter ihrem Zeitplan. Bald würde das Flugzeug Burundi verlassen. Die Spitze führte die Kolonne über den Ziegensteig. Der Busch war hoch und so dicht, daß sie ohne den Steig ihren Weg hätten freihacken müssen. Der Regen hatte den Steig zu einem Kanal gemacht. Er führte über einen Hügel und direkt in die Mulde hinein. Die Deckung war gut. Die Spitze gab ein Signal. Lautlos fächerten sich die Männer auf, hockten sich auf die Fersen und warteten.

Peter und Faulkner huschten zum Rand der Todeszone. Dort gab es Felsblöcke und Krüppelbäume, und dazwischen wuchs Elefantengras. Janders stellte Radiokontakt mit der Nachhut her, die an der Straße zurückgelassen worden war. Alles war klar und ruhig.

17

Montag, 28. Dezember, 2 Uhr morgens

Faulkner musterte das Gelände unten und reichte Peter sein Nachtglas. Die Kasernengebäude waren lange, dunkle, hölzerne Nissenhütten mit Wellblechdächern. Sie standen im rechten Winkel zueinander und nahmen drei Seiten eines Quadrats ein. Ein Teil des Quadrats war ein betoniertes Exerzierfeld. Die Waffenmeisterei war in einem niederen Betonbau untergebracht, lag in der fernsten Ecke und war mit einem eigenen Drahtzaun umgeben. Das Wachhaus war ein Ziegelbau und lag an der einen Seite des Haupttores. An der anderen Seite war eine einzelne, kleinere Nissenhütte, die als Schreibstube diente.

Um das ganze Gelände war ein zehn Fuß hoher schwerer Maschenzaun gezogen, der oben zwei Fuß hoch mit Stacheldraht gesichert war. Innerhalb der Kaserne waren Flutleuchten angebracht, die wohl den ganzen Zaun und die unmittelbare Umgebung ausleuchten sollten. Etliche Lampen mußten jedoch ausgebrannt sein und ließen Schattenflecke zurück.

An der Nord- und Südseite des Drahtzaunes standen auf Stelzen eine Art Wachtürme mit einer offenen Plattform etwa dreißig Fuß über dem Boden. Sie waren mit einem auf zwei dicken Schienen ruhenden Strohdach geschützt. Der einzige Zugang befand sich innerhalb des Drahtzaunes. Ein paar zehn Fuß hohe Leitern waren übereinandergesetzt.

Die Söldner befanden sich an der Nordseite der Kaserne. Die Südseite schaute zur Stadt, die einige Meilen entfernt war. Peter studierte die Wachtürme sehr sorgfältig. Er vergewisserte sich, daß nur drei der Türme bemannt waren, zwei am Ost- und Westende der Nordseite, und einer an der Südseite, von dem aus der Ostzaun einzusehen war. Beim Wachraum am Haupttor mußten Posten stehen. Die beiden Posten vom Ostzaun schienen zu schlafen. Der Posten, der den nördlichen und westlichen Zaun zu überwachen hatte, war wach und lehnte rauchend an einem Dachpfosten. Er würde der erste sein.

Peter ließ das Glas sinken. Er nickte Faulkner zu und pfiff leise. McTaggart kam mit dem Bogen. Faulkner nahm das Glas und musterte wieder die Baracken. Innerhalb des Zaunes ließ sich keine Bewegung erkennen.

»Wen willst du zuerst drannehmen?« flüsterte Faulkner.

»Nordwest«, antwortete Peter.

»Okay. Danach Nordosten. Wir gehen durch den Schatten unter dem mittleren Wachturm.« Faulkner sah auf die Uhr. »Ich kann dir nur zwölf Minuten geben. Wir sind ziemlich spät dran. Danach müssen wir uns den Weg freisprengen.«

Peter nickte. Er reichte McTaggart sein Gewehr und nahm den Bogen. Sie gingen ein Stück zurück und dann am Zaun entlang in Position. Als sie auf gleicher Höhe mit dem Posten waren, ließ sich Peter auf die Fersen nieder. Der Bogen sah aus wie eine abgesägte doppelläufige Flinte mit einem stahlgefederten Bogen über den Läufen. Er paßte den Lader ein, der wie ein Axtgriff geformt war, und kurbelte die Sehne zurück. Der für das Laden des Bogens benötigte Druck lag zwischen zweihundertvierzig und zweihundertfünfzig Pfund. Der Lader hatte dabei einen Nutzeffekt eins zu sechs. Die ganze Operation beanspruchte vier Sekunden.

Peter wählte aus dem Köcher an seiner Hüfte einen kurzen Pfeil. Er überprüfte Schaft und Flug und wickelte sorgfältig eine Khakibinde von der Spitze ab. Der Pfeilkopf bestand aus poliertem Hartholz. Die Spitze war leicht abgestumpft, zweimal gespalten und etwas ausgehöhlt, um eine winzige Glasphiole mit konzentriertem Cyanid aufnehmen zu können.

Bedächtig, als habe er keine Eile, legte er den Pfeil sorgfältig in den Stoß, prüfte die Sicht nach, hob den Bogen und wartete auf den Mond. Er war etwas unter der Plattformhöhe und etwa hundertfünf Yards entfernt.

McTaggart schaute auf. Der Mond schien hinter einer Wolke und raste einer Lücke entgegen. Er begann zu zählen, vier, drei, zwei, eins. Peter zog den Stock eng an seine Schultern. Zehn Sekunden Licht würde er haben. Er stand auf und spreizte die Beine, um den Rückschlag abzufangen. Das Licht kam durch und war fast so hell wie Tageslicht. Der Posten sah Peter, als er den Pfeil losließ. Es gab einen dumpfen Schlag, dann flog der dunkle Pfeil durch die Luft.

Der Posten hatte gerade noch Zeit, den Mund zu einem lautlosen Schrei zu öffnen, ehe ihn der Pfeil in die Brust traf. Er schlug durch die Rippen und barst innen in seinem Körper. Er wurde in die Höhe gehoben und gegen das Geländer hinter ihm geworfen. Aber er war tot, ehe er dort landete.

Peter wartete nicht. Als der Pfeil traf, huschte er schon zur anderen Zaunecke. Die Söldner formierten sich, als er vorbeilief.

Janders rief die anderen Kommandos am Flughafen über Radio.

»Wie geht alles?« kam Shauns Stimme durch die Luft. Er schien entspannt zu sein. Das Radio quäkte, als er hörte, daß sie gerade mit dem Angriff anfingen.

»Und wie geht es bei euch?« fragte Janders.

»Totenstille«, kam die Antwort. »Wir sind in Position und können sofort losgehen. Jeremy hat ein paar Posten am Zaun gefunden, ungefähr halbwegs das Feld entlang, aber die können jederzeit tot sein. Der Rest hängt im Flughafengebäude herum. He, klart es bei euch auf?«

»Ja«, antwortete Janders. »Kann das Flugzeug hereinkommen?«

»Wenn ihr euch beeilt. Es bewölkt sich schon wieder.«

»Wir gehen jetzt hinein. Wartet, bis ihr von mir hört, ehe ihr hineingeht.«

»Okay.«

Janders rief auch die Nachhut. Alles war klar und ruhig.

Peter wickelte die zweite Pfeilspitze aus und legte den Pfeil ein.

Der Posten hatte sich auf dem Boden der Plattform zusammengerollt. Er war nicht deutlich genug zu sehen, um einen guten Schuß anzubringen, also mußte er näher herangehen. Er steckte ein Infrarot-Teleskop auf den Bogen, doch bei achtzig Yards bekam er kein klares Bild.

Faulkner führte die ersten fünf Mann quer über die Todeszone. Sie liefen schnell und geduckt und warfen sich am Zaun zu Boden. Faulkner wartete, bis er wieder zu Atem kam, dann prüfte er, ob der Zaun unter Strom stand. Nichts. Ein Trittalarmsystem war ohne Pflege längst verrottet. Er winkte zwei Männer vorwärts. Sie hatten Drahtscheren mit langen Griffen.

Der Posten an der Südostecke rührte sich. Janders mußte ihn durch das Nachtglas beobachtet haben, denn die Arbeit am Zaun hörte auf sein Zeichen hin sofort auf.

Peter rannte, bis er auf gleicher Höhe mit dem Turm war. Dann ging er im rechten Winkel über den offenen Grund. McTaggart paßte auf den Nordostturm auf. Der Posten hatte sein Gewehr an das Geländer gelehnt und erleichterte sich verschlafen über die Seite.

In etwa sechzig Yards Entfernung blieb Peter stehen und suchte festen Stand. Im Moment war der Mond hinter den Wolken, und er verschmolz völlig mit dem dunklen Busch, vor dem er stand. Durch das Infrarotglas wirkte alles geisterhaft blaßgrün. Die Gestalt des knienden Postens war wie ein Filmnegativ. Der Pfeil verließ mit einem dumpfen Schlag den Bogen, flog durch die Luft, war kurz über der unteren Geländerschiene zu erkennen und bohrte sich in den Magen des Postens. Der wurde auf den Rücken geworfen, sein Gewehr fiel quer über ihn. Sonst war kein Geräusch zu vernehmen.

Wieder begannen die Männer am Zaun zu arbeiten. Peter ging zum Nordostturm zurück. Er hatte gehört, daß viele der Soldaten daggasüchtig waren, und dieser Posten mußte wohl zu den schlimmsten gehören. Er hatte sich noch immer nicht bewegt. Der Zaun war offen, die ersten Männer hatten sich durchgequetscht. Die übrigen Söldner durchquerten die Todeszone in Fünfergruppen.

Der dunkle Schatten eines Mannes kletterte die Leiter zur Plattform hoch. Peter schaute sich um. McTaggart war hinter ihm. Die Entfernung zwischen seiner neuen Position und dem Turm mußte er schätzen, dann stellte er sorgfältig das Glas ein. Bis jetzt hatte er

Glück gehabt. Wäre dieser Posten in der Lage, Alarm zu schlagen, müßten viele Söldner sterben.

Der kletternde Mann näherte sich nun der Plattform. Der leichte Rahmen des Turmes schwankte unter seinem Gewicht. Plötzlich scharrte ein Gewehr am Holzboden des Turmes. Die kletternde Gestalt erstarrte auf der obersten Leiter. Peter hob den Bogen. Unter dem Draht zogen die Männer noch immer die Gasbehälter durch, denn sie wußten nicht, was in ihrer unmittelbaren Nähe vorging. Der Umriß des Postens erhob sich über das Geländer. Jede Sekunde konnte er sich nun umdrehen und die Männer unten sehen. Peter versuchte ihn ins Fadenkreuz zu bekommen. Schweiß lief ihm in die Augen und ließ sein Blickfeld verschwimmen. Der Bogen war schwer in seiner Hand. Der Mann unten, der glaubte, der Posten habe sich im Schlaf gerührt, kletterte weiter.

Der Posten lehnte sich nach unten. Peter wischte sich über die Augen. Der andere stand wieder auf und öffnete die Falltür. Peter richtete den Bogen aus. Er ließ den Pfeil fliegen und betete, während dieser flog. Der Posten sah den Mann unten und hörte den dumpfen Schlag des Bogens. Dann starb er.

Nun mußten schon die meisten Männer durch den Zaun gekommen sein. Sie robbten hinter den Lichtern in den Schatten des Exerzierplatzes in Richtung Nissenhütten. Peter rannte, gefolgt von McTaggert, am Exerzierplatz entlang zum Westzaun und dem Haupttor. Es regnete nun wieder, und dazu schwitzten sie. Ihr Haar war naß, und die Tropfen liefen ihnen über das Gesicht

Die Männer in den Baracken teilten sich in verschiedene Abschnitte auf und nahmen ihre Positionen an beiden Enden der drei langen Nissenhütten ein Die Männer, die in die Hütten hinein sollten, setzten Gasmasken auf, die mit flexiblen Schläuchen an Atemgeräte an ihrer Brust angeschlossen waren. Sie trugen Handschuhe und eine leichte Schutzkleidung aus durchscheinendem Polythen. Im blassen Licht sahen sie grotesk aus. Das einzig Menschliche an ihnen war die Drohung ihrer Gewehre. Der R.S.M. lief mit zwei Männern zur Waffenmeisterei.

Am Haupttor dösten zwei Posten in ihren Schilderhäusern. Die Lichter im nahen Wachraum strahlten. Von innen kam der Lärm trinkender Männer. Peter legte seinen Bogen weg, zog sein Messer und nickte McTaggert zu, er solle die andere Seite nehmen. Dann ging er hinein.

Die Nissenhütten waren mit dünnem Sperrholz in drei Abschnitte geteilt. In jedem Abschnitt schliefen hundert Mann in drei Feldbettreihen mit einem Zwischenraum von vierundzwanzig Zoll zwischen den Betten. Die Unteroffiziere schliefen im Haupteinschnitt neben den Türen, die Offiziere jenseits der Trennwand in kleinen Zellen. Hier führte ein Gang in den nächsten großen Abschnitt durch.

Die Fenster waren geschlossen, die Luft roch verbraucht. Söldnerposten nahmen Position ein, je zwei an jedem Ende und zwei in der Mitte. Sie hatten Waffen mit Schalldämpfern. Die an den Helmen befestigten Infrarotgläser hatten sie über die Augen heruntergezogen. Wenn sie den Kopf bewegten, konnten sie das Licht die Feldbettreihen entlangwerfen und so die Bewegungen kontrollieren. Viele der Betten waren leer. Grünliche Schatten mit Zylindern auf den Rücken bewegten sich langsam durch die Hütte. Entweichendes Gas zischte leise.

Die Posten starben lautlos in ihren Häuschen. Das Haupttor war verschlossen, aber es gab eine kleine Seitentür für den Posten, und die war offen. Peter und McTaggart schlüpften durch. Dann warteten sie an der Tür zum Wachraum.

Das Gas strömte aus dem Zylinder durch einen Schlauch mit einer Düse am Ende, die auf die Gesichter der schlafenden Männer gerichtet wurde. Cyanidgas riecht nach Bittermandeln und ist farblos. Bei hundert Teilen auf eine Million Luftpartikel führt es den fast sofortigen Tod herbei. Das Gas greift das Atmungssystem an, die Lippen werden blau, und nach einem kurzen Krampf der Bewußtlosigkeit ist der Tod schmerzlos. Nur wenige der Männer wachten auf, und die starben, noch ehe sich ihre Augen an die Dunkelheit gewöhnen konnten.

Lautlos bewegten sich die Söldner durch die Hütte, wie man es ihnen beigebracht hatte, weiter durch die Trennwand und in die Zellen der Offiziere, dann noch einmal weiter in den nächsten Abschnitt. Ein paar der Männer warfen sich von ihren Feldbetten, als das Gas nach ihren Lungen griff. Andere würgten einen kurzen Schrei heraus.

Ungeduldig wartete der R.S.M., während seine Männer den Zaun um das Waffenlager durchschnitten. Dann robbte er durch und raunte ihnen zu, sie sollten warten, während er nach den Posten schaute. Lautlos huschte er um das Gebäude. An der Rückseite waren zwei Posten wach, die anscheinend auch aufpaßten.

Einer kurbelte den Griff eines Feldtelefons, das an der Wand hing. Sie redeten leise und aufgeregt miteinander.

Der R.S.M. steckte einen Schalldämpfer auf den Lauf seines Revolvers, lud durch, hob die Tokarew, benützte seinen linken Arm als Unterlage und drückte den Abzug.

Peter hörte das Bimmeln einer Telefonglocke im Wachraum. Sie schlug mehrmals an. Es kam ein gemurmelter Fluch, dann hörte er, wie geräuschvoll ein Stuhl zurückgeschoben wurde, als jemand aufstand, um es abzunehmen. Da hörte aber das Telefon zu läuten auf. Der Mann drinnen fluchte wieder und setzte sich.

Die beiden anderen Männer krochen durch den Zaun zum R.S.M. Sie durchsuchten den toten Posten nach den Schlüsseln für das Waffenlager, doch es war unwahrscheinlich, daß er sie hatte. Es waren auch keine zu finden. Sie legten Sprengladungen an die Stahltore, dann warteten sie.

»Es geht gut«, meldete Janders. »Besser als ich dachte. Jetzt gehen sie durch den letzten Abschnitt.«

»Nicht schlecht für einen Trupp alter Männer und kleiner Jungen«, antwortete Faulkner.

»Und wer war es, der sagte, die würden eher alles werden als Soldaten?« schniefte Janders. Er ging zum Radio. »Ich rufe die Nachhut her.«

Faulkner pfiff die Männer von Peters Kommando zusammen und machte sich zum Wachhaus auf den Weg. Peter kam ihm entgegen.

»Es gibt Schwierigkeiten«, sagte er. »Dort drinnen sind Simbas. Hart aussehende Bande.«

»Wie viele?« fragte Faulkner.

»Acht Simbas im Wachraum. Der Ordonnanzoffizier und sein Wachkommandant scheinen ein paar Lagen ausgegeben zu haben. Auch ein paar Armee-Unteroffiziere sind drin. Das Gitter zu den Zellen ist abgesperrt.«

»Sind sie betrunken?«

Peter schüttelte den Kopf. »Sie trinken, sind aber nicht betrunken. Jemand muß unten bei Limbani in den Zellen sein. Ich habe gesehen, wie sie Bier durch das Gitter reichten. Wenn wir sprengen, haben sie Limbani vor uns.«

»Wir sind zeitlich schon recht knapp dran. Wenn wir die Lichter bekommen, kannst du dir die Schlüssel holen?«

»Keine Aussicht. Ich nehme an, die hat einer der Simbas, und ich weiß nicht, welcher. Wie wär's mit einer Portion Gas?«

»Zu gefährlich. Limbani hat ein schwaches Herz. Wenn er auch nur eine Spur davon abkriegt, ist er tot. Nein, wir müssen hinein und uns vorstellen. Das hat früher schon geklappt. Wir müssen nur sehr ruhig sein, damit wir sie nicht erschrecken. Sonst tun sie was Unüberlegtes.«

Die Männer versammelten sich im Wachraum und schauten anscheinend unbefangen auf, als sich die Tür öffnete. Die Simbas saßen gemütlich im Halbkreis auf Stühlen. Ihre Gastgeber, die Offiziere eingeschlossen, hockten auf dem Boden. Der Raum war sehr groß und sehr nackt. Ein paar Tische und leere Bierflaschen waren das ganze Inventar. An der Nordwand hing ein riesiges Bild Ndofas in Generalsuniform. Er sah sehr streng herab. Andere bunte Poster mit dem die Nation anführenden Ndofa bedeckten die weißgestrichenen Wände. An der Wand gegenüber befand sich ein großes Stahlgitter, das die Treppe zu den Zellen unterhalb absperrte.

Peter erschien unter der Tür, hinter ihm McTaggart. Er sprach leise in Suaheli und befahl ihnen, Ruhe zu bewahren. Weitere Söldner kamen herein. Die Kongolesen saßen wie zu Stein erstarrt da. Jene, die mit dem Rücken zur Tür, zogen ihre Schlüsse aus den Mienen der anderen. Langsam füllte sich der Raum mit bewaffneten Weißen in schmutzigen Tarnanzügen und mit geschwärzten Gesichtern. Peters Gewehr hielt sie in Schach, doch seine Stimme klang eintönig und besänftigend. Neben ihm stand McTaggart und lachte breit. Dieses Lachen verängstigte die Simbas viel mehr als alle auf sie gerichteten Gewehre.

Innerhalb weniger Sekunden füllten zwölf Söldner den Raum. Die Mienen der Kongolesen wechselten vom Schrecken zum Entsetzen. Ein riesiger Simba, der in seinem Stuhl geschaukelt hatte, als Peter hereinkam, kippte um und stürzte der Länge nach auf den Boden.

Da war der Bann gebrochen. Zwei der Simbas griffen nach ihren Waffen. McTaggart knurrte wie ein Tier, da erstarrten sie. Aber die Spannung ließ nach. Peter begann wieder zu reden und fragte nach den Schlüsseln.

Keiner bewegte sich. Ein Mann von den Zellen rief herauf und fragte, warum es so ruhig sei. Er rief noch einmal und kam dann die Treppe herauf. Einer der Söldner ging zum Gitter. Er hob das

Gewehr, doch Faulkner schüttelte den Kopf und schaute verzweifelt Peter an.

»Sei ruhig«, rief Peter leise, »der Präsident ist am Telefon.«

Der Mann auf der Treppe blieb sofort stehen und kehrte gleich darauf nach unten zurück. So groß war Ndofas Macht.

Ein Söldner hielt einem Simba den Revolver an den Kopf, während Faulkner ihn durchsuchte. Beim dritten fand er die Schlüssel. Der Simba wußte, daß er sterben würde, wenn Limbani verlorenging, und daß die Hinrichtungsmethoden des Präsidenten sehr schmerzhaft waren. Er versuchte wieder an die Schlüssel zu kommen, doch Faulkner griff nach ihnen und warf sie Peter zu. Der Simba griff Faulkner an, und der Söldner neben ihm drückte auf den Abzug.

Die Simbas rannten nach ihren Waffen. Ein furchtbares Durcheinander herrschte. Peter riß die Gittertür auf und nahm die Treppe in ein paar großen Sprüngen. Ziemlich weit unten beschrieb diese Treppe eine scharfe Biegung, Peter stieß sich von der Wand ab und war mit einem Satz unten. Ein Posten stand dort mit Gewehr im Anschlag. Der Knall in diesem engen Raum zerriß Peter fast das Trommelfell, doch dann landete er mit den Füßen voran auf dem Posten. Im Schwung von Peters Gewicht gingen beide in einem wirren Haufen zu Boden, doch er rollte sich ab und stand auf. Sein rechtes Bein gab unter seinem Gewicht nach, und er knickte zusammen. Der Posten versuchte aufzustehen. Er war atemlos, holte pfeifend Luft, und sein Arm hing lose im Schultergelenk.

McTaggart war unmittelbar hinter ihnen und versuchte den Posten aus der Hüfte heraus zu erschießen, traf aber nicht. Die Kugel flog den Gang entlang, knapp an Peter vorbei. Zwei weitere Posten kamen aus einer offenen Zelle gerannt, in der sie offensichtlich geschlafen hatten. McTaggart erschoß beide und knallte dann mit dem unglücklichen Posten zusammen. Es gab einen gewaltigen dumpfen Plumps. Der Posten flog an die Mauer, McTaggart stolperte, fand aber sein Gleichgewicht wieder. Er brüllte vor Wut und Aufregung.

Peter zog sein rechtes Bein hinter sich drein, als er den Gang entlangrannte. Der verletzte Posten rutschte die Wand entlang auf den Boden. Der dritte vorbeikommende Söldner gab zwei Schüsse auf ihn ab.

Zehn große Zellen mit Stahlgittern öffneten sich auf eine Gangseite. Sie waren mit Trennwänden abgeteilt. Die andere Seite war eine gerundete, weißgekalkte Tunnelwand. Erst kamen sie an leeren Zellen vorbei. Die muffige Luft stank nach altem Urin und Schweiß. Peter näherte sich dem Ende der Passage. Aus der letzten Zelle sah er durch das Gitter einen Gewehrlauf ragen, der versuchte, ihn zu bekommen. Er warf sich zu Boden und rollte weiter. Das Gewehr begann zu schießen, die Kugeln surrten durch die Luft über ihm, prallten von der gekurvten Wand ab und flogen den Gang entlang. Die nachkommenden Söldner warfen sich zu Boden, als die Kugeln über ihre Köpfe pfiffen.

Der Mann mit dem Gewehr schrie: »Bring ihn um, bring ihn um!« Also war noch jemand in der Zelle. McTaggart duckte sich in voller Sicht des Postens an die Wand und pumpte in Schulterhöhe Kugeln in die Zelle. Peter benützte die Deckung, rollte sich in den Gang und brachte sein Gewehr in Anschlag. Ein Schuß erledigte den Posten, der unter der Wucht des Aufschlags nach rückwärts flog.

Ein Afrikaner lag zusammengerollt auf einem an zwei Ketten hängenden Feldbett und hatte den Kopf in den Händen verborgen. Ein zweiter Posten wollte ihm gerade ein Gewehr an den Kopf setzen, doch er zitterte so heftig, daß er zweimal in die Wand schoß. Peters Kugel traf ihn hoch oben im Rücken. Er stürzte vorwärts auf den Afrikaner, das Gewehr entfiel seiner Hand.

McTaggart rüttelte an der Zellentür. Sie war abgesperrt. Peter kniete nieder, packte den am Boden liegenden Posten am Knöchel und zerrte ihn zum Gitter. Die anderen Söldner kamen herbeigerannt. Einer hatte den Schlüsselbund, den Peter hatte fallen lassen. Er probierte einen Schlüssel nach dem anderen, bis einer paßte und die Gittertür aufflog.

Peter ließ sich matt an das Gitter fallen. Sein Bein blutete über dem Knie. Er lächelte McTaggart an. »Du blöder Hund«, sagte er voll Zuneigung. »Willst du denn nicht leben?«

McTaggart zuckte die Achseln. »Manchmal vergeß ich's«, antwortete er und lachte breit.

Peter schwieg. Er spürte, wie der Schmerz einsetzte.

Faulkner kniete neben Peter. »Was ist mit dir?« fragte er.

Peter bewegte sein Bein. »Nicht schlimm.«

»Der Sanitäter kommt. Er soll nachschauen.« Faulkner stand auf. »Du hast deinen Sold heute verdient. Ihr beide.«

Als der R.S.M. den ersten Schuß hörte, sprengte er das Tor des

Waffenlagers. Im Gebäude selbst waren noch drei weitere Türen. Die erste führte in ein kleines Büro, die zweite in eine Reparaturwerkstatt, in der die Werkbänke verlassen und mit auseinandergenommenen Waffen übersät dastanden. Die dritte Tür öffnete sich in eine große Kammer mit Gewehrständern an den Wänden. Am anderen Ende war eine schwere Stahltür zu einem Kühlraum, wo Munition und Sprengstoffe gelagert waren. Die Männer befestigten kleine Sprengsätze an der Tür.

»Ruhig, ruhig«, mahnte der R.S.M. nervös. »Zuviel, und wir gehen alle in die Luft. »Hier, laß mich ran.« Er zog einen Mann weg. »Ich hab' schon mehr vergessen, als du je lernen kannst.«

Der Sanitäter kniete neben Peter nieder und nahm einen Proviantbeutel vom Rücken. Er war einmal Helfer bei einem Schiffsarzt gewesen, näher war er dem ärztlichen Beruf nie gekommen. Unter dem Helm trug er eine ingwerfarbene Perücke. Was ihm an medizinischem Wissen fehlte, machte er durch Begeisterung und Mitleid wett.

»Hallo, mein Lieber, jetzt wollen wir mal dein armes altes Bein anschauen«, sagte er. »Wenn du die Hosen runterläßt, brauch ich sie nicht aufzuschneiden, wär' doch besser, was? Jetzt bleib mal schön still liegen, damit ich die Wunde schön saubermachen kann. Na, na, ist nur eine Fleischwunde, kein großer Schaden. Aber Gewicht auf das andere Bein verlegen. Hink nur schön. Ich erzähl's keiner Seele.«

»Whity«, sagte Peter und besah sich den sauberen Verband um seinen Schenkel, »du bist so gut wie ein richtiger Doktor.«

Whity wurde vor Freude rot und räumte seinen Brotbeutel ein.

Limbani war halb bei Bewußtsein, grau vor Angst und Schmerz. Er trug ein graues Hemd aus Segeltuch, und Hosen, die so an ihm klebten, als hätte er sie monatelang nicht vom Leib gebracht. Seine Hand- und Fußgelenke waren mit Handschellen zusammengeschlossen; er war leicht, aber von Könnern geschlagen worden.

»Limbani«, sagte Faulkner. »Limbani. Erinnern Sie sich noch an mich? Wie gut, Sie wiederzusehen. Wir holen Sie hier raus.«

Whity schusselte herbei. »Sie armer, armer Mensch!« Er knöpfte Limbanis Hemd auf. »Was haben sie Ihnen angetan? Nun ja, wir werden Sie ein bißchen verkleben, nicht wahr? Und dann bringen wir Sie in ein schönes, warmes Lazarett mit weißen, frischen Laken.«

Limbani murmelte etwas. Whity beugte sich über ihn. »Ihre Pillen! Lieber, machen Sie sich darum keine Sorgen. Ich hab' ein paar ganz schöne aus London. Die hat man mir eigens für Sie mitgegeben. Da nehmen Sie jetzt eine, die tut Ihrem armen alten Herzen dann sehr gut. Mei, mei, tz, tz«, gluckte er mitleidig, »die waren aber sehr gemein mit Ihnen, Sie Armer! Ein Wunder, daß Sie überlebt haben.«

»Peter, du bist für ihn verantwortlich«, sagte Faulkner. »Du behältst aber besser Whity bei dir. Von jetzt an läßt du ihn aber keine Sekunde aus den Augen. Und um Himmels willen, sieh zu, daß er am Leben bleibt, sonst haben wir den ganzen weiten Weg umsonst zurückgelegt. Na, schön. Jetzt weiter.«

Peter hinkte in Limbanis Zelle. »Also los, Kaffer, wir gehen«, sagte er.

»Du, sei vorsichtig mit ihm«, tat Whity gekränkt. »Er ist sehr krank. Hier, nimm besser für alle Fälle diese Pillen mit. Alle zwei Stunden braucht er eine. Vergiß nicht. Absolut pünktlich.«

Sie sprengten die Tür zum Explosivraum und legten ihre Sprengladungen aus. Der R.S.M. sah sich um. »Das Zeug wird einen Höllenlärm machen«, bemerkte er vergnügt, dann ging er.

Der Fahrzeugpark lag am offenen Ende des Exerzierplatzes. Ein Unteroffizier wählte die aus, die er brauchte. Die Trucks waren amerikanischer Bauart und ziemlich neu. In die Tanks der anderen ließen sie Bleistiftzeitbomben fallen.

»Anlassen!« rief der Unteroffizier den Fahrern zu. Die Lichter blendeten auf. Der Unteroffizier sprang auf das Trittbrett des ersten Lasters. »Gut!« brüllte er. »Abfahren!«

Janders rief über Radio den Flughafen. Jeremy meldete sich. »Ich hab' schon gedacht, ihr wollt zum Frühstück dortbleiben«, brummte er.

»Wir ziehen jetzt hier ab«, meldete Janders. »Wir haben Limbani. Nehmt den Flughafen.«

18

Montag, 28. Dezember, 3.10 Uhr früh

Jeremy kroch zu Shaun hinüber. »Sie sind unterwegs.«

Shaun beobachtete den Himmel. »Hoffentlich beeilen sie sich«, bemerkte er besorgt.

»In dreißig Minuten sind sie da. »Bist du bereit?«

»Alles okay.«

Drei Mann wurden ausgeschickt, den Posten am unteren Zaun zu erledigen. Shaun und die beiden Männer waren unterwegs zum kleinen Tower. Der Rest folgte Jeremy.

Die Holztür am Fuß des Kontrollturmes war versperrt, das Gebäude verlassen. Shaun wartete an der Tür, die beiden Männer hatten ihn von beiden Seiten her unter Deckung.

Ein Schlagbaum blockierte die Straße; an einer Seite stand ein Schilderhäuschen. Ein Unteroffizier mit einem zweiten Söldner erschien aus dem Busch hinter dem Schilderhaus, und der Schlagbaum hob sich. Jeremy lief durch, seine Männer hinter ihm drein. Der Unteroffizier warf eine Kette um das Betongewicht am Ende des Baumes, um die Schranke offen zu halten. Der Posten im Schilderhaus war schon tot. Sie verschmolzen wieder mit dem Busch und warteten.

Das Erdgeschoß des Terminals war leer; ein nackter, ungefegter Betonboden, ein paar Ticketschalter und Waagen an der gegenüberliegenden Seite. Eine Treppe führte zur Bar und zur Abfertigungshalle. Die Stiefel knallten auf den Boden. Zwei Männer lösten sich aus der Gruppe, um den Fuß der Treppe zu bewachen. Jeremy nahm drei Stufen auf einmal und war schon fast oben. Die anderen Söldner folgten ihm.

Als sie die oberste Stufe erreicht hatten, zog Jeremy den Stift der Granate. Er schwang sich auf den Treppenabsatz. Jemand schrie. Die Schwingtüren zur Bar hatten Drahtverglasung. Eine Seite stieß er mit dem Stiefel auf, warf seine Granate hinein, dann lag er schon auf dem Boden. Ein paar weitere überraschte Schreie folgten, dann eine wilde Salve aus Maschinenpistolen. Die Granate explodierte.

Ein zweiter Söldner rannte vorbei, stieß die Tür auf und schleuderte seine Granate. Staub und Schreie erhoben sich in der Bar. Der Söldner warf sich neben Jeremy auf den Boden. Die zweite Granate ging los. Die Explosion war näher und ließ das Türglas splittern, so daß es nur noch in Stückchen am Drahtgeflecht hing. Eine dritte Granate ging los. Sie liefen hinein. Ihre Gewehre schossen Blitze durch den Staub.

Shaun sprengte das Schloß im Kontrollturm und raste die Stufen hoch. Einer der Söldner bewachte die Tür. Der andere folgte ihm. Shaun griff in der Dunkelheit dorthin, wo der Lichtschalter sein mußte und fand ihn. Gedämpfte Lichter gingen an. Das Gewehrfeuer im Terminal hörte auf.

»Auffächern und das Gebäude durchsuchen!« schrie Jeremy.

Die Bar war ein wüstes Durcheinander von Toten und Sterbenden. Plötzlich kam aus dem Erdgeschoß eine Salve aus einer Automatik, dann eine kleine Pause, danach der scharfe Knall einer hochgehenden Granate. Jeremy rannte die Treppe hinab. Tosh Donaldson stand über einem Körper.

»Taff hat's erwischt«, sagte er traurig. »Im Waschraum war ein Kerl.«

»Hast du den gekriegt?«

»Ich hab' ihm eine Granate nachgeschmissen. Der Schuft ist über die ganze Mauer verteilt. Aber Taff hätt' es ja wirklich besser wissen müssen. So unvorsichtig reingehen.«

In der Ferne war ein rollender Lärm wie gedämpfter Donner zu vernehmen.

»Das müssen die Baracken sein, die in die Luft gehen. Nimm vier Mann und eine Bazooka und geh zur Straßenkreuzung, wo du sie vorbeikommen sehen mußt. Mensch, bißchen plötzlich! Renn doch!«

»Nehmen wir Taff mit und begraben ihn dann ordentlich?«

»Du kannst ihn auf dem Rückweg holen.« Jeremy drehte sich um. »Wo ist der andere Unteroffizier?«

»Hier, Sir.«

»Stell deine Männer auf, dann nimm eine starke Patrouille mit zum unteren Zaun.«

Es regnete wieder. Faulkners Konvoi kam zu langsam voran, ein Truck folgte getreulich dem voranfahrenden durch jedes Schlagloch. Der Himmel hellte sich hinter ihnen kurz in einem weißlichen Glühen auf, dann kam ein ganzer Sturzbach von Lärm, als das Waffenlager in die Höhe ging.

Faulkner schaute auf die Uhr.

»Versuch mal den Flugplatz zu bekommen«, befahl er.

Jeremy rannte die Stufen des Kontrollturmes hoch. »Na, wie geht's bei euch?« fragte er Shaun. »Hast du Kontakt mit dem Flugzeug?«

»Ich hab' eben erst das verdammte Radio zum Laufen gekriegt. Es ist ein russisches Ding. Alle Knöpfe sind an den verkehrten Stellen.«

Das Radio summte, dann wurde es knatternd lebendig. »Eisenmann ruft Wildgänse.« Das war Jerrys Stimme. »Eisenmann ruft Wildgänse. Wildgänse, bitte kommen.«

Shaun nahm das Mikrophon. »Wildgänse an Eisenmann. Eisenmann, bitte kommen. Empfangen euch Stärke vier. Ende.«

»Eisenmann an Wildgänse. Mein Gott, wo seid ihr denn gewesen? Wir haben hier schon Wurzeln geschlagen. In sechstausend Fuß Höhe dichte Wolkendecke. Wie ist's bei euch?«

»Wildgänse an Eisenmann. Sicht hier siebenhundert Yards, schließend. Ihr kommt besser schnell her.«

»Eisenmann an Wildgänse. Wir beginnen unseren Sinkflug über dem See. Ende.«

Ein Söldner stampfte die Stufen hoch. »Sir, Sie werden am Radio verlangt«, meldete er Jeremy.

»Schön, bring's hier rein. He«, sagte er zu Shaun. »Ich glaube, ich kann das Flugzeug hören.«

Shaun schüttelte den Kopf. »Es ist noch weit weg.«

»Wildgänse Führer an Wildgänse drei«, meldete sich das Radio. »Bitte kommen.«

»Wildgänse drei an Wildgänse Führer, empfangen euch Stärke fünf. Ende.« Im Mikrophon krachte es, als Faulkner es ergriff.

»Geht dort alles glatt?« fragte Faulkner. Das Geräusch rumpelnder Trucks kam mit seiner Stimme durch.

»Einer tot, aber der Flughafen ist sicher. Wir haben Kontakt mit dem Flugzeug. Es kommt jetzt rein.«

»Ihr müßt es auf dem Boden halten«, sagte Faulkner. »Wir müssen langsam machen und kommen mit Verspätung.«

»Wie spät?«

»Fünfzehn Minuten, wenn die Straße so bleibt wie jetzt. Haltet das Flugzeug auf. Ende.«

Tosh Donaldson und sein Kommando lagen neben der Straßenkreuzung im Busch. Er hörte das Rumpeln der Fahrzeuge, die aus Richtung Stadt kamen. »Hörst du das verdammte Flugzeug noch nicht?« fragte er.

»He, Tosh!« schrie ein Söldner. »Diese verdammten Trucks kommen hierher.«

»Du!« brüllte Tosh. »Stell deinen Puster an und sag's ihnen. Der Rest kommt mit mir.«

Shaun war am Radio. »Um Himmels willen, Eisenmann. Beeilt euch doch«, drängte er. »Die Wolken kommen runter.«

»Wir tun ja, was wir können«, antwortete Jerry. »Wir sind jetzt in der Wolke. Dicker als Erbsensuppe. Wie viele Yards haben wir jetzt?«

»Ungefähr fünfundfünfzig. Macht zu.«

»Verdammter Lügner. Ich wette, es ist mehr als dreihundert und macht zu. Wir werden direkt in den Berg rennen.«

Tosh schob die Kopfhörer vom Helm, nahm die Bazooka und legte sie auf die Schulter. »Laden«, befahl er.

Das Radio neben Jeremy wurde lebendig. »Sie kommen hier rein!« schrie eine Stimme. »Unmengen von verdammten Hunden!«

Jeremy hörte klar das *Wusch* einer vor dem führenden Truck explodierenden Rakete. »Wo seid ihr?« fragte er leise, und der Magen zog sich ihm zusammen.

»In einem verdammten Graben unter einem verdammt großen Baum.«

»Nein, du Idiot. Eure Position. Welches Kommando?«

»Ich bin bei Tosh an der Kreuzung. Da ist schon wieder eine. Jesus, diese Raketen machen ein verheerendes Durcheinander.«

»Gib mir den Unteroffizier.«

»Kann ich nicht. Tosh ist an der Bazooka. Er macht's gut. Der schießt mit dem Ding wie mit einem Maschinengewehr.«

»Hör mal.« Jeremys Stimme war zornig. »Wenn du dich nicht beruhigst, erschieß ich dich persönlich. Ich schicke euch Verstärkung. Und jetzt reiß dich zusammen, dann kommst du zurück und erzählst mir genau, was dort los ist.«

»Wildgänse drei an Wildgänse Führer. Bitte kommen.«

»Ich habe euch Stärke fünf«, antwortete Faulkner mit ruhiger, kontrollierter Stimme. »Ich hörte eure letzte Sendung. Bleibt dran. Wir kommen so schnell wie möglich. Bleibt nur dran.«

»Wir sollten jetzt schon drei Meilen draußen sein, aber ich kann den See noch immer nicht sehen«, sagte Jerry.

»Dreh deine ganzen Lichter auf«, erwiderte Shaun. »Vielleicht kann ich deine Landelichter sehen.« Er suchte den östlichen Himmel ab. »Noch nichts. Nein, noch nichts.«

Tosh kam über Radio herein. »Die sind mit weichen Fahrzeugen gekommen. Kein Zeichen von Bewaffnung. Wir haben die Straße blockiert. Da ist ein Tank nötig, um durchzukommen.«

»Aufhalten«, befahl Jeremy. »Verstärkung müßte jeden Moment bei dir eintreffen.«

Shaun sah endlich die Lichter. »Ich hab' dich!« brüllte er. »Hab' dich, Eisenmann. Du bist ungefähr fünfhundert Fuß zu hoch.«

»Das wärst du auch, wenn du hier oben wärst«, erwiderte Jerry. »Wir kommen jetzt runter. Wie sieht's aus?«

»Gut. Noch ein bißchen runter. Ein bißchen runter. Jetzt ausrichten. Fein, wunderbar.«

»Da unten brennt ein ganz verdammt großes Feuer.«

»Ja. Ist aber nicht viel. Nimm's als Leitstrahl. Halt es an deinem Starbordflügel. Kannst du die Landelichter sehen? Sie sind schwach. Generatorbetrieben.«

»Noch nicht. Aber hoffentlich sind sie da. Der Skipper würfelt schon mit sich selbst auf deutsch.«

Faulkner kam über Radio herein. »Wildgänse Führer an Wildgänse drei. Wir sind nur noch ein paar Minuten entfernt.«

Die Trucks flogen von einem Schlagloch ins andere. Janders segnete insgeheim alle amerikanischen Lastwagenbauer und betete, daß diese hier zusammenhalten würden. Whity hatte Limbani in den Armen, um die Schüttelei ein wenig abzufangen.

Tosh kam über Radio. »Wir fallen zurück«, sagte er. »Sie schwärmen um uns herum im Busch aus. Ungefähr zweihundert. Halbnackt und kreischend wie die Teufel. Sie müssen von einem verdammt gerissenen Kerl angeführt werden.«

»Versuch ihn rauszupicken«, schrie Jeremy. »Du mußt sie weghalten von der Straße. Zehn Minuten wenigstens, ja? Ich schick' dir jeden Mann, den ich entbehren kann.«

Die Kommandoeinheit am weitest entfernten Zaunstück kam im Radio. »Da kommt ein ganzer Haufen Banditen durch den Busch auf uns zu, Sir.«

»Aufhalten«, befahl Jeremy verzweifelt. »Du wirst Tosh mit seinen Männern sehen. Die kommen auf euch zu. In einer Minute ist das Flugzeug über euch. Haltet eure Köpfe unten, wenn es über euch weg fliegt.«

»Du machst das großartig«, sagte Shaun. »Jetzt mußt du aber schon die Lichter sehen.«

»Ja, wir haben sie. Wir kommen jetzt rein. Sag mal, wie gut kannst du beten?«

»Roll vor dem Terminal an, ja? Nicht auf dem Streifen rumstehen.«

»He«, quäkte das Radio. »Da schießt jemand auf uns.«

»Keine Sorge. Die nehmen wir uns schon vor. Komm bloß rein.«

Tosh meldete sich über Radio. »Wir sind zu dünn auf dem Boden. Sie sind durchgebrochen. Jetzt sind sie auf der Straße.«

Das große Flugzeug landete hart und hüpfte einmal, dann verschwand es in einer Wolke aus Dampf und Schlamm. Eine Sekunde später war es wieder zu sehen und rollte fünfhundert Yards weit. »Das Flugzeug ist unten!« schrie Shaun begeistert.

»Wir kommen jetzt zum Flugplatz«, meldete Faulkners Stimme.

Das Flugzeug bog vom Landestreifen ab und kam ziemlich schnell zum Tower gerollt. »Das war verdammt haarig«, berichtete Jerry. »Eure Männer bereit? Dem Skipper gefällt's hier unten nicht.«

Vom Ende der Landebahn kam eine lange Salve Maschinengewehrfeuer. In der Finsternis blitzten orangefarbene Lichter.

Jeremy griff nach dem Mikrophon. »Tosh, schieß das Maschinengewehr ab!« brüllte er.

Plötzlich bewegte sich das große Flugzeug zurück auf die Landebahn. Die Maschinen jaulten, die J.A.T.O.-Raketen unter den Schwingen spien Feuer. Das Flugzeug tat ein paar Sprünge, rollte noch hundertfünfzig Yards, beschleunigte zu einem erstaunlichen Tempo, dann war es wieder in der Luft.

»Ihr verdammten Hunde!« schrie Shaun ins Mikrophon. »Du Bastard, komm zurück!«

Aber das Flugzeug zog steil hoch und verschwand. Alles, was über dem Maschinengewehrfeuer noch zu hören war, das Röhren der Maschinen, verlor sich schnell in der Nacht.

Jerrys Stimme kam kurz über Radio. »Tut mir leid«, sagte er. »Befehl. Viel Glück, Shaun. Ende.«

Faulkner kam im Kontrollturm an. Shaun flehte ein totes Mikrophon an.

Jeremy war fast hysterisch. »Jetzt sind wir aufgeschmissen«, brüllte er.

Faulkner beachtete ihn nicht. Sein Gesicht war kalt und unbewegt. Er besah sich die Lage, dann gab er ruhig seine Befehle. Einige der Männer wurden zum Terminal geschickt, andere zu beiden Seiten postiert, um die Straße zu decken. »Ruf deine Männer zurück«, befahl er Jeremy. »Gib ihnen Deckung. Dieser Platz ist zu exponiert, als daß er lange gehalten werden könnte.«

Faulkner bedeutete Janders, er solle ihm folgen. Sie gingen in einen kleinen Operationsraum. Faulkner schloß die Tür und lehnte sich daran. Er zitterte, »O Herr Jesus«, flüsterte er. »Und ich dachte schon, wir hätten es in der Tasche.«

Janders zog einen Stuhl heran und hockte sich rittlings darauf. Seine Augen waren müde und rot. »Ndofa ist da draußen«, sagte er. »Keiner sonst hätte die Simbas so schnell hergebracht oder über den Landestreifen gehetzt. Ohne ihn hätten wir die besten Aussichten gehabt.«

Beide Männer schwiegen. Ein schwaches Licht schwang leise über dem Tisch. Draußen schlugen die Söldner das Glas aus den Fenstern des Kontrollturmes, um ihn als Feuerbasis zu benützen. Die Nacht war mit dem Knattern von Schüssen erfüllt.

19

Montag, 28. Dezember, 3.40 Uhr morgens

Jemand klopfte an der Tür des Operationsraumes. Faulkner riß sich zusammen.

Der R.S.M. berichtete. »Die Männer sind alle fast da, Sir. Die Verluste kenne ich noch nicht. Die Simbas sind auf dem Rollfeld, aber die können wir von hier aus schon halten, wenn sie nicht schweres Geschütz auffahren.«

»Sind wir nicht beim Wagenpark des Terminals an ein paar Benzinpumpen vorbeigekommen, als wir hereinkamen?« fragte Faulkner. Der R.S.M. nickte. »Die Trucks auftanken und soviel Reservetreibstoff einladen wie möglich. Und laß mich's wissen, wenn alles soweit ist. Ja, und schick mir Chandos herein.«

»Jawohl, Sir.« Der R.S.M. salutierte.

Jeremy kam. Faulkner breitete eine Karte auf dem Tisch aus. Er ließ sich von Jeremy berichten. »Gut, geht jetzt«, sagte er und studierte wieder die Karte.

»Norden«, sagte Janders, »wie geplant. Wir müssen nach Norden. Vielleicht kann uns Matherson aus Burundi herauskaufen.« Er lehnte sich vorwärts. »Vielleicht können wir die Fähre von Albertville nehmen.«

Faulkner schüttelte den Kopf. »Wir halten uns vom See fern«, bestimmte er. »Ohne Deckung aus der Luft picken uns die Kubaner Ndofas weg wie hockende Enten. Der Norden hat nichts für uns als die vage Chance, daß Burundi oder Ruanda uns hineinlassen.« Er dachte jetzt laut. »Vielleicht haben wir eine bessere Chance, wenn wir nach dem Süden gehen.«

»Die Straße nach Albertville ist blockiert«, sagte Janders. »Und bis wir sie klarsprengen, verminen sie die Brücke.« Er zog eine Linie über die Karte. »Gehen wir nach Westen in Richtung Angola, müssen wir an Kamina vorbei, der größten Militärbasis im Kongo, und da ist's ein sehr weiter Weg zurück in den weißen Süden.« Er deutete auf die Grenze Sambia/Tansania. »Und dort sind irgendwo zwanzigtausend Chinesen.«

»Solange wir Limbani haben, weiß Ndofa, daß er in der Klemme steckt«, erklärte Faulkner. »Er wird annehmen, daß wir nach Norden gehen, und dann ist er wie der Leibhaftige hinter uns drein. Wenn wir umkehren und den Fluß hier überqueren ...« – er deutete auf die Karte –, »dann ist dort ungefähr dreizehn Meilen nach Albertville eine Allwetterbrücke, und weiter südlich kommen wir in Limbani-Land. Im Hochland über dem See können wir uns einigeln. Vielleicht in Kilimbi. Ja, in Kilimbi. Und wenn er uns aus diesen Bergen rausholen will, hat er verdammt viel Arbeit.«

»Und dann weiter?« fragte Janders.

»Zwei Dinge«, erwiderte Faulkner. »Erstens, wir brauchen Zeit, um uns zu konsolidieren und vielleicht ein bißchen zu feilschen. Wenn wir nicht anders können, müßten wir Limbani für unsere Freiheit verkaufen.

Und zweitens muß Ndofa sehr leise treten, wenn er erst einmal im Limbani-Land ist, sonst hat er einen Bürgerkrieg am Hals.« Faulkner dachte sehr schnell. »Das müßte gehen. Die Leute sind für einen Bürgerkrieg bereit. Wenn wir uns verstecken können, wäre es möglich, die ganze Sache umzudrehen.«

Janders schüttelte müde den Kopf. »Du gibst niemals auf, was? Wir stecken richtig in der Klemme, haben weniger als fünfzig Mann, und du willst das ganze Land übernehmen.«

Faulkner lachte jetzt. Sein alter Optimismus gab nicht auf. »Das wär' schon ein Ding«, antwortete er leise. »Wir könnten Matherson einen Anteil an unseren Minen verkaufen. Der wird verrückt. Was meinst du?«

»Vielleicht«, gab Janders müde zu. »Das wäre so ziemlich unsere allerbeste Chance. Aber den Bürgerkrieg kannst du vergessen. Der kostet Geld, und das haben wir nicht.«

»Wenn wir einen anzetteln können, und es sieht aus, als könnten wir Ndofa stürzen, dann finden wir auch Leute, die ihn finanzieren. Und wenn nicht, dann nimmt er wenigstens so lange die Hitze von unserem Rücken, bis wir draußen sind.«

»Wir sind bereit, Sir«, berichtete der R.S.M. Er sah, daß Faulkner lachte, und beobachtete ihn neugierig. »Wir haben drei Jeeps von den Flughafenposten aufgepickt und ihre Munition.«

»Wie viele Männer haben wir verloren?«

»Bis jetzt fünf, Sir. Drei sind verwundet.«

Faulkner wußte, daß ernstlich verwundete Männer als tot zu gelten hatten. »Na, schön. Männer einladen und eine Nachhut aufstellen. Die Offiziere sollen zu mir kommen.«

Zehn Minuten später setzte sich der Konvoi in Bewegung. Die Nachhut kam aus den Flughafengebäuden gerannt und sprang auf den letzten Wagen. Mit gelöschten Scheinwerfern fuhren die Trucks in nördlicher Richtung los, also der Richtung entgegengesetzt, aus der sie gekommen waren. Peter hatte sich einen Jeep verschafft und hielt sich damit in der Mitte des Konvois; McTaggart fuhr, Limbani und Whity saßen hinten. Limbani war bei Bewußtsein. Er hatte die Augen weit offen und beobachtete. Whity paßte wie eine Glucke auf ihn auf.

Die Straße senkte sich zwischen zwei etwa fünfzehn Fuß hohe Schultern. Oben, wo der Grund wieder eben auslief, zog sich ein Jeep in den Busch zurück und schaltete die Lichter aus. Vier Mann sprangen heraus und rannten zu beiden Seiten der Böschung zurück. Zwei von ihnen hatten Bambusbazookas. Als sie klare Sicht auf die Straße weiter unten hatten, warteten sie.

Der Konvoi schaukelte und röhrte durch die Nacht über die mit Schlaglöchern übersäte Straße. Die Männer schwiegen. Sie klammerten sich haltsuchend an die Spriegel. Faulkner war zwischen ihnen herumgegangen, bevor sie den Flugplatz verließen. Sie wußten nicht, warum, doch sein Optimismus und seine Bestimmtheit munterten sie auf. Jene, die einen Freund verloren hatten, konnten nicht um ihn trauern. Sie hatten keine Zeit. Jeder war froh, daß er noch lebte, und machte sich Sorgen um die Zukunft.

Der führende Jeep röhrte an den verlassenen Baracken vorbei. Die Windschutzscheibe war heruntergeklappt, über der Haube hockte ein Maschinengewehr. Drei Meilen hinter der Kaserne zerschoß er einen Truck über der Straße, dann wendete der Konvoi und fuhr etwa eine Meile zurück. Als sie über den Hügel kamen, leuchtete der Himmel auf, dann kam, vom Wind hergetragen, der Lärm einer explodierenden Granate. Der Konvoi schwang auf die südliche Spur ein.

Die Männer im Hinterhalt hörten, wie sich die Simba-Trucks näherten und sahen deren Scheinwerfer. Die Söldner hatten eine Todeszone festgelegt, etwa zwanzig Yards der Straße. Sie warteten auf das erste in diese Zone einfahrende Fahrzeug. Die Simba-Trucks fuhren eng aufgeschlossen und vollbeladen mit singenden Männern, die ihren Sieg feierten.

Eine Rakete traf das erste Fahrzeug voll in die Haube, eine zweite Rakete riß die Seite auf. Der Truck brannte wie ein Weihnachtsbaum und schlitterte über die Straße. Dann explodierte er. Männer und Trümmer flogen hoch in die Luft.

Der zweite Truck versuchte anzuhalten, lief aber genau in das Feuer hinein. Als es den Treibstofftank erreichte, brannte er wie eine Fackel. Der Gesang wurde zu Schreien. Brennende Gestalten rannten aus dem Inferno. Ein leichtes Maschinengewehr ratterte an der Böschung.

Ein dritter Truck rammte die Böschung. Im selben Moment traf ihn eine Rakete. In einer Minute war die ganze Straße abgesperrt. Flammen erhellten die Nacht. Die Sterbenden brüllten, und die Lebenden rannten ziellos herum und suchten Deckung. Das erste zögernde Maschinengewehr erwiderte das Feuer von unterhalb der Böschung; der Lärm ertrank im Röhren der Flammen. Die Söldner zogen sich zurück und rannten ihrem Jeep nach.

Der Hauptkonvoi fuhr in ein offensichtlich verlassenes Dorf ein. Faulkners Nackenhaare stellten sich warnend auf, doch er behielt das Tempo bei. Die anderen Fahrzeuge vergrößerten ganz automatisch die Abstände. Die führenden Fahrzeuge hatten das Dorf schon fast hinter sich, als ein Hinterhalt hinter einem Busch seitlich an der Straße lebendig wurde. Das rhythmische Hämmern eines schweren Maschinengewehrs trommelte in die Nacht. Eine Bazookagranate fegte sehr tief zwischen den Rädern eines Trucks durch, prallte von der Straße ab und explodierte an der Mauer eines afrikanischen Ladens.

Der Truck vor Peter bekam die nächste Granate neben das Vorderrad; sie demolierte Haube und Fahrerhaus. Er schlitterte über die Straße, und Peters Jeep landete im Graben. Maschinengewehrfeuer durchlöcherte die Plane über der Ladefläche. Der Truck fing Feuer. Benzinfässer explodierten mit riesigen Flammen in der Dunkelheit, so daß die im Hinterhalt geblendet wurden.

McTaggart versuchte den Jeep auf die Straße zurückzufahren, aber die Trucks dahinter füllten schnell die Lücke auf, als sie vorbeiröhrten. Aus jedem Truck pfiffen Kugeln in die Bäume über dem Hinterhalt. Peter warf Granaten in den Busch. Das Maschinengewehr schwenkte, um ihn zu finden. Dann explodierten die Granaten in schneller Folge, und der Hinterhalt schwieg. Im ausgebrannten Truck gab es keine Überlebenden. Der Jeep zog heraus und folgte der Nachhut des Konvois.

Die Söldner der Nachhut arbeiteten fieberhaft und gruben in den hohen Böschungen und dem Gelände darüber. Das war mühsame Arbeit, denn die Böschungen bestanden zum größten Teil aus solidem Fels. Jeder schaute immer wieder über die Schulter die Straße entlang. Endlich waren die Sprengladungen angebracht, die Lunten brannten. In der Ferne hörten sie das Rumpeln der Simba-Trucks, die sich jetzt etwas vorsichtiger bewegten.

Die Böschungen schienen sich ganz langsam in die Luft zu heben. Dann kam ein ohrenbeträubender Krach, Stichflammen folgten, und Fels und Erde blockierten die Straße. Der Jeep schwang herum und röhrte davon, sprang über Schlaglöcher, jagte an den Baracken vorbei, suchte nach der südlichen Spur, fand sie und beschleunigte.

Ein kleiner Baum lag über der Spur. Der Fahrer nahm Gas weg, musterte ihn, weil er einen Hinterhalt vermutete, beschleunigte und versuchte den Baum an der dünnsten Stelle zu überspringen. Zu spät bemerkte er den dicken Stamm dahinter. Die Maschine jaulte, der Jeep stieg, fiel auf die Seite und kippte um. Drei Männer wurden herausgeschleudert und lagen verletzt oder betäubt auf der Spur. Der vierte schrie; er war unter dem Jeep in der Falle. Aus dem Busch kamen dunkle Gestalten. Eine warf brennende Zündhölzer auf das ölbedeckte Chassis.

Die Spur war zu schmal. Peter kam nicht vorbei. Limbani schien in Whitys Armen eingeschlafen zu sein. Faulkners Jeep kam schlitternd vor der Brücke zum Stehen. Der Fahrer lief zurück, um die ankommenden Trucks zu warnen. Zu beiden Seiten der Spur waren hohe, dicht bewachsene Böschungen, die im Licht vor Nässe troffen. Männer sprangen von den Jeeps und rannten die Böschungen hinauf. Die Brücke war aus Holz und wurde selten benützt, im wesentlichen nur von Ochsenkarren. Die Vorhut rannte hinüber, ihre Schritte dröhnten hohl auf den Planken. Der Fluß war etwa fünfzig Fuß breit, grau und vom Regen angeschwollen. Zu beiden Enden waren die Holzträger gestützt von rostigen Trossen, die mit Beton in der Böschung verankert waren. Das Brükkenholz war ziemlich verrottet.

Die Vorhut gab Signal, daß die andere Seite frei sei, und nahm Deckungsposition ein. Faulkners Jeep fuhr vorsichtig hinüber. Als er drüben ankam, fuhr der erste Truck auf die Brücke. Sie ächzte und schwankte, aber sie hielt. Andere Fahrzeuge kamen an und wurden hinübergewinkt. Die schweren hölzernen Eisenbahnschwellen, aus denen der Brückenboden bestand, verschoben sich unter den Rädern. Ein paar Männer brachten bereits Sprengladungen an den Stahltrossen der anderen Seite an.

Peters Jeep war noch nicht zu sehen, holte jedoch auf. Der letzte Truck war schwer mit Treibstoff beladen, nahm die Brücke etwas zu schnell, hoppelte über die lockeren Schwellen, von denen zwei nachgaben. Die Hinterräder saßen zwischen ihnen fest. Der Schwung des plötzlich festgehaltenen Fahrzeuges schüttelte die ganze Brücke durch. Die Posten sprangen von den Böschungen und schrien Anweisungen. Der entsetzte Fahrer ließ die Maschine aufheulen. Die Hinterräder fraßen sich in die noch verbliebenen Schwellen wie eine Kreissäge. Eine der Trossen spleißte sich auf. Das Stahlkabel erschlug die Männer am Brückenkopf und wischte ihre Leichen in den Fluß. Eine Seite der Brücke gab nach, der Truck kippte auf die Seite. Einen Moment lang hielt die zweite Trosse noch das gesamte Gewicht der Brücke, dann riß auch sie.

Im Zeitlupentempo wurde der Truck von der zusammenbrechenden Brücke weggeschleudert. Er schien in der Luft zu hängen, dann stürzte er, Heck voraus, mit drehenden Rädern in den Fluß. Die Strömung riß ihn mit sich wie einen umgestürzten Baumstamm. Langsam drehte er sich um, die Lichter glühten noch eine Weile unter Wasser. Er schien sich noch einmal umzudrehen, dann erloschen die Scheinwerfer.

Peters Jeep bog um die Ecke und fuhr die steile Böschung zur Brücke hinab. Dann bremste er scharf. Die Scheinwerfer beschienen die nackte Kante. Sie sahen, wie sich die Brücke auf der anderen Flußseite schwankend aus dem Wasser hob.

»Wer ist das?« fragte Faulkner und deutete auf die Lichter. »Nachhut?«

»Ich denke, es ist Peter«, sagte Janders leise neben ihm.

»Nicht möglich. Er war doch in der Mitte.«

Der R.S.M. zählte ab. Faulkner fragte.

»Dreizehn vermißt oder tot. Drei verwundet, aber gehfähig. Zwei Trucks verloren, Sir«, berichtete er. »Die vier von der Nachhut nicht mitgerechnet. Die stecken jetzt richtig in der Klemme.«

»Was ist mit Coetzee?«

»Er müßte dort drüben sein. Leutnant Fynn sagt, nach dem Hinterhalt im Dorf sei er zurückgefallen. Mr. Limbani ist bei ihm, auch der Freiwillige White und McTaggart.«

»O Gott«, sagte Faulkner leise.

Die Scheinwerfer des Jeeps erloschen, und eine Stimme rief von der anderen Flußseite her. Faulkner ging auf die Böschung.

»Okay drüben?« schrie er.

»Ja«, antwortete Peter. »Könnt ihr uns eine Leine rüberwerfen?«

Der R.S.M. sah in den Trucks nach. »Wir haben nichts, Sir«, meldete er. »Nur ein paar Stücke Schleppketten. Wir kriegen sie nie herüber.«

Faulkner schrie das zu Peter hinüber. McTaggart kam vom Fluß herauf. »Da können wir nie rüberschwimmen. Zuviel Strömung.«

Peter saß auf der Haube des Jeeps und überhörte die Schreie von drüben. Er hatte einen guten Kopf, aber wenig Vertrauen dazu. Er dachte langsam, brauchte also Zeit. Allmählich wurde es heller, und irgendwo hinter ihnen waren die Simbas. Als er bereit war, stand er auf und ging zum Ufer.

»Ihr fahrt weiter«, schrie er Faulkner zu. »Ich gehe flußabwärts durch den Busch, bis ich ein Boot oder eine Brücke finde. In achtundvierzig Stunden treffe ich mit euch in Kilimbi zusammen.«

Faulkner winkte zum Zeichen, daß er verstanden hatte. Er schrie etwas von der Nachhut, die ein Radio hatte, dann kehrte er zu seinem Jeep zurück. Er wollte Peter noch sagen, wie wichtig es doch sei, Limbani durchzubringen, daß alles davon abhinge. Aber er sparte sich die Worte. Sie nützten ja doch nichts.

»Wo bleibt eigentlich das Glück, das wir sonst immer hatten?« fragte er Janders voll Bitterkeit.

»Das schaut auf die andere Seite«, antwortete Janders und kletterte auf den Truck.

Beide wußten, was geschah, wenn Peter Limbani nicht durchbrachte. Jetzt war es zu spät, nach Norden zu fahren.

20

Montag, 28. Dezember, 4.50 Uhr morgens

Peter sah den abfahrenden Trucks nach. Dann schaute er zum Himmel hinauf. Dort zeigten sich die ersten, schwachen, kalten Rosaschattierungen. Nachtwolken hingen über den Kappen der Hügel. Sie würden sich bald heben und auflösen. Der Tag würde heiß werden. Limbani stand, von Whity gestützt, neben dem Jeep.

»Kaffer, kannst du Englisch?« fragte Peter. In der Stille des frühen Morgens sprach er leise.

Der Afrikaner nickte.

»Von hier aus müssen wir laufen. Also hol aus dem Jeep, was du brauchst.«

Whity quäkte einen Protest.

»Wir laufen«, erklärte Peter bestimmt. »Es ist sicherer. Ich und McTaggart, wir zwei sind gut im Busch, also braucht ihr keine Sorge zu haben. Ihr tut nur das, was wir euch sagen. Wir gehen eine Stunde, dann suchen wir einen Platz zum Ausruhen. Abends gehen wir dann über den Fluß.«

McTaggart startete den Jeep, rammte den Rückwärtsgang hinein, lief nebenher und steuerte, bis er in den Fluß stürzte.

»Was ist mit der Nachhut?« fragte Whity.

»Wir gehen besser allein. Ich nehme die Spitze, du hilfst dem Kaffer in der Mitte, und du, McTaggart, machst den Schluß und paßt auf.«

»Mr. Limbani ist kein Kaffer«, protestierte Whity hitzig. »Er ist ein früherer Premierminister.« Der Afrikaner schwieg.

Peter zuckte die Achseln. »Für mich ist er ein Kaffer«, antwortete er einfach. »Wo ein Fluß ist, gibt es auch immer einen Pfad. Den müssen wir finden. Wenn wir gehen, paßt ihr scharf auf, was ich mache, dann lernt ihr's bald. Es wird nicht gesprochen, nicht geraucht und kein Lärm gemacht. Wir müssen uns ganz leise bewegen. Ihr paßt auf und spitzt die Ohren. Ihr müßt wie ein Tier denken, euch wie ein Tier bewegen. Laßt ja niemals eure Sinne einschlafen. So bleibt ihr am Leben. Und jetzt weiter, ihr beide.«

Sanft und schön brach der Tag an, als beginne eine ganz neue Welt. Das Flugzeug ging in Lumbo nieder, um Treibstoff aufzunehmen. Pereira wartete auf der Landebahn. Sein Kinn war mit

Bartstoppeln bedeckt, sein Gesicht hatte Falten der Sorge und Müdigkeit. Er wartete, daß die Türen aufgingen und die Söldner herauskamen. Nur der Kapitän erschien auf der Treppe. Pereira führte ihn in das kleine Flughafenbüro. Keiner sprach, während sie liefen.

Die Nachricht wurde nach Lourenço Marques gefunkt, von dort nach England.

»Überzeugen Sie sich, daß wir getarnt sind«, sagte Matherson zu Balfour, als dieser berichtete. »Wenn der Sturm losbricht, wissen wir, daß Ndofa Limbani gekriegt hat. Bis dahin können wir noch hoffen. Inzwischen müssen Sie etwas finden, um damit schachern zu können.«

Das Flugzeug ging in Lourenço Marques herunter mit einer streng gesetzlichen Ladung und kehrte normal nach Swaziland zurück.

Der Kongo erklärte den Ausnahmezustand. Die Grenzen wurden allen Ländern gegenüber geschlossen, Radio- und Telefonverbindungen unterbrochen. Die Flughäfen wickelten nur noch militärischen Verkehr ab, und von der Abend- bis zur Morgendämmerung herrschte Ausgehverbot. Die Auslandspresse wurde dahingehend unterrichtet, daß der Kongo Angriffshandlungen der Portugiesen fürchte als Vergeltung für die Aufnahme von Freiheitskämpfern. Alle Soldaten aus Limbanis Provinz wurden in den Kasernen eingesperrt und entwaffnet. General Ndofa sollte, wie man erfuhr, militärische Manöver im Busch abhalten. Die Welt nahm wenig Kenntnis vom Ausnahmezustand. Aber im Kongobusch trugen die Trommeln die Gerüchte dorthin weiter, wo es keine Telegrafendrähte gab.

12 Uhr

Faulkner fuhr seinen Konvoi von der Spur herunter und tarnte die Fahrzeuge in den Bäumen. Die Männer konnten ausruhen und auf die Dunkelheit warten, ehe sie auf einer der schlechtesten Straßen Afrikas weiterfuhren.

Peter kehrte zu dem kleinen im Busch versteckten Lager am Fluß zurück. Er war müde und hinkte, und die Fliegen quälten ihn, die den blutigen Verband an seinem Schenkel umschwärmten. »Drei Meilen flußabwärts, wo er breiter wird, ist ein Dorf«, sagte er. »Die haben ein paar Einbäume, die uns hinüberbringen, aber der Weg ist schlecht.«

Whity erneuerte den Verband. »Das wird sich entzünden«, meinte er vorwurfsvoll.

»Wenn ich nur rüberkomme«, erwiderte Peter. »Die Bandagen vergräbst du tief und legst obenauf ein paar große Steine. Dann paß auf. Ich brauch ein wenig Ruhe.«

»Wir haben etwas Suppe für dich«, bot ihm Whity an. Er rührte sie angewidert um. »Ist aus Flußwasser. Es ist mehr Schlamm als Suppe. Gott allein weiß, was die unseren Mägen antut. Aber ich kann ja das Wasser nicht abkochen.« Er ging weg und verschwand zornig im Busch.

»Alles in Ordnung, Kaffer?«

Der Afrikaner hob seine Handgelenke, die von den Handschellen aufgescheuert waren. »Ich blute rot wie du, Weißer. Nenn mich nicht Kaffer.«

»Dort, wo ich herkomme, heißen alle Schwarzen von jeher Kaffer. Schon lange bevor es zum Schimpfwort wurde.«

»Von jetzt an werden Sie mich Mr. Limbani nennen.«

»Ah, geh doch zum Teufel«, antwortete Peter ärgerlich und legte sich in den Busch zurück. »Ich hab im Moment größere Sorgen als deine Gefühle, Mensch.«

»Wäre es Ihnen lieber, ich würde Sie mit Baas ansprechen?« fragte Limbani. »Ja, Baas. Nein, Baas. Würden Sie sich denn bei einem Schwarzen behaglicher fühlen?«

Peter drehte sich um und öffnete die Augen. »Ich mag jetzt nicht über Politik mit dir reden, ich will schlafen«, antwortete er erschöpft. »Laß mich doch in Ruhe, ja?«

»Woher kommen Sie?« fragte Limbani. »Aus Südafrika?«

»Rhodesien«, antwortete Peter, denn alle Rhodesier waren stolz darauf, Rhodesier zu sein.

»Rhodesien. Ich kannte Welensky vor langer Zeit. Er war ein guter Mann.«

»Ich hab' ihn nicht gekannt«, flüsterte Peter zornig. »Ich treffe selten mit Premierministern zusammen. Oder mit Expremierministern. Und halt jetzt endlich die Klappe.« Er drehte sich wieder um und tat, als ob er schliefe.

»Weißer«, fragte der Afrikaner in seinem Rücken, »warum kommen Sie auf den Gedanken, daß ich Ihnen für die Rettung meines Lebens danke? Des weißen Mannes wegen habe ich mein Land verloren. Des weißen Mannes wegen habe ich so viele Jahre in Zellen verbringen müssen. Wissen Sie, wie es ist, wenn man täglich ein wenig von seiner Hoffnung verliert, bis nichts mehr übrig ist? Und wie es ist, wenn man den weißen Regierungen zuschaut, die in unserem Hinterhof um die Macht raufen? Und Sie, der Bauer, werden weggeworfen und vergessen.

Sie wenigstens kann ich verstehen als das Tier, das Sie sind, die Regierungen wegen ihrer Habsucht. Es sind die weißen Liberalen, die ich verachte. Die Männer, die mit ihren wundervollen Worten von Menschenrechten und Freiheit mein Vertrauen erschlichen. Die Männer, die mich in einer Zelle verrotten ließen und mich vergaßen, als ich keine Führergestalt mehr war, mit der man angeben konnte. Diese Männer erbauten ihrer eigenen Güte und Christlichkeit Monumente auf den Leichen der Afrikaner, auf den Millionen meiner Brüder, die verhungerten und abgeschlachtet wurden. All diese herrlichen Ideale, wenn Freiheit in Afrika nur die Bezeichnung ist für einen neuen Unterdrücker.«

»Mensch«, sagte Peter und erhob sich auf die Ellbogen. »Bist du jetzt fertig? Na, dann gut.« Er schüttelte den Kopf. »Ich weiß nicht, wovon du redest. Ich versteh nicht mal die Politik in meinem eigenen Land. Das ist mir zu hoch. Und wenn du jetzt nicht die Klappe hältst, dann halt ich sie dir, ob du krank bist oder nicht. Oh, und noch was. Du nennst mich nicht Weißer, sondern Mr. Coetzee.«

»Warum? Klingt das wie ein Schimpfwort? Gefällt es Ihnen nicht, wenn man Sie nach der Farbe Ihrer Haut nennt?«

Peter knurrte. Limbani schwieg und paßte auf, während Peter schlief.

Unter den Bäumen war es kühl und feucht und ziemlich dunkel, denn das Sonnenlicht kam kaum durch. Der R.S.M. ging leise herum, überprüfte die Posten und notierte sich im Geist die Männer, die unter der Anstrengung zusammenzubrechen drohten. Er fauchte sie an oder ermutigte sie, je nach ihrem Charakter. Die übrigen Männer waren vollauf beschäftigt. Eine Gruppe inspizierte die Fahrzeuge. Eine andere versuchte auf einem Primuskocher, Taschenformat, etwas zu kochen. Der diensttuende Unteroffizier murmelte, das sei ungefähr so, als wolle man fünftausend mit einem einzigen Fisch füttern. Eine ausgewählte Gruppe von Männern saßen ein Stück entfernt von den anderen und konstruierten handgestrickte Landminen.

Am Spätnachmittag flog ein Suchflugzeug hoch über ihnen weg und kreiste ein paarmal. Die Männer warteten und hielten die Gesichter gesenkt, bis der Lärm nach Süden verklang. Nach Sonnenuntergang setzte sich der Konvoi wieder in Bewegung und fuhr mit höchstmöglicher Geschwindigkeit weiter nach Kilimbi.

16 Uhr

Limbani lag da, den Rücken an einen Baumstamm gestützt. Das warme Licht der Nachmittagssonne filterte durch den Busch und warf Schattenflecken auf sein Gesicht. Die heiße, feuchte Luft trug den Geruch des Busches heran, und das Geräusch des Flusses tröstete ihn. So hatte er sich in der Zelle seines Landes erinnert. Mit afrikanischem Fatalismus hatte er den Tod akzeptiert. Jetzt fing er an, das Leben zu genießen. Er dachte an seine Frau und Kinder und an die Zukunft, dann verschloß er alles in der Dunkelheit seines Geistes. Er brauchte die Bitterkeit, die ihn am Leben hielt. Der Regen war ausgeblieben, aber im Osten zog sich ein schweres Gewitter zusammen.

Peter wachte auf und streckte sich wie eine Katze. Sein Bein war steif und schmerzte, doch es würde ihn schon tragen.

»Ich hatte früher einmal einen solchen Leibwächter wie Sie. Er starb«, sagte Limbani.

»Jetzt redest du schon wieder«, bemerkte Peter ärgerlich. »Kein Wunder, daß du Politiker bist.«

»Ich wollte Sie fragen, welcher Regierung ich nun verpflichtet bin.«

»Das weiß ich nicht«, antwortete Peter ehrlich. »Ich glaube aber, wir werden von deinem Geld bezahlt. Das versteht ihr afrikanischen Politiker. Ihr lernt es schnell, es in Sicherheit zu bringen. Ihr plündert eure Völker aus.«

»In Afrika gibt es sehr wenig ältere Staatsmänner. Entweder lebt man und ist an der Macht, oder man ist tot. Geld ist nützlicher als eine Armee.«

»He«, rief Whity, und Peter ging zu ihm. »Hör mal, Liebling, ich werde lebend aufgefressen«, beklagte er sich. »Diese verdammt riesigen Moskitos werden mich noch davontragen. Wann werde ich endlich abgelöst?«

»Jetzt«, antwortete Peter. »Ich suche McTaggart, dann komme ich zurück. Du siehst nach Limbani. Dieser Kaffer treibt mich noch zum Wahnsinn. Kein Wunder, daß ihn Ndofa umbringen will.«

»Er macht eine schwere Zeit durch. Ich glaube, er will nur bei Verstand bleiben. Du wärst auch bitter an seiner Stelle. Und warum läßt du's nicht sein, ihn immer Kaffer zu nennen? Du weißt doch, daß ihn das ärgert.«

»Whity, schwenk nur ja nicht auf seine Seite über. Der Kerl hat mir den ganzen Nachmittag über wahrgesagt.«

»Keine Angst, Lieber.« Whity tätschelte sein Knie. »Du weißt doch, daß ich zu dir halte. Soll ich noch mal nach deinem Bein schauen?«

Peter grinste ihn an. »Whity, bist du wirklich so schwul, wie du tust?«

»Ich fürchte, Lieber, schwul wie 'ne Biene. Erschüttert dich das?«

»Hier draußen scheint das nichts auszumachen. Wie ist denn das überhaupt?«

»Kauf mir ein Dinner, wenn wir zurück sind, dann zeig ich dir's schon«, flachste Whity.

»Du weißt doch, daß ich nicht so bin«, meinte Peter verlegen.

Whity lächelte. »Weiß ich, Liebling. Ich hab' dich doch nur geneckt. Dich kann ich mir in London oder in einer anderen Stadt nicht vorstellen, wenn's soweit ist.«

»Dort hab' ich auch nicht viel getaugt.«

»Ich auch nicht. Aber ich bin froh, daß ich bei dir bin. Du bringst uns schon durch, nicht wahr? Mir gefällt's hier nicht.«

»Aber du machst deine Sache doch recht gut, Whity. Du bist so gut wie jeder andere Mann, den ich kenne. Und wegen vorhin ... Es tut mir leid. Ich hab' nur mal drüber nachgedacht, weißt du.«

»Wie es ist, wenn man schwul ist?«

»Ja, aber vergiß es. Mich geht's nichts an.«

»Liebling, es ist das einsamste Gefühl der Welt. Eines Tages werd ich dir's erzählen.«

McTaggart grinste Peter an. Er schien mit dem Schatten wie ein alter, knorriger Baumstumpf zu verschmelzen.

»Alles in Ordnung?« erkundigte sich Peter.

McTaggart nickte.

»Na, schön«, sagte Peter, »dann werden wir eine Stunde nach Sonnenuntergang aufbrechen. Wir brauchen ungefähr zwei Stunden bis zum Dorf. Hast du je einen Einbaum gepaddelt? Gut. Dann nimmst du Whity; ich kümmere mich lieber um den Kaffer.«

Das Gewitter brach los und zog vorüber. Sie waren durchnäßt und fühlten sich hundeelend. Eine Stunde nach Sonnenuntergang machten sie sich auf den Weg. Der Pfad folgte genau dem Fluß. Auf der einen Seite waren Erdböschungen, auf der anderen das wirbelnde Wasser. In den ersten zwanzig Minuten brach Limbani zusammen und mußte getragen werden. Sie brauchten drei Stunden zum Dorf. Dort war der Fluß breit und dunkel, und in der Mitte herrschte eine wilde Strömung. Die Kanus lagen kieloben auf einem schmalen Sandstreifen. Auf der anderen Seite ließ sich ein ähnlicher Sandstreifen erkennen, der weißlich im Sternenlicht schimmerte, darüber erhob sich die hohe Uferbank.

Das Dorf war dunkel und lag etwa zweihundert Yards von der Sandbank entfernt. Der aufgehende Mond versteckte sich noch hinter den Hügeln. Peter und McTaggart robbten auf den Bäuchen aus der Buschdeckung durch den Sand. Sie drehten zwei kleine Einbäume um und trugen sie nacheinander zum Wasser hinab.

Auf ein Signal hin kam Whity aus dem Busch und stützte Limbani, stolperte aber unter seinem Gewicht, als er lief. Sie hatten die zwei Einbäume mit einem Seil verbunden. Limbani wurde in Peters Kanu hinabgelassen, Whity sprang in das zweite, als McTaggart es ins Wasser schob. Beide begannen zu paddeln. Peter schob sein Kanu ebenfalls ins Wasser, als das Seil sich straffte. Im seichten Wasser paddelten sie lautlos flußaufwärts, aber in der Strömung hatten sie alle Hände voll zu tun.

Die Eingeborenenkanus sind schwere Boote und schlecht zu dirigieren. Die Strömung faßte sie und schwemmte sie flußabwärts. Der Lärm ihres fieberhaften Paddelns verlor sich im Rauschen des Wassers. Dann brachen sie aus der Strömung und paddelten flußaufwärts zum gegenüberliegenden Sandstreifen. Whity trug Limbani mehr als daß er ihn stützte zum Busch, während Peter und McTaggart das Seil lösten und die Kanus in die Strömung hinausstießen.

Sie rasteten zehn Minuten lang, fanden dann die Spur nach Süden und stolperten die ganze Nacht hindurch weiter. Abwechslungsweise trugen sie Limbani. Bei Einbruch der Dämmerung lag Limbani ausgestreckt auf einem Ochsenkarren. Whity fuhr mit einem nervösen Afrikaner, Peter und McTaggart waren Vor- und Nachhut.

Dienstag, 29. Dezember

Der Haupttrupp der Söldner erreichte im Morgengrauen den Rand des Dorfes Kilimbi. Für die dreißig Meilen hatten sie die ganze Nacht gebraucht, und sie hatten noch zwei weitere Trucks an die Straße verloren. Die Männer ruhten aus und warteten auf den Sonnenaufgang. Dann zogen sie vorsichtig in das Dorf ein.

Es hatte eine Hauptstraße, wenn auch nur aus festgefahrener Erde. In der Dorfmitte war sie in weiten Abständen mit Bäumen bepflanzt. Zu beiden Seiten standen weiße, einstöckige Häuser mit schmalen Fronten, von denen die Farbe abblätterte. Ungefähr so müssen in den Tagen des alten Westens die kalifornischen Frontstädtchen ausgesehen haben. Schaufenster waren mit schweren Stahlgittern geschützt, die man mit Vorhängeschlössern sicherte. Dahinter lagen eine Hüttenstadt und ein paar heruntergekommene Wohnhäuser aus der belgischen Ära.

Das Dorf war völlig verlassen, sehr still und wirkte im grauen, frühen Morgenlicht gespenstisch. Die Männer waren nervös und warteten auf den Ausbruch des Sturmes. Sie legten ihre Gewehre auf Schatten an. Sie liefen ein paar Schritte, blieben stehen, gingen in Deckung, liefen weiter. Eine Tür schlug, eine kollernde Blechbüchse durchbrach die Stille. Die Sonne ging auf. Sie hatten das ganze Dorf durchgesehen. Niemand war da. Die Bewohner hatten alles zurückgelassen und waren verschwunden.

Faulkner, Janders und der R.S.M. machten eine genaue Runde. Sie prüften die Wasserversorgung nach, holten alle verfügbaren Lebensmittel zusammen und stellten Posten daneben. Janders vernichtete allen Alkohol, den er finden konnte. Das Dorf hatte eine gute Verteidigungsanlage in den Bergen. Sie teilten die Männer ein, und der R.S.M. ließ sie arbeiten.

Faulkner richtete sein Büro in der Polizeistation ein. Gefangene waren nicht da, obwohl die Zellen noch vor kurzem belegt gewesen waren. Die Abwesenheit der Bewohner, die Stille und das Warten in der zunehmenden Hitze machten die Angst fast greifbar. Die Männer sprachen leise miteinander und gingen automatisch in Deckung, wenn sie sich bewegen mußten. Sie warteten auf den ersten Schrei, den ersten Schuß, der die Stille zerriß.

Eine Patrouille fand ein paar Afrikaner, die zögernd zum Dorf zurückkehrten. Die brachten sie mit verbundenen Augen durch die Verteidigungslinie. Drei ältliche, sehr würdige und ungeheuer verängstigte Männer standen vor Faulkners Schreibtisch. Im Hintergrund versuchte ein Funker den Kontakt mit der vermißten Nachhut herzustellen. Faulkner fragte sie behutsam in Suaheli aus. Sie hatten Angst vor seinen Augen, vor der wilden Heftigkeit, die unter seiner Oberfläche lag.

Sie sagten ihm, daß die Dorfbewohner sich in den nahen Hügeln versteckt hielten. Die alten Männer waren ausgewählt worden als ihre Sprecher, denn sie waren in der Gemeinde angesehen, aber auch ihres Alters wegen entbehrlich. Die kleine Garnison war in Richtung Boudeville geflohen. Andere Truppen befanden sich sonst nicht in der Gegend, aber ein Gerücht ängstigte sie, daß die Simbas unterwegs seien. Diese Leute würden alle töten. Deshalb baten die alten Männer die Söldner sehr höflich, doch in ein anderes Dorf weiterzuziehen und sie in Frieden zu lassen.

Nach einer Vernehmung von etwa dreißig Minuten nahm einer der Männer seinen ganzen Mut zusammen und fragte, ob es denn wahr sei, daß Limbanis Geist zurückgekehrt sei.

Faulkner versicherte ihnen, daß Limbani in den nächsten vierundzwanzig Stunden erwartet werde. Die alten Männer sprachen sehr angeregt untereinander.

»Werden eure Leute uns helfen, wenn Limbani kommt?« fragte Faulkner.

»Wenn wir ihn sehen«, erklärte einer der alten Männer bestimmt, »wird er uns sagen, was wir tun sollen, denn er ist unsere Mutter und unser Vater.«

Einer der Afrikaner ging weg, um den Dorfbewohnern zu berichten. Die anderen beiden blieben als Geiseln zurück und hockten geduldig an der Wand. Eine Stunde später begann in den Hügeln eine Trommel, erst zögernd, als stelle der Trommler einen Kontakt her, dann brach er in einen vollen, donnernden Beat aus.

»Sie haben nach dem weißen Gottmann geschickt«, übersetzte der eine. Faulkner gab das Wort weiter an die Posten, daß ein weißer Priester erwartet werde, der durchzulassen sei.

Um die Mittagszeit begann der Regen, mit ihm kam der Priester. Auf einem Esel zockelte er langsam die Hauptstraße entlang. Hinter ihm folgten in respektvollem Abstand die Dorfältesten und einige weitere Dorfbewohner. Der Priester war groß und saß sehr aufrecht auf seinem Esel. Den Kopf hatte er durch ein in eine große

Plane geschnittenes Loch gesteckt. Sie bedeckte ihn und den größten Teil des kleinen Esels. Seine Beine schleiften auf dem Boden. Er war ein hoher Sechziger mit einem mageren, tiefgefurchten, harten Gesicht, das wenig künstlerisch aus Granit geschlagen worden zu sein schien. Über wilden, blaugrauen Augen buschten sich dichte graue Brauen, und eine Mähne langer grauer Haare hing ihm über die Ohren und den Nacken. Sie war naß vom Regen. Die Söldner kamen aus ihren Deckungen heraus, um ihn vorbeireiten zu sehen. Der Priester schaute starr geradeaus.

Der Esel hielt von selbst in der Straßenmitte an und spreizte die Beine, als wolle er keinen Schritt mehr weitergehen. Der Priester fluchte, schwang das eine Bein über den Eselsrücken und ging hinter ihm her. Der Esel schrie gellend, dann schlug er mit beiden Hinterhufen aus. Für einen alten Mann tat der Priester einen erstaunlichen Sprung. Trotzdem traf einer der Hufe die nachschleifende Plane, und dieser Lärm klang wie ein Pistolenschuß.

Der Priester versetzte dem Esel einen Fußtritt. »Du heidnisches Biest!« röhrte er in breitem irischen Akzent. Der Esel schrie laut, schlug nun nach allen Seiten aus und verscheuchte die Dorfbewohner. Der Priester schien damit zufrieden zu sein und ging auf Faulkner zu. Als er die Stufen erstieg, nahm er die Plane ab. Darunter trug er schwere Stiefel, die mit Lederriemen verschnürt waren, ausgeblichene Khakihosen und ein kurzärmeliges, am Hals offenes Khakihemd. Seine walnußbraunfleckigen nackten Arme schienen nur aus Knochen zu bestehen. Die Handgelenke und Hände waren kräftig.

»So, Sie sind also der mörderische Helde, den ich sehen soll«, begrüßte er Faulkner. Er streckte die Hand aus, und Faulkner nahm sie. Der Priester bemerkte Faulkners Miene. »Seit zwanzig Jahren hab' ich keinen Kragen mehr getragen«, erklärte er. »Meinen Rock hab' ich am Sonntag an. Paßt Ihnen das? Welcher Tag ist heute? Ah, Dienstag. Und was tun Sie am Sonntag, dem Tag des Herrn? Wie ich höre, haben Sie den wilden Mann gespielt und Ihre Mitmenschen links, rechts und in der Mitte umgebracht. Stimmt doch?« donnerte der Priester. »Jawohl, ich hab' recht«, bestätigte er, ehe Faulkner noch reden konnte.

Während der Priester sprach, hielt er seine Faust wie ein Boxer neben seiner Wange. Machte er beim Sprechen eine Pause, so zog er den Kopf zwischen die Schultern, schaute mit wilden Augen drein und schnaubte. Man hatte das Gefühl, diese Faust könne jeden Moment im Gesicht landen; natürlich im Gesicht dessen, mit dem er sprach. Seine Art erforderte völlige Aufmerksamkeit.

»Und als Sie den wilden Mann spielten und Ihre Mitmenschen ermordeten – am Sonntag«, röhrte der Priester vor der sich allmählich sammelnden Söldnermenge, »hat da einer seinem Schöpfer Respekt gezeigt? Nein, natürlich nicht, ihr mörderischen Heiden. So, und jetzt wird gebetet. Bevor wir weiterreden, betet ihr, daß der gute Herr die Last eurer schwarzen Sünden von euren Schultern nimmt. Runter mit euch!« Er deutete auf die schlammige Straße. »Auf die Knie! Alle!«

»Von dem hörte ich, als wir zum letztenmal hier waren«, murmelte Janders. »Ich dachte, der sei schon vor Jahren gestorben. Er hat den Buschwahnsinn. Wir machen ihn besser glücklich und tun, was er sagt.«

Die Dorfbewohner und Söldner knieten im Straßenschmutz, und es regnete noch immer. Alle folgten Faulkners Beispiel, nur einer blieb stehen.

»Ich bin Jude«, schrie er und zuckte unter dem zornigen Blick des Priesters zusammen.

»Runter mit dir, du Heide!« röhrte der Priester und wippte auf den Absätzen. »Du verlorene Seele, du mußt noch viel mehr beten.«

Der Jude kniete nieder.

»Herr«, begann der Priester. Er wußte, daß Gott neben ihm stand und ihm Macht verlieh. »Vor dir im Staub und Dreck liegt der Abschaum der Menschheit. Söldner, mörderische Heiden, und alle sind Söhne einer Mutter. Herr, sie sind eine Gotteslästerung auf deiner guten Erde.«

Faulkner stand auf. »Jetzt reicht es«, meinte er.

»Niederknien!« brüllte der Priester. »Das hab' ich gesagt, und das seid ihr auch! Übrigens, das beste kommt erst noch.

Süßer Herrgott, sagte ich, sie sind alle Sünder, ein jeder und jeder einzelne, und sie haben sich am vergangenen Sonntag noch übertroffen. Aber das weißt du besser als ich, Herr. Aber, Herr, ich erinnere dich daran, daß diese Sünder einmal in den letzten Schwierigkeiten einiges getan und deine Diener vor einer Schlächterei gerettet haben, denn sonst wären sie in Stücke zerhackt worden. Ich versteh's ja nicht, Herr, warum diese mörderischen Wilden immer deine Diener in Stücke zerhacken wollen. Außer du bist zu knapp an Märtyrern. Ja, das wär' wohl ein Gedanke.«

Die Männer wurden schon ungeduldig, denn der Regen drosch herab.

»Jedenfalls, Herr, wenn du eine Möglichkeit siehst, diese Sünder mit heiler Haut davonkommen zu lassen unter Berücksichtigung dessen, was ich vorher erwähnt habe, dann, Herr, wäre ich dankbar.«

Die Söldner begannen aufzustehen. Der Priester jagte sie auf die Knie zurück.

»Aber, Herr«, donnerte er, »wenn unter ihnen die gottlosen Schweine sind, die 1963 in unserer Kirche in Boudeville die Edelsteine vom Kruzifix stahlen, dann mach mit denen eine Ausnahme, Herr, wenn ich auch nicht verstehe, daß du die nicht gleich an Ort und Stelle mit deinem Blitz gestraft hast, Herr.«

Rollender Donner unterstrich diese Worte. Der Blick des Priesters überflog die Knienden. Keiner war umgefallen.

»Aber geheiligt seien deine Wege«, murmelte er enttäuscht, erteilte ihnen den Segen, machte das Kreuzzeichen und ließ sie aufstehen.

»Amen«, riefen die Söldner im Chor und eilten davon, um vor dem Regen Schutz zu suchen. Faulkner führte den Priester zu einer Karte.

»Können Sie uns sagen, was draußen vorgeht,« fragte er ihn.

Der Priester besah sich die Karte. »Ich bin ja kein Soldat«, sagte er und schniefte, »aber ich kann Ihnen sagen, daß Sie richtig in der Klemme sitzen, in einem ordentlichen Schlamassel sind. Ndofa hat euch alle schön eingesperrt. Er hat die Terroristen in Ausbildung von der Grenze Sambia-Tansania vom Süden hergeholt, die Armee kommt von Kamine im Osten, aber das ist noch nicht alles. Seine Simbas kommen im Norden hinter euch her.« Er trat von der Karte zurück. »Sie fragen mich, wie er das macht, wenn man auf diesen Straßen nicht vorankommt. Ich sag's Ihnen. Er hat kubanische Piloten, gute Katholiken, die Kommunisten geworden sind, jeder einzelne von ihnen, und die fliegen sie herein.«

»Wie lange haben wir Zeit?« fragte Faulkner.

»Die ersten müßten im Lauf dieser Nacht ankommen. Jedenfalls vor Mitternacht. So lange haben Sie Zeit. Wenn Sie mir zuhören wollen, dann mache ich mit Ihnen einen Handel. Limbani müssen Sie irgendwo verstecken. Das Land ist reif für eine Rebellion, besonders sein eigenes Volk. Aber wenn Sie hier Ihre Standarte aufpflanzen wollen, dann bricht ein Bürgerkrieg aus. Die Leute werden massenweise umgebracht, weil sie keine Waffen haben.

Mein Vorschlag ist folgender: Ungefähr sechs Meilen von hier entfernt ist eine Mine. Dort ist ein kleiner Landestreifen, auf dem steht eben eine alte Dakota. Diese Dakota kann gut fliegen. Ich bin selbst damit geflogen. Was meinen Sie dazu?«

Faulkner lief auf und ab und war tief in Gedanken versunken. »Limbani ist irgendwo zwischen hier und dem Fluß Lukuga«, sagte er endlich. »Er müßte bald kommen. Ich möchte so lange wie möglich auf ihn warten.«

»Dann ist es also wahr?« fragte der Priester leise. »Herr, und ich habe den Gerüchten auch noch Nahrung gegeben. Und dann gehen Sie aber?« forderte er.

»Dann werde ich mich entscheiden«, versprach Faulkner. »Sprechen Sie die Sprache?«

»Natürlich. Bin ich umsonst vierzig Jahre hier?«

»Gut. Hier ist das Telefon, und die Leitung ist noch offen. Versuchen Sie Ndofa zu erreichen. Wir werden sehen, ob wir ein wenig Zeit aushandeln können.«

Faulkner ging mit Janders hinaus, während der Priester sich mit dem Telefon abmühte. »Ich traue ihm nicht«, sagte Faulkner. »Dieser Mann würde sich auch dem Teufel unterwerfen, wenn er damit dieses Volk vor einem Bürgerkrieg retten könnte. Frag mal die anderen Afrikaner. Vielleicht warten die Simbas bei dieser Mine auf uns.«

»Möglich«, gab ihm Janders recht. »Für einen Priester war das eine ganz gute Zusammenfassung und Illustrierung unserer Lage. Ich habe dir ja gesagt, daß ich ihn von früher her kenne. Wir suchten ihn, um ihn rauszuholen. Er führte damals seine eigene Armee. Ich kann mir immer noch nicht vorstellen, wie er erfährt, wo jeder ist.«

»Das kannst du schon herausfinden«, meinte Faulkner. »Ich beobachte ihn hier, du mußt draußen auf ihn aufpassen. Und sorg dafür, daß er mit keinem redet.«

Der R.S.M. berichtete. »Da wollen noch mehr auf Limbani warten, und es kommen noch viel mehr.«

»Such einen Führer bei jeder Gruppe aus. Bring ihn herein und paß auf. Der Rest muß außerhalb der Verteidigungslinie bleiben«, befahl Faulkner und ging hinein.

Während des ganzen Nachmittags erschienen immer mehr

Leute am Dorfrand, einzeln oder in Gruppen. Dorfälteste, Obleute, Häuptlinge und Politiker der Umgebung. Die Obleute und Häuptlinge repräsentierten die Alten, die Politiker die Jungen. Einige von ihnen mußten schon in aller Morgenfrühe aufgebrochen sein, und zwar an dem Morgen, als Limbani herausgeholt wurde. Sie waren den Trommeln gefolgt, und jeder war nach seinem Rang innerhalb der Gemeinde gekleidet. Ruhig hockten sie im Schatten neben einem bewaffneten Posten und warteten auf Limbani.

Peter entschloß sich, auch tagsüber weiterzugehen, um Zeit zu gewinnen, obwohl das mit größeren Risiken verbunden war. Sie gaben den Ochsenkarren auf, bedienten sich des Fahrers als Führer und folgten einem der zahllosen Fußpfade durch den Busch. Peter trug Limbani, dessen Geist klar, dessen Körper aber sehr geschwächt war. Beide hatten Schmerzen.

Limbani begann leise zu lachen.

»Was ist denn jetzt los?« fragte Peter ärgerlich. Er hatte darauf bestanden, Limbani zu tragen, bis es eine Form von Masochismus wurde. Sein Geist füllte sich mit einem dunkelroten Schmerz, der aus der Erschöpfung seines Körpers kam. Mechanisch stapfte er weiter.

»Weißer, wenn deine Freunde im Süden dich jetzt sehen könnten«, sagte Limbani und lachte wieder.

Peter sank auf die Knie, rollte sich herum und warf damit den Afrikaner von seinem Rücken. Er gab McTaggart und Whity ein Zeichen, daß eine Pause eingelegt wurde. »Kaffer«, sagte er voll Bitterkeit, »wenn du glaubst, du kannst auf mir wie auf einem verdammten Muli durch den ganzen Busch reiten und mich dann noch auslachen, dann kannst du auch, verdammt noch mal, laufen. Wir Weißen haben euch Schwarze lange genug auf dem Rükken mitgeschleppt.«

»Sie meinen, jetzt müßte es anders herum gehen, nicht wahr?«

»Du siehst ja nicht, wie die Leute einander in Rhodesien abschlachten.«

»Sie kommen noch an die Reihe. Aber Sie können mich hier lassen. Ich brauche Sie nicht.«

»Mensch, du brauchst mich, um dein elendes schwarzes Leben zu retten.«

»Ganz im Gegenteil. Sie brauchen mich, um Ihr elendes weißes

Leben und das Ihrer Männer zu retten. Es ist so, daß wir einander brauchen. Das ist Tatsache. Und so sollte es auch sein. Wenn die Weißen und Schwarzen Afrikas das nur erkennen würden.«

»Hör mal zu. Ich will nichts mehr von deiner Politik hören. Ich hab' genug davon.«

»Haben Sie Angst vor neuen Ideen? Sie wollen absolut kein bißchen nachgeben?«

»Mister, darum geht es doch nicht. Vielleicht sehe ich die Welt nicht so klar wie andere, weil ich nicht so viel rumgekommen bin, aber das weiß ich: Man zerstört nicht das Alte, bevor man nicht was Besseres an seine Stelle zu setzen hat. Deshalb halte ich mich an das Alte, bis jemand mit besseren Ideen kommt, aber die dürfen nicht nur Worte bleiben.«

»Und sie tun es besser schnell«, warnte Limbani. »Afrika ist wie ein Stundenglas, und der Sand läuft sehr rasch durch. Abgesehen von den Weißen und Schwarzen gibt es China, Rußland, Amerika, England und Frankreich, und alle wollen die Kontrolle über andere, wollen Gruppen von Völkern isolieren und sie gegeneinander ausspielen. Wir sind wie eine reife Pflaume, die vom Baum zu fallen bereit ist. Und wenn das geschieht, wird es auf dem ganzen Kontinent ein ungeheures Blutbad geben. Erst zwischen den Schwarzen und Weißen, dann zwischen den Schwarzen untereinander. Aber ich denke, das wird Sie wenig stören. Ihr Weißen könnt ja in eure Ursprungsländer zurückkehren.«

»Da hast du nicht recht, Mister«, quetschte Peter zwischen zusammengebissenen Zähnen heraus. »Wir Weißen sind Afrikaner, und wir bleiben. Hör mal, es ist doch so, als sei eine dünne weiße Linie quer über das Südende des Kontinents gezogen. Ihr Schwarzen habt zwei Drittel von Afrika, und ihr macht, verdammt noch mal, damit, was ihr wollt. Aber laßt uns in Ruhe. Versucht nicht erst, diese Linie zu überschreiten, sonst bekommt euch das schlecht. Und, Mister, du mußt wissen, daß wir hinter dieser Linie für euer Volk und alle Schwarzen mehr getan haben, als alle Schwarzen zusammengenommen. Wir haben erst eure Länder geschaffen und aufgebaut, und jetzt lebt ihr von ausländischer Hilfe, schlachtet einander ab und plündert eure Völker aus. Wir haben euren Schwarzen eine bessere Erziehung, bessere Krankenhäuser und alle möglichen anderen besseren Dinge gebracht. Wundert ihr euch, daß eure Völker, sobald sie laufen gelernt haben, in der Vogelfluglinie in den weißen Süden streben? Ich sag dir, weshalb. Sie haben euch satt, gründlich satt. Deshalb. Ihr seid die reifen Pflaumen, nicht wir. Wenn ihr euch selbst aussortiert und was anzubieten habt, dann kommt und redet mit uns. Bis dahin interessiert es uns nicht.«

»Wenn das, was Sie sagen, Weißer, wahr ist, warum wächst dann die Terrorwelle so schnell an? Warum gibt es so viele Konzentrationslager? Terroristen und Agitatoren können nicht ohne die Unterstützung des Volkes operieren, egal was die Länder jenseits eurer Grenzen wünschen. Die alte Ordnung verändert sich. Sobald sich eure berühmte unbewaffnete Polizei bewaffnet, wißt ihr doch, daß ihr eure Völker verliert und damit später auch euer Land.

Eure Regierungen nehmen für sich in Anspruch, sie seien die letzte Bastion der Demokratie in Afrika. Sie kämpfen angeblich für die Erhaltung Ihrer Lebensart, aber ist es Ihnen noch nicht aufgegangen, Weißer, daß Ihre Regierungen sagen: ›Wir nehmen euch alle Rechte und Freiheiten weg, die ihr seit der Magna Charta hattet, so daß wir die Demokratie verteidigen können; wir bauen Konzentrationslager, wir internieren ohne Prozeß, so daß wir die Demokratie verteidigen können; ein Mensch kann vom obersten Stockwerk einer Polizeistation zu Tode stürzen, damit wir die Demokratie verteidigen können. Lebt ihr da noch in einer Demokratie, Weißer? Wofür kämpfen Sie eigentlich? Es kann nicht um die traditionelle Lebensart gehen, denn die hat sich verändert. Diese Veränderung hat sich noch nicht auf Sie ausgewirkt, nur auf die Schwarzen, die Afrikaner.«

Peter stand auf. »Du bist wie der Rest. Du kannst alles wunderbar zerlegen, aber nichts mehr zusammenfügen. Du bist der Mann, der mir sagte, die afrikanische Freiheit sei nur ein Wort für den Austausch des Unterdrückers. Für eure Länder stimmt das haargenau. Ich kann nur für Rhodesien sprechen. Ich bin ganz und gar nicht über alles dort glücklich, aber ich kann dir sagen, die Menschen sind glücklicher als hier. Okay, ein paar sterben, und ein paar werden eingesperrt, aber der Rest kann doch wenigstens in Frieden alt werden. Und die paar, die sterben, sind weniger als ein Prozent der Menschen, die hier gestorben sind, vom übrigen Afrika ganz abgesehen. Die Demokratie wurde nicht dazu aufgebaut, daß sie sich gegen kommunistische Infiltration und Analphabeten stellt. Das zivilisierte Gesetz wurde auch nicht gegen das organisierte Verbrechen geschaffen. Ich wette, in Amerika sterben mehr Menschen an Drogen als Menschen in Rhodesien bei politischen Gewalttaten. Man kann entweder mit den Verbrechern leben, bis sie einen ganz vereinnehmen, oder man kann ein wenig von seiner persönlichen Freiheit verlieren und sie ausradieren.

Jedenfalls«, fuhr Peter ungeduldig fort, »solange das Volk hart und stark genug ist, könnt ihr euer Land halten. Wenn die Menschen fett und faul werden, verliert ihr es. So war es von jeher. Nichts kann dies ändern, erst recht nicht in Afrika, weil die Afrikaner immer dem Stärksten folgen. Und ich kann dir sagen, ich bin höllisch stark.«

Peter machte McTaggart und Whity ein Zeichen zum Weitergehen. Er drehte Limbani den Rücken zu. »Steig auf«, sagte er und stöhnte unter Limbanis Gewicht. Und dann stapfte er weiter.

»Es gibt noch andere Möglichkeiten, ein Land zu halten«, begann Limbani.

»Halt die Klappe«, erwiderte Peter. »Ich hab' keinen Atem zum Streiten.«

Faulkner kam zu Janders vor das Haus. »Wir sind nach Albertville durchgekommen«, sagte er. »Ndofa ist irgendwo im Busch. Sie versuchen ihn zu finden. Es wird noch ein paar Stunden dauern ... Hast du irgendwelche Flugzeuge gesehen?«

Janders schüttelte den Kopf.

»Merkwürdig«, sagte Faulkner leise.

»Vielleicht möchte er uns ganz lautlos erledigen.«

»Ohne Unterstützung aus der Luft hat er da eine höllisch harte Arbeit vor sich. Wie steht es mit unseren Lebensmitteln?«

»Zwei Wochen, wenn wir sparsam sind. Und reichlich Wasser.«

»Munition?«

»Fast tausend Schuß pro Mann. In der Garnison hier haben wir einiges gefunden. Aber Granaten sind knapp.«

Faulkner schaute auf die Uhr, dann zum Himmel hinauf. »Vier Uhr. Wir brauchen Zeit, nichts als Zeit. In den Nachrichten war nichts. Also hat er Limbani noch nicht.«

»Ich habe das bei den Afrikanern nachgeprüft. Sie sagen, dieser Priester kommt gleich nach dem lieben Gott, und sie haben eine höllische Angst vor ihm. Sechs oder sieben Meilen von hier ist eine kleine Mine mit ein paar Europäern, aber der Weg über die Berge ist äußerst beschwerlich. Sie wissen nicht, ob das Flugzeug dort ist, aber ich habe ein paar von ihnen mit einer kleinen Patrouille und einem Funkgerät weggeschickt, um zu erkunden. Ich habe auch eine Patrouille nach Peter ausgeschickt. Ein paar Männer habe ich im Busch aufgefächert, die auf Feindkontakt warten. Wir werden es also früh genug erfahren.«

»Gut«, sagte Faulkner. »Um die Armee als solche oder um die Terroristen mache ich mir keine Sorgen. Die haben nicht den Magen für einen Kampf, aber wir verstärken besser den Norden gegen die Simbas.«

»Willst du immer noch aushalten?« fragte Janders.

Faulkner grinste. »Ich brauche nur Zeit, sonst nichts«, wiederholte er. »Vielleicht bezahlt uns Ndofa das Doppelte, was Matherson uns angeboten hat, nur um uns loszukriegen, bevor wir fertig sind.«

Zornig stampfte der Priester heraus. »Telefone«, erklärte er, »sind dazu erfunden worden, die Menschen zum Wahnsinn zu treiben. Und diese Telefonisten müssen vom Teufel persönlich angelernt worden sein.«

Faulkner stand auf.

»Gehen Sie?« fragte der Priester.

»Ich muß mich nur bei meinen Männern umschauen.«

Der Priester stöhnte furchtbar, als er sich neben Janders setzte. »Das ist ein feiner, kühler Kämpfer«, sagte er und machte eine Kopfbewegung zu dem sich entfernenden Faulkner. »Mir wäre lieber, er würde sich von hier verziehen. Ich überlege«, fuhr der Priester nachdenklich fort, »ob er nicht irisches Blut in sich hat. Faulkner. Faulkner.« Er versuchte den Namen unterzubringen. »Muß er wohl«, meinte er und gab auf. »Ein Mann wie er hätte uns bei den Wirren sehr nützlich sein können, aber Sie sind ja zu jung, als daß Sie sich dran erinnern könnten...

Woher kommen Sie eigentlich? Sie reden wie ein Amerikaner. Gott segne dieses Volk. Zu Irland waren sie gut.«

»Auf irgendeine Art schon«, erwiderte Janders.

»Sie wissen ja, daß ich Sie aufhalten werde, wenn Sie hier einen Bürgerkrieg anzuzetteln versuchen«, sagte der Priester. »Ich setze alles ein, was ich habe, solange Sie das verstehen.«

»Ja, ich weiß«, erwiderte Janders leise. »Aber Sie werden sehen, daß man Faulkner immer ein wenig bremsen muß. Übrigens, was hat ein Ire hier zu suchen?«

Der Priester lachte verschmitzt, und sein Lachen war sehr ansteckend. »Das kann ich Ihnen schon sagen. Ich mußte Irland ein bißchen hastig verlassen. Ah, aber das ist schon sehr lange her.« Janders bot ihm eine Zigarette an, doch der Priester lehnte sie ab und kramte in seiner Tasche. »Die verdirbt mir nur den Geschmack daran«, erklärte er und hatte eine kurze, recht abgenützte Pfeife in der Hand. »Ich baue meinen eigenen Tabak. Er schmeckt furchtbar.

Wo war ich? Ah, ja. Ich war damals ein ungebärdiger junger Bursche, und die Engländer hatten einen Preis auf meinen Kopf ausgesetzt. Wir hatten im Dorf einen Priester. Das war ein Mann! Taub wie ein Laternenpfahl, mit einer Stimme wie ein Nebelhorn. Das heißt, so sicher bin ich jetzt nicht mehr, daß er so taub war. Verstehen Sie, er hatte eine bestimmte Art. An seinem Beichtstuhl stand immer eine lange Schlange an. Gott mochte dem Mann gnädig sein, der nicht ging. Da war der Priester, taub wie ein Laternenpfahl, und der Mann, der in die Kiste kroch, um seine Sünden zu bekennen. Und da flüsterte er: ›Ich hab mit O'Flaghertys Frau geschlafen‹, und der Priester sagte: ›Was, was? So rede schon, mein Sohn.‹ Und der Mann sagte: ›Ich hab' mit O'Flaghertys Frau geschlafen‹. ›Na, so rede doch, ich kann dich nicht hören‹, schrie der Priester, und der arme, verängstigte Kerl schrie auch: ›Ich hab' mit O'Flaghertys Frau geschlafen.‹ Der Priester gab ihm eine Buße auf, aber er war sicher, daß O'Flagherty draußen stand. Und das war dann seine Strafe.«

Der Priester lächelte, als er sich daran erinnerte. »Sündigen, das war in unserem Dorf eine sehr gefährliche Sache. Ich war mal in schlimmen Schwierigkeiten, weil ich einen englischen Soldaten umlegte, und da ging ich zum Priester. Als ich ihm das sagte, stürmte er aus seinem Beichtstuhl und drosch das Tageslicht aus mir raus. So war er. Ein feiner Priester, aber ein etwas rauhes Temperament. Jedenfalls brachte er mich aus Irland heraus nach Belgien. Dort bekam ich meine Befehle. Da hörte ich dann vom Kongo. Ich dachte, das ist ein Heidenland, aber der Name klingt schön. Und hier bin ich.«

»Fühlten Sie eine Berufung zum Priestertum?« fragte Janders, erstaunt darüber, daß dieser Mann sich im Busch verlieren konnte, ohne von einem brennenden Glauben angetrieben zu werden.

»Nun ja, ich war ein guter Katholik, aber ich glaube nicht, daß ich eine Berufung spürte. Ich hab' eigentlich nie darüber nachgedacht. In Irland wurde man als junger Bursche entweder Zimmermann, oder Klempner, oder Priester. So einfach war das. Berufung? Ein Wort, das sehr schön klingt. Berufung. Rollt einem richtig von der Zunge.«

»Was hält Sie im Busch fest?«

Die Augen des Priesters lächelten. »Ich hörte die Leute sagen, ich hätte den Buschwahnsinn. Gott und ich, wir beide wissen es besser. Außerdem hab' ich ja auch einen Job zu tun, oder? Es ist leicht, die Heiden zu bekehren, aber viel schwerer, sie das nicht vergessen zu lassen. Sind sie erwachsen, genügt die leichteste Versuchung, dann hat sie der Teufel schon wieder. Und dann muß ich ihn wieder austreiben.

Ich weiß. Ich weiß. Sie sind der Meinung, meine katholische Glaubenslehre sei ein bißchen schwach, und um die Wahrheit zu sagen: Sie haben recht. Aber es wäre viel nützlicher, wenn die Seminare etwas weniger Glaubenslehre in die jungen Leute hineinpumpen würden und ihnen statt dessen sagten, wie sie das Rad in die andere Richtung drehen können. Sehen Sie, mein Volk mag die Religion geradlinig. Ein bißchen Feuer und ein bißchen Schwefel. Eine brennende Hölle unten und den heiligen Petrus mit seinem Schlüsselbund oben. Sie wissen sicher, was ich meine. Sie lieben einen Gott, der weiß, was er will.«

»Haben Sie denn keine Zweifel an Ihrem Gott?« wollte Janders wissen.

»Nun, darüber habe ich eigentlich noch nie nachgedacht. Aber es wäre wert, darüber nachzudenken. Ob ich an meinem Gott zweifle? Wie denn?« fragte er dickköpfig, und seine Augen funkelten wild. »Gott ist Gott. Es gibt einen, so sicher wir hier sind. Ich rede mit ihm, und er redet mit mir. Wenn ich mal aus der Reihe tanze, dann bestraft er mich auch mal. Schlangenbiß, Fieber und so. Nein.« Er schüttelte den Kopf. »Gott gibt es. Und es ist nicht unsere Sache, an ihm zu zweifeln. Wir haben uns nur vom Teufel fernzuhalten und das zu tun, was er uns sagt.«

Plötzlich lachte der Priester breit. »Sie reden genau wie dieser elende Bischof«, hielt er ihm vor. »Die denken immer, ich sei zu lange im Busch. Zweimal haben sie jetzt nach mir geschickt. Ich verschwinde dann einfach, und der Bischof hat eine Scheißangst, selbst zu kommen und mich zu suchen.«

Er stand auf. »Ich glaube, ich werd's noch mal mit diesem Telefon versuchen.«

17.50 Uhr

Jeremy kroch durch den Busch zu Shaun. »Wie geht's?« fragte er.

»Nichts«, erwiderte Shaun. »Es ist so ruhig, daß ich vor Angst halb tot bin und nur darauf warte, daß was passiert.«

»Die Sonne geht bald unter. Hol deine Männer zusammen. Sie kommen besser in der Dämmerung, wenn alle Schatten gleich aussehen.«

»Keine Sorge, wir geben gleich Alarm. Wenn jemand hier draußen nur hustet, ist er voller Löcher. He«, fragte Shaun, der sich nach Gesellschaft sehnte, »geht's dir auch so? Wenn du lange genug in den Busch hineinschaust, stellst du dir alles mögliche vor.«

»So geht es doch jedem.«

»Gut«, meinte Shaun zufrieden. »Ich dachte, das bin nur ich, und ich drehe allmählich durch. Immer sehe ich diese Banditen, die mir entgegenkriechen. Ich sag dir, dieser Platz kriegt mich noch klein. Wenn ich nicht um mein Leben Angst habe, dann leide ich wegen Gabby. Hab' ich dir das schon erzählt?«

»Oft«, versicherte ihm Jeremy. »Weißt du, du bist eine ganz besondere Art Hypochonder. Haben sie Schwierigkeiten, lehnen sich manche Menschen an die Religion. Bei dir ist's eine Frau. Wenn du hier rauskommst, siehst du sie vielleicht nie mehr.«

»Ausgeschlossen«, erklärte Shaun bestimmt. »Ich wär' ja jetzt bei Gabby, hätt' mich Janders nicht zu dem hier überredet. Ich sag' dir, wenn ich sterbe, dann hoffe ich, daß ihm was ganz Schreckliches zustößt.«

»Peter müßte jetzt bald kommen«, sagte Jeremy und beobachtete den sich verdunkelnden Himmel.

»Wenn er nicht schon tot ist«, erwiderte Shaun düster. »Sie können nämlich die Nachhut nicht finden.«

»Er ist schon in Ordnung«, antwortete Jeremy. »Er hat McTaggart bei sich, und sie hatten einen guten Vorsprung. Die beiden sind nicht leicht umzubringen. Sie sind im Busch viel besser als die Tiere.«

22

Dienstag, 29. Dezember, 17.50 Uhr

Peter führte. Er unterhielt sich kurz mit dem Führer, dann signalisierte er einen Halt. McTaggart legte Limbani auf den Boden. Er streckte sich. Sein Körper war schweißbedeckt. Er trat zu Peter.

»Dieser Schwarze«, fragte er, »ist er denn so wichtig für dich?« Er rieb sich den schmerzenden Rücken.

»Ja«, antwortete Peter. »Die Sonne geht bald unter. Wir ruhen aus, bis es fast dunkel ist, dann kommt der Endspurt. Du nimmst die Spitze.«

Whity erneuerte den schmutzigen, fliegenfleckigen Verband. »Die Infektion breitet sich über das ganze Bein aus«, beklagte er sich. »Und wir haben keinen Verband mehr.«

»Dann nimm Blätter«, riet ihm Peter. »Wir haben nur noch das letzte Stück vor uns. Sobald wir Kilimbi erreichen, sind wir da. Mensch, diese Blätter sind kühl und angenehm. Alles in Ordnung mit dir, Whity? Als ich dich zum erstenmal sah, hatte ich Angst, du könntest nicht eine Meile marschieren.«

Whity wurde vor Freude rot. »Wenn ich auch schwul bin, aber das heißt noch lange nicht, daß ich nicht laufen kann. Weißt du«, fuhr er fort, während er die Blätter festband, »wenn das vorbei ist, könnte ich ja nach Rhodesien gehen. Dort suche ich mir einen hübschen, haarigen Dschungelmann. Man weiß nie, oder?«

»Du schwuler Hund.«

Whity grinste breit und tätschelte den Verband. »Ja, das ist die Liebe, weißt du.«

»Übermorgen ist Neujahrsabend. Wo warst du da im letzten Jahr?«

»Ich hatte einen Freund. Ich hab' ihn aus Deutschland geholt. Zu Weihnachten. Hab' ihm ganz London gezeigt und alles für ihn getan.« Whity schüttelte traurig den Kopf. »Ich hab' wirklich gehofft, daß alles für uns gut ausgeht. Weißt du, auf lange Sicht. Aber so geht es nie. Der kleine Bastard hat mich wegen eines anderen verlassen. Ich hab' mich so darüber gegrämt, daß ich Neujahr in Amsterdam war und mich die ganze Zeit durchgeschlafen hab'.«

»Und du, McTaggart?« rief Peter leise.

McTaggart saß ein Stück weiter im Busch und hatte das Gewehr über den Knien. »Ich? Ich war beim Tanzen, dann hab' ich mich betrunken, und zum Schluß gab's eine Keilerei. Da hab' ich einen Mann halb umgebracht, und sie steckten mich ins Kittchen.« Er zuckte die Achseln. »War aber nicht meine Schuld. Ein paar von denen haben mich ständig auf den Arm genommen. Sie hätten's wissen müssen. Ich hab' nun mal ein hitziges Temperament.«

»Und du?« fragte Whity Peter.

»Ich hab' einer Frau einen Heiratsantrag gemacht, aber ihr war ein Gebrauchsgraphiker und Schnorrer lieber. Gott, ich hab' wirklich nicht gewußt, daß man da leiden kann wie ein Hund. Na, schön, du machst für eine Weile die Nachhut, Whity. Wir legen eine Rast von fünfzehn Minuten ein, dann gehen wir weiter.«

Peter ließ sich neben Limbani zu Boden fallen. »Ich hab' nachgedacht«, sagte er. »Eins möcht' ich dir noch sagen, und dann will ich nicht mehr drüber reden.

Früher war ich bei der Polizei in Rhodesien, Geheimdienst. Da brachten sie einen Terroristen auf unsere Station. Sie wollten ihn aus dem Verkehr ziehen und unter Bewachung stellen. Wir waren nicht viele, und ich hatte Nachtschicht. Wir versuchten einander zu übersehen, aber dann redeten wir doch miteinander. Ein gebildeter Bursche mit mehr Schulen als ich hab'. Mensch, wir redeten über alles, die ganze Nacht durch. Schwarz gegen Weiß, Apartheid, Gerechtigkeit. Ich hab' auch meine Fehler, aber in mir ist ein unheimliches Gerechtigkeitsgefühl. Angeboren. Wir entdeckten, daß wir uns in einer ganzen Menge von Dingen einig waren. Wir redeten so viel, daß ich seine schwarze Haut ganz vergaß, aber gegen Morgen sagte er zu mir: ›Du bist weiß, die Schwarzen marschieren nach Salisbury, und die Weißen sind absolut im Unrecht. Welche Seite würdest du einnehmen?‹ Ich dachte drüber nach. Dann wußte ich, trotz meiner ganzen Gerechtigkeitsliebe, daß ich für die Weißen kämpfen würde. Ganz ohne Zweifel. Wenn alles gesagt und getan ist, kämpft man für die eigene Seite. Die Menschen sind so geschaffen, und das sagte ich ihm.

Ich fragte ihn: ›Wenn die Weißen auf Harari marschieren würden, und die Schwarzen sind im Unrecht, welche Seite nimmst du ein?‹ Und er sagte darauf: ›Die der Schwarzen.‹ Wir waren soweit wie vorher. Da hatten wir nun die ganze Nacht über Gerechtigkeit geredet. Ich mochte ihn, und ich glaube, er mochte mich auch. Aber träfen wir einander im Busch, stünden wir auf verschiedenen

Seiten, dann würden wir einander umbringen. Schön war das nicht, aber es ist die Wahrheit, und wir beide wußten es. Und seit dieser Zeit wollte ich nie mehr über Politik reden. Es sind ja nur viele Worte.«

»In dieser Nacht«, antwortete Limbani und setzte sich auf, »haben Sie beide ausgegriffen und einander zu verstehen versucht. Das hätten Sie nicht getan, wären Sie nicht in einer Zelle zusammengesperrt gewesen. Dann haben Sie beide, als Sie den Mißerfolg sahen, aufgegeben und sind zu Ihren schönen, sicheren Positionen zurückgekehrt. Wichtig ist aber, daß Sie einen Afrikaner wirklich gern hatten und dies auch erkannten.«

»Teufel, ich mag eine ganze Menge Kaffern.«

»Aber er hat Sie respektiert.«

»Er war ja auch anders. So wie du.«

»Woher wissen Sie das? Mit wievielen der gebildeten Afrikaner Ihres Landes machten Sie sich die Mühe, zu reden? Ich meine nicht als Herr und Diener, ich meine so, wie Sie das taten.«

»Ich komme mit keinem zusammen. Jeder lebt sein eigenes Leben.«

»Nun, wenn die weißen und schwarzen Afrikaner dazu gebracht werden könnten, einander kennenzulernen, wenn sie einer vom Rest der Welt aussperren würde, dann müßten sie miteinander reden und reden, und sie wären immer noch Weiße und Schwarze, aber sie würden anfangen, einander zu verstehen. Vielleicht würden sie einander so gern haben, daß sie eine Plattform des Verstehens fänden, auf der ihre Kinder etwas aufbauen könnten.

Ich kann es so besser erklären. Ihr Ur-Ur-Großvater hat vor langer Zeit neben seinen Afrikanern auf seinem Land geschwitzt. Sie waren kleine, einfache Leute, glücklich und in einer feudalen Gesellschaft gut versorgt. Auch Ihr Ur-Ur-Großvater war vielleicht ein einfacher Mann. Er sprach ihre Sprache, und man schwitzt nicht den ganzen Tag über auf einem Feld neben einem Mann, ohne ihn ein bißchen kennenzulernen, ohne ihn zu verstehen. Sie brauchten einander. War das Jahr schlecht, hungerten sie beide.

Dann kamen die Städte und die Industrie. Beide verließen das Land und trieben in die Städte. Dort wurden sie getrennt. Der Weiße verließ sich auf seine eigene Rasse, der Schwarze ging ins Getto. Der Weiße vergaß, wie er mit dem Schwarzen zu reden hatte; er wußte bald nicht mehr, was der andere dachte und fühlte. Er schickte den Schwarzen in die Schule, aber das Produkt dieser Erziehung sah er nicht aufwachsen und so erkannte er nicht, wie dieser aus dem Feudalsystem auszubrechen versuchte. Der Sohn des Weißen wuchs in der Stadt auf, und ihm war der Schwarze egal.

Wissen Sie, daß der Schwarze immer den Weißen bewundert hat? Er konnte seine Hautfarbe nicht ändern, aber wenn er über die anderen hinauswuchs, wollte er vom Weißen geliebt und geachtet werden. Seine Erziehung lehrte ihn, seine afrikanischen Kameraden zu verachten. Bei mir war es auch so. Egal was immer ihr auch seid, Anwalt, Arzt oder Politiker, nie läßt einen ein Weißer vergessen, daß man schwarz ist. Und in ihre Kreise kommt man nie hinein.

Haben Sie eine Ahnung, wie es ist, ein gebildeter schwarzer Afrikaner zu sein, zwischen zwei Kulturen zu stehen, die eine zu verachten, von der anderen aber nicht akzeptiert zu werden? Wissen Sie, wie es ist, als gebildeter schwarzer Afrikaner in Ihrem Land einen guten Job zu haben? Sie gehen in einen Laden und stehen geduldig in einer Schlange, während sich der Weiße dazwischendrängt. Die Weißen sind nicht absichtlich so ungehobelt, die bemerken Sie nur nicht. Wenn Sie dann an die Reihe kommen, sagt die Verkäuferin: ›Kaffer, du wartest‹, und sie bedient die Weißen.

Wissen Sie, wie es ist, wenn man zwischen zwei Städten reist, und man muß ein Zelt mitnehmen, weil die weißen Hotels Sie nicht aufnehmen, obwohl Sie einen besseren Job und eine bessere Bildung haben als die meisten der Weißen, die dort sind? Sie wollen ja nicht auf einem Flußboot oder in einer Herberge schlafen. Und Sie sorgen dafür, daß Ihr Sohn die beste Ausbildung erhält, und doch wissen Sie, daß er umsonst auf der Suche nach einer Beschäftigung die Klinken putzt.

Es ist die Sehnsucht, akzeptiert zu werden, mit dem Weißen auf der Basis der Gleichberechtigung zu sprechen. Nur ein paar Liberale laden einen in ihr Haus ein, um zu sehen, wie man mit Messer und Gabel umgeht. Und dann kommt die tägliche Demütigung der Hautfarbe wegen, bis man aufgibt und auf das Niveau der Massen zurücksinkt. Und Ihre Gefühle liegen in der Farbe Ihrer Haut. Gott ist schwarz, und schwarz ist schön. Sie hassen den Weißen, und Sie würden alles tun, um ihn leiden zu lassen, weil Sie ihn einmal bewundert haben. Jahr für Jahr werden solche

Leute aus den Schulen und Universitäten entlassen. Sie geben ihnen Bildung, doch Sie verweigern ihnen die Möglichkeit, sie anzuwenden. Sie sehen keine Zukunft. Sie säen Ihren Sturm. Sie schauen nach draußen, doch er kommt von innen.«

»Und was hältst du selbst davon?« fragte Peter unbehaglich.

»Man lernt aus der Geschichte. Man lernt, sich dem Sturm des Fortschrittes zu beugen, ohne sich brechen zu lassen. Sie nehmen die gebildeten Afrikaner und lassen sie ein wenig hinein, so daß die anderen hoffen. Sie können sie ganz unten anfangen lassen, damit sie sich hinaufarbeiten. Aber sie akzeptieren sie, wie sie sich bewährt haben. Sie nehmen sie allmählich in Ihren Zivildienst. Sie haben Geduld mit ihnen, wenn einmal etwas nicht ganz gelingt. Und Sie züchten eine Mittelklasse heran, die mehr rhodesisch ist als Sie.

Wenn sich diese Mittelklasse bildet, haben Sie natürlich etwas von Ihrer Macht und Ihrem Einfluß zu opfern, aber Ihre Mittelklasse hat nun einen Einsatz im Land, ein Interesse am Land. Sie braucht Stabilität zum Gedeihen. Und Sie kontrollieren die Schnüre des Geldbeutels durch die Banken, die Industrien und Großfirmen, bis die afrikanische Mittelklasse konservativer wird als Sie. Die Afrikaner werden Sie vor den unteren Klassen schützen, weil sie mit Ihnen fallen würden. Je mehr Afrikaner aus der Armut heraussteigen, um so sicherer können Sie sich fühlen.

Aber lernen Sie sehr schnell, sich zu beugen, Weißer, sonst ist es zu spät. Sie müssen sich der Veränderung stellen, und jede Veränderung ist unbequem. Aber Sie werden überleben, und letzten Endes spielt nur das eine Rolle.«

»Warum liegt dir daran, was mit uns geschieht?«

Limbani zuckte müde die Achseln. »Weil wir den Weißen brauchen. Nicht den Weißen, der zum Kontinent kommt und wieder geht, sondern Leute wie Sie, die am Land hängen, die keine andere Heimat kennen. Die Afrikaner wachsen zu schnell heran in einer Welt, deren Kultur ihnen fremd ist. Sie brauchen das stabile weiße Erbe, um sich daran zu orientieren. Das Ideal eines unbestechlichen Zivildienstes, der auf gerechte Art die Einhaltung von Gesetzen erzwingt, eine ehrliche Polizei und eine starke, demokratische Regierung. Das alles und noch viel mehr brauchen wir von den Weißen. Schimpft nicht nur über unsere Fehler. Wenn ihr eurem Erbe entsprechend in diesem Land leben wollt, dann lehrt uns eure Wege.«

»Mister«, sagte Peter mißtrauisch, »allmählich beginne ich dir zu glauben. Ich habe einen Kopf, der so hart ist wie Eisen. Ich brauche lange, um etwas zu begreifen, aber wenn ich's tu, dann bleib ich stehen, und wenn ich dir richtig glaube, dann folge ich dir. Irgendwie bringe ich die Leute dazu, auf dich zu hören. Wenn du mich aber anlügst, wenn du mir beweisen willst, daß du klüger bist als ich, dann werde ich dich vernichten. Das verspreche ich dir.«

»Wenn ich hier lebend herauskomme«, sagte Limbani müde, »dann werde ich das, was ich Ihnen eben erzählte, immer und immer wieder fordern. Bis jemand auf mich hört.«

»Na, schön.« Peter stand auf. »Gehen wir weiter. Mensch, halt dich ran. Ich muß dich zurückbringen. Vielleicht bist du das, was wir brauchen. Vielleicht bist du der Mann, nach dem wir Ausschau halten.«

Eine zornige, blutrote Sonne kippte hinter die Berge. Ihre Strahlen schlugen scharlachrot gegen die zarten Wolken. Der Busch war still, leer und spukhaft. Ein leichter Wind wiegte das hohe Gras. Dann begannen die Grillen zu zirpen. Whity war verzweifelt müde. Sein Körper schmerzte, und wenn er den Blick auf etwas zu konzentrieren versuchte, verschwamm das Bild vor seinen Augen. Er glaubte, etwa zehn Yards voraus eine Bewegung im Busch wahrzunehmen. Müde hob er den Kopf und versuchte seine an die Dämmerung nicht gewöhnten Augen darauf zu richten.

Er hörte, daß Peter ihm etwas zuflüsterte und ihm sagte, er solle sich nur noch ein bißchen zusammenreißen. Aber da vorne bewegte sich etwas. Ein unbarmherziger Schatten kam ihm entgegen. Er schüttelte den Kopf, um sein Blickfeld zu klären. Es war ein Afrikaner, der ihm entgegenkroch, ein geschwärztes Messer in der ausgestreckten Hand. Der Afrikaner trug die dschungelgrüne Kleidung von Ndofas Simba-Polizei. Angst kroch Whitys Rückgrat entlang und verknotete sich in seinem Magen. Befehle zuckten durch sein Gehirn, doch er konnte sich nicht bewegen. Er beobachtete den Mann, der ihm entgegenkroch und war vor Angst wie hypnotisiert, wie ein Kaninchen vor der Schlange. Er wäre am liebsten davongerannt, doch sein Körper reagierte nicht. Vielleicht liefe der Mann an ihm vorbei, wenn er still säße. Dann könnte er sich in den Busch stehlen und verstecken.

Peter war sehr besorgt und rief noch einmal. Im nächsten Augenblick würde Peter herankommen und ihn beschützen. Gegen Peter kam keiner auf. Whity fühlte große Zuneigung zu diesem starken, gutherzigen, langsam denkenden Mann. Er konnte nicht riskieren, daß er starb. Nein, nicht Peter.

Whitys Gewehr schien in seinen Händen lebendig zu werden. Es schwang sich hinab in die Richtung des Schattens. Um ihn herum schien der Busch lebendig zu werden. Seine Stimme brach auf zu einem Warnschrei, zu einem Schrei der Angst. Sein Gewehr krachte, Kugeln fegten wie irr durch den Busch. Wenn er sie nur lange genug aufhalten konnte, damit Peter wegkam. Peter, hau ab! Schnell. Ein Lärm kam aus dem Busch, ganz nahe jetzt. Er schwang herum. Eine Granate. Wenn er nur eine Granate werfen könnte. Der Mann mit dem Messer war nun fast über ihm. Er konnte sein Gewehr nicht mehr anlegen. O Gott! Peter hilf mir. Hilf mir. Hilf mir...

Als Whity Peters ersten leisen Ruf nicht beantwortete, stellten sich ihm warnend die Nackenhaare auf. Er duckte sich tief in den Busch wie eine große, wartende Katze und signalisierte McTaggart um Feuerschutz. Er lauschte angestrengt und glaubte Whitys Bewegung gehört zu haben und rief noch einmal leise. Er rannte voran, und da hörte er den ersten angestrengten Warnschrei.

Wie ein Büffel, der sich kaum je einmal umdreht, hat er erst einmal mit seinem Angriff begonnen, lief Peter weiter. Dann fiel ihm Limbani ein. Er kehrte um und rannte geduckt zurück. Seine Stiefel hämmerten dumpf auf die Erde. Von hinter ihm kam ein Angstschrei, dann begann Gewehrfeuer. Limbani stand da, wartete auf ihn und schrie etwas. Peters Arm legte sich um seinen Rücken und hob ihn von den Füßen. Sie begannen zu rennen

McTaggart bewegte sich ruhig hinter ihnen. Dann hockte er auf den Fersen, das Gewehr in der linken Hand. In aller Ruhe hakte er zwei Granaten von seinem Gürtel los, legte eine vor sich auf den Boden, die andere hatte er wurfbereit in der Hand. Er hörte das Trommeln vieler Füße auf dem Pfad. Es kam ihm entgegen. Und darüber vernahm er Whitys Schmerzensschrei.

Beide Granaten warf er rasch hintereinander. Dann hob er mit der gleichen fließenden Bewegung sein Gewehr und schoß in den Busch hinein. Als die Granaten explodierten, sprang er auf und folgte Peter.

Limbanis Knie knickten unter ihm ein. Peter fing ihn auf, als er fiel, und zog ihn mit. Dann schwang er, ohne anzuhalten, Limbani auf seinen Rücken. Limbani, nur halb bei Bewußtsein, klammerte sich an und verschränkte seine Arme um Peters Hals. Sie rannten einen flachen Talboden entlang. Links und rechts erhoben sich Hügel aus der dichter werdenden Dunkelheit. Sie brachen aus dem Busch, rutschten eine Uferböschung hinab und wateten knietief durch einen schnellfließenden Fluß. Das andere Ufer war fast senkrecht. Peter kletterte hoch, löste Steine und Erde unter seinen rutschenden Händen und Füßen. Das Blut rauschte in seinem Kopf. In keuchenden Stößen sog er Luft in seine Lungen. Am oberen Uferrand waren Steinblöcke. Der Pfad führte um sie herum und kletterte ein Tal hinauf.

»Lassen Sie mich zurück, Sie kommen viel schneller voran«, schrie Limbani.

»Du lieber Gott, nein, Kaffer. Ich hab' dich doch erst gefunden. Durchhalten, willst du wohl! Es geht dir doch gut.«

McTaggart holte auf. Sie blieben einen Moment stehen, während Peter Limbani auf McTaggarts Rücken lud. Peter sank hinter dem Felsen zu Boden, und McTaggart begann zu rennen.

Sie hatten fünf Minuten gewonnen, dann hörte Peter die Simbas kommen. Sie schrien einander aufgeregt zu, brachen lärmend durch den Busch und ermutigten einander. In der Ferne sank das Licht einer Leuchtpatrone langsam herab und rief die anderen Simbapatrouillen zusammen. Die Leuchtkugel tauchte den Busch in spukhaftes rotes Licht.

Peter legte zwei Granaten auf den Felsen vor sich. Er wartete, bis er sie im Fluß hörte. Dann warf er die Granaten. Er sprang mit seinem Gewehr auf und knallte Schatten ab, die sich am gegenüberliegenden Ufer zeigten. Eine Maschinenpistole eröffnete das Feuer und füllte die Dämmerung mit einem harten, metallischen Stottern. Die Kugeln pfiffen und suchten zwischen den Felsen nach seinem Körper. Eine Granate nach der anderen ging los. Der Fluß färbte sich rot. Peter rannte McTaggart hinterher.

Der Gefechtslärm trieb nach Kilimbi hinein, der Wind nahm ihn mit. Der R.S.M. führte eine Suchpatrouille an, hörte ihn, ließ die Männer anhalten und überprüfte die Richtung, aus der dieser Lärm kam. Er zog seine Männer auseinander, dann rannte er. Jeder Mann hielt sein Gewehr ein wenig höher, beobachtete den R.S.M., bereit, jedem seiner Signale blitzschnell zu folgen.

Peter holte McTaggart ein. Der steile Weg bergauf ermüdete sie allmählich. Die Simbas bekamen den Zuwachs frischer Leute, kamen näher und bellten wie wütende Hunde, die hinter der Beute her sind.

McTaggart lud Limbani auf Peters Rücken um. Er nahm den Rest von Peters Granaten. Die Simbas hatten sich geteilt und rannten geräuschvoll durch den Busch. In Pfeilformation griffen sie an.

»Halt sie nur so lange zurück, daß ich einen Vorsprung habe«, keuchte Peter. »Dann kommst du nach. Okay?«

»Du und ich, wir haben großartig miteinander gekämpft, mein Freund. Lauf jetzt, und viel Glück.«

Peter rannte mit Limbani. Er war der Erschöpfung nahe. Limbani stöhnte vor Schmerzen.

McTaggart stand auf und sah sich um. Ein blasser Mond ging auf, doch sein Licht war noch zu schwach. Seine Augen versuchten die Dunkelheit zu durchdringen. Er lauschte auf die Geräusche der herankommenden Simbas und versuchte die Entfernung abzuschätzen. Dann ließ er sich lautlos in den Busch sinken und wartete.

Die beiden ersten ließ er vorübergehen, schnitt ihnen aber den Rückzug ab. Als der Hauptkörper auf seiner Höhe war, warf er eine Granate, dann schoß er direkt in die Mitte hinein ein ganzes Magazin leer. Die ersten beiden waren umgekehrt und schossen blindlings in den Busch hinein. Eine Kugel traf seine Seite, als er sich umdrehte, durchschlug das Fleisch in Gürtelhöhe und kam auf der anderen Seite wieder heraus. Er stöhnte vor Schmerz, fiel auf die Knie und kroch durch den dichten Busch weg vom Weg, die eine Talböschung hoch zu einem großen dunklen Hügel.

Die Simbas sammelten sich wieder auf den Wegen und schrien einander etwas zu. Dann folgten sie ihm vorsichtig. Viele von ihren Männern lagen tot oder sterbend auf dem Weg. Die Schreie der Verwundeten füllten die Nacht. McTaggart legte ein frisches Magazin ein. Das Gewehr lag gut in seiner Hand. Er kletterte den Hügel hinauf.

Peter ging um einen kleinen Hügel herum. Der Pfad fiel steil zwischen Felswänden ab und verschwand unten um eine Biegung. Fünf Simbas kamen ihm entgegengerannt, waren etwa auf halber Pfadhöhe und zwischen den Felswänden eingeschlossen. Sie sahen einander gleichzeitig. Peter hob sein Gewehr an die Hüfte, die linke Hand faßte quer über den Körper, um es ruhig zu halten. Sein Gewehr schoß Blitze in die Dunkelheit, und so rannte er, unfähig anzuhalten, den Hügel hinab.

Die erste Simba-Kugel prallte vom Felsen ab, schlug in seinen linken Arm, dann in seinen Magen. Die zweite traf ihn im Oberschenkel. Das Gewehr fiel aus seiner Hand und klapperte auf den Pfad. Der Aufschlag der Kugel hielt ihn auf und drehte ihn um sich selbst. Er prallte an eine glatte Felswand und konnte sich aufrichten; seine Füßen setzten sich automatisch in Bewegung. Er gewann Tempo durch sein eigenes Gewicht und das Limbanis. Adrenalin schoß durch seinen Körper. Er röhrte und fluchte vor blinder Wut.

Zwei der Simbas lagen am Boden, der dritte sank in die Knie und hielt sich den Bauch. In einer kurzen Sekunde raste Peter zwischen ihnen durch, schwang die Last auf seinem Rücken wie eine Ramme und erreichte den Talboden in einem solchen Tempo, daß er die Biegung nicht mehr zu nehmen vermochte und in den Busch krachte.

Ein paar Schritte vom Pfad entfernt stolperte er und stürzte zu Boden. Limbani wurde von seinem Rücken geworfen, rollte herum und blieb still liegen. Im nächsten Moment war Peter wieder auf den Füßen. Er warf den Kopf zurück, holte tief Atem und schrie, so laut er konnte: »Aufstehen! Steh auf!«

Limbani lag mit geschlossenen Augen da und rührte sich nicht. Peter nahm eines seiner Beine in seine Pranken und zog ihn durch den Busch.

Der R.S.M. ließ seine Patrouille wieder anhalten. Der Kampflärm hatte den Pfad verlassen und bewegte sich quer über das Tal. Er war gerade dabei, durch den Busch in diese Richtung zu brechen, als der Lärm einer Schießerei ungefähr zweihundert Yards vor ihm ausbrach. Seine Späher rannten darauf los.

Peter fühlte keinen Schmerz, nur eine zunehmende Taubheit, die sich über seinen ganzen Körper verbreitete. Er wurde schwächer, als das Blut aus ihm herauslief, und zornig, weil sein mächtiger Körper ihm den Dienst aufsagte, als er ihn am nötigsten brauchte. Seine Augen blendete ein rötlicher Film, den er nicht wegblinzeln konnte. Langsam, unendlich langsam kam er vorwärts und zog Limbani mit sich.

»Kaffer, stirb mir nicht. Stirb nicht, Limbani. Stirb jetzt nicht.« Er dachte, das flehe er lautlos in seinem Herzen, aber er schrie es laut hinaus.

Limbani war wieder bei Bewußtsein und wehrte sich matt gegen den Eisengriff um seinen Fuß. Er versuchte Peter anzuschreien. Aber Peter konnte ihn nicht hören. Seine Beine gaben unter ihm nach. Er begann zu kriechen, zornig darüber, daß seine Füße ihn im Stich ließen, daß seine Kraft ihn verließ. Ein Gedanke donnerte durch sein Gehirn im Rhythmus seines schwächer werdenden Pulses: Stirb nicht. Stirb nicht. Stirb nicht. Das flüsterte er, als er auf den Knien lag und noch immer an Limbanis Bein zog, als hänge sein Leben daran. Sein Blut färbte den Sand. Dann stürzte er vorwärts auf sein Gesicht.

Die schattenhaften Gestalten der Söldnerspäher kamen an ihnen vorbei. Limbani kroch zu Peter. Der R.S.M. hörte im Busch ein Geräusch. Seine Männer fächerten sich auf, um ihm Feuerschutz zu geben, als er hineinging. Er fand Limbani mit den Händen um Peters Handgelenk. Mühsam versuchte er, ihn auf den Pfad zurückzuziehen.

Der R.S.M. kniete neben Peters Kopf nieder. »Sir, Sie können ihn jetzt loslassen«, sagte er respektvoll. »Er ist tot.«

Aber Limbani zog noch immer an Peters Arm.

»Er ist tot, Sir.« Der R.S.M. musterte Limbani neugierig. Dann stand er auf und bog ihm die Finger auf. »Es tut mir unendlich leid, Sir«, sagte der R.S.M. sanft. »Ich fürchte, wir müssen ihn zurücklassen, Sir.«

Zu seinem Staunen weinte der Afrikaner. Große Tränen liefen ihm über das Gesicht.

23

Dienstag, 29. Dezember, 18.45 Uhr

Der Lärm des Gewehrfeuers im Norden flüsterte und starb. In der Polizeistation wartete Faulkner und verbarg mühsam seine Nervosität. An den Deckenbalken hingen Lampen. Sie zischten leise. Neben ihm auf dem Tisch stand das Telefon, daneben das Radio. Im Hintergrund warteten Janders und der Priester. Niemand sprach. Worte hätten nur ihre große Besorgnis verraten.

Die Telefonvermittlung in Albertville hatte vor über einer Stunde Kontakt hergestellt und Faulkner versichert, der Präsident würde sich innerhalb von zwanzig Minuten bei ihm melden. Aber es war noch kein Anruf durchgekommen. Faulkner hatte den Eindruck, Ndofa spiele um Zeit, während seine Männer das Dorf einkreisten. Die Söldner am Dorfrand schickten ununterbrochen Meldungen über Bewegungen im Busch.

Das Radio knatterte. Faulkner nahm ungeduldig das Mikrophon aus der Hand des Operators.

»Kommando eins an Stützpunkt«, kam die Stimme des R.S.M. ruhig und ohne Hast durch.

»Stützpunktführer an Kommando eins. Hören euch Stärke fünf. Hereinkommen. Ende.«

»Wir haben Limbani, Sir. Die anderen sind tot oder vermißt.«

»Lebt er?«

»Er lebt, Sir. Wir kommen jetzt. Wollen Sie bitte die Posten am Dorfrand unterrichten?«

Faulkner nickte Janders zu. »Alles klar zum Hereinkommen. Braucht ihr Verstärkung?«

»Wir schaffen es schon, Sir. Jemand hat uns die Simbas vom Hals geschafft. Ende.«

Faulkner lehnte sich zurück. Jetzt brauchte er einen Drink. Bitter bedauerte er es, daß er es zugelassen hatte, als Janders alle Alkoholvorräte vernichtete.

»Ihr seid noch nicht durch«, warnte der Priester. »Noch lange nicht.«

Faulkner antwortete nicht. Er wußte, daß bald das Telefon läuten würde, und dann würde Ndofa am anderen Ende und verhandlungsbereit sein. Kalt wandte er sich an den Priester. »Sie sagten, Sie würden erst vor Mitternacht da sein.«

»Klar, aber das war nur meine Schätzung. Ich denke, Sie werden noch entdecken, daß dies die erste Simba-Welle war. Die Hauptstreitmacht wird erst noch kommen. Mann, wo bleibt Ihre Vernunft? Sie können noch immer leicht ausbrechen«, drängte der Priester. »Sie werden längst weg sein, wenn sie kommen.«

Das Radio meldete sich. »Kommando zwei an Stützpunkt. Bitte kommen.« Faulkner bestätigte. »Sir, wir sind jetzt vor dem Dorf. Wir sehen das Flugzeug. Es ist da. Wollen Sie, daß wir kommen?«

»Stützpunktführer an Kommando zwei. Nein. Ich wiederhole, nein. Wartet im Busch und bleibt in Deckung. Paßt auf die Simbas auf. Sie könnten zwischen euch und dem Stützpunkt sein. Laßt es mich wissen, wenn ihr Bewegungen wahrnehmt. Ende.«

»Sie haben mir also nicht vertraut«, sagte der Priester, doch er schien nicht sehr gekränkt zu sein.

»Ich überprüfe immer alle Informationen, soweit ich kann«, erwiderte Faulkner.

Der Priester schaute ihn an. »Mein Sohn«, sagte er leise, »in den Himmel werden Sie vermutlich nie kommen, doch als Soldat taugen Sie. Und da wir jetzt zu den nackten Tatsachen kommen, sage ich Ihnen das.« Er erhob im Zorn die Stimme, seine wilden Augen hingen an Faulkners Gesicht. »Falls Sie versuchen sollten, hier einen Bürgerkrieg anzufangen, dann haben Sie mich und Gott gegen sich, und wir sind Gegner, mit denen zu rechnen ist. Das sage ich Ihnen. Ich werde meinen ganzen Einfluß aufbieten – gegen Sie. Ich werde Sie von jedem Hügel dieses Landes verfluchen. Sie werden ohne einen Gott sterben, mein Sohn.«

So plötzlich, wie des Priesters Zorn aufflammte, so schnell verließ er ihn auch wieder. »Ich habe nun meine Karten auf den Tisch gelegt. Befreien Sie die Gegend hier von Ihrer heidnischen Person.«

McTaggart erreichte die Kuppe des Hügels. Im Moment war der Kampf vorüber. Er hatte ihnen Verluste beigebracht, bis alle ihm folgten; sie wußten, daß er in die Enge getrieben war, und die Offiziere konnten sie nicht mehr aufhalten. Sie heulten wie Schakale und dürsteten nach Rache.

Der Schmerz in seiner Seite brannte wie Feuer. Unter ihm hatten die Simbas den Hügel umstellt und kletterten nun herauf. Ein Feuerhagel pfiff ständig über ihn weg, die Kugeln durchschlugen sogar die Felsen.

Er gab einen kurzen Feuerstoß aus seinem Gewehr ab, dann hatte er keine Munition mehr. Voll Bedauern legte er die Waffe weg. Er ließ sich auf den Boden fallen und wartete auf die aufschließenden Simbas. Die waren jetzt sehr tapfer, weil sie nicht mehr beschossen wurden.

McTaggart wußte, daß er bald sterben würde. Angst hatte er nicht, denn die Wut des Kampfes war noch in ihm, wärmte sein Blut und brannte in seinen Augen. Er nahm die beiden letzten Granaten ab und grinste, als er sah, daß sie ihn lebend fangen wollten, um ihn dann langsam sterben zu lassen. Er empfahl seine Seele dem Schöpfer und stand auf.

»Ich bin McTaggart!« schrie er. »Von der früheren Black Watch.« Seine Stimme hallte durch die plötzliche Stille. Im Geist hörte er die Pfeifer seines alten Regiments, die zum Kampf riefen. »Kommt, kommt näher!« rief er dem sich schließenden Ring zu. »Kommt und seht, wie ein tapferer Mann stirbt.« Er zog die Stifte.

Mit einer Granate in jeder Hand rannte er den erstaunten Simbas entgegen.

Limbani brachte man auf einer Trage in die Polizeistation. Er war sehr schwach, aber bei Bewußtsein. Jemand fand eine alte Roßhaarmatratze, und man legte ihn darauf. Janders zündete eine Paraffinlampe an und hielt sie über seinen Kopf. Seine Leute kamen in den Raum herein. Söldner im Helm standen an der Tür und hielten ihre Gewehre schräg vor der Brust.

Der Priester kniete neben Limbani nieder und half ihm, sich aufzusetzen. Seine Leute sammelten sich im Halbkreis um ihn. Ihre Gesichter glänzten vor Schweiß, denn die Nacht war heiß. Einer nach dem anderen kam in den kleinen Lichtkreis und musterte ihn. Dann trat der Sprecher vor. Es war ein alter, weißhaariger Häuptling mit einem zerbeulten Tropenhelm auf dem Kopf.

»Du bist Limbani«, sagte er mit zitternder Stimme, und Tränen standen in seinen Augen. »Wir glauben den Geist zu sehen, nicht den Mann.«

»Ich bin der Mann und der Geist«, erwiderte Limbani.

»Darf ich für das Volk sprechen?« bat der Häuptling demütig.

»Du magst sprechen.«

»Das Volk sagte, daß aller Herzen nach dir um Hilfe schreien. Du bist ihre Mutter und ihr Vater. Du bist...«

Limbani unterbrach den Mann in seiner traditionellen Anrede. »Bitte, mach's kurz«, sagte er. »Ich sage dies nicht aus fehlendem Respekt, aber mein Leib ist schwach. Ich muß bald ruhen.«

Der alte Häuptling scharrte unbehaglich mit den Füßen. »Dein Volk schreit gegen Ndofa. Sie sind schwach, und er ist grausam. Die Steuern sind so hoch, daß ein Mann seine Kinder verhungern sieht. Jene, die ihre Meinung sagen, werden von den Simbas getötet. Überall in deinem Land ist Schmerz. Was müssen wir tun?« endete er.

Ein jüngerer, stämmiger Mann in einem schäbigen blauen Anzug trat vor. Er hatte eine sehr tiefe Stimme. »Wenn du uns führst, wird sich das Volk im ganzen Land gegen Ndofa erheben. Alle werden dir folgen.«

»Überall sind Simbas«, warf ein älterer Mann ein. »Sie haben Gewehre. Wir nicht. Wir werden alle sterben. Wenn wir kämpfen, mußt du uns Gewehre geben.«

»Eure Leute werden sowieso kämpfen«, sagte der jüngere

Mann. »Ich spreche für die jungen Leute. Sie sind tapfer vor Hunger und stark vor Zorn. Wir können mit Speeren aus dem Dschungel kämpfen, wenn du es befiehlst.«

»Es ist besser, die Menschen leiden und leben, als daß sie ohne Waffen kämpfen und mit Sicherheit sterben«, wandte der ältere ein.

»Es ist besser, in den Dschungel zu gehen und kämpfend zu sterben, aber zu hoffen«, flehte der junge Mann, »als langsam an Hunger und ohne Hoffnung zu sterben. Wenn du uns führst, werden die anderen Stämme dir folgen. Die Simbas haben sich am Land gemästet. Sie folgen uns nicht in den Dschungel.«

»Meine Männer könnten den Kern einer starken Kampfformation bilden«, drängte Faulkner. »Wir könnten Ihre Männer ausbilden und Ihr Land für Sie zurückgewinnen, wenn Sie das Volk zum Aufstand aufrütteln können.«

»Hören Sie nicht auf ihn«, befahl der Priester und fixierte Limbani mit seinen wilden grauen Augen. »Er ist nur ein alter Kampfhahn, der nach Blut und Profit Ausschau hält. Ich kenne Ihr Volk besser als Sie. Wenn sich die Leute erheben, sind sie mit Sicherheit tot. Wenn Sie gegen Ndofa gehen müssen, dieses heidnische Schwein, das er ist, obwohl ich ihn persönlich getauft habe, so tun Sie's dann, wenn Ihnen die Zeit richtig erscheint und auf Ihrem Boden und mit Ihrem Grund. Und dann tun Sie es ordentlich. Das ist vernünftig für Sie.«

»Warum warten?« fragte Faulkner. »Sie rufen die Menschen auf, wir kümmern uns um Ndofa. Natürlich arbeiten wir für Geld, aber wenn wir Ihnen Ihr Land zurückgewinnen, wird der Preis gering sein.«

»Er lügt, ich sage es Ihnen!« donnerte der Priester. »Hören Sie auf Ihre Ältesten, Mann. Denken Sie darüber nach. Ihre verhungernden Männer mit Speeren gegen Maschinengewehre. Und wie wollen Sie die Leute im Dschungel ernähren? Sagen Sie mir das doch. Es kostet Sie mehr Menschen als Sie sich träumen lassen. Ihr Land wird knietief im Blut waten, und verantwortlich sind Sie. Wenn unter Ihrer schwarzen Haut ein wenig Güte wohnt, werden Sie das niemals zulassen.«

»Wenn wir erst einmal damit angefangen haben, finden wir Geldgeber«, stritt Faulkner. »Vergessen Sie nicht, wir haben schon einmal Ihr Land für Sie zurückgeholt.«

»Da draußen, in der Nähe, ist ein Flugzeug«, warf Janders leise ein. »Wir können Sie hinausbringen. Der Priester wird sich um Ihr Volk kümmern, bis Sie zurückkommen.«

»Die Entscheidung liegt bei dir«, sagte der Häuptling. »Führe uns, wir werden dir folgen. Sag uns, wir sollen warten, dann werden wir warten.«

Alle im Raum schwiegen, während Limbani seine Kräfte sammelte, um sprechen zu können. Seine Augen waren müde und unendlich traurig, als hätten sie viel mehr Schmerz gesehen als ein Mensch ertragen konnte. Sein Gesicht war grau und schweißüberströmt.

»Ich dachte«, sagte er voll Anstrengung, »daß ich, bliebe ich am Leben, nie in mein Land zurückkehren würde. Ich wollte den Schmerz aus meinem Herzen, die Tränen aus meinen Augen schütteln und friedlich mit meinen Kindern in der Sonne spielen, aber ich habe euer Weinen gehört, und mein Herz hat mit euch geweint.

Ich will euch jetzt verlassen, und das sage ich zu euch. Euer Volk wird sich nicht erheben. Eure Leute werden nicht gegen Ndofa schreien. Sie werden ihren Schmerz schweigend tragen, aber in jeder Stadt, in jedem Dorf, in jedem Kraal werden sich die Leute organisieren, und ihr werdet ihnen sagen, daß Limbani lebt, daß Limbani zurückkehren wird, und dafür müssen sie bereit sein. Das verspreche ich.« Limbani legte sich matt zurück auf die Matratze.

»Ndofa wird von dieser Zusammenkunft erfahren«, sagte der weißhaarige Häuptling. »Viele hier werden sterben, bevor du kommst. Aber die Menschen werden es wissen. Sie werden auf dich warten. Geh in Frieden, Limbani.«

Das Telefon läutete. Sein hartes Klingeln zerbrach die Stille im Raum.

»Alles raus«, befahl Faulkner barsch. »Alle raus. Auch Sie«, wandte er sich an den Priester. »Und nehmen Sie ihn mit.« Er deutete auf Limbani.

Die Söldnerposten schoben die Stammesvertreter hinaus.

»Vergiß nicht, auf welcher Seite du stehst«, sagte Faulkner leise im Vorbeigehen zu Janders. Als der Raum leer war, ging Faulkner zum Telefon und hob den Hörer ab. »Mein Französisch ist nicht gut« sagte er. »Sprechen Sie also langsam.«

Der Hörer am anderen Ende wurde an einen anderen Mann weitergereicht. »Hier ist Ndofa«, sagte eine tiefe Stimme.

»Faulkner hier.«

»Ich dachte mir doch, daß Sie's sind.« Ndofa sprach ruhig, aber in seiner Stimme war Stahl. »Geht es Ihnen gut nach all diesen Jahren?«

»Ich bin gesund«, antwortete Faulkner. »Ich habe voll Neid Ihren Aufstieg beobachtet. Aber Sie müssen etwas für Ihre Armee tun. Die Sicherheit ist ja schrecklich.«

»Ich finde, meine Armee macht mir heute mehr Ärger als sie wert ist. Ich denke, ich schicke sie zuerst gegen Sie. Man kann auf sie verzichten, und sie wird vor allem dazu dienen, Ihre Munitionsbestände zu verbrauchen.«

»Als ich Sie zuletzt sah, waren Sie ein Fanatiker Ihrer Armee.«

»Das war, ehe ich entdeckte, daß jeder Soldat dachte, er könnte Präsident werden. Ich glaube, Sie haben Limbani.«

»Ja.«

»Kann ich mit ihm sprechen?«

»Nein.«

»Wie soll ich mich dann davon überzeugen, daß er noch lebt?«

»Wenn sich das Land erhebt, reiten Sie auf dem Tiger, nicht ich.«

»Sie werden ihn nie herausbringen.«

Faulkner lachte leise. »Ndofa, versuchen Sie ja nicht, mich übers Ohr zu hauen. Vergessen Sie nicht, wir haben früher zusammengearbeitet. Ich kann hier jederzeit in den nächsten vierundzwanzig Stunden ausbrechen, und Sie werden nie genug Leute haben, mich aufzuhalten.«

»Was würden Sie dann vorschlagen?«

»Das ist schon besser. Ich dachte mir doch, daß Sie sich nicht sehr verändert haben können. Ich werde eine Million US-Dollar akzeptieren. Der Gesamtbetrag in Kasse gegen Überstellung von Limbani.«

»Ich fürchte, unser Schatzamt kann in dieser kurzen Zeit keine Million lockermachen. Ich kann Ihnen eine Viertelmillion bieten – und Ihre Haut.«

»Eine Million. Die können Sie auftreiben, oder Sie haben einen Bürgerkrieg im Genick. Und glauben Sie ja nicht, Sie können mir diese alten Blüten andrehen! Übrigens, sind Sie sicher, daß Sie Ihrer Armee trauen können, wenn Limbani in der Gegend ist?«

»Wo sollte eine solche Übergabe stattfinden?«

»Flughafen Albertville. Sie stellen ein voll aufgetanktes und flugbereites Flugzeug für uns hin.«

»Sehr gut«, antwortete Ndofa nach einer Pause. »Aber ich stelle zwei Bedingungen. Erstens, ich würde es vorziehen, wenn Limbani bei der Ankunft tot ist. Ich finde es sehr schwierig, ihn umzubringen. Der Anblick seiner Leiche wird genügen, um den Kontrakt zu erfüllen. Zweitens, ich will nicht, daß jemand von seinen Leuten ihn sieht. Ich werde etliche unbewaffnete Beobachter schicken, um das sicherzustellen.«

»Zweite Bedingung angenommen, aber Sie bekommen ihn lebend. Tot ist er für mich keine Garantie.

Und jetzt stelle ich eine Bedingung. Das Flugzeug muß in der Lage sein, den weißen Süden im Nonstopflug zu erreichen. Es muß eine Maschine einer größeren Luftlinie sein, die von der eigenen Crew geflogen wird, und es müssen mindestens drei UN-Beobachter höheren Ranges an Bord sein. Und Sie ziehen Ihre Männer ab. Sofort. Einverstanden?«

»Einverstanden«, bestätigte Ndofa müde.

»Aber betrügen Sie mich jetzt nicht«, warnte ihn Faulkner. »Sie wissen, daß ich genau auf Sie aufpasse. Ich ziehe bei Tagesanbruch ab. Vorher müssen Ihre Männer weg sein. Eine falsche Bewegung, und die ganze Welt wird von Limbani erfahren. Ich sehe Sie dann in Albertville.«

Faulkner legte den Hörer weg. »Eine Million«, sagte er leise zu sich selbst. »Der Bastard windet sich jetzt.« Er lachte. Dann fühlte er, daß jemand hinter ihm war. Er wirbelte herum. Janders stand, einen Revolver in der Hand, unter der Tür. Er zielte auf Faulkners Magen.

»Ich bin sehr weit mit dir gegangen«, sagte er leise, »aber hier ist Schluß.«

»Was, zum Teufel, ist mit dir los?« fragte Faulkner und beobachtete den Revolver.

»Wir waren immer elende Hunde, aber unsere Kontrakte haben wir honoriert. Und das werden wir auch jetzt tun.«

»Sie haben ihren Kontrakt nicht erfüllt, als das Flugzeug abflog und uns zurückließ. Denk doch nach, Mensch. Eine Million Dollar in bar und sozusagen die Ausreisegenehmigung.«

»Der alte Kontrakt ist gut. Das Flugzeug war unsere eigene Angelegenheit. Zwischen hier und Albertville ist eine Menge Busch. Ndofa kann uns dort erledigen, ganz wie er will. Hast du daran gedacht? Er braucht uns doch nur hier herauszulocken. Außerdem möchte ich Limbani lieber am Leben halten. Dafür ist Peter gestorben.«

»Wer soll das schon wissen?«

»Ich. Ich habe nach den Offizieren und dem R.S.M. geschickt. Wir stimmen ab. Okay?«

»Wirst du jetzt endlich dein Schießeisen wegstecken?«

»Nach der Abstimmung.«

Jeremy, Shaun und der R.S.M. kamen herein. Janders blieb an der Tür stehen. Erst nachdem sie alle da waren, kam ihnen zu Bewußtsein, daß er einen Revolver hatte. Janders erklärte die Lage.

»Ist das fair?« fragte er Faulkner. »Nun stimmen wir ab.«

»Ich habe das Kommando«, erinnerte ihn Faulkner. »Du hast einen Eid geleistet, mir zu folgen.«

»Das war unter dem alten Kontrakt«, erwiderte Janders. »Du willst einen neuen, und deshalb stimmen wir ab.« Er hob den Revolver. »Ich bin der Vorsitzende. R.S.M., wie stimmen Sie?«

»Ich folge dem Colonel, Sir.«

»Shaun?«

»Bin dagegen. Wir halten uns an den alten Kontrakt und ziehen wie der Teufel hier ab.«

»Jeremy?«

»Dagegen. Die Männer würden nie mitmachen. Sie haben nicht für einen richtigen Krieg mit allem Drum und Dran unterschrieben.«

»Drei gegen zwei. Du hast verloren«, sagte Janders.

»Schön«, befahl Faulkner. »Holt die Männer zusammen. Wir werden den Durchbruch zum Landestreifen versuchen, während Ndofa unterwegs ist. Janders, du bleibst hier. Mit dir habe ich ein Wort zu reden.« Die anderen gingen.

»Vergiß nicht, du schuldest mir dein Leben«, sagte Faulkner zornig. »Und jetzt wendest du dich gegen mich.«

»Ich bin so ungefähr der einzige Freund, den du hast«, antwortete Janders leise. »Ich führe dich nur durch Momente von Wahnsinn. Allen, ich weiß nicht, was jetzt in deinem Kopf vorgeht, aber wenn du glaubst, du könntest mich ausschalten, dann vergiß nicht, daß ich die anderen aufteile, und auf die Art wirst du Ndofa nicht überleben.«

»Oh, nimm doch endlich diesen Revolver weg, um Himmels

willen! Du mußt mich ja für verrückt halten, wenn du glaubst, ich bringe dich um.«

Janders ließ den Revolver sinken. »Du wirst habgierig. Das habe ich schon bei allen möglichen Leuten erlebt.«

»Na, schön. Wir haben gesagt, was wir dachten, und jetzt ist's vorbei. Es war eine gute Idee, das ist alles. Und jetzt an die Arbeit. Keine Sorge, du kannst dich richtig umdrehen. Du wirst deinen Sohn wiedersehen.«

»Da möchte ich aber ganz sicher sein«, erwiderte Janders lächelnd.

Faulkner lachte auch. »Weißt du, es ist vielleicht doch keine so schlechte Idee, Limbani hinauszuschaffen. Wenn er zurückkommt, wird es einen ganz dicken, saftigen Kontrakt geben.«

24

Dienstag, 29. Dezember, 20 Uhr

Ein blutroter Mond ging auf. Er schien durch die Wolken und auf die Erde. Die Luft war ruhig, heiß und feucht. Moskitos schwärmten durch die Nacht, und die Insekten sirrten und kreischten.

Die Söldner wurden auf der Straße aufgestellt, nur ein paar vorgeschobene Posten waren noch draußen. Der R.S.M. schritt die Front ab und wandte sich zu ihnen um, als stehe er auf dem Exerzierplatz von Adershot. Die erschöpften Männer standen automatisch stramm, als sein harter Blick über sie flog.

»In einer Minute wird der Colonel zu Ihnen sprechen. Zuvor habe ich Ihnen etwas zu sagen. Ich habe mein Leben lang mit vielen Männern gekämpft.« Er räusperte sich, weil er nicht wußte, wie er fortfahren sollte. »Schön. Ich will nur sagen, wenn der Stolz eine Sünde ist, dann bin ich ein großer Sünder. Weil ich stolz auf euch bin, Männer. Ihr habt euch prächtig gehalten. Gut wie jeder andere Soldat, den ich kenne. Das wäre alles«, bellte er. Einen Augenblick lang liebten ihn die Männer.

Faulkner kam auf die Straße heraus. »Acht-tung! Still-ge-standen!« Der R.S.M. machte Meldung. »Truppe vollzählig angetreten, Sir.«

»Danke, R.S.M.« Faulkner erwiderte seinen Salut. »Rührt euch.

Wir brechen aus«, sagte er zu den Männern. »Ungefähr sechs Meilen von hier entfernt ist ein Landestreifen mit einem wartenden Flugzeug. Der Weg wird schlecht sein, aber wir schaffen ihn.« Er sprach leicht mit einem ansteckenden Optimismus in der Stimme. Ganz gewiß ein Führer, dem seine Männer folgten, ob sie ihn nun liebten oder haßten. »Wir gehen in drei Wellen, sozusagen in Froschhüpfern. Abstand eine Viertelmeile zwischen den einzelnen Wellen. Wir wissen, daß uns im Moment nur eine schwache Simba-Truppe eingeschlosssen hat. Die Haupttruppe ist noch weit weg. Wir werden also hier verschwunden sein, ehe sie noch wissen, was sie getroffen hat. Und natürlich haben wir Limbani, so daß die Leute hier uns unterstützen, wo sie können. Unsere Offiziere werden euch genau informieren, ehe wir abziehen.

Ich hörte die Bemerkung des R.S.M. Die unterstreiche ich voll. Ich bin stolz darauf, euch geführt zu haben.« Faulkner lachte breit. »Wenn wir zurück sind, kauf ich euch allen einen Drink. Schön, weitermachen, R.S.M. Erste Gruppe zieht in fünfzehn Minuten ab.«

»Stützpunktführer an Kommando zwei. Hört ihr mich? Ende.«

»Kommando zwei an Stützpunktführer. Empfangen euch Stärke fünf. Hereinkommen. Ende.«

»Stützpunktführer an Kommando zwei. Alles klar bei euch?«

»Jawohl, Sir. Alles ruhig. Ein paar von den Einheimischen geistern noch herum. Das ist alles. Kein Zeichen von den Simbas.«

»Stützpunktführer an Kommando zwei. Wir ziehen jetzt ab. Radiolauschposten bleibt in Bereitschaft. Haltet euch in Deckung, bis die erste Gruppe am Dorf ankommt. Dann will ich, daß das Flugzeug voll aufgetankt und startbereit ist, aber paßt auf die Maschine auf. Laßt keinen in die Nähe. Verstanden?«

»Sollen wir den Piloten festsetzen?«

»Nein. Überzeugt euch nur, wo er ist, aber zeigt euch nicht, bis wir das Dorf erreichen und halten.«

»Kommando zwei an Stützpunktführer. Verstanden. Ende.«

»Ich verstehe nicht, weshalb sie den Streifen nicht selbst benützen«, sagte Janders besorgt.

»Sie kennen den Neuen Kongo noch nicht«, spöttelte der Priester. »Die Mine hat es erst vor weniger als einem Jahr bekommen. Diese Simbas verlassen ja nie ihre Büros, wenn sich's vermeiden läßt. Und sie haben nur die alten belgischen Karten, an die sie sich halten können. Sind sie eine Meile außerhalb einer Stadt, dann verirren sie sich, und Ortsansässige kriegen die nie als Führer.«

»Jetzt haben wir jedenfalls entschieden«, sagte Faulkner. »Sie kommen mit uns«, befahl er dem Priester. »Wenn Sie uns in einen Hinterhalt führen, verpasse ich Ihnen persönlich eine Kugel.«

»So was«, meinte der Priester lachend. »Drohungen taugen nichts. Ich bin ein alter Mann, wie Sie sehen, und werde bald sterben. Mir würde es gefallen, ein Märtyrer zu sein. Da hab' ich einen sicheren Platz im Himmel. Aber Sie«, fügte er kalt hinzu, »Sie, mein Sohn, kommen ins höllische Feuer, und das vergessen Sie besser nicht.«

Faulkner achtete nicht weiter auf ihn. »Sagen Sie Limbani, daß er einen kleinen Kampftrupp wählen und mitnehmen kann. Junge Leute können ausgebildet werden. Aber nicht mehr als fünfzehn Mann. Wir sehen schon, sobald wir dort sind, wieviele wir an Bord unterbringen.«

»Du planst immer noch für die Zukunft?« fragte Janders.

»Natürlich«, erwiderte Faulkner heiter.

Jeremy, Shaun und der R.S.M. betraten den Raum.

»Alles abmarschbereit?« fragte Faulkner.

»Jawohl, Sir«, antwortete Jeremy. »Draußen ist's totenstill.«

»Viel zu still«, meinte Shaun. »Sie warten auf uns.«

»Nein«, entgegnete Faulkner. »Ndofa wird seine Männer zurückziehen.Er meint, er bekommt Limbani auf ganz leichte Art. Jedenfalls kommt es darauf an, wie schnell wir ausbrechen können. Tosh Donaldson, drei Mann und ein Radio gehen zuerst. Janders, du folgst mit deinen Männern. Jeremy, Shaun, ihr geht anschließend und nehmt Limbani mit euch. Versteht einer von seinen Leuten mit einem Gewehr umzugehen, kriegen sie eines. Gut. Jetzt seht zu, daß ihr hinter Janders' Männern eine gute Dekkung findet. Laß Limbani bei Janders. Er muß immer in der Mitte bleiben. Verstanden? Ich gehe hier als letzter. Ich nehme dann Janders' Position, er die eure. Dann geht ihr weiter. Tosh soll vorne bleiben und hält nach Schwierigkeiten Ausschau.

Kommt es soweit, dann werde ich's am Schluß zuerst kriegen, und dann übernimmt der R.S.M., was von Peters Männern noch übrig ist, und bleibt bei mir. Hört ihr Schießen, dann schließt ihr auf, aber die Froschsprünge werden beibehalten, und ihr seht zu, daß ihr so schnell wie irgend möglich vorankommt. Ich kann euch nicht eindringlich genug sagen, wie wichtig bei einer solchen Aktion das Tempo ist. Sollte ich verletzt werden, Rafer, dann gehe ich durch deine Leute zurück und nehme Limbani mit mir. Ihr gebt uns Feuerschutz. Sobald ich eine neue Position gefunden habe, kommt ihr zu mir, und ich gebe euch Feuerschutz. Verstanden? Wir bleiben ununterbrochen in Bewegung.

Jeremy, Shaun, ihr beide werdet die ersten im Dorf sein. Stellt eure Männer so auf, daß unser Rückzug gedeckt ist und schützt vor allem das Flugzeug. Shaun, du hast meine Erlaubnis, dich aus Schwierigkeiten rauszuhalten. Wir könnten dich brauchen, um uns auszufliegen. Denk dir einen Flugplan für Rhodesien aus.«

»Jesus, warum Rhodesien? Warum nicht Angola oder Mozambique? Mensch, das sind doch fast achthuntert Meilen. Verdammt riskant.«

»Die Portugiesen lassen uns nicht hinein, und sonst gibt es ja nichts. Kannst du's schaffen?«

»Das hängt ab von der Ladekapazität und dem Zustand der Maschine«, meinte Shaun zweifelnd. »Aber ich denke, wir können es schaffen.«

»Wir müssen Sambia überfliegen«, sagte Faulkner.

»Das ist kein Problem, wenn wir niedrig fliegen und uns von Lukasa fernhalten. Die haben nämlich eine Scheißradar. Das Problem ist, daß wir solange droben bleiben. Das muß ich erst ausknobeln, aber ich nehme an, unser Maximalspielraum ist ungefähr fünfundachtzig Meilen. Mensch, das ist aber knapp«, sagte Shaun leise.

»Das ist dein Problem«, erklärte Faulkner. »Du bringst uns dorthin. Dafür wirst du bezahlt. Schön, Gentlemen. Noch Fragen?« Niemand sprach. »Gut, Rafer, zieh ab. Viel Glück, mein Freund.«

25

Dienstag, 29. Dezember, 21 Uhr

»O Gott, o mein Gott, da kommen sie wieder. Schaut da hinüber. Hunderte. O mein Gott, wir sind tot.«

Der R.S.M. ging dorthin, wo der jammernde Mann hinter einem Felsen kauerte, und trat ihm hart in die Rippen. »Samuels«, seine

Stimme war scharf wie ein Peitschenknall, »Sie sind nicht tot, bis ich's Ihnen sage, verstanden?«

Samuels schaute auf. Unter einem schmutzigen Schenkelverband sickerte Blut heraus. Seine jungen Augen flackerten unsicher über das Gesicht des R.S.M. Es waren die Augen eines Mannes, der nahezu am Ende war. »Wir sind tot«, sagte er leise. »Wir können nicht mehr rennen. O mein Gott, wir sind tot.« Er begann zu weinen, als er sich wieder seinem Gewehr zuwandte. Tränen zogen Streifen in den Schmutz und Schweiß in seinem Gesicht. »Unser Vater im Himmel«, betete er, als er den Abzug drückte, und seine Schulter den Rückschlag auffing.

Der R.S.M. tippte einem Unteroffizier auf die Schulter. »Gehen Sie dort hinüber und behalten Sie Samuels im Auge. Wenn er ganz durchdreht, erschießen Sie ihn, ehe es die anderen bemerken.«

Ein Maschinengewehr begann zu knattern. Andere kamen dazu, bis die Felsen von den pfeifenden Kugeln zu leben schienen. Faulkner war am Radio.

»Tosh?«

»Alles klar hier, Sir.«

»Shaun?«

»Alles klar hier, Sir.«

»Rafer? Hörst du mich?«

»Ja, ich höre dich.«

»Bist du in Position?«

»Ja.«

»Okay. Ich brauche jetzt deinen Rückhalt. Gib mir Feuerschutz. Der Rest von euch drängt so schnell voran wie möglich. Ende.«

Faulkner wirbelte herum. »R.S.M.!« schrie er.

»Sir.« Der R.S.M. kam heran.

»Wie sieht's aus?«

»Nicht allzu schlecht, Sir«, antwortete er gleichmütig. »Die Simbas schießen wild durch die Gegend, wie immer.«

»Wie viele könnten es sein?«

»Ungefähr achtzig, Sir. Die können wir schon halten. Natürlich hängt es von ihren Reserven ab. Sie sind allerdings voll Dagga, so wie in den alten Tagen. Wenn sie mit den Messern zwischen diese Felsen kommen, könnten wir eine ziemlich rauhe Zeit erleben.«

»Wir ziehen uns auf Janders zurück. Die Männer sollen leise rausgehen. Sie machen den Schluß. Bevor Sie gehen, erschießen Sie alle Männer, die zu schwer verwundet sind, als daß sie's schaffen könnten. Das ist ein Befehl, verstanden? Sie lassen sie nicht in den Händen der Simbas sterben.«

Der R.S.M. nickte und zog ab.

»Kommando eins, hier ist die Vorausabteilung. Bitte kommen.«

»Vorausabteilung, hier ist Kommandoführer eins, empfangen euch Stärke fünf. Meldung. Ende.«

»Wir sind auf einem Hügel, Sir. Da ist eine Gruppe Banditen an Ihrer Flanke, unterwegs zum Dorf. Sie haben Fackeln und bewegen sich schnell.«

»Könnt ihr sie abschneiden? Und den Weg offenhalten?«

»Ich denke schon, Sir.«

»Gut. Also weiter. Und laßt mich wissen, wann ihr Kontakt bekommt.«

»Gehen weiter, Sir. Ende.«

»Kommando drei. Hier ist Kommandoführer eins. Hereinkommen. Ende.«

»Führer, empfangen euch.«

»Jeremy, ein paar Späher sollen Tosh's Position übernehmen.«

»Gut, Sir. Ende.«

Faulkner schaute hinab. Seine Hände zitterten, und das widerte ihn an. Die schattenhaften Gestalten der abziehenden Gruppen formten sich lautlos in der Dunkelheit. In der Ferne begann ein einzelner Trommler einen langsamen Rhythmus auf seinem Tomtom. Bald würden andere Trommler einfallen und die Wut der Simbas aufpeitschen. Und wenn die Trommler ihr Crescendo trommelten, würden die Simbas die Felsen stürmen. Oben in seinem Ausguck auf einem Felsen überlief es den R.S.M. eiskalt, und er fluchte.

Die Simbas an den Flanken rannten in großen Gruppen und folgten einem Pfad. Fackeln erhellten ihren Weg. Schreiend brachen sie durch den Busch. Sie waren sich des Lärmes gar nicht bewußt.

Tosh Donaldson wählte für seinen Hinterhalt eine ziemlich offene Stelle, auf der die Simbas auch keine Deckung fanden. Einen Mann stellte er etwa vierzig Schritt weiter vorne am Pfad auf, einen zweiten vierzig Fuß darüber. In der Mitte ging sein Maschinengewehr in Stellung. Er markierte eine Todeszone von fünfzehn Fuß zu beiden Seiten des Maschinengewehrs mit Steinen.

Waren die Simbas zwischen diesen Punkten, würde er das Feuer eröffnen. Seine Männer sanken in den Busch und warteten.

Faulkner warf sich neben Janders auf den Boden. *Wusch!* machte eine Rakete, die über ihnen wegflog. Beide duckten sich instinktiv, dann erhellte ein greller Explosionsblitz die Nacht. Die Söldner schossen überlegt und gleichmäßig und gingen sparsam mit ihrer Munition um. Die Scharfschützen mit Infrarotgläsern pickten jedes Ziel heraus, sobald es in die Reichweite von achtzig Yards kam.

»Sieht ganz so aus, als habe unser Freund Ndofa auf uns gewartet«, bemerkte Janders düster.

»Wir schaffen es«, antwortete Faulkner bestimmt. »Den Bastard krieg ich schon noch. Jeremy meint, vorne ist es ruhig. Gut. Du ziehst dich jetzt zurück. Laß mir ein paar Männer da, um meine Verluste auszugleichen. Ich gebe dir Feuerschutz.«

»Feuer!« brüllte Tosh. Das Maschinengewehr ratterte und schoß orangerote Blitze in die Nacht. Kugeln surrten durch die Todeszone und mähten die Simbas nieder. Trittminen explodierten zwischen ihren gestürzten Körpern. Die paar Simbas weiter hinten machten kehrt und flohen.

»Gut, zurückziehen!« rief Tosh.

»Vorausgruppe an Kommandoführer eins, bitte kommen.«

»Führer an Vorausgruppe. Meldung.«

»Wir haben sie, Sir. Bei uns kein Ausfall.«

»Auf das Dorf zurückziehen. Jeremy Feuerschutz geben.«

»Sehr gut. Ende.«

Rennen. Schnell rennen. Ihre Stiefel trommelten auf den Boden, rutschten auf losen Steinen. Schweiß blendete ihre Augen, ihr Atem kam in keuchenden Stößen. Der Mond kletterte höher, war jetzt gelb, schwamm zwischen den Wolken. Limbani schwankte auf einer Behelfstrage, der alte Priester stolperte neben ihm her. Ein Ruf kam von der Spitze. Die Männer tauchten in Deckung.

»Es ist Tosh, Sir.« Die Meldung wurde weitergegeben. Jeremy kroch ihm entgegen.

»Das Dorf liegt unmittelbar vor uns, Sir«, berichtete Tosh. »Hammond sagt, es ist alles ruhig. Soll ich zurückbleiben und dem Colonel Feuerschutz geben, während sie hineingehen?«

»In Ordnung. Behalte sechs Mann, und auffächern. Limbani und seine Männer können bei dir bleiben, bis ich nach ihnen schicke. Shaun, du und drei Männer, ihr kommt mit mir. Sie auch«, sagte Jeremy zum Priester. »Ich könnte Sie brauchen.«

Hinter ihnen wisperte im Busch Gewehrfeuer.

Jeremy blieb stehen. Seine Augen suchten langsam die verlassenen Straßen des Minendorfes nach einem Hinterhalt ab. Seine Männer stahlen sich, einer nach dem anderen, durch die Schatten, um ihre Positionen unter Haustüren oder an anderen Stellen einzunehmen, die Deckung boten. Jedesmal bewegten sie sich ein Stück auf der Straße weiter.

Dann und wann rippelten in der Ferne ein paar Schüsse, aber sie kamen näher. Faulkner ließ sich ein wenig zurückfallen vor der Übermacht. Zeit für Vorsicht blieb ihnen nicht. Jeremy rannte die gepflasterte Straße entlang, seine Männer folgten ihm. Ihre Stiefel knallten auf die Pflastersteine.

Die Gestalten der rennenden Männer hoben sich im Mondlicht vor den weißgekalkten Mauern der kleinen Minenhäuser ab. Schweiß strömte über Jeremys Brust, seine Tarnjacke war durchweicht. Seine Augen durchforschten die spukhaften, leeren, dunklen Fenster der Häuser. Jeden Augenblick erwartete er den Knall eines Gewehrs zu hören, eine Kugel zu spüren, die sich in sein Fleisch bohrte.

Dann waren sie durch das Dorf, rannten auf dem kurzen Gras des Landestreifens, der wie ein mahnender Finger in den Busch griff. Jeremy bog scharf nach rechts ab. Über ihm ragte das Förder-gerüst des Minenschachtes in die Höhe. Er rannte am Rand entlang. Am Ende des Streifens stand eine kleine Wellblechhütte. Daneben schimmerten im Mondlicht silbern die Schwingen einer Transporter-Dakota. Hammond und seine Männer warteten dort auf ihn.

»Wo ist der Pilot?« keuchte Jeremy.

»Dort drüben, Sir.« Hammond deutete auf eine Gestalt in Mechanikeroveralls, die auf dem Gras neben dem Schuppen lag.

»Herrje, was habt ihr denn mit ihm angestellt?«

»Nichts, Sir. Der war schon halbtot vor Angst, bevor wir ihn vereinnahmen konnten. Colonels Befehl, Sir. Wir konnten nicht schneller kommen.«

»Wo sind die Leute?«

»Abgehauen. Die Schwarzen und die Weißen sind in den Busch gewetzt, als sie hörten, daß das Gewehrfeuer näher kam.«

»Shaun, kannst du die fliegen?«

»Es sieht so aus, als würdest du das bald herausfinden«, antwortete Shaun. »Hammond, ist das Flugzeug aufgetankt?«

»Jawohl, Sir.«

»Haupt- und Reservetanks?«

»Da hätte kein Tropfen mehr Platz, Sir. Wir haben uns einen von den schwarzen Mechanikern geholt, der hat's uns gezeigt. Der hat gegreint wie ein kleines Kind. Sollen wir den Piloten aufwecken?«

»Vergeßt ihn. Er taugt für uns sowieso nicht. He, Jeremy, gibt's hier irgendwo was für uns zu trinken?«

»Nichts. Hammond, nimm deine Männer mit ins Dorf hinein und hilf Tosh. Janders müßte bald kommen. Laßt mich's wissen, sobald er da ist.«

Zum zwanzigstenmal in fünf Minuten suchte Faulkner den Himmel nach der Leuchtkugel ab. Was, zum Teufel, tat Jeremy nur? Ein Halbkreis von scharlachroten Blitzen schloß sich immer enger um ihn.

Der R.S.M. robbte herbei. »Vierzehn Mann tot, Sir. Zwei weitere hat es erwischt.«

Faulkner nickte. »War in den Felsen alles in Ordnung?«

»Ich hab's ganz leise gemacht, Sir. Mit dem Messer. Es ist ihnen nicht mehr bewußt geworden.«

»Tut mir leid, R.S.M., daß Sie's sein mußten.«

»Macht nichts, Sir. War besser so. Ich denke, wir fallen lieber etwas zurück, Sir. Sie kommen ein wenig zu nahe, und es werden immer mehr.«

»Gut, R.S.M. Weitersagen.«

Der R.S.M. begann wegzurobben, dann drehte er sich um. »Soll ich's mit den anderen Verwundeten auch so machen, Sir?«

»Nein. Alle Lebenden mit zurückbringen. Ich hab' genug von meinen Männern verloren«, sagte Faulkner leise. »Ich will nicht noch mehr verlieren.«

Janders kam durch Tosh Donaldsons Posten und hatte Limbani und seine Männer bei sich. Er rannte durch das verlassene Dorf zum Landestreifen.

Shaun hatte sich in den linken Sitz des Flugdecks geworfen. Er studierte den Plan des Cockpits, machte sich mit den Instrumenten vertraut und griff über das Fenster, um die Treibstoffpumpe der Starbordmaschine anzustellen. Seine Finger fanden den Schalter, dann schaltete er den Magnito ein. Die Maschine zündete. Er ließ die Schalter los und drückte die Mischkontrolle hinein bis zum Anschlag. Die Maschine hatte eine Fehlzündung und würgte einen Flammenblitz aus. Rauch quoll aus dem Auspuff. Er drosselte den Motor und drückte wieder den Schalter. Die Maschine drehte durch, startete, hustete und starb. Er stellte das Gas nach und betete. Eben wurde Limbani an Bord gebracht. Das Gewehrfeuer hatte nun den Außenrand des Dorfes erreicht. Der Propeller drehte sich, die Maschine zündete.

»O Gott, danke, lieber Gott«, flüsterte Shaun. Er wartete, bis die Maschine voll lief, dann zog er die Portschalter.

»Leise, leise«, warnte der R.S.M. und ging ruhig hinter seinen Männern her. »Laßt euch nicht nervös machen. Laßt euch Zeit, pickt euch die Ziele heraus. Ja, so ist's richtig.«

Faulkner folgte einer Funkenspur, als sie den Pfad des Mondes kreuzten. Dann trieb ein scharlachrotes Licht langsam herab.

»Hat Hammond die Verletzten zurückgebracht?«

»Ja, Sir«, erwiderte der R.S.M. »Nur wir sind noch da.«

»Gut. Alle rennen zum Flugzeug!« schrie Faulkner über den Lärm des Gewehrfeuers.

Faulkner war einer der letzten, der den Platz verließ. Langsam und rückwärts gehend schoß er ständig in den dunklen Busch am Ende der Dorfstraße hinein. Als er sich dem letzten der Häuser näherte, wirbelte er herum und begann zu rennen. Ein Querschläger traf ihn im Rücken, so daß er stürzte. Im nächsten Moment war er wieder auf den Füßen und rannte, aber er wurde langsamer, und seine Beine knickten unter ihm ein. Eine zweite Kugel traf ihn an der Schulter. Er drehte sich um sich selbst und fiel auf den Rükken. Diesmal wußte er, daß er nicht mehr in die Höhe kam.

In einiger Entfernung hörte er das Siegesgeschrei der Simbas, als sie auf der Straße angerannt kamen. »O Gott«, dachte er. »Fast hätt' ich's geschafft. Fast.«

Plötzlich fühlte er eine Hand an seiner Schulter.

»Wer ist es?« schrie er. »Mein Gott, meine Augen! Ich sehe nichts. Wer ist es?«

»Bin nur ich, Sir«, antwortete leise der R.S.M.

»Mensch, verschwinde! Hörst du denn nicht, daß sie kommen?«

»Ich hör' sie schon, Sir«, schniefte der R.S.M. »Ich kann sie sogar riechen, so nahe sind sie.«

»Dann hau doch ab, Mensch.«

»Kann ich nicht, Sir. Mein Bein ist zerschmettert«, log er.

»Dann sind wir also beide hier festgenagelt.«

»Ja, Sir.«

»Tut mir leid«, sagte Faulkner leise. »Ich meine, um dein Bein.« Plötzlich klammerte er sich an den Arm des R.S.M. »Ich höre einen Lärm. Was ist das für ein Lärm?«

»Das Flugzeug, Sir. Die Maschinen. Sie haben's, verdammt noch mal, geschafft. Herr Jesus, wenn ich nur Flügel hätte, dann würden wir heimfliegen.«

»Hast du große Schmerzen?«

»Nicht sehr, Sir.« Der R.S.M. war unverletzt. Er barg Faulkners Kopf in seinen Armen.

»Ich auch nicht. Nur eine zunehmende Taubheit. Muß mein Rückgrat erwischt haben. Ich kann meine Beine nicht bewegen.« Faulkner griff nach oben, um den R.S.M. zu berühren. »Ich bin froh, daß du da bist«, flüsterte er. »Ich hatte Angst davor, allein zu sterben. Du weißt, was ich meine. Nicht sehen können, wann es kommt. Du hast das mit den Männern gut gemacht. Du hast sie zu einer feinen Einheit zusammengeschweißt.«

»Wir waren ein gutes Team, Sir«, antwortete der R.S.M. leise. »So was wie uns sehen sie nie mehr. Das sag ich selbst.«

»Hast du den Mut, eine Kugel in mich zu schießen?« fragte Faulkner.

»Nein, Sir«, erwiderte der R.S.M. traurig. Daran hatte er schon gedacht.

Für einen Augenblick lagen die beiden Männer nebeneinander auf der verlassenen Straße.

Plötzlich flüsterte der R.S.M.: »Jetzt sind sie nicht mehr weit weg, Sir. Sind vorsichtig. Wie wär's Sir, wenn wir toter Mann spielen würden, bis sie ganz in der Nähe sind? Ich sag Ihnen, wohin Sie ihr Gewehr halten sollen, und dann liefern wir ihnen noch ein Gefecht, bevor wir sterben.

Jetzt sind sie da, Sir. Gott befohlen, Sir. Ein bißchen höher. Noch ein bißchen höher. Eine Kleinigkeit nach links. Ja, so bleiben. Herr Jesus«, meinte der R.S.M. und lachte leise, »die erleben noch eine schöne Überraschung, bevor sie uns abschlachten...«

26

Dienstag, 29. Dezember, 21.50 Uhr

Jeremy stand neben der Dakota und beobachtete besorgt die erschöpften Männer von der Nachhut, die auf den Landestreifen taumelten und ihre verwundeten Kameraden mitschleiften. Oben trieb langsam eine Leuchtpatrone herab und tauchte das Dorf und den Busch in hartes, blutrotes Licht.

Plötzlich kam von Rand des Flugplatzes Gewehrfeuer, herbeigetragen vom sanften Wind. Er wirbelte herum; seine Hand lag schützend über den Augen.

»Rafer, um Himmels willen, schau mal da hinüber!« schrie er. »Die elenden Hunde versuchen uns abzuschneiden!«

Durch den dichten Busch am Ende des Landestreifens kam ein Vorausmuster scharlachroter Blitze, die grell durch die Dunkelheit glühten. Janders' Blick folgte Jeremys ausgestrecktem Arm. Er blieb stehen und zählte die Blitze.

»Fünfzehn, vielleicht zwanzig, nicht mehr«, antwortete er ruhig. Seine Stimme übertönte gerade das Heulen der Maschinen. »Der Rest ist noch auf der anderen Seite. Du übernimmst hier. Ich wehre sie ab, bis das Flugzeug rollt. Der Colonel müßte jetzt jeden Augenblick kommen. Hammond!« schrie Janders. »Such dir vier Männer aus und folg mir!«

Hammond, die Nummer zwei in Janders' Kommando, ein mittelgroßer Mann von etwa vierzig mit einer Brust wie ein Faß und einem kahlen, glänzenden Schädel, schrie: »Rubens, Ferguson, McFarlane, Williams, bringt die R.P.D. und eine Bazooka!« Er lief in einem gleichmäßigen Trott den Landestreifen entlang, die anderen folgten ihm.

»Um Himmels willen, haltet sie ab, bis wir die Maschine zum Rollen bringen!« schrie Jeremy hinter Janders drein. »Und dann rennt zurück, was ihr könnt.«

Janders drehte sich nicht um. Er hob nur die Hand zum Zeichen, daß er gehört hatte.

Jeremy rannte am Streifen auf und ab. »Verdammt, so beeilt

euch doch!« brüllte er. »Seht ihr denn nicht, daß sie uns einschließen wollen?« Die ausgepumpten Männer schlurften ein wenig schneller heran. »O Gott, Jeremy«, flüsterte er zu sich selbst. »Wo nur Faulkner bleibt? Ich kann jetzt nicht noch mehr ertragen.«

Zwei Männer kamen keuchend auf ihn zugetaumelt, die Last eines verwundeten Kameraden zog sie fast zu Boden. Der Verwundete versuchte zwar zu gehen, doch seine Knie knickten immer wieder ein, und er fluchte in seinem Schmerz leise vor sich hin. Jeremy kniff die Augen zusammen. Die Leuchtpatrone war erloschen, aber im halben Licht des Mondes erkannte er den Verwundeten.

»Tosh!« rief er und lief den Männern entgegen. »Gott sei Dank! Ich hörte, du seiest tot.«

Die Männer blieben stehen. Tosh hob langsam den Kopf. Sein Gesicht war blutüberströmt und von Schweißbächen durchzogen. »Noch nicht, Sir«, sagte er leise, und sogar ein Lächeln gelang ihm. »Noch nicht...«

»Hast du den Colonel gesehen?«

Tosh schüttelte den Kopf. »Nicht mehr, seit es mich erwischt hat, Sir.« Er sah, daß Jeremy auf seinen Magen starrte. Er war dick mit Bandagen verpflastert, doch dazwischen sickerte Blut heraus. »Ich schaffe es schon«, sagte er und wurde ohnmächtig.

»Hat einer von euch den Colonel gesehen?« fragte Jeremy die anderen.

Einer der Männer nickte. »Im Dorf hat es ihn erwischt. Der R.S.M. ist bei ihm geblieben.«

»Wißt ihr das bestimmt?« Panische Angst packte Jeremy.

Der Söldner nickte. »Im Rücken. Die Kugeln haben ihn furchtbar aufgerissen. Hat keine Chance.«

Einer von der Nachhut am Dorf schoß ein paarmal in die Luft, um Aufmerksamkeit zu erregen. Jeremy lief zu ihm hin. »Was ist?« keuchte er.

Die Maschinen liefen warm. Shaun erhöhte die Gaszufuhr. Das Flugzeug begann zu zittern. Er schätzte, daß der Landestreifen gute fünftausend Fuß über Seehöhe lag. Mit Überladung würde er vierzehnhundert Yards zum Abheben brauchen. Da es Nacht war und die Luft sich ein paar Grad abgekühlt hatte, konnte er den Anlauf um etwa zweihundert Yards verkürzen. Der Landestreifen einschließlich Notstrecke war etwa zweitausend Yards lang. Er hatte also Platz zum Anrollen und müßte Höhe gewinnen, wenn er die Simbas überflog.

Der Posten deutete mit seinem Gewehr zu einer Gruppe Dorfbewohner, die am Fuß einer Steigung warteten. »Sie wollen auch mitkommen«, sagte er. »Wenn sie bleiben, meinen sie, werden sie von den Simbas abgeschlachtet.«

»Sag ihnen, nein, es geht nicht«, antwortete Jeremy und wandte sich zum Gehen. Die Dorfbewohner folgten ihm.

»Halt sie zurück. Schieß eine Salve.«

Das Gewehr stotterte in der Hand des Söldners. Die Dorfbewohner duckten sich, als die Kugeln über ihre Köpfe pfiffen; das Echo kam von den nahen Mauern zurück. Sie schoben ihren verängstigten Sprecher vorwärts. Er war ein alter Mann mit einer weißen Mähne und einem kleinen Ziegenbart. Er klammerte sich nervös an seinen Hut in den Händen.

»Bitte, Sir«, wandte er sich in gebrochenem Englisch an Jeremy. »Bitte, Sir, nehmen Sie uns mit. Wenn die Simbas kommen, töten sie uns. Sie werden sagen, wir haben Ihnen geholfen.«

»Und habt ihr das getan?« fragte Jeremy heftig.

»Nein, Sir«, erwiderte der alte Mann ehrlich. »Sie werden uns trotzdem töten. Bitte, Sir. Nehmen Sie uns mit.«

»Nein«, erklärte Jeremy wütend. »Wir wissen ja nicht einmal, ob das Flugzeug in die Luft kommt, wenn wir alle drinnen sind. Zusätzliches Gewicht ist unmöglich. Geht und versteckt euch im Busch, solange ihr noch Zeit habt.«

Der alte Mann schüttelte den Kopf. »Sie finden uns, Sir. Sie bringen uns um. Ich habe eine Tochter und zwei Enkelkinder. Sie haben nichts Böses getan. Bitte, nehmt uns mit. Ich bin nicht wichtig. Bitte, Sir. Ich flehe Sie an.«

»Nein!« schrie Jeremy. Allmählich gingen ihm die Nerven durch. »Keiner von euch hat etwas Böses getan. Ich kann euch nur nicht mitnehmen, das ist alles. Wir haben keinen Platz.«

Der alte Mann ließ den Kopf hängen, und aus der Menge hinter ihm kam ein Stöhnen, als sie erkannten, daß sie umsonst gebeten hatten. Frauen hielten ihre Kinder in die Höhe und baten Jeremy, wenigstens sie mitzunehmen.

»Wie können Sie die Kinder ablehnen?« fragte der alte Mann.

»Es sind zu viele«, erwiderte Jeremy verzweifelt. »Was glaubt ihr, wer ich bin? Ein Gott? Ich kann nicht bestimmen, wer lebt und wer sterben wird. Geht!« schrie er verzweifelt. »Geht, versteckt euch, solange noch Zeit ist!« Die Dorfbewohner rührten sich nicht. »O Gott. Geht doch. Holt den Priester!« rief er dem Posten zu.

»Ich bin hier«, murmelte der Priester neben ihm.

»Sagen Sie's ihnen. Erklären Sie's. Und dann schnell zum Flugzeug.«

»Ich bleibe bei ihnen«, antwortete der Priester leise. »Es ist mein Volk.«

»Nun, wenn Sie sterben wollen, dann ist das Ihre Sache.«

»So ist es«, pflichtete ihm der Priester bei und schaute Jeremy an. »Leute wie ihr laßt unschuldige Menschen sterben. Laßt euch das auf eure Seele drücken, alle Tage eures Lebens.« Der Priester ging mit erhobenen Armen auf die Dorfbewohner zu und befahl ihnen Schweigen.

»Ich bin es ja nicht, der sie umbringt!« schrie ihm Jeremy nach.

Eine Frau löste sich aus der Menge und kam ihm entgegen. Sie war Ende Dreißig, hatte ein hartes Gesicht mit hohen Wangenknochen, und der Mond schien auf ihr dunkles Haar. Sie mochte einmal sehr schön gewesen sein. Fünf Schritte vor Jeremy blieb sie stehen, die Hände auf die Hüften gestemmt. »Ich komme mit Ihnen«, sagte sie leise.

»Warum du?«

»Weil ich ausgebildete Krankenschwester bin. Sie haben viele Verwundete. Sie brauchen mich genauso wie ich Sie brauche.«

»Und wie ist es mit deinen Freunden hier unten?« fragte Jeremy verächtlich.

Die Frau zuckte die Achseln. »Mir bedeuten sie nichts. Ich denke nur an mich. Ich will nicht unter den Händen der Simbas sterben. Nun?« fragte sie ungeduldig. »Was soll es sein? Lassen Sie mich hier sterben, dann werden auch die meisten eurer Männer sterben – ohne ordentliche Pflege.«

»Na, schön«, meinte Jeremy zögernd.

»Dann beeilen wir uns aber besser.« Sie schaute über seine Schulter. »Sie haben mit Reden schon zuviel Zeit vergeudet.«

Jeremy wirbelte herum. Die R.P.D. in der Mitte des Landestreifens schoß nun fast ununterbrochen. »Komm!« rief er und rannte los.

»Glaubt ihr an Gott den Allmächtigen?« fragte der Priester die Dorfbewohner. »Ihr tut es. Ja, das tut ihr«, antwortete er selbst. »Dann betet, ihr Heiden!« schrie er.

»Süßer Gott, vor dir kniet eine ganze Bande von Heuchlern.

Normalerweise würden sie jetzt keinen Gedanken an dich verschwenden. Aber jetzt, wenn du zuhörst, Herr, beten sie sehr innig zu dir. Und, Herr, du weißt, daß ich gerne als Märtyrer in deinem Dienst sterbe, aber diese Leute hier haben gar keine Lust dazu. Und um die Wahrheit zu sagen, Herr, ich habe auch noch etwas Leben in mir, wenn du geneigt bist, mir zuzuhören. Deshalb, o Herr, bitte ich dich, beschütze uns heute...«

Als er sich dem Flugzeug näherte, warf Jeremy einen Blick zurück. Die Dorfbewohner knieten auf dem Boden, der Priester vor ihnen betete mit ihnen und trug Gott auf seinen Schultern und in seiner Stimme.

Er hob die Frau durch die offene Tür. Willige Hände zogen sie hinein. »Herrje, wo hast du sie gefunden?« rief einer.

»Halt die Klappe«, erwiderte Jeremy zornig und stemmte sich hinauf. »Zeigt ihr die Verwundeten. Und du«, wandte er sich an die Frau, »tu gefälligst was.« Er rannte zum Flugdeck. »Los jetzt!« schrie er Shaun zu.

»Der Colonel an Bord?« fragte Shaun und drehte das Gas voll auf, so daß die Maschinen heulten. Die Propeller bissen in die Luft, das Flugzeug vibrierte und wehrte sich gegen die Bremsen.

»Er ist tot!« schrie Jeremy. »Der R.S.M. O Gott, alle sind tot.«

Shaun löste die Bremsen, das Flugzeug rollte. »Wer ist das?« schrie er und deutete auf das Fenster, durch das Janders und seine Leute zu sehen waren, die zum Flugzeug liefen.

»Rafer, O Gott, den habe ich vergessen!«

Shaun schätzte die Entfernung ab. »Ich rolle ihnen entgegen. Ich verliere zwar Anlauf, aber sie können hereinspringen. Geh runter und hilf ihnen. Sie haben eine Chance.«

Rubens und Williams waren tot. Hammond lag im Sterben. Seine Hände umklammerten noch die Maschinenpistole. Nur McFarlane und Janders waren noch übrig, und sie rannten dem Flugzeug entgegen.

Jeremy verkeilte sich in der Tür, streckte die Arme aus, um sie hereinzuholen. Das Flugzeug wurde schneller. Janders und McFarlane kamen im rechten Winkel heran, um den Propellern auszuweichen.

»Kommt rein!« schrie Jeremy verzweifelt. Noch mehr Hände griffen durch dir Öffnung nach ihnen. Jetzt oder nie. Eine Kugel traf McFarlane in die Brust. Er fiel zurück in Janders' Arme, die Beine gaben unter ihm nach. Janders warf ihn durch die Tür hinein. Jemand bekam seine Jacke zu fassen, ein anderer packte sein Haar, ein dritter seine Arme, McFarlane war im Flugzeug.

Aber Janders hatte nun keine Chance mehr. Die Tür war an ihm vorbei, das Flugzeug rollte schneller. »Mein Sohn, mein Sohn.« Dieser Gedanke brannte in seinem Gehirn. Er rannte. Seine Beine wurden ein verschwommener Wirbel unter ihm, sein Mund war weit offen zu einem Schrei.

Jeremy kletterte zur Tür hinaus. Jemand hielt seinen Gürtel fest. Er griff nach Janders. »Rafer!« flehte er. »Komm doch, komm doch! Rafer, so renn doch!«

Für einen Augenblick berührten sich ihr Finger und suchten nach einem Griff. Dann fiel Janders zurück, die Entfernung wurde größer.

»Mein Sohn! Kümmert euch um meinen Sohn!« hörte Jeremy noch Janders' Schrei über dem Lärm der Maschinen. »O Gott! Laßt mich doch nicht lebend zurück!«

Jeremy kletterte ins Flugzeug zurück. Er legte sein Gewehr auf seine Schulter und stemmte sich gegen die Vibrationen des Flugzeuges. Er zielte sehr sorgfältig, dann drückte er langsam den Abzug durch. »Verfehl ihn nur nicht«, flüsterte er, als er den Rückschlag an der Schulter spürte. Janders rannte noch, als ihn eine gnädige Kugel ins Gehirn traf. Jeremy schaute noch einmal nach dieser winzigen, puppenähnlichen Gestalt um, die auf dem Landestreifen lag. Dann gab er das Gewehr zurück.

Die Dakota wurde von zwei Seiten beschossen. Kugeln pfiffen durch den Rumpf und prallten kreischend vom Metallgestänge ab. Plötzlich begann das Flugzeug sich heftig zu schütteln. Es verlor an Geschwindigkeit, bockte, tat einen Satz. Die Leute wurden durcheinandergeworfen. Es drehte und lief den Weg zurück, den es gekommen war. Sie rollten an Janders vorbei.

Jeremy rannte zum Flugdeck. »Du elender Hund!« schrie er außer sich. »Ich habe Janders erschossen.« Die Frau und Benson waren auf dem Flugdeck. »Ich habe Rafer umgebracht«, sagte Jeremy leiser, und seine Augen forschten in ihren Gesichtern, ob sie es verstünden.

»Mr. Fynn ist getroffen, Sir«, sagte Benson und richtete sich auf. Er war der letzte Unteroffizier. »Ich sagte, Mr. Fynn ist getroffen,

Sir«, wiederholte Benson. »Wir wissen noch nicht, wie schlimm.«

»O nein«, flüsterte Jeremy, als er begriff. »Lieber Gott, nein.« Seine Nerven gaben nach. Völlig mutlos sackte er zusammen.

Benson riß ihn in die Höhe.

»Verzeihung, Sir«, sagte er. »Reißen Sie sich zusammen, Sir. Sie sind der letzte Offizier, den wir noch haben. Die Männer verlassen sich auf Sie, Sir. Dafür sind Sie ja da.«

»Ich habe ihm ein Drittelgrain Omnopon gegeben. Es wirkt ähnlich wie Morphin, aber es ist stabiler«, sagte die Frau. »Die Kugel ging durch die Seite, und ich denke, sie steckt in der Nähe des unteren Rückgrates. Er ist noch bei Bewußtsein.«

»Meine Beine«, murmelte Shaun. »Ich spüre meine Beine nicht.« Er war aschfahl und zitterte. Kalter Schweiß rann ihm über das schmerzverzerrte Gesicht. »Wie schlimm ist es?«

»Es hängt davon ab, ob die Kugel den Nerv getroffen hat. Wenn nicht, könnte es nur ein schwerer Rückenmarkschock sein, und in diesem Fall wird die Lähmung bei guter Behandlung in ein paar Tagen zurückgehen. Das Omnopon nimmt den Schmerz weg. Es wird in zehn Minuten wirken, voll in dreißig Minuten.«

»Wird er bei Bewußtsein bleiben?« fragte Jeremy.

»Das kommt auf ihn selbst an. Wenn er genug Mut und Kraft hat, gegen die Benommenheit anzukämpfen, kann er bei Bewußtsein bleiben. Er blutet nicht allzu sehr.«

»Können Sie ihm auch etwas geben?« Benson deutete auf Jeremy.

»Es sind genug Verwundete da, die mich brauchen«, antwortete die Frau und stieg in die Kabine hinaus.

Shauns Augen waren geschlossen.

»Shaun«, sagte Jeremy, »kannst du mich hören?«

»Ja, ich höre dich«, murmelte Shaun.

»Was sollen wir tun?«

»Wir müssen das Flugzeug hier rausbringen. Rutsch auf den Sitz.«

»Du bist verrückt. Ich kann das doch nicht fliegen.«

»Dann wirst du sterben, bevor ich sterbe«, versprach ihm Shaun. »Benson, heb ihn in den Sitz.«

Jeremy stieg selbst hinüber.

»Hast du jemals eine Zweimotorige geflogen?«

»Ja, aber ausgebildet bin ich dafür nicht.«

»Das Abheben ist auch nicht schwieriger als mit einem kleinen Flugzeug. Also, hör mir zu, und ich sage dir, wo die Instrumente sind. So groß sind die Unterschiede nicht.«

Shaun war erstaunlich ruhig. Seine Finger wurden weiß, als er gegen die Schmerzwellen ankämpfte. Im Unterkörper hatte er kein Gefühl, da spürte er nur eine tiefe Schwere.

»Gut, Jeremy. Entspannen. Stell deinen Fuß auf die Ruderstange und dreh sie herum. Nimm die Außenbordmaschine zu Hilfe. Gut so. Gut. Richtig, jetzt Bremsen an. Dort drüben sind sie. Gut.«

»Er wird ohnmächtig!« schrie Jeremy.

Shaun öffnete die Augen und schüttelte den Kopf, um die ungeheure Müdigkeit zu vertreiben. »Nein, ich werd' nicht ohnmächtig. Benson, geh zurück und sieh zu, daß alles sicher ist.

Und jetzt, Jeremy, machst du das Gas ganz weit auf. Bei 48' Druck sagst du's. Siebenundzwanzighundert Umdrehungen. Mischkontrolle auf Automatik.«

Die Maschinen heulten. »Ich hab's!« rief Jeremy.

»Gut. Jetzt Bremsen auf und rollen lassen. Klappen ein Viertel nach unten. Dort sind sie. Das reicht jetzt. Sobald du bei fünfzig Knoten bist, lehnst du dich wie der Teufel auf den Stock, um den Schwanz in die Höhe zu kriegen. Er müßte sich bei fünfundfünfzig bis achtundfünfzig Knoten abheben. Und paß auf die Schwingen auf, wenn das Heck sich hebt.«

Benson kam zurück. »Sie schauen alle nach vorne, Sir.«

»Gut. Für dich hab ich einen Job. Sobald das Flugzeug in der Luft ist, und das heißt, drei Fuß über dem Boden, holst du das Fahrgestell herein. Bremsen an, Fahrgestell hoch. Jawohl. In dieser Reihenfolge. Rechts neben meinem Sitz ist der Hebel für den Schnappriegel, der erste vorn. Siehst du ihn?«

»Jawohl, Sir.«

»Gut. Der andere Hebel ist unmittelbar hinter Jeremys Sitz an Hydraulikbrett. Er ist rot. Den brauchst du nur herauszuziehen; dann nach oben drücken. Siehst du ihn?«

»Jawohl, Sir.«

»Dann warte, bis ich dir's sage.«

Das Flugzeug rollte über das Gras, dem Gewehrfeuer entgegen. Dunkle Gestalten rannten verängstigt davon.

»Wenn du achtundfünfzig Knoten hast, dann nimm langsam den Stock zurück«, befahl Shaun. »Normales Abheben bei etwa sechzig, aber mit Überladung können wir bis auf achtzig gehen. Das mußt du selbst am Stock spüren.«

Jeremy holte auch die letzte Kraft aus der Maschine heraus und betete laut dabei. »O Gott«, wiederholte er immer wieder. »O Gott, laß sie nicht die Reifen treffen. Laß sie nicht die Treibstofftanks treffen. Laß sie nicht die Maschinen treffen. Und, lieber Gott, laß sie ganz besonders nicht mich treffen.«

Vor der Windschutzscheibe erhoben sich dunkler Busch und Bäume. »Der Schwanz ist in der Höhe!« schrie Jeremy.

»Laß sie laufen«, wies ihn Shaun an.

»Siebzig Knoten«, meldete Jeremy.

»Jetzt«, schrie Shaun. »Jetzt, heb ab! Jetzt geht es.«

Jeremy zog den Stock zurück und zwang die Maschine in die Luft. Die Dakota tat einen Satz, dann kam sie frei.

»Das Fahrwerk!« brüllte Shaun. Torkelnd erhob sich das Flugzeug in die Luft, die Maschinen heulten, die Räder streiften die Baumwipfel.

»Achtzig Knoten!« schrie Jeremy.

»Wir sind nur knapp über einem klaren Sackflug. Langsam, ganz langsam die Klappen hoch.«

Langsam, ganz langsam steigerte sich das Tempo auf fünfundachtzig Knoten. Das Flugzeug schien an den Propellern in die Höhe gezogen zu werden.

»In fünf Minuten müssen wir vom Maximalschub runtergehen, sonst zerreißt es die Maschinen. Wie geht's?«

»Siebenundachtzig Knoten. Steigflug. Noch immer Steigflug.«

»Bei siebentausend Fuß in den Geradeausflug übergehen.«

»Wir sind auf sechs-zwei. Schau auf die Zylindertemperaturen.«

»Zeit ist aus. Die Maschinen explodieren sonst. Geh runter auf 2550 Umdrehungen, 42 $1/2$ Treibstoff.«

»Einundneunzig Knoten. Shaun, bleib da.«

Benson hatte sich hinter dem Sitz versteckt. Jetzt stand er auf. »Gut gemacht«, sagte er brummig.

»Wir sind noch nicht dort. Sie sollen alles abwerfen Waffen, alles. Verstanden?«

»Siebentausend«, meldete Jeremy.

»Richtig. Leg sie gerade in die Luft. Wenn die Luftgeschwindigkeit zunimmt, bringst du sie langsam auf 1750 Umdrehungen zurück. Fluggeschwindigkeit 105 Knoten. Mischung auf Auto. Verstanden? In einer Minute kriegst du den Kurs.«

27

23.50 Uhr

In der Kabine war es bitterkalt, der Lärm war betäubend, die Vibrationen schüttelten das Flugzeug durch, als breche es jeden Moment auseinander. Ein Mann schrie heiser auf vor Schmerz. Andere stöhnten und fluchten. Einige lagen in ihrem Blut und Erbrochenem. Die Lichter waren heruntergeschaltet. Die Frau bewegte sich zwischen den Männern. Ihre Hände waren blutig, ihr Haar hatte sie mit einem Stoffstreifen aus dem Gesicht gebunden. Benson folgte ihr mit dem Sanitätskasten. Der Geruch und der Lärm machten ihn krank.

Die Frau kniete neben dem schreienden Mann nieder. Ihre Hände kühlten sein Gesicht. Sie öffnete seine Jacke und schnitt das Hemd auf, um die Wunde offenzulegen.

»Gib mir doch was«, flehte der Mann. »Etwas gegen die Schmerzen. O Gott, diese Schmerzen!«

Sie machte sich nicht die Mühe, die Wunde zu verbinden, sie zog nur die Jacke darüber. Ihre Finger ließen Blutspuren zurück, als sie über sein Gesicht strichen. Ihre Worte beruhigten ihn. Sie griff in den Kasten, nahm ein Fläschchen heraus und gab ihm fünf Pillen. Danach ließ sie ihn aus einer Feldflasche trinken.

»Danke«, flüsterte er und legte sich zurück. »Danke.«

»In ein paar Minuten komme ich zurück«, versprach sie und strich ihm das Haar aus der Stirn. »Still liegenbleiben. Es wird schon wieder. Bald haben wir Sie in einem Krankenhaus.« Sie reichte Benson die Feldflasche und ging den Mittelgang entlang.

Benson besah sich das Flaschenetikett. »Das war Codein. Warum haben Sie ihm nicht was Richtiges gegeben?« fragte er, als er ihr folgte.

»Weil er stirbt«, antwortete sie. »Ich muß das, was wir haben, für die aufheben, die noch eine Chance haben.«

Limbani war von seinen Leuten umgeben. Von den fünfzehn Mann, die zu ihm gestoßen waren, hatten es nur acht ins Flugzeug geschafft. Von diesen waren zwei verwundet. Limbani lag mitten unter ihnen. Er hatte die Beine an den Bauch hinaufgezogen, der Kopf lag auf seinen Armen.

»Könnt ihr ihm etwas geben?« fragte einer der Afrikaner. Sein Gesicht war grau, seine Zähne klirrten.

Die Frau tippte Limbani auf die Schulter. Er rollte sich herum. »Sind Sie verwundet?« fragte sie.

Limbani schüttelte den Kopf. Sein graues Gesicht sah hager aus, es war von Tränen naß.

»Er ist zu Tode traurig«, versuchte einer der Männer zu erklären.

»Sein Herz ist nicht in Ordnung«, sagte Benson.

»Ich würde ihm ein Beruhigungsmittel geben«, schlug die Frau besorgt vor. Sie ging den Sanitätskasten durch, las die Etiketten, dann kniete sie mit leeren Händen über ihm. »Mr. Limbani, es tut mir unendlich leid«, sagte sie leise. »Ich bin eigentlich keine Krankenpflegerin. Es ist schon lange her, und meine Ausbildung habe ich nie beendet. Ich kann Ihnen Omnopon geben, weil es im Sanitätskasten ist, und den Instruktionen kann ich auch leicht folgen, aber es ist nicht das, was Sie brauchen. Gebe ich Ihnen etwas anderes, kann es Sie töten. Können Sie noch etwas durchhalten, Mr. Limbani? Wir sind fast dort. Nur noch durchhalten und ruhig liegenbleiben.«

Den anderen befahl sie: »Haltet ihn warm.« Dann versorgte sie die Verwundeten. »Ich komme zurück«, versprach sie und ging weiter.

»Du Luder«, fauchte Benson wütend. »So hast du dich also ins Flugzeug geschwindelt.«

Die Frau blieb stehen. Sie sah Benson voll an. »Was hätten Sie getan, wenn Sie wüßten, daß Sie sterben müssen?« fragte sie, dann schob sie sich an ihm vorbei und ging, die Arme voll Verbandszeug, den Gang entlang.

Eine Hand griff nach Bensons Arm. »Laß sie in Ruhe«, befahl Tosh matt. »Sie ist doch das Beste, das uns geschehen konnte.«

Benson kniete neben ihm nieder und suchte in seinen Taschen nach einer Zigarette. »Willst du eine?« fragte er.

Tosh nickte. Benson zündete sie an und schob sie ihm zwischen die Lippen.

»Wie steht es eigentlich?«

»Na ja, wir haben einen verwundeten Piloten, neunzehn andere Verwundete und ungefähr siebenhundert Meilen vor uns. Im Moment nähern wir uns Sambia. Aber keine Sorge, Tosh«, redete ihm Benson voll erzwungener Fröhlichkeit zu, »wir sind so weit gekommen, den Rest schaffen wir auch noch.«

»Du schon«, sagte Tosh leise, »aber ich nicht. Ich fühle es. Ich gehe. Wofür hältst du diese Frau?«

»Sie ist eine Hure«, antwortete Benson. »Die Sorte habe ich schon früher gesehen. Wenn sie herunterkommen, enden sie bei den Minen. Vielleicht ist sie mit einem Lastwagen gekommen. Sie wäre auf einem weggefahren, wenn wir nicht gewesen wären.«

»Aber sie hat es gut gemacht«, sagte Tosh wieder. »Du paß auf sie auf, ja? Weißt du, die ist in Ordnung. Die Jungens werden das auch wollen. Und sieh zu, daß meine Alte das Geld kriegt, ja?« Toshs Augen wurden groß, als ihm ein Gedanke durch den Kopf schoß. »Meine Frau wird wahnsinnig, wenn sie herauskriegt, daß ich abgehauen bin, um hier zu sterben«, flüsterte er.

Rauch fing sich in seiner Kehle. Er begann zu husten. Die Anstrengung schüttelte seinen Körper durch. Blut erschien auf seinen Lippen und tropfte auf das Kinn. Benson hielt ihn ruhig, um seine Schmerzen zu erleichtern.

Shauns Augen schlossen sich. »Bleib bei mir«, flehte Jeremy. »Ich kann doch ohne dich das Ding nicht fliegen. Du mußt mir helfen. Du mußt dagegen ankämpfen. Rede, egal über was. Über Gabby. Mensch, so rede doch!«

»Welche Höhe hast du?« Shauns Stimme kam von weither.

»Wir halten siebentausend.«

»Kannst du die Frau rufen?« bat Shaun.

»Benson!« brüllte Jeremy. »Kannst du die Frau herschicken?«

»Paß auf deine Geschwindigkeit auf«, warnte Shaun. »Du mußt sie bei hundertfünf Knoten halten. Mit dem Treibstoffverbrauch wird sie schneller. Du bist jetzt auf Reserve. Portreserve an Portmaschine. Starbordreserve an Starbordmaschine. Nachprüfen?«

»Nachgeprüft. Die Zeiger stehen fast auf leer.«

Die Frau kam. »Wie geht es Ihnen?« fragte sie Shaun.

»Schmerzwellen wechseln ab mit Übelkeit und Schlafanfällen. Und eine solche Schmerzwelle ist schlimmer als alles, was ich zusammengenommen je in meinem Leben ausgehalten habe. Könnte ich nicht noch eine Spritze bekommen?«

Die Frau schaute Jeremy an. »Ja«, meinte sie zögernd.

»Was passiert dann mit ihm?«

»Sie lindert den Schmerz, aber ich glaube, daß er dann nicht mehr in der Lage ist, die Benommenheit zu bekämpfen.«

»Wie lange wird er dann schlafen?«

»Vielleicht vier oder sechs Stunden. Ich weiß nicht.«

»Können wir ihn aufwecken, wenn wir ihn brauchen?«

Die Frau zuckte die Achseln. »Das weiß ich auch nicht.«

»Was heißt, du weißt das nicht?« schrie Jeremy sie an.

Die Frau zuckte wieder die Achseln. »Ich weiß es nicht. Wissen Sie, ich bin ja eigentlich ...«

»Sie macht ihre Sache gut, Sir«, warf Benson ein. »Bei den Männern da hinten hat sie Wunder gewirkt.«

»Kannst du ihm die Hälfte davon geben? Shaun, ist das okay? Ich kann's nicht riskieren, daß du weg bist, wenn ein Notfall eintritt.«

Shaun nickte. Die Frau riß eine Packung auf und spritzte ihm die geleeartige Substanz in den Armmuskel.

»Ich komme zurück und sehe den Verband nach, wenn Sie schlafen«, versprach sie. »Dann ist der Schmerz nicht so groß.«

»Wenn der Zeiger auf Null steht, hast du immer noch zehn bis fünfzehn Minuten. Paß auf den Treibstoffdruck auf. Geht er zu weit herunter, laufen die Maschinen stotternd. Dann schalte auf den Haupttank um. Eine Maschine wird vor der anderen zu stottern anfangen, also hast du in einem Reservetank noch für ein paar Minuten.

Ständig den Kurs überprüfen. Wenn du ein paar hundert Meilen vor Rhodesien bist, rufst du den Tower in Salisbury. Immer dranbleiben. Nimm sie langsam hinunter und paß auf die Geschwindigkeit auf. Du mußt jede Tasse Treibstoff sparen.« Shauns Kopf sank auf die Brust. Seine Augen schlossen sich. Er trieb in eine Bewußtlosigkeit, als die Droge zu wirken begann. Er stöhnte leise vor Schmerzen.

Die Stunden zogen sich endlos in die Länge. Es war keine Wolke am Himmel, der Mond stand klar am Sternenhimmel und spiegelte sich in den Schwingen. Die Propeller wurden zu blaßsilbernen Bogen. Wenn ein Mann starb, wurde er hinausgeworfen, um den Ballast zu erleichtern.

Abgesehen vom Maschinenlärm war es still im Flugdeck. Shaun war in seinem Sitz zusammengesackt. Jeremy hatte sich noch nie im Leben so einsam gefühlt. Hilflos stellte er sich alles vor, was schiefgehen konnte, überprüfte ständig seinen Kurs, trimmte das Flugzeug und beobachtete ängstlich die Treibstoffanzeige.

Hinten in der Kabine weinte Samuels leise vor sich hin. Sein ganzer Körper fühlte sich taub an, und er konnte den Kopf nicht heben. Die Hustenanfälle wurden schlimmer. Er schmeckte Blut im Mund. Plötzlich schaute er auf. Eine Frau stand über ihm. »Ich bin verwundet«, flüsterte er durch Tränen und Husten. »Ich bin schwer verwundet, nicht wahr?«

Die Frau kniete neben ihm und barg seinen Kopf in ihren Armen. »Du wirst schon wieder. Alles wird gut. Bald bist du in einem Krankenhaus.«

Die warme Weichheit ihrer Brüste tröstete ihn, und ihre Stimme linderte seine Angst.

»Du bist so jung«, flüsterte sie und wischte ihm das Gesicht ab. »Du könntest fast mein Sohn sein.«

»Hast du einen Sohn?«

Sie nickte.

»Wo ist er?«

»Das weiß ich nicht.« Sanft legte sie seinen Kopf auf die zusammengefaltete Jacke zurück.

»Wohin gehst du?« fragte er verängstigt. »Verlaß mich nicht.«

»Ich muß gehen. Die anderen brauchen mich auch.«

»Wie heißt du?«

»Simone.«

»Du bist schön, Simone.«

Das Omnipon löste die Klammern von Shauns Selbstkontrolle. Er rief mit heiserer Stimme und fluchte in einem Sturzbach von Worten. Rote Schmerzwellen wirbelten wie Nebel in seinem Gehirn. Er hörte ferne Stimmen von Menschen, die nach ihm riefen. Er versuchte zu antworten, ihnen von seinen Schmerzen zu erzählen, aber er konnte die Worte nicht formen.

Die Frau richtete sich auf und prüfte Shauns Puls.

»Wie geht es ihm?« fragte Jeremy besorgt.

»Er wird schwächer. Ich denke, die Kugel ist in seinem Rückgrat.«

»Wird er durchhalten?«

»Das weiß ich nicht.«

»Kannst du ihm helfen?«

»Nein. Er braucht einen Chirurgen. Halten Sie ihn warm. Mehr können Sie nicht tun.«

»Wird er aufwachen?«

»Ja, ich denke schon. Aber lassen Sie ihn schlafen, so lange es geht. Wenn er sterben muß, ist es besser, er hat einen sanften Tod.«

»Du lieber Gott, rede doch nicht so. Er muß uns herunterbringen. Ich kann es nicht.«

Jeremy schaltete das Radio auf Hochfrequenz. Das Knattern und Sirren der Statik schlug auf seine Ohren. Er suchte die Plakette im Cockpit, auf der die Nummer der Maschine stand.

»Salisbury, Kontrollturm. Hier ist Neun – Quebec – November – Röntgen – Alpha auf 6603 Kilohertz. Könnt ihr mich hören? Ende.«

Den Ruf wiederholte er so lange, bis er die Antwort hörte.

»Neun – Quebec - November – Röntgen – Alpha, hier ist der Tower Salisbury, empfangen euch Stärke zwei. Bitte senden. Ende.«

Jeremy stellte die Abstimmskala nach. Er empfing den Kontrollturm sehr schwach, die Stimme trieben hohl durch die Statik.

»Salisbury Kontrollturm, hier ist Neun – Quebec – November – Röntgen – Alpha, wir überfliegen Sambia, Höhe siebentausend Fuß. Geschwindigkeit hundertfünf Knoten. Position ungefähr vierzig Meilen südwestlich Lusaka. Unser Treibstoff ist knapp. Erbitte dringend Landeerlaubnis in Kariba. Ende.«

»Röntgen – Alpha, meldet euch wieder nach Lusaka.«

»Kontrollturm Salisbury. Hier ist Röntgen - Alpha. Ich wiederhole, unser Treibstoff ist knapp. Brauche dringend Leuchtpfad Kariba.«

»Röntgen – Alpha, hier ist der Tower Salisbury. Identifiziert euch und gebt Flugzweck. Von welchelm Flugplatz sind Sie gestartet?«

»Salisbury Tower. Hier ist Röntgen – Alpha. Wir sind eine Söldnereinheit und verlassen den Kongo. Vierzehn Verwundete an Bord. Knapp an Treibstoff. Fordern dringend Landeerlaubnis aus Gründen der Menschlichkeit.«

Benson kam heran.

»Berichtigung, Salisbury Tower. Dreizehn Verwundete an Bord. Einer ist eben gestorben.«

»Röntgen – Alpha. Hier ist Salisbury Kontrollturm Bitte warten.«

Jeremy konnte sich den verschlafenen Mann am Telefon des Kontrollturms vorstellen, der wie irr nach Instruktionen telefonierte. Er griff hinüber. »Shaun, aufwachen. Komm, Shaun, aufwachen.«

Die Frau kam. Sie schien so müde zu sein, daß sie kaum noch stehen konnte. »Wie lange noch?« fragte sie.

»Ungefähr eineinhalb Stunden. Wie geht es hinten?«

»Sie sterben«, antwortete die Frau und kehrte um.

»Benson, versuch mal, Shaun aufzuwecken, ja?«

»Röntgen – Alpha, hier ist Salisbury Kontrollturm. Landeerlaubnis abgelehnt. Fliegt nicht in die Zone Salisbury ein. Ich wiederhole, unter keinen Umständen ist unsere Grenze zu überfliegen. Ende.«

»Hast du ihn wachgekriegt?«

»Nein, Sir.«

»Schlag ihm ins Gesicht.«

»Sir, wenn ich ihn noch stärker schlage, dann erschlage ich ihn ja.«

»Dann hol die Frau her. Vielleicht kann sie ihm etwas geben.«

»Sir, eben kommt er zu sich. Ich versuch es weiter.«

»Röntgen – Alpha, hier ist Kontrollturm Salisbury. Wir haben euch auf unserem Radarschirm. Sofort umdrehen. Ich wiederhole: umdrehen. Sie haben keine Erlaubnis, in Rhodesien zu landen.«

»Kontrollturm Salisbury. Hier ist Röntgen – Alpha. Ich habe Verwundete an Bord. Sie müssen mich landen lassen. Wir können danach weiterreden.«

»Röntgen – Alpha, hier ist Kontrollturm Salisbury. Ich bedaure, ich habe meine Instruktionen. Falls ihr euren derzeitigen Kurs beibehaltet, werden wir unsere Luftwaffe alarmieren.«

»Salisbury Kontrollturm. Hier ist Röntgen – Alpha. Ich habe Julius Limbani an Bord dieses Flugzeuges. Ich wiederhole: Ich habe Julius Limbani an Bord, und er lebt. Und jetzt sehen Sie zu, daß Sie den Premierminister erreichen. Sagen Sie ihm das.«

»Röntgen – Alpha. Bitte warten.«

»Er kommt zu sich, Sir«, berichtete Benson.

»Gott sei Dank. Shaun, kannst du mich hören? Shaun!«

Shaun schrie, als eine Schmerzwelle ihn überflutete. Dann bekam er sich wieder in die Hand. Er war am ganzen Körper in kalten Schweiß getaucht. »Wie ist die Position?« fragte er.

»Wir sind ungefähr hundert Meilen vor Kariba. Salisbury will uns nicht landen lassen. Ich habe ihnen gesagt, daß wir Limbani an Bord haben. Hoffentlich glauben sie uns. Hoffentlich hören wir bald wieder von ihnen.«

»Wie ist der Treibstoffstand.«

»Nieder.«

»Röntgen – Alpha, hier ist Salisbury Kontrollturm. Bestätigt Julius Limbani. Ende.«

»Salisbury Kontrollturm, hier ist Röntgen – Alpha. Ich bestätige, daß Julius Limbani an Bord und lebendig ist.«

»Röntgen – Alpha, bitte warten.«

»Wie schlecht geht es mir?« fragte Shaun.

»Die Frau hat dich untersucht. Sie sagt, das kommt in Ordnung.«

»Du verdammter Lügner. Es steht schlecht, und ich weiß es. Ich bin höllisch schwach.«

»In ein paar Stunden bist du im Krankenhaus. Du brauchst nur durchzuhalten und uns hinunterzubringen.«

»Wenn sie uns hineinlassen.«

»Ich gehe auf jeden Fall runter. Wohin sollen wir denn sonst?«

»Zu viele Hügel um Kariba. Du brauchst Lichter.«

»Röntgen – Alpha, hier ist Salisbury Kontrollturm. Könnt ihr einen Beweis von Julius Limbani erbringen?«

»Ich weiß nicht. Frag ihn«, sagte Shaun.

»Benson, ist Limbani bei Bewußtsein?«

»Gerade, Sir.«

»Sieh zu, daß er sich an irgend etwas erinnert, was in Salisbury Klick macht. Muß aber gut sein. Und schnell. O Gott, der Treibstoff. Wir werden's nicht schaffen.«

»Wie spät ist es?«

»3.40 Uhr. Wir kommen bei Dunkelheit hinein.«

»Hör mal«, sagte Shaun. »Wegen Gabby. Sie hat mir zwei Monate Zeit gelassen zum Zurückkommen. Wenn ich's nicht schaffe...«

»Natürlich schaffst du's.«

»Falls es nicht geht. Schau mal, du mußt sie dann besuchen. Sie muß wissen, wie sehr ich's versucht habe. O Gott, und wie ich's versucht habe! Sie kriegt mein Geld, verstehst du. Sie muß wissen, wie sehr ich's versucht habe.«

»Vergiß es, Shaun. Wenn wir runterkommen, bist du im Krankenhaus, ich im Kittchen. Wie soll ich sie da besuchen?«

»Du kannst ihr eine Mitteilung zukommen lassen. Irgendwie. Das mußt du tun. Du kannst sie nicht warten lassen.«

»Okay. Okay, ich werde sie besuchen.«

Benson kam zurück. »Mr. Limbani sagt, an der jetzigen Grenze Sambia–Kongo war im April 1960 eine geheime Zusammenkunft über eine Intervention bei der Kongokrise. Die und die Personen waren anwesend. Die Aufzeichnungen darüber sind in den Akten des rhodesischen Geheimdienstes zu finden.«

Jeremy rief den Tower von Salisbury.

»Benson.« Shaun zupfte an seinem Ärmel. »Schau mal, wenn du hier rauskommst, mußt du was für mich tun.«

»Jawohl, Sir.«

»Ich möchte, daß du ein Mädchen namens Gabby findest. Sie ist in Lourenço Marques. Ihre Adresse ist in meinem Notizbuch in der Brusttasche. Und du sagst ihr, daß ich versucht habe, zurückzukommen. Das erzählst du ihr, verstanden? Du hast zwei Monate Zeit. Laß sie nicht warten. Du sagst es ihr. Und auch den anderen Männern sagst du's. Jemand schafft es schon.«

»Halt die Klappe, ja?« sagte Jeremy. »Du wirst bald in Ordnung sein. Er fantasiert nur ein bißchen«, sagte er zu Benson.

»Du sagst es ihr, ja?« bettelte Shaun. Seine Stimme war kaum mehr als ein Flüstern.

»Röntgen – Alpha, hier ist Salisbury Kontrollturm. Klar zur Landung in Kariba. Wir haben die Polizei dort alarmiert. Sie wird veranlassen, daß der Tower bemannt ist. Sie läßt alle Lichter einschalten. Die Stadt liegt zwischen Hügeln. Wenn Sie über den See kommen, sehen Sie die Lichter. Kariba Tower wird sich mit euch in Verbindung setzen, sobald er operationsfähig ist. Von dort an übernehmen sie und sprechen euch herunter.«

Samuels setzte sich auf. Seine Augen waren groß vor Angst. »Simone!« rief er. »Simone. Simone!«

Sie ging zu ihm. »Da bin ich«, sagte sie leise.

»Simone ...« Er griff nach ihr. »Ich sterbe. Halt mich fest. Ich sterbe ...«

»Röntgen – Alpha, hier ist Salisbury Kontrollturm«, kam eine atemlose Stimme durch die Luft. »Wir reichen euch jetzt weiter an den Kontrollturm Kariba. Viel Glück.«

»Röntgen – Alpha, hier ist Kariba Kontrollturm. Lichtpfad befeuert. Ihr seid klar für die Landung. Ambulanzen stehen für eure Verwundeten bereit.«

»Schau die verdammten Skalen an!« schrie Jeremy. »Sie stehen auf leer.«

»Wir sind über dem See!« rief Benson.

Jeremy schaute hinunter. Er sah den dunklen Schatten der Dakota über dem mondbeschienenen Wasser. Shaun kämpfte um sein Bewußtsein. Wellen von Schmerz und Benommenheit überschwemmten ihn. Er sehnte sich danach, den Kopf sinken zu lassen, damit der Schlaf ihn erlöste.

»Voraus!« schrie Benson. »Die Lichter. Sie haben die ganze verdammte Stadt für uns hell beleuchtet!«

»Shaun, bleib da. Bleib bei mir«, rief Jeremy. »Um Himmels willen, Shaun, geh nicht. Wo ist der Landestreifen? Um Himmels willen, wo ist der Landestreifen?«

Benson kroch zurück in die Kabine. »Wir haben's geschafft, Jungens!« schrie er. »Verdammt noch mal.« Alle schrien.

Simone schloß Samuels Augen.

Der Treibstoffdruck fiel ab, die Portmaschine begann zu stottern.

»Sie bleibt stehen!« schrie Jeremy.

»Bring die Starbordmaschine auf 2550 Umdrehungen. Drück den Portfederknopf. Aufpassen. Die Maschine zieht auf die Seite des toten Motors. Wir müssen schnell runter. Geschwindigkeit?«

»Siebenundneunzig Knoten.«

»Dreiviertelklappe ausfahren. Halten. Festhalten.«

Mit einer Maschine überflogen sie die Stadt. In der Kabine hörten die Männer, daß die eine stand, und spürten, wie das Flugzeug sich aufbäumte, als die Klappen ausgefahren wurden. Niemand sprach. Jeder saß allein mit seinem ganz persönlichen Gebet da. Das Flugzeug war in einem steilen Sinkflug, als sie über den dunklen, drohenden Busch flogen.

»O Gott«, betete Jeremy. »So weit hast du uns gebracht. Verlaß uns jetzt nicht.« Plötzlich waren vor ihm die Lichter des Flughafens.

»Benson, bist du mit dem Fahrgestell bereit?«

»Jawohl, Sir.«

»Ich sag dir's, wann. Jeremy, hast du noch ein bißchen Treibstoff im Starbordreservetank?«

»Ein wenig. Der Tank war zuerst leer.«

»Gut. Dann halte dich bereit, die Treibstoffleitungen ganz aufzumachen.«

Der Boden rast ihnen entgegen. Die Landebahnbefeuerung schien noch weit weg zu sein.

»Röntgen – Alpha«, kam der Tower durch. Die Stimme drängte. »Sie sind zu tief. Sie kommen direkt in die Stromleitungen. Ein wenig hochziehen.«

»Die Klappe auf ein Viertel stellen. Maschine drosseln.«

Die dicken Hochspannungsleitungen der Kraftwerke Kariba hingen vor ihnen. Jeremy zog den Stock. Die Dakota ging etwas hinauf, der Luftstrom ließ nach. Sie kamen über die Leitungen weg. Instinktiv richtete Jeremy die Nase nach unten, gewann Tempo, ging in Horizontalflug über.

»Fahrwerk ausgefahren.«

Es bumperte, als die Räder herauskamen. Der erhöhte Zug brachte die Nase herab. Sie waren jetzt dem Boden gefährlich nahe. Die Starbordmaschine blieb stehen. Jeremy kämpfte verbissen, um die Nase oben zu halten.

Die Fluggeschwindigkeit fiel auf siebzig Knoten. Er drückte den Federknopf. Alles war nun still, nur der Wind pfiff an ihnen vorbei. Für Benson war es klar, daß sie in den Busch krachen würden, und er stemmte sich gegen den Aufprall.

Shaun hielt sich sehr aufrecht auf seinem Sitz. Es kostete ihn eine ungeheure Anstrengung und Willenskraft, seine letzten Reserven. Unmittelbar vor dem Aufprall schrie er: »Nase hoch!« Jeremy lehnte sich auf den Knüppel. Das Flugzeug richtete sich auf, um die verzweifelt benötigten paar Yards zu gewinnen. Dann mochte es nicht mehr. »Laß sie fallen!« schrie Shaun. Die Maschine schlug hundert Yards vor dem Landestreifen im kurzen Gras der Hilfsbahn auf. Der Aufprall schleuderte Shaun in seinen Sitz zurück. Er schrie vor Schmerzen. Die Dakota erhob sich noch dreißig Fuß in die Luft und prallte erneut auf. Jeremy schob den Stock scharf vorwärts und versuchte das Flugzeug am Boden zu halten.

Vom Tower rasten Ambulanzen heran.

»Röntgen - Alpha, hier ist der Kariba Kontrollturm. Die Polizei verlangt, daß alle Männer an Bord bleiben, bis Limbani ausgeladen ist. Kein Mann verläßt das Flugzeug, ehe Limbani weg ist. Klar?«

Shaun spürte, wie das Bewußtsein ihn verließ, als wandere seine Seele außerhalb des Körpers. Er sah Gabby in der Dämmerung am Strand. Sie wartete auf ihn. Er hörte das Rauschen der Brandung, den Wind in ihrem Haar, sah den Schmerz in ihren Augen. »Warten ist wie Sterben. Jeden Tag ein bißchen mehr. Sag ihr, ich habe es versucht.« Sein Geist versuchte die Worte zu formen, aber er trieb weg in eine sich verdichtende Dunkelheit. »O Gott, und wie ich's versucht habe …«

Das Flugzeug lief nun langsamer, die Räder trommelten auf den Beton, ein Polizeijeep fuhr parallel nebenher, die Ambulanzen folgten dicht auf.

Jeremy lehnte sich zurück. Sein ganzer Körper zitterte, als die Spannung nachließ. Sein Geist ging zurück. Er sah Peter, diesen starken, sanften Mann mit der langsamen Sprache, der alles, was er tat, mit so viel Liebe und Sorgfalt tat. Er sah sein warmes Lächeln, das sein häßliches Gesicht aufleuchten ließ. Er dachte an seinen Traum von einer Ranch im rhodesischen Busch und von einer Frau, die ihn liebte und brauchte.

Der alte Priester ritt durch den Regen in das Dorf. Seine Füße schleiften von einem Esel auf der Straße. Sein zerklüftetes Gesicht mit der Adlernase, und diese großen, grauen Augen. Er war ein Mann, der einen einfachen Gott kannte und ihn liebte. Was hatte er gesagt? »Laß das an deiner Seele hängen?«

Und Janders. O Gott. Janders mit seinen einsamen Augen und seinem Sohn.

Der R.S.M., der auf dem Exerzierfeld marschiert. Dieser kleine, harte Rammbock von einem Mann, der so wenig Liebe in sich hatte, aber die hatte er ganz und gar für Faulkner reserviert.

Und Faulkner mit seinem wilden Lachen und den kalten Augen. Ein Mann, der jede Sekunde seines Lebens gelebt hatte. Wie unmöglich, daß dieser Mann tot sein sollte.

Shaun sackte neben ihm zusammen. Irgendwo in sich selbst suchte er nach der Kraft zum Weiterleben. Seine Liebe zum Leben und dieses Lachen, das tief aus seinem Bauch zu kommen schien. Der Mann, der an Ausschweifungen zu sterben versprach. Der in der Nacht vor dem Hotel Cardosa wartete, ein zerknittertes Päckchen in den Händen.

Die Dakota stand. Die Stille überfiel sie ganz plötzlich.